Venetia e o libertino

GEORGETTE HEYER

Venetia e o libertino

Tradução de
VERA WHATELY

EDITORA RECORD
RIO DE JANEIRO • SÃO PAULO
2013

CIP-BRASIL. CATALOGAÇÃO NA FONTE
SINDICATO NACIONAL DOS EDITORES DE LIVROS, RJ

Heyer, Georgette, 1902-1974
H531v Venetia e o libertino / Georgette Heyer; tradução de Vera Whately. – Rio de Janeiro: Record, 2013.

Tradução de: Venetia
ISBN 978-85-01-07723-3

1. Romance inglês. I. Whately, Vera. II. Título.

12-1571 CDD: 823
CDU: 821.111-3

Título original em inglês:
VENETIA

Texto revisado segundo o novo Acordo Ortográfico da Língua Portuguesa.

Direitos exclusivos de publicação em língua portuguesa somente para o Brasil adquiridos pela
EDITORA RECORD LTDA.
Rua Argentina, 171 – Rio de Janeiro, RJ – 20921-380 – Tel.: 2585-2000,
que se reserva a propriedade literária desta tradução.

Impresso no Brasil

ISBN 978-85-01-07723-3

Capítulo 1

— UMA RAPOSA ENFIOU-SE entre as galinhas na noite passada e devorou nossa melhor poedeira — disse Srta. Lanyon. — Já era uma bisavó! Você diria que a raposa devia envergonhar-se do que fez! — Como não recebeu resposta, continuou com voz alterada: — Diria, sim. Foi um horror. O que podemos fazer?

Seu companheiro levantou os olhos do livro que estava sobre a mesa e olhou para ela com um ar distante.

— O que foi? Você disse alguma coisa, Venetia?

— Disse, querido — respondeu sua irmã em tom jovial —, mas não era nada importante. De qualquer forma, respondi por você. Ousaria dizer que você ficaria surpreso se ouvisse as conversas interessantes que tenho comigo mesma.

— Eu estava lendo.

— Eu sei. Deixou o café esfriar e não comeu seu pão com manteiga. Coma agora! Estou convencida de que não devia permitir que você leia na mesa.

— Oh, a mesa do *café da manhã*! — disse ele em tom de mofa. — Tente me impedir!

— Não posso, é claro. O que está lendo? — perguntou ela, dando uma olhada no livro aberto. — Ah, é grego! Uma história erudita, sem dúvida.

— *Medea* — explica ele com sarcasmo. — Uma edição da Porson, que o Sr. Appersett me emprestou.

— *Eu* sei! A criatura maravilhosa que retalhou o irmão e jogou os pedaços no caminho do pai, não é? Uma pessoa muito agradável quando a conheciam melhor.

Ele deu de ombros, impaciente, e respondeu com desprezo:

— Você não entende, e é uma perda de tempo tentar lhe explicar.

Os olhos dela piscaram.

— Garanto que entendo. E até simpatizo com ela. Pena que eu não seja tão decidida assim! Só que eu enterraria com cuidado *os seus* restos mortais no jardim, meu querido!

Essas palavras arrancaram-lhe um sorriso dos lábios, mas antes de ele se voltar ao livro disse que mesmo que ela fizesse isso o pai deles não se importaria.

Conhecendo os hábitos do irmão, Venetia parou de tentar chamar sua atenção. O pão com manteiga, que era tudo o que ele aceitara comer naquela manhã, estava pela metade no prato, mas repreendê-lo e falar sobre seu estado de saúde serviria apenas para irritá-lo.

Aubrey era um menino franzino, de estatura um pouco abaixo da média e de boa aparência. Seu ar sério fazia-o passar por mais velho. À primeira vista, causava estranhamento o corpo imaturo em contraste com seu rosto e suas maneiras. Na verdade, ele mal completara 17 anos, mas o sofrimento físico lhe deixara marcas na face. Como se relacionava apenas com gente mais velha e tinha um intelecto privilegiado, tornou-se um menino precoce. Um problema de aplasia do quadril impedira-o de estudar em Eton, como o irmão Conway, seis anos mais velho, e resultara no encurtamento de uma das pernas (na opinião da irmã, esse problema talvez fosse consequência dos vários tratamentos a que fora submetido). Aubrey mancava de forma pronunciada, e, por mais que dissessem que sua doença tinha sido controlada, as dores nas juntas voltavam quando o tempo piorava ou quando ele se cansava muito. Os esportes aos quais seu irmão se dedicava lhe eram negados, mas ele brilhava na equitação e atirava muito bem. Só ele sabia, e Venetia supunha, o horror que tinha à sua enfermidade.

Uma infância de inércia física forçada fortaleceu a tendência natural à erudição. Aos 14 anos, embora não tivesse ultrapassado seu professor particular em conhecimento, ultrapassara-o em compreensão, e o digno mestre reconheceu que o menino precisava de alguém com ensinamentos mais avançados do que os que ele podia lhe dar. Felizmente, o meio de chegar a isso estava à mão. O responsável pela paróquia era um acadêmico notável, que havia muito tempo observava o progresso de Aubrey Lanyon, e ofereceu-se para preparar o menino para Cambridge. Sir Francis Lanyon, aliviado por não ter de contratar um novo preceptor, concordou com aquele acordo. E Aubrey, àquela altura capaz de montar a cavalo, passava grande parte de seus dias na paróquia, debruçado sobre os textos obscuros do reverendo Julius Appersett, embebendo-se avidamente nos amplos conhecimentos do seu gentil professor e fazendo-o acreditar cada vez mais na sua capacidade de aperfeiçoamento. Já cursava o Trinity College, de onde passaria para o Michaelmas no ano seguinte, e o Sr. Appersett não duvidava de que, apesar da pouca idade, o rapaz seria um erudito em breve.

Nem sua irmã nem seu irmão mais velho duvidavam disso. Venetia sabia que seu intelecto era superior, e Conway, um jovem desportista muito robusto, olhava-o ao mesmo tempo com pena e admiração. A Conway, ganhar uma bolsa de estudo parecia uma estranha ambição, mas ele esperava sinceramente que Aubrey conseguisse, pois, como disse a Venetia, o que mais o pobre rapaz poderia fazer a não ser voltar-se para os livros?

Venetia achava que o irmão estudava demais e que muito cedo dava sinais de que se tornaria um recluso obstinado, como fora o pai. No momento, ele deveria estar aproveitando a folga, pois o Sr. Appersett encontrava-se em Bath recuperando-se de uma séria enfermidade, e deixara um primo em seu lugar. Qualquer outro menino guardaria os livros em uma prateleira e pegaria seus apetrechos de pesca. Mas Aubrey levava os livros até mesmo para a mesa do café da manhã, deixava o café esfriar e sentava-se com a cabeça apoiada na mão, os olhos na página, tão concentrado no que lia que podiam chamá-lo dez vezes que ele não ouvia. Não lhe ocorria que tamanha absorção fazia dele uma má companhia. Para Venetia isso estava claro, mas como ela constatara havia muito tempo que ele era tão egoísta quanto seu pai ou seu irmão, conseguia aceitar seus modos estranhos com perfeita serenidade e continuar gostando dele sem se desiludir.

Ela era nove anos mais velha que Aubrey, a mais velha dos três filhos vivos de um latifundiário de Yorkshire de longa linhagem, com respeitável fortuna e hábitos excêntricos. A perda da esposa quando Aubrey ainda usava fraldas fez com que Sir Francis se ocultasse por trás dos portões de sua mansão, a cerca de vinte quilômetros de York, e permanecesse ali, indiferente ao bem-estar de sua prole e à sociedade que o cercava. Para Venetia, ele era solitário por natureza, pois ela não conseguia acreditar que uma conduta tão extravagante fosse fruto de uma grande tristeza. Sir Francis era um homem orgulhoso e insensível, de modo que a ideia de que o casamento havia lhe trazido uma felicidade sem igual era uma agradável ficção na qual sua filha esclarecida não conseguia acreditar. As lembranças da mãe eram vagas, mas incluíam ecos de brigas feias, portas batendo e tristes crises de histeria. Venetia lembrava-se de ter entrado no quarto perfumado dela e vê-la vestida para um baile em Castle Howard, muito bonita, mas com um ar de descontentamento; lembrava-se de todos aqueles vestidos caros e de uma empregada francesa, mas não lhe vinha à lembrança qualquer afeição maternal. Era sabido que Lady Lanyon não gostava da vida no campo, ao contrário do marido. O casal desajustado passava a primavera em Londres e o verão em Brighton, e quando voltava para Undershaw ela era tomada de melancolia. No inverno de Yorkshire, não conseguia suportar os rigores do clima, e saía com o marido relutante para visitar amigos. Ninguém acreditava que essa vida de borboleta se ajustasse a Sir

Francis, mas, quando sua esposa não resistiu a uma doença grave, ele voltou para casa arrasado, e não conseguiu mais olhar o retrato pendurado na parede nem ouvir seu nome ser pronunciado.

Os filhos cresceram em reclusão total. Só Conway foi mandado a Eton e mais tarde entrou para o Exército, escapando para um mundo maior. Nem Venetia nem Aubrey haviam jamais ido além de Scarborough, seus conhecimentos limitavam-se às poucas famílias que moravam próximas à mansão. Nenhum dos dois se queixava, Aubrey porque evitava estar no meio de estranhos e Venetia porque tinha por princípio não reclamar. Só uma vez mostrou-se desconsolada — quando tinha 15 anos e Sir Francis recusou-se a deixá-la passar um tempo na casa da irmã dele em Londres para ser apresentada à sociedade. Foi uma provação, e ela derramou algumas lágrimas. No entanto, depois de alguma reflexão convenceu-se de que seu sonho era realmente impraticável. Não podia deixar Aubrey, um menino doente de 8 anos, sozinho com a velha babá, cuja dedicação extremada o levaria à loucura. Então secou as lágrimas e tentou viver da melhor maneira possível. Seu pai, afinal de contas, era razoável; embora não consentisse que ela passasse a temporada em Londres não fazia objeção a que participasse das assembleias em York, ou em Harrogate, quando era convidada por Lady Denny ou pela Sra. Yardley — a primeira por bondade, a segunda por insistência de seu filho. E não era mesquinho, nunca questionou as despesas da casa, dava-lhe uma bela mesada e ao morrer, para sua surpresa, deixou-lhe uma respeitável renda.

Sua morte inesperada, devido a um ataque cardíaco, ocorrera três anos antes, um mês após a gloriosa vitória de Waterloo. Foi um choque para os filhos, mas não uma tristeza.

— Na verdade, vamos viver muito melhor sem ele — disse Venetia, escandalizando Lady Denny.

— Minha querida! — exclamou a senhora, arfando, ao chegar à mansão preparada para consolar os órfãos. — Você está muito nervosa!

— Não estou, não! — disse Venetia, rindo. — Ora, madame, quantas vezes a senhora declarou que ele era um pai desnaturado?

— Mas ele está *morto*, Venetia!

— É, mas não creio que ele goste mais de nós agora do que gostava em vida. Papai nunca se esforçou para conquistar nossa afeição, como a senhora bem sabe, então *não pode* esperar que choremos por ele.

Sem saber como responder, Lady Denny simplesmente pediu que ela não dissesse tais coisas e perguntou o que ela pretendia fazer então. Venetia disse que tudo dependeria de Conway. Até ele voltar para casa a fim de receber sua herança, ela teria de continuar com a vida de sempre.

— Só que agora, é claro, poderei convidar nossos amigos para virem à mansão, o que não era possível antes, pois o meu pai só permitia a entrada de Edward Yardley e do Dr. Benworth.

Três anos depois Venetia ainda estava esperando a chegada de Conway, e Lady Denny tinha quase parado de reclamar de seu egoísmo em deixar todos os negócios nos ombros de Venetia. No início, ninguém se surpreendeu ao saber que ele achava impossível voltar à Inglaterra, pois havia grande confusão na Bélgica e na França e todos os regimentos ingleses estavam esgotados depois da sanguinária batalha de Waterloo. Mas à medida que os meses se passaram e as únicas notícias de Conway foram poucas linhas rabiscadas para a irmã, assegurando-lhe que tinha confiança na sua capacidade de fazer o que devia ser feito em Undershaw e que quando tivesse mais tempo escreveria de novo, o senso comum dizia que essa ausência originava-se menos de um sentido de dever de que da relutância em abandonar uma vida que parecia consistir em partidas de críquete e jogos de bola (segundo histórias contadas por visitantes do Exército de Ocupação). Na última vez que ouviram falar de Conway, ele tivera a sorte de ser convidado para o staff de lorde Hill e estava baseado em Cambray. Não podia escrever uma longa carta para Venetia, pois o Grande Homem era esperado e haveria uma inspeção seguida de um jantar, o que mantinha o staff ocupado. Ele sabia que Venetia compreenderia, e mandava-lhe um abraço carinhoso. *P.S. Não sei a que campo você se refere, é melhor fazer o que Powick achar melhor.*

— Por ele, Venetia pode viver para sempre em Undershaw e morrer solteira! — declarou Lady Denny em lágrimas.

— É bem possível que se case com Edward Yardley — falou seu marido, prosaicamente.

— Não tenho nada contra Edward Yardley. Na verdade, considero-o um homem respeitável. Mas sempre disse, e sempre *direi*, que Venetia estaria jogando a vida fora! Se ao menos nosso querido Oswald fosse dez anos mais velho, Sir John!

A conversa mudou abruptamente, e o espírito maldoso de Sir John fez com que ele dissesse que esperava que uma moça tão bonita tivesse o bom-senso de não olhar duas vezes para o maior boboca do condado, e que já era hora de sua esposa parar de encorajar a afetação de Oswald. Venetia foi esquecida em uma troca espirituosa de opiniões conflitantes.

Ninguém podia negar que Venetia era uma moça bonita, na verdade quase todos a consideravam linda. Dentre as debutantes de Almack, era natural que ela se destacasse, pois, na sociedade restrita à qual pertencia, não havia outra igual a ela. Não era apenas o tamanho dos seus olhos brilhantes que causava admiração, nem o belo cabelo dourado, nem a linha arqueada dos seus lábios: havia alguma coisa especial em seu rosto que não ficava a dever às suas lindas feições — uma expressão de doçura, uma centelha de graça natural, um olhar especialmente franco, despido de inibição.

Venetia olhou com um ar brincalhão para Aubrey, ainda perdido nos seus textos antigos.

— Aubrey! Querido e *odioso* Aubrey! Você tem de me dar ouvidos! Basta *um* ouvido, querido!

Ele levantou os olhos.

— Não se for algo que não me interesse!

— Garanto que lhe interessa! — explicou ela, rindo. — Você me faria o favor de ir ao Serviço de Encomendas perguntar se mandaram um embrulho para mim de York? Um embrulho bem *pequeno*, querido Aubrey! *Nada* pesado, fácil de carregar, lhe dou minha palavra de honra!

— Tudo bem, eu vou... Mas se for peixe é melhor mandar Puxton buscar, minha querida.

— Não. É musselina, nada mais.

Aubrey levantou-se e foi até a janela com seu passo arrastado e esquisito.

— Acho que está muito quente para sair, mas eu vou. Ah, vou *mesmo*, nesse instante! Querida, *seus dois* pretendentes vieram lhe fazer uma visita matutina!

— Oh, não! — exclamou Venetia aborrecida. — De novo?

— Estão subindo a rua. Oswald está com a cara amarrada de sempre.

— Aubrey, por favor, não diga isso! É o jeito *desanimado* dele. Vive pensando em crimes horríveis, acho eu, não é justo imaginar que esses pensamentos sombrios possam ser confundidos com uma crise de mau humor.

— Que crimes horríveis?

— Meu querido, como posso saber se nem ele sabe? Pobre rapaz! É tudo culpa de Byron! Oswald não consegue decidir se é parecido com o pai ou com o *Corsário*. De qualquer forma, é perturbador para Lady Denny. Ela está convencida de que ele tem um problema sanguíneo e vive lhe pedindo para tomar os remédios do Dr. James.

— Byron! — disse Aubrey impaciente, dando de ombros. — Não sei como vocês podem ler essa droga!

— É claro que não, querido, e devo admitir que gostaria que Oswald também não lesse essas coisas. Qual será o pretexto de Edward para essa visita? Decerto não vai haver *outro* casamento da realeza nem eleições gerais.

— E por que ele acha que a gente se interessa por essas bobagens? — Aubrey afastou-se da janela. — Você vai se casar com ele? — perguntou.

— Não... não sei! Estou certa de que ele seria um bom marido, mas embora eu tente, não consigo ter mais do que estima por ele — respondeu ela num tom cômico.

— Por que você tenta?

— Bem, preciso me casar com alguém, não é? No dia em que Conway se casar, o que será de mim? Não gostaria de continuar morando aqui, me tornando uma tia... E devo admitir que tampouco seria agradável para minha cunhada.

— Você pode morar comigo! Não pretendo me casar e não farei nenhuma objeção. Você nunca me incomoda.

Os olhos de Venetia dançavam, mas ela lhe assegurou com toda a seriedade que estava agradecida.

— Seria melhor que se casar com Edward — comentou seu irmão.

— Pobre Edward! Você antipatiza com ele tanto assim?

Aubrey respondeu com um sorriso.

— Quando ele está conosco, nunca me esqueço de que sou um aleijado, minha querida.

Ouviu-se uma voz por trás da porta.

— Estão na copa? Não precisa me anunciar, eu conheço o caminho.

— E detesto quando ele diz que conhece o caminho da casa — acrescentou Aubrey.

— Eu também! Não há como escapar! — concordou ela, virando-se para cumprimentar as visitas.

Dois cavalheiros que em muito diferiam entraram na copa. O mais velho, um rapaz de aspecto sólido, por volta dos 30 anos, vinha na frente, como alguém que não tem dúvidas de que é bem-vindo; o mais moço, um jovem de 19 anos, disfarçava sua insegurança com um ar de indiferença.

— Bom dia, Venetia! Oi, Aubrey! — disse Sr. Edward Yardley, apertando as mãos de ambos. — Que preguiçosos vocês são! Tive medo de não encontrá-los num dia como esse, mas vim convidar Aubrey para pescar carpa no meu lago. O que você acha, Aubrey? Pode usar o bote para não se cansar.

— Obrigado, mas creio que não pegaria nada num tempo assim.

— Mas lhe faria bem. Você pode chegar com a charrete até perto do lago, sabia?

Isso foi dito gentilmente, mas Aubrey recusou mais uma vez entre dentes. O Sr. Yardley notou a careta e supôs, com pena, que ele estivesse sentindo dor no quadril.

Nesse meio-tempo, o jovem Sr. Denny informou à dona da casa, com mais formalismo que a ocasião parecia exigir, que viera vê-la, e acrescentou em voz baixa porém vibrante que não podia ficar longe dela. Lançou um olhar mal-humorado para Aubrey, que o olhava com desprezo, e calou a boca. Era quase três anos mais velho que Aubrey e tinha visto muito mais do mundo, mas o irmão mais novo de Venetia sempre o deixava nervoso, tanto com seu olhar distante quanto com sua língua venenosa. Não ficava à vontade na presença do rapaz, pois, além de não conseguir igualar-se a ele em termos intelectuais, tinha horror à sua deficiência física, e achava, acima de tudo, que Aubrey lidava com isso de modo constrangedor. O fato de mancar da perna esquerda não justificava a forma pouco gentil com que tratava os mais velhos. "Ele sabe que não vou lhe fazer mal algum", pensou Oswald, torcendo o lábio.

Depois de ser convidado a se sentar, Oswald assumiu um ar descuidado no pequeno sofá. Notou que o outro visitante o olhava com insistência e com um ar inconfundível de reprovação e ficou dividido entre a esperança de parecer uma figura romântica e o medo de estar exagerando na sua atitude descuidada. Edward Yardley desviou o olhar para o rosto de Venetia.

Sem querer parecer romântico, ele nunca poderia ser acusado de ficar à vontade demais na presença de uma dama. Nem teria feito uma visita matutina vestido com traje de caça e com um lenço de seda amarrado no pescoço com a ponta enfiada dentro do casaco. Estava bem-vestido, com uma jaqueta sóbria de montaria e botas de couro, e, para que não lhe caísse uma mecha na testa, usava o cabelo bem mais curto do que o corte em voga. Era o verdadeiro modelo do cavalheiro rural de sólida fortuna e ambição modesta; nenhum estranho imaginaria que ele, e não Oswald, fosse filho único de uma mãe senil e viúva.

O pai de Edward morrera na guerra antes de ele completar 10 anos. Muito cedo o rapaz herdou uma fortuna grande o suficiente para levar uma vida confortável e fazer planos para o futuro. Para um homem interessado em manter-se na última moda, essa herança talvez não fosse bastante, mas Edward não tinha hábitos extravagantes. Sua propriedade, situada a menos de 15 quilômetros de Undershaw, não era muito grande nem muito importante, porém era um lugar agradável, que lhe conferia uma posição reconhecida em North Riding — o auge de sua ambição. De temperamento sério por natureza, era também dotado de um forte senso de dever. Frustrando todos os esforços de sua mãe de estragar seu caráter por excessiva indulgência, desde cedo assumiu seus negócios e tornou-se rapidamente um jovem austero, de virtudes uniformes. Não era dotado de vivacidade nem de perspicácia, mas tinha muito bom-senso; sua natureza dominadora o tornara muito autocrático em casa, mas seu domínio firme sobre a mãe e os empregados era sempre movido por uma sincera crença na sua capacidade de decidir o que seria melhor para eles em todas as ocasiões.

Venetia, achando que lhe cabia compensar a indelicadeza de Aubrey, disse:

— Que gentileza pensar em Aubrey! Mas você não devia ter se dado a tanto trabalho. Imagino que tenha milhares de coisas a fazer.

— Não *milhares* — respondeu ele sorrindo. — Nem *centenas*, embora eu esteja em geral bem ocupado. Mas não pense que estou negligenciando alguma obrigação urgente, espero não ter de me culpar por isso! Posso garantir que cuidei das obrigações importantes enquanto vocês ainda dormiam. Com alguma organização pode-se encontrar tempo para tudo. Tenho outra razão para vir ver você: trouxe o exemplar do *Morning Post* de terça-feira, que acho que você vai gostar de ver. Marquei a passagem que diz respeito ao Exército de Ocupação. Parece certo que os franceses são cada vez mais contra a permanência de nossos soldados lá. Não é de estranhar, mas quando lembramos... Porém isso não interessa tanto a você quanto a perspectiva de Conway voltar para casa! Talvez ele esteja com vocês antes do final do ano.

Venetia pegou o jornal e agradeceu com voz quase trêmula, evitando olhar para Aubrey. Quando Edward soube que os Lanyon dependiam de notícias do jornal semanal *Liverpool Mercury*, começou a dividir com eles seu jornal diário de Londres — uma boa desculpa para as frequentes visitas a Undershaw. De início vinha só quando aparecia algum artigo importante, como a morte do rei da Suécia e a declaração de que o marechal Bernadotte subiria ao trono, ou os casamentos da realeza ocorridos durante a primavera. A primeira notícia espantosa foi que a princesa Elizabeth, embora já uma mulher madura, ficara noiva do príncipe de Hesse Homburg; logo após as descrições de seu enxoval e os louvores sobre suas habilidades artísticas, foi anunciado que três dos seus irmãos de meia-idade haviam seguido seu exemplo. Isso ocorreu porque a herdeira da Inglaterra, a pobre princesa Charlotte, havia morrido ao dar à luz e o bebê morrera também. Até mesmo Edward achou as notícias divertidas, pois dois dos duques reais tinham mais de cinquenta anos e aparentavam essa idade, e era sabido que o mais velho deles tinha vários filhos bastardos esperançosos. Mas depois das núpcias de Clarence, em julho, Edward teve dificuldade em encontrar algum artigo nos jornais que pudesse interessar aos Lanyon, e mais de uma vez foi obrigado a levar matérias sobre a saúde da rainha, cujos médicos estavam desanimados, ou sobre a dissensão entre os Whigs com relação à contínua liderança de Tierney no partido. Nem mesmo os maiores otimistas poderiam supor que os Lanyon se interessassem por esses boatos, mas era razoável esperar que dessem grande valor à notícia sobre o possível retorno de Conway para Undershaw.

No entanto, Venetia disse que só acreditaria nessa volta quando visse Conway entrando pela porta da casa; e Aubrey, depois de pensar um pouco, acrescentou com um tom de lamentável otimismo que não havia razão para desespero uma vez que Conway provavelmente arranjaria outra desculpa para permanecer no Exército.

— *Eu* arranjaria! — disse Oswald. E ao perceber que essa declaração era decididamente pouco elogiosa para a dona da casa, ficou agoniado e gaguejou: — Quer dizer, não é bem isso... Quer dizer, eu arranjaria se fosse Sir Conway! Ele vai achar a vida terrivelmente monótona aqui, depois de ter viajado pelo mundo...

— Você acha aqui monótono depois da viagem que fez às Antilhas, não é? — perguntou Aubrey.

Edward deu uma risada e Oswald, pretendendo ignorar o tom malicioso de Aubrey, disse com uma ênfase desnecessária:

— Saiba que eu já vi mais do mundo que você! Vocês não têm ideia... Ficariam surpresos se eu contasse como as coisas são diferentes na Jamaica!

— Ficaríamos, sim — disse Aubrey, começando a levantar-se da cadeira.

Edward, com boa vontade pouco apreciada, foi ajudá-lo. Sem conseguir livrar-se da mão que o sustentava, Aubrey agradeceu a ajuda num tom gélido, e manteve-se imóvel até o outro retirar a mão do seu braço. Então ajeitou a manga e disse para a irmã:

— Vou sair para buscar aquele embrulho, querida. Gostaria que você escrevesse para Taplow quando tiver uma folga, pedindo que ele começasse a nos mandar um dos jornais diários de Londres. Acho que seria bom, não é?

— Não há necessidade disso — disse Edward. — Eu tenho o maior prazer em dividir o meu com vocês.

Aubrey parou na porta, olhou para trás e disse num tom de pretensa suavidade:

— Mas, se tivermos o nosso, você não será obrigado a vir aqui com tanta frequência.

— Se eu soubesse que vocês queriam o jornal eu teria vindo aqui *todo dia* com o exemplar do meu pai! — argumentou Oswald com seriedade.

— Bobagem! — falou Edward, mais aborrecido com esse aparte do que com a má vontade de Aubrey. — Imagino que Sir John tenha alguma coisa a dizer sobre esse plano! Venetia sabe que pode depender de mim.

Essa observação desagradável levou Oswald a dizer que Venetia podia depender dele para serviços muito mais perigosos do que a entrega de um jornal. Pelo menos, foi basicamente isso que ele quis declarar, mas suas palavras, que haviam lhe parecido boas, sofreram uma infeliz transformação quando ele falou. Saíram truncadas até mesmo para ele, e perderam a força sob o olhar de desprezo de Edward.

Naquele momento foram interrompidos pela antiga babá dos Lanyon, que entrou na copa à procura de Venetia. Ao ver que o Sr. Yardley, que ela aprovava, estava com sua jovem patroa, desculpou-se, disse que o assunto podia esperar e retirou-se. Mas Venetia, preferindo cumprir uma tarefa doméstica — mesmo que fosse obrigada a inspecionar lençóis usados ou a ouvir queixas da preguiça dos empregados mais moços — a manter-se na companhia dos seus admiradores enfadonhos, levantou-se e dispensou-os da forma mais gentil possível, dizendo que se meteria em apuros com a babá se a deixasse esperando.

— Tenho negligenciado meus deveres, e se não tomar cuidado, serei repreendida — disse sorrindo e estendendo a mão para Oswald. — Vou ter de me despedir de vocês dois. Espero que não se aborreçam! Vocês são amigos tão antigos que não preciso fazer cerimônia.

Nem a presença de Edward conseguiu deter Oswald de levar a mão de Venetia aos lábios e beijá-la com fervor. Ela recebeu a gentileza com tranquilidade e ao retirar a mão estendeu-a a Edward. Ele sorriu e disse:

— Só um instante! — Abriu a porta para ela passar e seguiu-a pelo corredor, deixando seu rival fechado na copa. — Você não devia encorajar aquele menino idiota a lhe fazer a corte — disse.

— Eu o encorajo? — perguntou Venetia, parecendo surpresa. — Pensei que o tratasse como trato Aubrey. É assim que o vejo, só que... — acrescentou pensativa — Aubrey não é bobo e parece muito mais velho que o pobre Oswald.

— Minha querida Venetia, não a estou acusando de *flertar* com ele! — Edward disse com um sorriso complacente. — Nem estou com ciúmes, se é o que está pensando!

— Não é isso. Você não tem razão nem direito de ter ciúmes, como bem sabe.

— Certamente nenhuma *razão*. Quanto a *direito*, nós concordamos que seria impróprio falar mais sobre isso até Conway voltar para casa, não é? Você deve imaginar com que interesse *eu* li aquela notícia no jornal!

Ao dizer isso arqueou a sobrancelha, o que fez com que ela exclamasse:

— Edward! Por favor, não conte muito com a chegada de Conway! Você fala como se *isso* fosse me fazer cair prontamente nos seus braços. Gostaria que não pensasse assim.

— Eu acho, na verdade, tenho certeza de que nunca me expressei nesses termos — disse ele num tom grave.

— Não, nunca! — ela concordou, com um sorriso malicioso nos lábios. — Edward, *pergunte* a si mesmo, antes que eu me canse tanto de esperar por Conway e me proponha a aceitar *qualquer* proposta, se deseja *realmente* casar-se comigo! Acho que a resposta é não.

Ele pareceu surpreso, até um pouco chocado, mas sorriu e disse:

— Eu sei que você gosta de brincar! Está sempre se divertindo, e seu senso de humor faz com que diga coisas estranhas de vez em quando. Creio que já estou acostumado com elas e sei o que significam.

— Edward, por favor... *Por favor*, pelo menos tente se livrar dessa ilusão! — Venetia pediu com sinceridade. — Você não me conhece de forma alguma, se é isso que pensa, e ficaria chocado se descobrisse que são *sinceras* as coisas estranhas que digo!

Edward respondeu brincando, porém não menos confiante:

— Talvez eu a conheça melhor do que você mesma! Você pegou o maneirismo de Aubrey. *Você* em geral não passa dos limites, mas quando fala de Conway é como se não lhe tivesse afeição alguma.

— E não tenho mesmo — retrucou ela francamente.

— Venetia! Pense no que está dizendo.

— Mas é a verdade absoluta! — insistiu ela. — Não fique tão chocado! Eu não desgosto de Conway, mas admito que posso vir a desgostar se for obrigada a conviver com ele por muito tempo, pois além de não dar a mínima para o conforto de ninguém a não ser do seu, Conway é uma pessoa *terrivelmente* comum!

— Você não deve falar assim — disse Edward num tom de reprovação. — Se fala do seu irmão com tão pouca moderação, não é de surpreender que Aubrey não tenha escrúpulo de referir-se à volta dele como ainda há pouco.

— Meu querido Edward, você acabou de dizer que fui *eu* que peguei o maneirismo *dele*! — falou Venetia em tom de zombaria. Mas ele se mantinha sério e ela continuou: — A verdade, tente perceber!, é que nós não temos maneirismos, apenas dizemos o que pensamos. E devo admitir que é espantosa a frequência com que pensamos da mesma forma, pois nossos gostos, creio eu, não são nada semelhantes.

Edward ficou em silêncio por um instante, depois disse:

— Você tem direito de sentir algum ressentimento. Eu sinto por você. Sua situação aqui depois da morte do seu pai é desconfortável, e Conway não tem escrúpulos de largar nos seus ombros *obrigações* que são dele. Mas com Aubrey é o oposto. Eu me senti tentado a repreendê-lo quando o ouvi falar do seu irmão como falou. Por mais defeitos que Conway tenha, ele tem bom coração e sempre tratou Aubrey muito bem.

— É, mas Aubrey não gosta das pessoas só porque são boas.

— Agora você está dizendo uma bobagem!

— Não! Aubrey gosta das pessoas pelo que têm dentro da cabeça, não pelo que fazem, creio eu.

— Será muito bom para Aubrey Conway voltar para casa! — interrompeu-a Edward. — Se ele é tolo o bastante para achar que as únicas pessoas de que ele pode gostar são eruditos, já é hora...

— Que besteira está dizendo! Você deve saber que ele gosta de mim!

— Eu peço desculpas! Sem dúvida não a compreendi bem — disse ele em tom ríspido.

— Não compreendeu mesmo! E não compreendeu tampouco o que falei sobre Conway. Garanto que não tenho o menor *ressentimento,* e quanto à minha situação... Oh, como você é absurdo! É claro que não é desconfortável para mim! — Ao ver que ele parecia ofendido, exclamou: — Eu aborreci você! Bem, hoje está quente demais para brigar, então vamos parar por aqui, por favor! De qualquer forma, preciso subir para ver o que a babá quer comigo. Até logo, e obrigada pela gentileza de nos trazer o jornal!

Capítulo 2

DEPOIS DE SE DESEMBARAÇAR da babá, que além de lençóis usados mostrou duas camisas de Aubrey com punhos rasgados por terem sido lavadas sem cuidado, Venetia caiu nas mãos da governanta, que veio lhe dizer que tinham de fazer geleia de amora de qualquer maneira. Na verdade, o objetivo da Sra. Gurnard, que veio à tona depois de muita divagação, era defender a nova lavadeira, sua sobrinha, das acusações da babá. Como as duas antigas funcionárias viviam havia vinte e seis anos alimentando ciúmes mútuos, Venetia sabia que as supostas falhas da lavadeira levariam inevitavelmente a um desfile de outras queixas contra a babá; e que a babá, desconfiada da longa conversa no quarto da governanta, procuraria Venetia e descobriria, depois de rigoroso questionamento, as mentiras maliciosas que lhe haviam contado. Então, com a habilidade que desenvolvera depois de muita prática, Venetia voltou a falar sobre a geleia de amora, e, depois de prometer à Sra. Gurnard que lhe entregaria uma cesta das frutinhas silvestres naquele mesmo dia, foi às pressas para o quarto antes que a senhora voltasse a queixar-se ainda mais da babá.

Tirou o vestido de cambraia francesa que estava usando e pegou no armário um vestido velho de algodão. Era uma roupa fora de moda, de um azul desbotado já quase cinza, mas ainda boa para catar amoras, e nem mesmo a babá se importaria se fosse manchada.

Sapatos mais pesados e uma touca de sol completavam o traje. Saiu de casa munida de uma grande cesta e, no caminho, passou por Ribble, o mordomo, que informou que o Sr. Denny fora a Thirsk fazer algumas transações, e pretendia parar em Undershaw na volta caso a Srta. Lanyon tivesse algum recado para a mãe dele.

O único companheiro de Venetia nessa aventura era um cocker spaniel bobo porém simpático, que Aubrey lhe dera de presente quando descobriu que, além de ser muito agitado, o cachorrinho não gostava de armas. Para servir de companhia em caminhadas solitárias, ele era o cão ideal, pois apesar de seu defeito era muito brincalhão. Depois de impedir Venetia de andar algumas centenas de metros, girando à sua volta e pulando nela com latidos histéricos, como se vivesse preso na coleira, ele desapareceu na estrada, surdo a qualquer protesto, e reapareceu em pequenos intervalos, com a língua de fora e um ar de quem tinha abandonado assuntos urgentes para ver se estava tudo bem com ela.

Como a maioria das moças criadas no campo, Venetia gostava de caminhar; mas, ao contrário de grande parte de suas contemporâneas nobres, não se importava de caminhar sozinha. Desenvolvera o hábito nos tempos de colégio, quando o objetivo era fugir da sua dama de companhia. Para a Srta. Poddemore, uma hora andando pelos caminhos cercados de arbustos era exercício suficiente para qualquer dama; e em raras ocasiões, quando a circunstância ou persuasão levavam Venetia a andar um quilômetro e meio até a aldeia mais perto, o passo da acompanhante era tão exasperante quanto sua mania de lhe contar histórias instrutivas durante o percurso. Embora ela não fosse tão interessante quanto a Srta. Selina Trimmer, que Venetia conhecera e passara a venerar, era uma mulher de educação refinada. Infelizmente não tinha a força de caráter da Srta. Trimmer nem sua capacidade de inspirar afeição nas alunas. Quando Venetia fez 17 anos estava tão cansada dela que, ao completar seus estudos, informou ao pai que, sendo já uma moça e perfeitamente capaz de cuidar da casa, os serviços de Srta. Poddemore podiam ser dispensados. A partir daquela data sua única acompanhante era a babá, mas como disse a Lady Denny, já que não frequentava a sociedade nem recebia convidados em Undershaw, não tinha necessidade de acompanhante alguma. Incapaz de dizer que não era apropriado uma mocinha viver sem uma acompanhante na casa de seu pai, Lady Denny achou melhor não discutir, mas implorou a Venetia que não andasse pelos campos sem pelo menos uma empregada ao seu lado. A jovem riu e disse que ela estava parecendo a Srta. Poddemore, que não se cansava de citar o exemplo de Lady Harriet Cavendish (uma das alunas da distinta Srta. Trimmer), que quando morava em Castle Douglas, ainda solteira, nunca se aventurara a ir além dos jardins sem a presença de um lacaio. Mas como Venetia não era filha de um duque, não se sentia obrigada a tomar Lady Harriet como modelo.

— Além do mais, madame, isso deve ter ocorrido há pelo menos dez anos! Levar uma das empregadas comigo, quando ela devia estar se ocupando de alguma outra coisa, acabaria com todo o meu prazer. Não, não, não me livrei da Srta. Poddemore para *isso*! O que poderia acontecer comigo aqui, onde todos sabem quem eu sou?

Lady Denny, suspirando, teve de contentar-se com a promessa de que sua jovem e independente *protégée* nunca iria sozinha a York ou a Thirsk. Depois da morte de Sir Francis, ela renovou suas súplicas, mas sem esperança de ser atendida. Afligia-a saber que Venetia diria que não era mais uma menina, o que era verdade — já tinha então 22 anos e corria perigo de ficar solteirona.

— E pensar que nunca arranjou um namorado, Sir John... Não é precisamente isso que quero dizer, mas é uma pena para uma moça tão bonita e tão cheia de vida e cheia de disposição! Da minha parte, acho a tia dela muito comodista! Nunca se empenhou em persuadir Sir Francis a deixar Venetia passar uma temporada em Londres quando a pobre menina chegou à idade de debutar, e, depois que seu pai morreu, não ouvi ninguém dizer que ela a convidara de novo! Creio que é tão egoísta quanto o irmão; se não fosse pelas despesas e pelas filhas que tenho de criar. Mesmo que alguma coisa *saia* dessa ligação de Clara com Conway, o que não creio, tenho intenção de apresentar as cinco à sociedade! Bem, como ia dizendo, se não fosse por isso eu mesma a levaria a Londres, onde talvez encontrasse um noivo respeitável, apesar de não estar mais na flor da idade! É verdade que talvez ela se recusasse a deixar Aubrey... — disse, um tanto desapontada. — Oh, se ela soubesse que em breve será tarde demais...

Venetia sabia disso, mas, como não via nenhuma saída enquanto Conway teimasse em manter-se no exterior, tentava viver da melhor maneira possível. Lady Denny ficaria atônita se soubesse com que desânimo ela olhava para o futuro.

Para qualquer mulher em sua posição, era triste não ter escolha senão casar-se com Edward Yardley ou tornar-se uma solteirona, e provavelmente rejeitada, na casa do irmão. Dotada de grande competência, seria mais por convenção do que por dependência que teria de permanecer em Undershaw. Damas solteiras não moravam sozinhas. Já irmãs, passadas da idade de casar, podiam. Muitos anos atrás, Lady Eleanor Butler e sua querida amiga, a Srta. Sarah Ponsonby, foram morar juntas sob forte oposição dos pais. Haviam fugido para uma casinha no meio do País de Gales, renunciando ao mundo como se fossem freiras; e como ainda viviam lá e nunca tinham saído da reclusão, decerto estavam contentes. Mas Venetia não era excêntrica, e, mesmo que tivesse uma amiga do peito, não pensaria nem por um minuto em viver com ela. Seria preferível casar-se com Edward. E embora não alimentasse sua fantasia com sonhos juvenis de um pretendente nobre e bonito, sentia que o casamento com qualquer outro que não Edward seria a solução mais agradável para suas dificuldades.

Venetia nunca estivera apaixonada, e aos 25 anos suas expectativas não eram muitas. Para ela, romance limitava-se às páginas dos livros que lia; e se um dia esperara confiante a entrada de um Sir Charles Grandison na sua vida, esse otimismo tinha sido destruído havia muito tempo. Na época em que frequentava as assembleias de York atraíra muita admiração, e jovens promissores, encantados com a sua beleza e cativados por suas maneiras francas e seus olhos risonhos, teriam tido o maior prazer em acompanhá-la a um baile. Infelizmente não houve possibilidade de seguir a vida da forma esperada. Embora vários cavalheiros sensíveis censurassem fortemente seu pai por não permitir a entrada de nenhuma visita em sua casa, nenhum deles apaixonou-se por ela a ponto de, depois de uma contradança, deixar de lado os cânones do decoro (assim como o medo horrível de fazer um papelão) e sair de York para perambular pelos portões de Undershaw ou forçar a entrada lá.

Apenas Edward Yardley, afilhado de Sir Francis, tinha permissão tácita de passar além dos portões. Não era bem acolhido, e Sir Francis raramente saía do seu escritório para recebê-lo. Mas, como ele tinha licença de andar, conversar e sair a cavalo com Venetia, acreditava-se que, se lhe propusesse casamento, o pai rabugento aceitaria.

Ninguém o descreveria como um namorado impaciente. Venetia era o ímã que o atraía a Undershaw, mas ele levou quatro anos para se declarar e ela achou que ele havia agido contra sua vontade. Não hesitou em recusar a proposta, pois, por mais que valorizasse suas qualidades e por mais grata que lhe fosse pelos vários serviços que lhe prestava, não conseguia amá-lo. Ficaria feliz em continuar a amizade dos velhos tempos, mas Edward, tendo por fim se decidido, estava aparentemente tão determinado quanto confiante. Não ficou nada abalado com sua recusa — atribuiu-a a timidez, humildade, surpresa, e até a dedicação ao pai viúvo —, e assegurou-lhe que entendia perfeitamente esses sentimentos e que esperaria até ela conhecer melhor seu coração. A partir daquele dia o jovem começou a desenvolver um comportamento possessivo em relação a ela, que com frequência se revoltava e dizia tudo que lhe vinha à cabeça, provavelmente para chocá-lo. Mas de nada adiantava. Sua desaprovação era patente, mas suavizada por certa complacência. A vivacidade de Venetia fascinava-o, e ele não tinha dúvidas de que conseguiria moldá-la (depois que ela lhe pertencesse) como bem desejasse.

Quando Sir Francis morreu, Edward voltou a lhe propor casamento, e a proposta foi recusada outra vez. Na ocasião ele foi mais persistente, o que Venetia já esperava. O que não imaginava era que Edward supusesse que sua contínua relutância em aceitá-lo devia-se ao que ele chamava de situação delicada. Falou que a respeitava por escrúpulos que ela própria considerava absurdos, e absteve-se de pressioná-la até que Conway, seu protetor natural, voltasse para casa. Venetia não conseguia imaginar por que ele teria enfiado isso na cabeça, mas pensou em duas hipóteses: a primeira era que, embora se sentisse fortemente atraído por ela, ele não estava convencido de que ela seria uma esposa ideal; a segunda era que sua mãe lhe sugerira isso. A Sra. Yardley era uma mulherzinha apagada, submissa à vontade do filho, sendo calorosa e suave apenas em sua presença. Mostrava-se gentil com Venetia, mas a moça tinha certeza de que ela não queria seu casamento com Edward.

Com a notícia de que havia grande esperança de que o Exército de Ocupação fosse retirado da França em breve, a questão com o seu futuro pressionou-a. Enquanto caminhava pelo pequeno parque de Undershaw, ruminava ideias, mas logo percebeu que não chegaria a lugar algum. Eram apenas conjecturas ou, na melhor das hipóteses, a certeza de que quando Conway voltasse Edward esperaria uma resposta favorável, e não aceitaria qualquer outra. É claro que isso tudo era culpa dela, por ter aceitado com tanta presteza o adiamento oferecido pelo peculiar senso de propriedade de Edward, e por ter concordado, mesmo que em termos tácitos, que nada poderia ser decidido até que Conway voltasse. Não se podia esperar que Edward compreendesse que a resposta dela dependeria muito do que Conway pretendia fazer. Conway tivera uma paixonite juvenil por Clara Denny antes de entrar para o Exército, à qual Clara parecia dar muita importância. Se ele pensasse da mesma forma, Venetia poderia ter uma cunhada pronta para entregar a liderança da casa nas suas mãos, pois a pobre Clara sempre a vira com admiração e humildade. Tal possibilidade seria muito ruim para ambas, pensou Venetia, mas por outro lado sabia que não conseguiria viver em segundo plano em Undershaw.

O casamento com Edward seria seguro e confortável. Ele seria um bom marido e certamente a protegeria das intempéries da vida. Mas Venetia havia nascido com uma voracidade que ele não conhecia, e uma coragem que a fazia enfrentar riscos sem acovardar-se. Como não se queixava de sua reclusão forçada, Edward achava que ela se satisfazia em passar os dias sob a sombra de Cleveden Hills. Longe de estar satisfeita, nunca imaginou que aquele pudesse ser seu destino. Queria conhecer o resto do mundo; casamento só lhe interessava como um meio de escapar à sua vida imposta como moça solteira.

Na verdade, pensou Venetia ao sair do parque e entrar em uma alameda que o separava da propriedade vizinha de Elliston Priory, meu caso é um fato consumado, só preciso decidir se vou ser tia dos filhos de Conway ou mãe dos filhos de Edward; tenho o pressentimento de que os filhos de Edward serão terrivelmente insípidos, pobrezinhos! Onde está aquele maldito cachorro?

Flurry! Flurry!

Depois de chamar o cachorro durante vários minutos, cada vez mais exasperada, seu amigo canino apareceu correndo, muito amável, com a anca levantada e a língua de fora. Como estava ofegante, o animal não se afastou muito, e ela entrou nas terras de Priory por uma cancela existente ao lado do pesado portão da fazenda. Aquela entrada dava acesso a uma passagem antiga, mas Venetia, em excelentes termos com o empregado de lorde Damerel, tinha liberdade de passear por onde quisesse naquela propriedade, e Flurry sabia disso. Depois de um breve descanso, ele saiu correndo para a mata, onde havia um suave declive até chegar ao riacho que corria pelas terras de Priory. Do outro lado do riacho ficava a própria Priory, uma casa grande construída na época dos Tudor sobre a fundação da estrutura antiga, e mais tarde ampliada, com lindos painéis e muitas inconveniências. Venetia não tinha interesse pela casa, mas aquelas terras foram durante anos o lugar preferido dos três Lanyon. Um dos caprichos de Sir Francis era manter sua propriedade em condição excelente, mas seus filhos preferiam ir à caça de aventuras em áreas menos cuidadas. A mata de Priory, que fazia parte de uma floresta, era considerada por esses espíritos juvenis o auge do deleite. Naquele momento, já mais madura, Venetia sentia pena pelo lugar estar tão abandonado, embora ainda mantivesse seu charme; ela passeava frequentemente por ali, e como era raro o proprietário passar por aqueles lados, deixou o desobediente Flurry correr na área à vontade, caçando coelhos e assustando os faisões, sem perigo de enfurecê-lo. O Barão Malvado, como ela havia muito tempo apelidara lorde Damerel, não sabia disso nem se importava; a única festa que ele dera em Priory certamente não havia sido para celebrar uma caçada.

A família dele era antiga e muito distinta, mas quem comandava a propriedade então era considerado pelos respeitáveis locais um câncer na vizinhança. Era quase um pecado social mencionar seu nome entre pessoas educadas. As indagações inocentes das crianças, que queriam saber por que lorde Damerel nunca aparecia em Priory, eram reprimidas. Diziam que elas não tinham idade para compreender, e que não deviam pensar e muito menos falar sobre o assunto; lorde Damerel não era um *bom* homem, elas que parassem com tantas perguntas e fossem correr e brincar.

Era isso que a Srta. Poddemore dizia a Venetia e Conway, e eles naturalmente especulavam sobre a possível (e muitas vezes impossível) natureza dos crimes do lorde e criavam uma figura de romance lúgubre a partir das misteriosas informações da Srta. Poddemore. Só muitos anos depois Venetia descobriu que a vileza de Damerel não estava ligada a assassinato, traição, pirataria ou roubo nas estradas. Era mais sórdida que romântica. Filho único de pais idosos, ele tinha acabado de entrar na carreira diplomática quando se apaixonou loucamente por uma mulher casada, nobre, e fugiu com ela, arruinando seu próprio futuro, cortando o coração da mãe e provocando uma isquemia no pai que o deixou paralisado e da qual nunca se recuperou. Na verdade, três anos mais tarde, depois de outra isquemia fatal, não se pôde mais dizer que aquele caso chocante causara sua morte. Qualquer menção ao filho deles foi proibida na casa, e a viúva, que parecia a Venetia ter uma marcante afinidade com Sir Francis Lanyon, passou a viver em semirreclusão em Londres, aparecendo na propriedade de Yorkshire muito raramente. Quanto ao novo lorde Damerel embora houvesse boatos sobre sua vida, ninguém sabia ao certo o que lhe acontecera, pois seu comportamento escandaloso coincidiu com a efêmera Paz de Amiens, e ele fugiu com essa mulher para fora do país. Tudo que se soube mais tarde foi que o marido da sua amada recusou-lhe o divórcio. Durante quanto tempo ela viveu com o amante, para onde fugiram quando a guerra estourou de novo e qual foi o último destino dela eram questões que suscitavam muitas conjecturas. A mais popular era que ela fora escorraçada pelo amante e deixada à mercê dos soldados bárbaros de Napoleão. Os moradores da aldeia diziam às suas filhas adolescentes que era isso que ela merecia, e que esse tipo de coisa podia ocorrer com qualquer menina que não cuidasse de sua virgindade.

Qualquer que fosse a verdade, uma coisa era certa: a dama não estava com Damerel quando ele retornou à Inglaterra alguns anos depois. Desde aquela data ele pareceu dedicar-se às formas mais extravagantes de diversão (se é que metade das histórias que contavam sobre ele eram verdade), dilapidando a bela fortuna da família e não perdendo oportunidades de declarar que era ainda pior do que se dizia. Até o ano anterior suas idas ocasionais a Priory haviam sido tão breves que os vizinhos mal conseguiam vê-lo, e muitos nem sequer sabiam que ele estivera lá. Mas, em agosto, lorde Damerel passou uma semana inteira em Priory, em circunstâncias escandalosas. Levou vários convidados e deu uma festa — e *que* festa! Tinham vindo para as corridas, é claro, pois um cavalo de Damerel correria em um dos páreos. O pobre Imber, o velho mordomo que cuidava de Priory havia anos, entrou em desespero, pois nunca um grupo de pessoas de tão baixa categoria havia pisado naquela casa. Quando a Sra. Imber descobriu que esperavam que ela cozinhasse para aqueles desordeiros e para três mulheres de má conduta, declarou que preferia ir embora de Priory a se rebaixar daquela forma. Só a sua dedicação à família convenceu-a a voltar atrás, do que se arrependeu amargamente (como era de esperar), pois nenhum dos moradores da aldeia permitiu que suas filhas fossem trabalhar lá e foi preciso contratar três empregadas de York, bem pouco respeitáveis, para servir àquela gentalha. Imber declarou que o falecido lorde rolaria na tumba se visse tais absurdos ocorrendo em sua casa ancestral. Quando os convidados não se entretinham com brincadeiras vulgares como a Caça ao Esquilo — os homens faziam buscas desavergonhadas debaixo das saias das mulheres e as mulheres encorajavam tais libertinagens —, jogavam até altas horas da noite e deixavam a dega absolutamente seca. Mais de um teve de ser levado para a cama pelo seu *valé*, e lorde Utterby (que tinha um parafuso a menos, segundo Imber) só não deixou Priory reduzida a cinzas porque o cheiro de queimado chegou às narinas da rapariga do Sr. Ansford. Ela decidiu inspecionar a origem de tal odor vestida apenas com uma camisola — não mais indecente que o vestido que usara durante o dia, deixando ver suas formas opulentas! — e arrancou as cortinas da sala que já pegavam fogo, gritando a plenos pulmões.

As orgias continuaram por sete dias, mas forneceram material para os mexericos da vizinhança durem vários meses.

Depois disso, não ouviram mais falar de Damerel. Ele não apareceu para as corridas de York naquele ano e, a não ser que tivesse intenção de vir mais tarde para a caça aos faisões, o que parecia improvável, North Riding podia considerar-se livre de sua presença contaminadora por mais um ano. Foi portanto uma surpresa para Venetia, que enchia calmamente sua cesta com as amoras, descobrir que ele estava muito mais perto do que se supunha. Ao passar pela orla da mata, onde parou para soltar o vestido que se prendera nos galhos das amoreiras silvestres, ouviu uma voz que dizia:

— Quantos espinhos há nesse mundo em que vivemos!

Assustada, virou a cabeça e notou que estava sendo observada por um homem alto montado em um belo cavalo tordilho. Era um estranho, mas sua voz e suas roupas denotavam sua posição. Um instante depois ela constatou que estava diante do Barão Malvado. Olhou-o, interessada, deixando-o, inconscientemente, ver seu lindo rosto. Ele levantou as sobrancelhas, desceu do cavalo e foi em sua direção com passadas largas. Venetia não conhecia nenhum homem elegante, mas, embora ele estivesse vestido como um cavalheiro rural, havia uma diferença sutil nas suas botas de couro e no casaco cinza-avermelhado. Sua indumentária não podia ter sido feita por um alfaiate da província, e nenhum homem da região a teria usado com tanto estilo. Ele era mais alto do que Venetia supôs a princípio, andava de forma confiante e possuía um ar ligeiramente arrogante. Ao aproximar-se, a jovem percebeu que ele era moreno, de rosto fino, marcado por rugas provocadas pela falta de cuidado. Apesar de ele estar sorrindo, Venetia pensou que nunca tinha visto olhos tão cínicos.

— Muito bem, minha linda invasora, você está bem atrapalhada aí, não é? Fique bem quieta!

Ela manteve-se imóvel enquanto ele soltava sua saia dos galhos das amoreiras. Terminada a tarefa, ergueu o corpo e disse:

— Pronto! Só que eu sempre imponho uma penalidade àqueles que roubam minhas amoras. Deixe-me olhar para você!

Antes que ela se recuperasse do susto de ser abordada daquele jeito, ele passou o braço à sua volta e jogou para trás sua touca de sol. Mais zangada do que amedrontada, ela tentou empurrá-lo. Porém ele não lhe deu a mínima e apertou-a ainda mais, com os olhos lampejando.

— *Mas ela é a imagem da beleza...!*

Venetia foi beijada com fúria Seu rosto ficou rubro, os olhos brilharam, e ela tentou tenazmente desvencilhar-se dos braços mais fortes que já havia encontrado, o que fez Damerel rir. Ela deveu sua liberdade a Flurry, que surgiu de dentro da mata e, ao ver sua dona lutando nos braços de um estranho, entrou em grande agitação. Seu instinto foi voar para salvá-la, mas seu condicionamento proibia-o de morder qualquer coisa que andasse sobre duas pernas. Começou a latir freneticamente mas, sem obter nenhum resultado, o instinto venceu.

Por sorte, Damerel usava botas de cano longo, e a mordida de Flurry não lhe tirou sangue. Ele olhou para o cocker spaniel, afrouxou a pressão dos braços à volta de Venetia e ela aproveitou para se soltar.

— *Sente!* — ordenou Damerel.

Flurry, reconhecendo a voz da autoridade, obedeceu prontamente, baixou as orelhas e abanou o rabo.

— Que droga estava pretendendo fazer? — perguntou Damerel, pegando-o pela mandíbula e levantando sua cabeça.

Flurry reconheceu aquela voz mais uma vez e esforçou-se para explicar que o lastimável incidente fora um mal-entendido. Venetia, em vez de aproveitar a ocasião para fugir, ajeitou as fitas de seu chapéu e exclamou:

— Você não tem *nenhum* discernimento, seu animal idiota?

Damerel, alisando o cachorro arrependido, olhou para o alto e apertou os olhos.

— Quanto ao senhor — disse Venetia —, suas citações não tornam essas investidas aceitáveis. Para mim, o senhor não passa de um *depravado pestilento*!

Damerel desatou a rir.

— Bravo! De onde você tirou isso?

De súbito, Venetia lembrou-se do resto da citação e respondeu:

— Se o senhor não sabe, eu certamente não lhe direi. *Essa* frase é válida, mas está faltando o contexto.

— Ah, você suscitou minha curiosidade! Reconheço a citação e vejo que devo estudar Shakespeare com cuidado.

— Eu diria que o senhor raramente usa seu tempo com coisas de mais valor!

— Quem é você? — perguntou ele abruptamente. — Pensei que fosse uma moça da aldeia, provavelmente uma de minhas colonas.

— Pensou mesmo? Bem, se é assim que se comporta com as moças da aldeia, não deve ser muito querido por aqui!

— Não, não, o perigo é ser querido demais! Quem é você? Quer que eu me apresente primeiro? Eu sou Damerel, como você sabe.

— Supus que fosse assim que nos conhecemos. Pouco depois tive certeza da sua identidade.

— Ah... *Minha reputação, Iago, minha reputação!* — exclamou ele, rindo de novo. — Bela Fatalidade, você é a mulher mais diferente que eu conheci nos meus trinta e oito anos!

— O senhor não pode imaginar como me sinto envaidecida! — ela lhe assegurou. — Devo admitir que ficaria impressionada se eu não suspeitasse que o senhor varreu da lembrança uma dúzia de outras mulheres.

— Mais de cem! Será que nunca vou saber seu nome? Vou acabar sabendo, você dizendo ou não.

— Sem a menor dificuldade! Sou muito mais conhecida nessa região do que o senhor, sou uma Lanyon de Undershaw!

— Impressionante! Undershaw? Ah, sim! Suas terras limitam com as minhas, não é? Você tem o hábito de andar por aí desacompanhada, Srta. Lanyon?

— Sim... a não ser, é claro, que me avisem que o senhor está em Priory!

— Que menina rancorosa! Como eu poderia reconhecer a Srta. Lanyon de Undershaw vestida com uma roupa toda amassada, uma touca de sol, e sem uma acompanhante?

— Devo crer que se soubesse qual era minha origem não teria me molestado? Que cavalheirismo!

— Não, eu não sou um cavalheiro — falou ele, caçoando. — A presença de sua acompanhante teria me inibido, não a sua origem. Não posso imaginar uma beleza assim aventurando-se pelo campo sozinha. Ou você não sabe que é muito bonita?

— Sei — disse Venetia, deixando-o desconcertado. — *Item, dois lábios, de um vermelho indiferente...*

— Ah, não! Você está errada e citou o poeta errado! *Eles parecem botões de rosa cobertos de neve!*

— Isso é de *Cherry-ripe*? — perguntou ela. Ele fez que sim, encantado com o semblante decidido dela. Seus olhos brilhavam vitoriosos. Ela deu uma gargalhada e continuou: — Então eu sei o que vem depois! *Porém nenhum par ou nenhum príncipe pode comprá-los, até os próprios Cherry-ripe gritarem!* Que *isso* lhe sirva de lição, cuidado com os poetas que escolhe!

— Você é encantadora! — exclamou ele.

Venetia estendeu as mãos depressa para afastá-lo.

— Não!

Ele agarrou-a pelos pulsos, prendeu-os nas costas e encostou seu peito no dela. O coração de Venetia batia descompassadamente, mas ela não sentiu medo.

— Sim! — disse ele, ainda brincando. — Você devia ter fugido enquanto teve chance, minha menina dourada.

— Eu sei que devia, nem entendo por que não fugi — replicou ela, com muita ingenuidade.

— Posso dar um palpite.

Venetia sacudiu a cabeça.

— Não. Deve estar pensando que eu queria ser beijada de novo, mas não é verdade. Não posso reagir porque o senhor é muito mais forte do que eu. Não precisa nem ter medo das consequências. Meu irmão ainda é um adolescente, e debilitado. O senhor deve saber disso, não é?

— Não, e agradeço por ter me contado. Então não preciso ter escrúpulo algum.

Ela olhou-o com ar indagador, tentando adivinhar o que lhe passava pela cabeça; embora ele falasse com escárnio, o tom de voz era um tanto amargurado. Seus olhos eram sorridentes porém ferozes, e ela lembrou-se de uma passagem de Byron. *Havia um demônio sorridente no seu sorriso.*

— Por favor, me solte! — insistiu ela. — De repente pensei em algo muito divertido! Oh, meu Deus! *Pobre* Oswald!

Damerel ficou surpreso, tanto pela expressão jocosa do rosto dela quanto pelo que tinha dito, e soltou-a.

— De repente você pensou em uma coisa muito divertida? — repetiu.

— Obrigada — falou Venetia, ajeitando o vestido. — Pensei mesmo, mas talvez o senhor não ache muito engraçado porque não conhece Oswald.

— E quem é Oswald? Seu irmão?

— Deus me livre, não! É o filho de Sir John Denny. Seu desejo máximo é parecer-se com o *Corsário*. Usa o cabelo solto em cachos, lenços de seda amarrados no pescoço, e vive ruminando as paixões sombrias de sua alma.

— É mesmo? E o que esse boboca tem a dizer?

Venetia pegou sua cesta.

— Se um dia conhecê-lo ele ficará *verde* de ciúmes, pois o senhor é precisamente o que *ele* pensa que gostaria de ser, embora o senhor não use roupas cheias de artifícios.

Damerel ficou estupefato por um instante e disse:

— Um herói byroniano! Oh, meu Deus! Vocês são abomináveis... — Interrompeu a frase ao ver um faisão saindo da mata, e continuou com irritação: — Esse seu cachorro idiota *precisa* assustar meu faisões assim?

— Precisa sim. Meu irmão não gosta que ele faça isso em Undershaw, então trouxe-o comigo hoje. Assustar as aves é sua diversão favorita. Ele é inútil como cão de caça, pobrezinho, tem muito pouca oportunidade de fazer esse tipo de coisa. Alguma objeção? Não vejo por que o senhor se objetaria se nunca vem caçar aqui.

— Eu não *vinha*! Mas *este* ano vai ser diferente! Não tinha intenção de ficar em Yorkshire mais do que alguns dias, mas isso foi antes de conhecer você. Por ora vou permanecer em Priory.

— Esplêndido! — disse Venetia amavelmente. — Em geral aqui é um pouco monótono, mas pode melhorar se o senhor ficar entre nós! — Ao avistar Flurry, chamou-o e fez uma pequena mesura. — Até logo!

— Não! — protestou ele. — Quero conhecê-la melhor, Srta. Lanyon de Undershaw!

— Parece uma pena depois de um começo tão promissor. Mas a vida é cheia de desapontamentos, e esse provavelmente será um deles, posso lhe garantir.

Damerel aproximou-se quando ela se dirigiu para a cancela.

— Está com medo? — perguntou em tom de provocação.

— Que pergunta idiota! Suponho que o senhor saiba que é visto como um ogro que vai atacar todas as meninas do distrito.

— Sou tão ruim assim? — perguntou ele, assustado. — Você acha que devo tentar desfazer essa chocante reputação?

Os dois estavam junto à cancela quando ela passou para o outro lado.

— Oh não, nós não temos nada mais a dizer agora.

— Sua megera! — exclamou ele. — Diga ao seu irmão aleijado que eu a tratei de forma vergonhosa mas que ele não precisa ter medo! Não vou agredi-lo.

Capítulo 3

VENETIA VOLTOU PARA CASA com a cabeça confusa. Com a sensação de que depois da agitada experiência precisaria de um período de reflexão, ela foi andando devagar, pensando em todas as circunstâncias do seu primeiro encontro com um devasso. Depois de refletir sobre a conduta imprópria de Damerel e dizer a si mesma como tivera sorte de escapar de uma situação pior, ocorreu-lhe com horror que sua sensibilidade não fora muito afetada. Uma mulher de educação fina (a não ser que os livros mentissem) teria desmaiado ao ser beijada por um estranho, ou teria pelo menos sido tomada de enorme aflição e voltado para casa com o espírito conturbado. Não ficaria ali, trocando ideias com um libertino. Nem sentiria qualquer entusiasmo na sua presença. Venetia tinha plena consciência disso. Não gostara de ter sido tratada com tanta rudeza, mas por um instante teve um impulso de aceitar a provocação, e em meio à sua cólera vislumbrou o que a vida poderia ser. Não que desejasse ser tratada com violência por estranhos. Mas se Edward algum dia a tivesse beijado assim! Imaginar Edward deixando de lado sua postura rígida era uma ideia tão absurda que ela sorriu sozinha. Edward controlava por completo suas paixões; ela pensou pela primeira vez se essas paixões eram muito fortes ou se na verdade ele era um homem frio.

Essa pergunta ficou no ar, sem resposta; Damerel dominou a cena no mesmo instante e, fosse ele o vilão ou um personagem menos importante, não se podia negar que dera nova vida a uma peça monótona.

Venetia não sabia o que contar a Aubrey. Se falasse de seu encontro com Damerel, ele poderia fazer perguntas que ela teria dificuldade de responder; por outro lado, se não dissesse nada e Damerel se tornasse seu amigo, certamente conheceria Aubrey também. Embora fosse quase certo que ele teria vergonha de referir-se à natureza do encontro anterior com ela, poderia mencionar que já a conhecia e Aubrey acharia estranho ela não ter lhe dito nada. Por fim, achou que Damerel não devia ter intenção de permanecer mais tempo em Priory e decidiu seguir seu próprio instinto.

Ficou contente de ter tomado essa decisão, pois foi Aubrey o primeiro a falar que Damerel estava em Priory; mas como tinha muito pouco interesse pelos vizinhos e nenhum por aquele homem em quem nunca pusera os olhos, falou casualmente do assunto quando os dois se sentaram à mesa:

— A propósito, ouvi dizer na aldeia que Damerel está de volta, mas sem seus amigos libertinos. Na verdade, voltou sozinho.

— Não houve nenhum boato de escândalo? Isso não vai agradar os curiosos! Por que será que voltou?

— Negócios, creio eu — respondeu Aubrey, indiferente. — Já era hora de cuidar dos seus problemas por aqui.

Venetia concordou, mas não continuou a conversa. O assunto seria levantado outra vez, mas não por Aubrey. É claro que a notícia espalhou-se rapidamente pela região, e, antes do anoitecer, a babá e a Sra. Gurnard, forçadas pelas circunstâncias a formar uma aliança temporária, conversaram com Venetia sobre a necessidade de ela tomar as devidas precauções. De forma alguma deveria pôr o pé além do jardim sem uma acompanhante. Em tom sombrio, a babá disse que não era preciso dizer o que poderia acontecer se ela não seguisse aqueles conselhos.

Venetia conseguiu apaziguá-las, mas quando, no dia seguinte, Edward Yardley veio a Undershaw, ela quase perdeu a paciência.

— Imagino que ele não vá ficar em Priory mais do que dois dias, mas enquanto estiver por aqui é melhor você deixar de fazer suas caminhadas solitárias — disse Edward, assumindo uma autoridade calma, que a irritou tanto que ela resolveu engolir uma resposta atravessada. — Você sabe que eu nunca fui a favor desse seu hábito — acrescentou, com um sorriso de lado.

Oswald Denny visitou-a também, mas sua atitude foi mais dramática: disse que, caso Damerel ousasse incomodá-la, ele saberia como responder a "esse sujeito". O gesto significativo da mão na bainha de uma espada fictícia foi demais para Venetia, e ela deu uma gargalhada.

— Você ri, mas eu vivi onde não se valoriza a vida! Garanto que não hesitaria em desafiar esse sujeito se ele lhe fizesse uma mínima afronta.

Depois disso Venetia não se surpreendeu quando, dois dias depois, a carruagem dos Denny entrou em Undershaw trazendo Lady Denny. Mas logo ficou claro que o objetivo da visita não era tanto advertir a jovem amiga contra um libertino notório quanto fazer uns mexericos. Ela própria o conhecera! E mais que isso! Sir John encontrou-o por acaso e aproveitou a oportunidade para perguntar a ele se lhe daria apoio em uns problemas da paróquia; achou-o muito amável, levou-o a Ebbersley para falar mais sobre o assunto e acabou convidando-o para almoçar com eles.

— Imagine minha surpresa ao ver os dois entrando em casa! Devo dizer, minha querida, que não gostei muito da ideia, pois Clara e Emily estavam sentadas ao meu lado. Embora Clara não se deixasse impressionar, Emily está na idade de apaixonar-se pelos homens mais inaceitáveis. Mas minhas preocupações pararam por aí: as meninas declararam que nunca ficaram tão desapontadas, pois ele é velho e nada bonito!

— *Velho?* — exclamou Venetia involuntariamente.

— Para as meninas, sim — explicou Lady Denny. — Ele não tem mais de quarenta anos, ou talvez nem isso. Não tenho certeza, quando era criança quase não vinha a Priory, pois Lady Damerel não gostava de Yorkshire e só aparecia por aqui quando davam festas para comemorar as corridas. Você não se lembra, minha querida, mas ela era uma mulher muito orgulhosa e desagradável; devo admitir que o filho não parece nada arrogante, embora não tenha a menor razão para levantar o nariz para nós. Os Damerel são uma família muito antiga, e o pai dele, apesar de perfeitamente cortês, se considerava muito importante. Eu não vi nada disso nesse rapaz, na verdade achei que ele tinha muito poucas peculiaridades! Suas maneiras não me desagradaram, mas ele é estranho, ríspido e um pouco desleixado demais para *me* agradar! As meninas o consideraram um tanto vulgar, mas devo admitir que não pensariam assim se ele tivesse lhes dado mais atenção. Mal trocou dez palavras com elas, e sobre os assuntos mais comuns!

— Que vergonha! — disse Venetia. — Ao que posso ver, ele parece ser um homem *detestável.*

— É mesmo, mas eu lhe agradeço por isso! — comentou Lady Denny, séria. — Imagine como eu me sentiria se ele tivesse sido insinuante. O fato de Sir John ter dito que nossa querida Clara não é bonita o suficiente para atrair a atenção de um homem como Damerel não importa, além disso não é coisa que um pai diga da própria filha! Teria lhe servido de lição se Damerel *tivesse* lançado olhares sedutores para Clara, ele não devia tê-lo convidado para vir à nossa casa! Mas Sir John vai dizer que não tem intenção de viver em maus termos com os vizinhos e que é uma bobagem minha supor que Damerel seja tão desprezível a ponto de comportar-se de forma imprópria com qualquer moça na posição de Clara. Mas todos sabem que ele não teve escrúpulo de seduzir uma dama nas barbas do próprio marido!

— Quem era essa mulher? — interrompeu Venetia, curiosa. — O que aconteceu com ela?

— Não sei exatamente, mas era uma das filhas de Rendlesham: eram três filhas, *todas* muito bonitas, felizmente, pois apesar de Rendlesham ser um homem de poucas posses, as filhas fizeram bons casamentos! *Essa* prosperou, mas eu não quereria isso para uma de minhas filhas mesmo que Sir John fosse tão pobre quanto Rendlesham era. Para começar, seu marido tinha um nome muito peculiar: *Vobster!* Ao que parece nasceu empelicado, como falam, mas seu pai era um homem horrível e ninguém sabia quem era seu avô! Dizem que tinha uma loja de penhor, pelo menos foi o que me contou meu irmão George, mas creio que era boato de Banbury. De qualquer forma, Gregory Vobster tornou-se rico como Midas, o que agradou ao lorde Rendlesham. Costumava dar-se ares de homem requintado, bem me lembro, mas na verdade não era. Nada o convenceria a consentir num divórcio! Ele comportou-se de forma muito vergonhosa, só pensava em vingança, e, se não tivesse quebrado o pescoço quando sua carruagem capotou na estrada de Newmarket, aquela mulher infeliz ainda estaria casada com ele! O fato é, minha querida, que ele morreu menos de três anos depois do fim do casamento, e embora eu não saiba *por quê*, *sei* que ela não se casou com Damerel, como todos esperavam. Por isso tenho-o em baixa conta, e reluto tanto em recebê-lo na minha casa! Além do mais, se abandonando Lady Sophia ele esperava reconciliar-se com a própria família, tal não ocorreu, pois seus pais expulsaram-no de casa, e só quando Lady Damerel morreu é que ele voltou para a Inglaterra. Na verdade, se não fosse pela herança que lhe deixou o velho Matthew Stone, seu padrinho, ele teria sido reduzido a extrema penúria e não teria fugido com Lady Sophia! Tudo isso mostra que é uma loucura deixar fortunas para os jovens!

— Expulsaram-no de casa! — exclamou Venetia. — Eles é que deviam ter sido expulsos!

— Eles é que deviam ter sido expulsos? — repetiu Lady Denny.

— Sim, por terem deixado o filho fazer papel de bobo com essa

Lady Sophia! Isso aconteceu quando ele tinha vinte e dois anos, não é? Então! Aposto como ela era mais velha do que ele, não era?

— Alguns anos mais velha, creio, mas...

— Então a senhora há de convir que Lady Sophia foi muito mais culpada que ele! Embora eu ache que eles deveriam ter se casado quando ela enviuvou, não posso deixar de pensar que ela merecia isso e ele, não. Começo até a sentir pena do Barão Malvado. Ele pretende ficar muito tempo em Yorkshire? Nós seremos forçados a conviver com ele?

— *Eu* serei, se por acaso o encontrarmos, mas estou determinada a cumprimentá-lo secamente. Já pedi a Sir John para não convidá-lo para um jantar formal. "Por favor, quais dos nossos conhecidos eu convidaria para conhecê-lo?", perguntei. "Os Yardleys? Os Traynes? A pobre Sra. Motcomb? Nossa doce Venetia?" Por fim ele chegou à conclusão de que um jantar em casa não seria apropriado. Felizmente Damerel é solteiro, pois não pretendo ter nenhuma intimidade com ele. Se os cavalheiros desejarem visitá-lo, que visitem, mas ele não pode convidar damas para suas festas.

Com essa conclusão triunfal Lady Denny se foi, deixando a jovem amiga à espera dos acontecimentos, com sentimentos tão díspares que não tinha certeza se gostaria de ver Damerel de novo ou se ficaria feliz de saber que ele fora embora de Priory. Seria entediante ficar confinada à área do parque de Undershaw, mas esse parecia ser seu destino, a não ser que saísse a cavalo com Aubrey. Por menos atenção que desse às advertências da babá, sabia que poderia encontrar Damerel por lá, e, se estivesse caminhando sozinha, ele sem dúvida acharia que ela aprovara suas investidas. Levando tudo isso em consideração, o melhor seria que ele partisse. Lorde Damerel era um homem perigoso, sua conduta havia sido imperdoável, e um novo encontro com ele poderia deixá-la desmoralizada, tendo em vista a vida enclausurada que sempre levara.

No entanto, depois de uma semana sem nenhum sinal do seu paradeiro, Venetia ficou frustrada. Ele continuava em Priory, mas não fez nenhum esforço para entrar em contato com os vizinhos. Segundo os mexericos da aldeia, estava voltado para os problemas de sua propriedade. Croyde, seu administrador, que fora chamado pela primeira vez para enumerar as necessidades urgentes que nunca tinham sido atendidas, sentiu-se otimista. Embora lorde Damerel não tivesse ainda autorizado qualquer gasto, pelo menos ouvia os problemas e via com os próprios olhos a lenta decadência de uma boa terra que havia sido malcuidada. Edward, um cético, dizia que Damerel só gastaria algum dinheiro com reformas ou melhorias se tivesse possibilidade de tirar de Priory uma renda maior para esbanjar com suas diversões. Venetia teria imaginado que seu súbito interesse por Priory nada mais era que uma desculpa para permanecer ali, caso tivesse tentado vê-la de novo; não seria difícil encontrar um pretexto para aparecer em Undershaw. Então, sem perceber que Damerel, especialista na arte da sedução, empregava táticas que ninguém conhecia melhor que ele para tentar atraí-la, acabou concluindo que não o encantara tanto quanto tinha pensado. Não havia grande atração para ele em Undershaw, e era desapontador saber que nada poderia ser feito a esse respeito. Venetia viu-se imaginando um segundo encontro, e entre a vergonha de si mesma e a mágoa por Damerel não tê-la procurado, mostrou-se tão mal-humorada que Aubrey perguntou se ela estava com algum problema.

No final das contas, o segundo encontro não foi provocado por nenhum dos dois, mas por Aubrey.

Damerel voltava para casa com Croyde depois de uma de suas inspeções, quando um leve grito de socorro interrompeu o que ele dizia. O grito foi ouvido de novo, e Croyde ficou de pé nos estribos para tentar avistar a sebe que ladeava a estrada.

— Meu Deus, é o Sr. Aubrey. Eu falei tanto. Aquele cavalo alazão que ele sempre monta caiu com ele, eu sempre disse que isso poderia acontecer! Milorde me daria permissão para ajudá-lo?

— É claro. Há um portão por aqui ou vamos precisar puxá-lo por baixo da sebe?

Mais adiante descobriram o portão e em alguns instantes os dois desmontaram. Croyde ajoelhou-se ao lado de Aubrey, que estava derrubado no chão junto da valeta que separava o campo de cultivo do pasto. Seu cavalo estava a pouca distância, e quando Damerel tentou aproximar-se, percebeu que o animal mancava.

Aubrey estava lívido, sentindo bastante dor, e disse baixinho:

— Eu caí por cima da minha perna ruim. Não consigo me levantar. Devo ter ficado atordoado. Onde está Rufus? Ele caiu sobre a pata dianteira. Espero que não tenha quebrado os joelhos!

— Não se preocupe com esse desajeitado, senhor! — disse Croyde, em tom de censura. — Quero saber o que *o senhor* quebrou.

— Nada. Pelo amor de Deus, não me critique senão posso desmaiar de novo. Acho que torci o tornozelo, só isso. — Tentou apoiar-se no cotovelo mas sentiu muita dor e mordeu os lábios. Enquanto Croyde tentava ajudá-lo, Aubrey continuou: — Vou me levantar... em um minuto. Meu cavalo...?

— Seu cavalo feriu a pata — respondeu Damerel. — Não dá para montar nele, mas a perna não está quebrada. Tem certeza de que não quebrou a sua?

Aubrey olhou-o com a vista turva.

— Não quebrei a perna. O problema é meu quadril. Eu tenho... um quadril frágil. Vai melhorar daqui a pouco. Se puderem enviar um mensageiro a Undershaw, eles mandarão a carruagem para mim.

— É o jovem Sr. Lanyon, meu senhor — explicou Croyde. — Acho que é melhor eu buscar uma charrete em Priory, pois estamos a uns dez quilômetros de Undershaw.

— E a estrada é bastante irregular — disse Damerel, olhando pensativo para Aubrey. — Vamos levá-lo para Priory. Diga para arrumarem uma cama para ele e traga Nidd com você para cuidar dos cavalos. Ponha isso debaixo da cabeça do menino! — Tirou o casaco, enrolou-o e passou para Croyde, depois de dar uma olhada em Aubrey: — E traga um pouco de conhaque também.

Tomou o lugar de Croyde ao lado de Aubrey e começou a afrouxar a gravata do jovem. Aubrey abriu os olhos.

— O que... Obrigado! O senhor é lorde Damerel, não é?

— Sim, sou Damerel, mas não precisa conversar comigo.

— Por que não?

— Creio que você teve uma ligeira concussão, seria melhor ficar quieto.

— Não sei. E nem sei há quanto tempo estou aqui. Acho que acordei uma vez e desmaiei de novo. Estava tentando me levantar. Mas não consigo, como está vendo.

Damerel percebeu o tom amargo, mas disse apenas:

— Com um quadril frágil e o tornozelo torcido, é uma bobagem tentar, não acha?

Aubrey deu um riso forçado e fechou os olhos mais uma vez. Abriu-os apenas quando Croyde chegou com a charrete, mas Damerel notou que não estava nem dormindo nem inconsciente pelas suas sobrancelhas franzidas e sua boca rígida. Aubrey falou com dificuldade que podia andar se o ajudassem a se levantar, pôs os braços no pescoço de Damerel, como lhe mandaram, e dali em diante tentou manter-se o mais forte possível. Carregar um menino tão franzino e leve pelo campo não ofereceu dificuldades, mas foi impossível colocá-lo na charrete sem que ele sentisse dor. Embora Priory estivesse a pouco mais de um quilômetro, a estrada era tão ruim que o percurso provou ser um verdadeiro sofrimento. Aubrey não reclamou, mas voltou a desmaiar quando foi retirado da charrete.

— Muito bem! — exclamou Damerel, carregando-o para casa. — Leve esses sais aromáticos daqui, Sra. Imber! Vamos tirar essas botas antes que ele acorde de novo, pobre rapaz! Pegue uma navalha, Marston!

A retirada das botas fez com que Aubrey acordasse, mas só depois de lhe tirarem as roupas e vestirem-no com uma camisa de dormir é que conseguiu manter-se consciente. O alívio que sentiu no tornozelo direito com a compressa fria pareceu mitigar a dor que irradiava do quadril, e o sal volátil que lhe despejaram garganta abaixo fez com que ele, depois de engasgar um pouco, tomasse conhecimento do ambiente no qual se encontrava. Não reconheceu Damerel e seu *valé*, mas ao ver o rosto preocupado da Sra. Imber sua memória voltou:

— Agora estou me lembrando! Eu levei um tombo. Estava cavalgando como um maluco!

— Todos nós levamos tombos! — argumentou Damerel. — Não se culpe por isso.

Aubrey virou a cabeça no travesseiro para olhar para ele e seu rosto ganhou um pouco de cor.

— Eu lhe agradeço muito, senhor — disse num tom formal. — Desculpe ter lhe causado tanto transtorno! O senhor deve me achar uma pobre criatura.

— Ao contrário, achei-o muito valente. Tem mais valentia do que juízo. Santa ingenuidade! Você sabe que tem peso pluma. Como pôde achar que conseguiria dominar um cavalo agitado como o seu?

— Eu não perdi o controle das rédeas! Forcei Rufus demais e fui displicente, mas não há um único cavalo que eu não consiga montar.

— *Muito* mais valentia que juízo! — disse Damerel em tom de zombaria, mas nada ofensivo. — E há gente ainda mais ingênua, como meu administrador, que disse que o cavalo era forte demais para você, o que bastou para você sair galopando pelos campos! Confesso que eu teria feito o mesmo. Onde posso encontrar o médico que normalmente o atende?

— Em lugar nenhum! Quer dizer, não quero que mandem buscar meu médico; ele só iria mexer em mim e tornar as coisas piores! Não foi nada, vou melhorar se descansar um pouco.

— Ora, Sr. Aubrey, o senhor sabe muito bem que a Srta. Lanyon chamaria o médico sem pestanejar — disse a Sra. Imber. — E por que dizer que ele só pioraria as coisas, quando todos o consideram tão bom ou até melhor do que qualquer grande médico de Londres? É o Dr. Bentworth, milorde, e, se Croyde não tivesse levado Nidd com ele, eu o teria mandado imediatamente a York!

— Bem, se já tiver voltado com o cavalo, ele pode sair tão logo eu escreva um bilhete para o médico. Por enquanto...

— Eu preferiria que não fizesse isso! — exclamou Aubrey, irritado. — Tenho certeza de que vou poder voltar para casa antes que ele chegue aqui. Por favor, me deixem em paz! Não quero que exagerem as coisas por um mero tombo! Detesto isso!

Essas palavras desagradáveis deixaram a Sra. Imber chocada.

— Sim, é abominável! — disse Damerel friamente. — Ninguém mais vai se preocupar com você. Agora tente dormir um pouco.

Para Aubrey, que sentia dor pelo corpo todo, essa sugestão pareceu tão insensata que ele fez força para não dar uma resposta atravessada. Foi deixado sozinho com seus próprios pensamentos. Por mais que se esforçasse, não conseguiu livrar-se das dores, e começou a pensar que talvez a queda do cavalo tivesse prejudicado seriamente seu quadril, deixando-o aleijado por completo, ou que o obrigasse a ficar preso a uma cama durante meses. Porém, antes que tivesse tempo de se desesperar, Damerel voltou ao quarto com um copo na mão. Olhou bem para Aubrey e disse:

— Está se sentindo mal, não é? Beba isso.

– Se for um remédio fraco eu bebo, mas se for láudano não quero. Obrigado!

— Lembre-me de perguntar o que você quer se algum dia eu me interessar em saber, mas no momento, não faz diferença. Vamos lá, faça o que eu digo senão seu destino poderá ser ainda pior.

— Impossível — suspirou Aubrey, relutando em pegar o copo.

— Não esteja tão seguro assim! Eu não sou paciente nem misericordioso. Ou será que não sabe que está na gruta do ogro?

Ao ouvir essas palavras, Aubrey sorriu e olhou de novo para o remédio.

— Só vou tomar isso aí se for absolutamente obrigado. Apesar de ter peso pluma eu não sou um fracote, sabia?

— Você é malcriado e teimoso! Gostaria de saber quem está exagerando agora. Esse medicamento é leve, vai fazer você se sentir melhor até o médico chegar! Beba logo e não me venha mais com bobagens.

Desabituado a receber ordens peremptórias, Aubrey empertigou-se; mas ao ver o olhar carrancudo de Damerel, desistiu.

— Tudo bem! — disse com um sorriso.

— Assim está melhor! — falou Damerel, pegando o copo vazio das mãos dele. Alguma coisa no rosto fino e resoluto de Aubrey fez com que continuasse: — Minha impressão é que você tem apenas escoriações e manchas roxas. Se fosse alguma coisa mais séria, a dor seria muito pior. Portanto, nada de desmaios.

Os olhos de Aubrey voltaram-se para ele.

— Sim, sim, pode durar. Obrigado... Muito obrigado mesmo! Não tive intenção de ser grosseiro, mas fui, e peço-lhe desculpas, senhor.

— Ah, vá dormir!

— É bem provável que eu durma depois de beber essa coisa horrível — disse Aubrey com um riso tímido, que o fez parecer ainda mais jovem. — Minha irmã deve estar muito aflita. O senhor acha...

— Não se preocupe! Já mandei um dos meus cavalariços a Undershaw com uma carta.

— Muito obrigado! Não contou nada que pudesse alarmá-la, não é?

— Não, por que faria isso? Contei exatamente o que contei a você, e pedi para ela mandar pelo portador uma roupa de dormir e uma escova de dentes para você.

— Que bom! — comentou Aubrey, aliviado. — Assim não vão poder pensar nada pior.

Capítulo 4

A CARTA QUE VENETIA RECEBEU foi escrita nos mais elegantes dos termos formais, e ainda com um toque divertido. Damerel esforçou-se para escrever com o maior cuidado, pensando no efeito que teria sobre ela. Tratou-a como se fosse uma estranha, mas Venetia decerto saberia que ele se lembrava muito bem dela. Embora tivesse tentado não deixar transparecer de forma alguma o prazer que a situação lhe dava, ela percebera as mãos maliciosas do destino. Isso talvez a levasse a Priory com um espírito de ressentimento, mas tinha certeza de que ela não deixaria de visitar o irmão acidentado, por quem era a única responsável, assim como ele confiava na capacidade que tinha de domá-la. Terminou a carta com a saudação habitual e, ao selar o envelope, imaginou a expressão dela quando lesse aquelas linhas.

Na verdade, nenhum desses pensamentos passou pela cabeça de Venetia. Quando a carta foi entregue em Undershaw ela estava muito mais aflita do que deixava transparecer, pois a babá profetizara um desastre desde o momento em que Aubrey não chegou para lanchar com a irmã. Essa circunstância não a alarmou, ele não tinha lhe dito exatamente para onde tinha ido, talvez Thirsk ou até mesmo York, onde patrocinava uma livraria. Mas às 16h Venetia começou a ficar nervosa, sem saber se devia mandar os empregados procurarem-no pelo interior ou se sua reação era exagerada, o que deixaria Aubrey enfurecido. Quando Ribble chegou com a carta, a babá torcia as mãos de ansiedade, dizendo que sabia desde o início que alguma coisa acontecera com seu santinho, que ele devia estar deitado em uma cama em Priory com todos os ossos do corpo quebrados. A aflição de Venetia era tal que não havia espaço na sua mente para qualquer pensamento sobre Damerel. Seus dedos tremiam quando abriu a carta, esperando pelo pior, e sua angústia era tanta que sequer notou a formalidade irônica que ele se esforçara para criar.

— Não, ele não se feriu muito! — exclamou agradecida, correndo os olhos rapidamente pela folha. — Rufus caiu com ele mas não houve fratura alguma, só uma entorse do tornozelo que ficou bem ralado, mas não houve nada com o quadril esquerdo, graças ao bom Deus. Ouça, babá! Lorde Damerel já mandou buscar o Dr. Bentworth em York para examiná-lo! Diz na carta que, embora Aubrey tenha a impressão de que caiu por cima da perna esquerda, ele acha que como a torção foi do lado direito, o quadril não sofreu nada de mais. *Rezo* para que ele esteja certo! Achou melhor levar Aubrey para Priory do que trazê-lo para casa, pois o percurso seria bem maior. Pediu que eu mandasse pelo portador um pijama e outras coisas de que Aubrey pudesse precisar. Como se eu não fosse ver meu irmão pessoalmente!

— E não vai mesmo! — declarou a babá. — O Senhor pode achar próprio entregar uma mulher velha nas mãos de gente perversa, mas está escrito no Grande Livro que muitas são as aflições dos justos e que eles serão preservados. Eu confio que serei, embora nunca tenha pensado em ser forçada a cruzar o caminho de pecadores! Mas nunca a deixarei pôr os pés naquela mansão ímpia, Srta. Venetia, nunca!

Reconhecendo, pela súbita referência à Bíblia, que sua guardiã estava fortemente comovida, Venetia dedicou os próximos vinte minutos a apaziguá-la, mostrando que havia mais razão de ligar Damerel ao Bom Samaritano que aos perversos, e tentou convencê-la de que sua visita a Aubrey em Priory era inevitável e não causaria problemas. O discurso obteve relativo sucesso, pois apesar de saber que quando a Srta. Venetia se decidia a fazer uma coisa ninguém conseguia impedi-la, e de admitir alguma semelhança de Damerel com o Bom Samaritano, a babá persistia em referir-se a ele como O Ímpio e a atribuir sua atitude caridosa a algum motivo obscuro e diabólico.

Ela estava mais perto da verdade do que imaginava ou do que poderia mostrar a Venetia. A jovem não tinha malícia nem afetação e só conhecia o mundo através dos livros que lia; a experiência nunca a ensinara a duvidar da sinceridade de alguém que lhe fizesse uma bondade. Quando Damerel avistou uma carruagem na curva da estrada e apressou-se em cumprimentar a visita, não foi uma deusa irada nem uma jovem digna que saiu do veículo e lhe estendeu as mãos, mas uma criatura ingênua, de olhos francos, expressando sua calorosa gratidão.

— Estou muito agradecida ao senhor. *Gostaria* de me expressar mas não há nada a dizer além de *obrigada* — exclamou Venetia sorrindo. — O senhor me escreveu uma carta confortadora! Foi muita bondade sua. Será que imaginou que eu estaria apreensiva? Por favor, diga que é verdade o que me contou. Ele não está gravemente ferido, está?

Passaram-se alguns instantes antes que ele respondesse ou soltasse as mãos dela. Com a roupa velha e desbotada, o cabelo mal penteado sob a touca de sol e o rosto ruborizado de indignação, ela havia lhe parecido uma beleza fora do comum. Agora usava um vestido de musselina simples porém charmoso, e chapéu de palha crua com a aba levantada na frente servindo de moldura àquele rosto lindo, e sua expressão era tão franca e doce que lhe tirou o ar. Sem perceber que ainda segurava as mãos dela com força, Damerel continuou olhando até a babá fazê-lo voltar aos sentidos com um pigarro intimidador. Ele recobrou-se rapidamente do devaneio e disse:

— Ora, Srta. Lanyon! Tudo o que escrevi na carta é a mais pura verdade. Embora eu tenha alguma experiência com fraturas, não conheço nada sobre os problemas do quadril de seu irmão, então achei por bem mandar chamar o médico. Ele deve estar chegando a qualquer momento. Nesse meio-tempo, a senhorita deve estar impaciente para ver o menino. Vou levá-la até ele.

— Obrigada! Trouxe nossa babá, como o senhor vê. Ela pretende ficar aqui para cuidar de Aubrey, se não lhe for inconveniente.

— Isso é ótimo! — falou Damerel sorrindo, ao perceber um brilho naqueles olhos hostis e moralistas. — A senhora saberá o que fazer e sua presença fará com que ele se sinta em casa.

— Ele está se queixando de dor? — perguntou Venetia ansiosa, quando Damerel conduziu-a para dentro de casa.

— Não mais. Eu lhe dei um pouco de láudano e agora ele parece estar confortável, e também bem sonolento.

— O senhor lhe deu láudano? — exclamou Venetia. — Se ele tomou *isso* é porque devia estar com muita dor! Aubrey não toma nenhum tipo de droga, nem mesmo a mais suave, só algum remédio para dormir quando o quadril o incomoda.

— Ele não tomou de boa vontade, posso lhe garantir! — replicou Damerel, levando-a pelo corredor que dava na escada. — Respeito a relutância dele, mas a não ser que eu estivesse enganado, deixá-lo agir como um jovem espartano diante de tanto sofrimento e com a possibilidade de ter sofrido alguma fratura seria uma tolice. Pelo menos foi assim que pensei!

— O senhor fez bem! — concordou Venetia. — Mas a menos que o tenha forçado a engolir, o que espero que não tenha feito, não posso imaginar como conseguiu persuadi-lo, pois nunca vi ninguém tão obstinado como ele!

Damerel riu.

— Não, não fui obrigado a usar de violência! — Abriu a porta do quarto e ficou de lado para ela entrar.

Aubrey, deitado no meio de uma cama grande de dossel com um pijama muito maior do que ele, parecia um menino, mas seu rosto já estava um pouco mais corado. Acordado pela irmã com os dedos no seu pulso, abriu os olhos e sorriu.

— Não se preocupe! Eu só tive umas leves escoriações, minha querida, nada relevante! Acho que forcei muito o Rufus — murmurou.

— Que bobagem! — exclamou ela num tom carinhoso.

— Eu sei. Damerel falou que eu tenho mais valentia que juízo — disse ele enquanto seus olhos focalizavam a babá, que havia apoiado sua mala volumosa no chão e tirava a touca, determinada a permanecer ao lado dele quaisquer que fossem as consequências. — Oh, *não*, meu Deus! Como *pôde* fazer isso comigo, Venetia? Tire a babá daqui! Não quero a babá cuidando de mim como se eu fosse um bebê.

— Que pirralho ingrato! — disse Damerel. — Se ela desse atenção ao que diz, você mereceria ser largado aqui à minha mercê! E eu certamente lhe daria uma surra.

Para surpresa de Venetia, essa intervenção, em vez de ofender Aubrey, fez com que ele desse uma risada. Virou a cabeça no travesseiro e olhou para Damerel.

— Você gostaria disso, senhor?

— Gostaria muito! Você é mais afortunado do que imagina.

Aubrey fechou a cara, mas, quando Damerel saiu do quarto, falou:

— Eu gosto dele. E você? Vai lhe agradecer por tudo o que fez por mim, não é? Acho que não agradeci o suficiente.

Ela acalmou-o e Aubrey fechou os olhos de novo, dormindo em seguida. Venetia ficou esperando o Dr. Bentworth enquanto a babá desfazia a mala com os lábios apertados, em tom de desaprovação, abrindo-os somente para sussurrar que ela devia se precaver contra as ciladas dos homens perversos. Foi levada para o quarto ao lado do da Sra. Imber, e Venetia ficou esperando o tempo passar. Não havia nada para ocupar seus pensamentos e nada para ver pela janela, a não ser o jardim malcuidado iluminado pelo sol de outono. Em imaginação, mandou capinarem tudo aquilo e plantarem suas flores preferidas nos canteiros. Quanto tempo ainda teria de esperar ali? Talvez bastante, pois York ficava a cerca de 20 quilômetros de distância, e era provável que um médico ocupado não pudesse largar tudo imediatamente para vir examinar Aubrey.

Quando a babá voltou para o quarto, Venetia ficou contente de ver que sua expressão estava mais relaxada. Sua opinião sobre a moral de Damerel e sua convicção de que seu fim seria uma lição para outros pecadores não mudaram, mas seu ar tornou-se menos severo quando descobriu que ele mandara a Sra. Imber fazer sua cama no quarto de vestir e atender a todas as suas exigências cabíveis. Além disso, o *valé* não era, como se poderia supor, um insolente presunçoso, mas um homem respeitável, que se comportou em grande estilo, acatou suas sugestões e pediu, como um favor, que ela o deixasse ajudar a cuidar do rapaz doente. Aparentemente a babá lhe concedeu esse favor, mas não ficou claro se fez isso porque foi conquistada pelo tato do *valé* ou porque sabia que Aubrey resistiria a qualquer tentativa sua de tratá-lo como a uma criança. Estava dizendo a Venetia em termos persuasivos que ela não precisava permanecer em Priory quando Aubrey acordou, zangado, com calor, com sede e sentindo-se desconfortável. Era uma excelente oportunidade de fazê-lo tirar a roupa de dormir de Damerel e vestir a sua própria, e Marston veio ajudá-la; por isso não prestou atenção quando Damerel entrou no quarto e convidou Venetia para jantar. Antes que percebesse a natureza escandalosa do convite, Venetia aceitou, e Damerel levou-a para fora do cômodo.

— Obrigada! — disse, fechando a porta. — O senhor chegou no momento certo, quando a pobre babá repreendia Aubrey por não pensar no que *eu* estaria fazendo!

— E você teria atendido aos seus protestos?

— Não, mas ela está profundamente tomada por essa ideia, e talvez venha a dizer coisas pouco gentis ao senhor, o que me deixaria muito constrangida.

— Não se preocupe com isso! — falou ele, rindo. — Só me diga como devo me dirigir a ela.

— Bem, *nós* sempre a chamamos de babá.

— Sem dúvida! Mas eu não posso fazer isso. Como é o nome dela?

— Priddy. Os empregados que lhe são subordinados chamam-na de Sra. Priddy, apesar de ela nunca ter sido casada.

— Então vou chamá-la também de Sra. Priddy. Acho que não estou acima dos seus subalternos em termos de estima! — Um risinho irreprimível fez com que ele olhasse para Venetia, e ao ver a alegria nos olhos dela, perguntou: — O que foi? Acha que estou acima deles?

— Creio que *não* — respondeu ela com cautela. — Mas pelo menos nunca a ouvi dizer, como disse da lavadeira, que o senhor seria comido pelos sapos!

Ele deu uma risada sonora.

— Meu Deus, acha que é esse o destino que me espera?

Encorajada ao ver que ele se divertia com tal absurdo, riu também.

— Sim, e também que sua prole seria entregue a uma lagarta.

— Não tenho objeção a isso! A lagarta será bem-vinda entre a minha prole.

— Como você pode ser tão desnaturado assim? Prole *deve* significar seus filhos.

— Claro! Qualquer filho espúrio que eu tiver a lagarta poderá levar à vontade.

— Pobrezinhos! — disse ela, pensativa. — Não que seja fácil perceber o mal que uma lagarta possa lhes fazer.

— Você sabe que é uma moça muito estranha? — perguntou ele abruptamente.

— Por quê? Eu disse alguma coisa que não devia ter dito? — falou Venetia, aflita.

— Ao contrário. Quem disse o que não devia fui eu.

— É mesmo? — perguntou, franzindo a sobrancelha. — Filhos espúrios? Foi minha culpa mencionar seus filhos, pois sei que não é casado. O senhor já... Não.

— Não que eu saiba — disse ele em tom grave, torcendo os lábios.

Isso deu a Venetia coragem para ir adiante:

— Eu *ia* perguntar isso. Desculpe! O problema é que é tão raro eu conversar com outra pessoa fora Aubrey que me esqueço de tomar cuidado com o que digo.

— Não deixe de falar o que lhe vem à cabeça por minha causa! — exclamou ele, levando-a para a sala de jantar. — Gosto da sua franqueza, e detesto senhoritas que coram por qualquer coisa!

Venetia sentou-se na cadeira que Imber puxou para ela.

— Bem, eu creio que não faço isso, nem fazia nos meus tempos de menina.

— Há muito tempo! — falou ele brincando.

— Isso mesmo, já tenho 25 anos.

— Eu acredito na sua palavra, mas me explique uma coisa. Você não aprecia o sexo oposto ou fez voto de castidade?

— Eu gostaria que o senhor não me fizesse rir enquanto estou tomando sopa! Quase engasguei. É claro que não!

— Os homens de Yorkshire devem ser um bando de bobocas. Essa sopa parece ser toda de cebola. Não é de admirar que engasgue. E ao que posso ver — continuou, mostrando os outros pratos sobre a mesa — o pior está por vir. Que diabo é *isso,* Imber?

— Vitela, meu senhor, com molho bechamel. A Sra. Imber não estava preparada para visitas — disse Imber se desculpando. — Mas temos também torta de carneiro e perdizes como segundo prato, com feijão francês e cogumelos, e um prato de frutas que a Sra. Imber espera que a senhorita aprecie, pois como meu senhor não gosta muito de doces ela não tem creme nem geleia para servir, e essas coisas levam tempo para aprontar.

— Estou pasma de ver como a Sra. Imber conseguiu fazer *tantos* pratos — respondeu Venetia imediatamente. — Com tanta confusão na casa não deve ter tido um minuto de descanso! Por favor, diga-lhe que adoro vitela e detesto geleias.

Damerel olhou-a com um sorriso que se estendia aos olhos, e mandou Imber tirar os pratos de sopa vazios.

— Tudo é bonito em você! Seu nome, seu rosto e suas maneiras — disse a Venetia. — Conte-me alguma coisa sobre sua vida. Por que nunca a vi antes? Você nunca vai a Londres?

Ela sacudiu a cabeça.

— Não, mas talvez vá quando Aubrey for para Cambridge no ano que vem. Quanto a falar sobre a minha vida, minha única resposta é que *foi uma vida vazia, senhor.*

— Você tem tristeza ao pensar nisso? Espero que não vá me dizer que é uma pessoa melancólica, pois garanto que não é.

— Deus me livre! Só quero dizer que não tenho história. Passei a vida toda em Undershaw e não fiz nada que valha a pena ser contado. Gostaria que o senhor me contasse algumas das coisas que fez.

Ele tirou os olhos do prato que estava servindo e olhou-a com ar severo. Venetia levantou as sobrancelhas em tom indagador, e viu que o sorriso de escárnio dele deixava-o parecido com o *Corsário.*

— Acho que não — retrucou secamente.

— Pedi que contasse *alguma* coisa que fez! — exclamou ela indignada. — Não pode ter passado a vida toda entrando em enrascadas idiotas.

O olhar severo desapareceu quando ele deu uma gargalhada.

— A maior parte da vida, posso garantir. O que quer saber?

— Gostaria que me falasse dos lugares em que já esteve. O senhor viajou muito, não é?

— Viajei, sim.

— Eu o invejo. É uma coisa que sempre quis fazer. Creio que nunca o farei, pois mulheres solteiras têm terríveis restrições, mas sonho com viagens a todos os lugares estranhos sobre os quais já li.

— Não faça isso! Esses sonhos, creia-me, são sementes de onde brota a excentricidade! Você terminaria como aquela mulher desgastada de Stanhope, rainha das hordas de beduínos fedorentos!

— Garanto que não! Parece muito desagradável e tão monótono quanto a vida que conheço! Imagino que esteja se referindo a Lady Hester, o senhor a conheceu?

— Sim, em Palmira, em... me esqueci... 1813 ou 1814. Não importa.

— Já esteve na Grécia e na região do Levante? — ela o interrompeu.

— Já. Por quê? Será que você é uma acadêmica clássica?

— Não, mas Aubrey é. Por favor, conte a ele as coisas que viu em Atenas. A única pessoa que ele tem para conversar sobre seu assunto preferido é o Sr. Appersett, e, embora ele seja um grande erudito e um vigário, nunca *viu* essas coisas com seus próprios olhos, como o senhor.

— Vou contar a Aubrey qualquer coisa que ele queira saber se a misteriosa Srta. Lanyon me contar o que *eu* quero saber.

— Eu conto — respondeu ela com elegância. — Mas não será nada especial. Por que me chama de misteriosa?

— Eu a chamo de misteriosa porque... — Fez uma pausa, divertido com o ar inocente dos olhos dela. — Porque você tem 25 anos, não é casada, e ao que eu saiba não tem pretendentes.

— Nada disso — replicou Venetia, entrando no espírito da coisa. — Eu tenho *dois* pretendentes! Um deles é excessivamente romântico, o outro é...

— É o quê? — provocou ele, ao sentir a hesitação da moça.

— É um homem digno! — continuou finalmente, dando um risinho quando ele pôs a mão na cabeça.

— E você é uma mulher diferente!

— Sou? A verdade é que não há mistério algum. Meu pai era um recluso.

— Isso está me parecendo um relato absurdo.

— Não, é o cerne da questão.

— Meu Deus, ele a trancou em casa como fez com ele mesmo?

— Não exatamente, embora muitas vezes eu suspeite de que esse era o seu desejo. Minha mãe morreu. Ele devia amá-la desesperadamente, pois entrou em um deplorável estado de letargia e tornou-se uma espécie de Henrique I, e nunca mais sorriu. Não sei bem como foi, pois ele nunca mencionou o nome da minha mãe; além disso, eu tinha só 10 anos na época e pouco contato com os dois. Na verdade, mal me lembro do rosto dela, só sei que era uma mulher bonita e que usava vestidos lindos. De qualquer forma, meu pai ficou profundamente abatido com sua morte, e, até completar 17 anos, creio que nunca troquei uma palavra com ninguém a não ser com minha família.

— Meu Deus! Ele ficou louco?

— Oh, não! Simplesmente excêntrico. Nunca o vi preocupado com ninguém a não ser consigo mesmo, mas creio que todos os excêntricos são assim. Quando fiquei mais velha, ele permitiu que Lady Denny e a Sra. Yardley me levassem às assembleias de York. Certa vez até consentiu que eu passasse uma semana em Harrogate com minha tia Hendred! Eu esperava que consentisse também que eu fosse ficar com ela em Londres, para receber uma educação adequada. Ela ofereceu-se mas ele não aceitou; decerto ela não queria tanto ficar comigo, senão teria pressionado o meu pai.

— Pobre Venetia!

Se ela notou que foi chamada apenas de Venetia, não deu qualquer sinal, sorriu.

— Confesso que andava muito desanimada naquela época, mas a verdade é que não poderia ter ido para Londres mesmo que o meu pai deixasse, pois Aubrey ainda não conseguia andar e eu não iria deixá-lo.

— Então você nunca foi além de Harrogate! Não é de admirar que sonhe em viajar! Como aguentou essa tirania intolerável?

— Esse era o único ponto em que meu pai era inflexível. No mais eu podia fazer o que quisesse. Eu não era infeliz, como você pode pensar. Nem um pouco. Talvez me sentisse *entediada* às vezes, mas em geral tinha muitos afazeres. Como administrar a casa e cuidar de Aubrey.

— Quando foi que seu pai morreu? Há alguns anos, imagino. Por que você continuou aqui? O hábito é uma coisa assim tão forte?

— Não, mas as circunstâncias são! Meu irmão mais velho é membro do staff de lorde Hill, e, enquanto não resolver vender nossa propriedade, *alguém* tem de cuidar dela. E preciso pensar em Aubrey também. Ele não aceitaria ir embora, pois não poderia ler mais com o Sr. Appersett. Eu não teria coragem de deixá-lo sozinho.

— Imagino que ele sentiria muito a sua falta, mas...

Venetia riu.

— Aubrey? Oh, não! Aubrey gosta mais de livros do que de pessoas. O problema é que eu receio que a babá o deixe maluco tentando cuidar dele como se fosse uma criança, um tratamento que ele não suporta. Espero que ela não o envergonhe enquanto estiver aqui! Fui obrigada a trazê-la, caso contrário ela teria vindo a pé. Por outro lado, ela sabe o que fazer quando ele está doente, e eu não poderia deixar o fardo todo sobre seus ombros. Talvez o Dr. Bentworth concorde em deixá-lo voltar para casa.

Quando o médico chegou, embora dissesse que a queda não tinha prejudicado seriamente o quadril de Aubrey, sua resposta foi negativa quando a babá sugeriu que ele estaria melhor na sua própria casa. Quanto mais quieto ficasse, mais rápida seria a recuperação do tornozelo. Esse veredicto foi aceito com relutância pela babá e com alívio por Aubrey, depois de tentar se manter firme durante o exame do médico.

Com o tato que lhe era inerente, Venetia não acompanhou o Dr. Bentworth ao quarto do doente, e pediu para Damerel ir no seu lugar.

— Pode deixar, eu vou. Não se preocupe!

Um instante depois ela percebeu que recorrera a ele como se recorre a um amigo de longa data. Lembrou-se do jantar prolongado, dos dois sentados durante muito tempo após Imber ter tirado a mesa, de Damerel recostado na cadeira esculpida com um cálice de vinho do Porto na mão, de seus cotovelos na mesa comendo uma maçã, da penumbra chegando lentamente, e de Imber voltando para acender as velas em candelabros altos, iluminando o ambiente e criando sombras por trás deles. Ao tentar rememorar qual fora a conversa que tiveram durante aquela hora confortável, pareceu-lhe que tinham falado sobre tudo, ou talvez sobre nada. Mas sabia que havia encontrado um amigo.

Quando o médico declarou que não aconselhava a remoção de Aubrey para Undershaw, pareceu surpreso e aliviado com a tranquila aceitação do seu veredicto. O tom de desculpa em sua voz intrigou Venetia a princípio, mas depois de pensar um pouco ela entendeu o que ele queria dizer ao falar de situações embaraçosas e constrangedoras. E quando Damerel voltou, depois de levar o médico até a carruagem, ela olhou-o com ansiedade.

— Acho que... não tinha pensado nisso, mas não vai ser muito trabalhoso ficar com Aubrey até ele melhorar?

— Nem um pouco! — respondeu ele com alegria. — Por que uma ideia tão boba lhe passou pela cabeça?

— É que o Dr. Bentworth se desculpou por ter sido forçado a me colocar em uma situação constrangedora. É claro que ele queria dizer que era indecoroso impor o pobre Aubrey ao senhor, e tinha razão! Não sei por que isso não me ocorreu antes, mas devo dizer...

— Não foi o que ele quis dizer — Damerel interrompeu rudemente. — Ele estava preocupado não por minha causa, mas por você. Percebeu a impropriedade de colocar a senhorita em contato com um homem de propensões libertinas. Moral e medicina brigaram dentro dele, mas a medicina venceu. E aposto que a moral não o deixará dormir por uma noite!

— Foi isso?

— Foi — respondeu ele com seriedade. — A não ser, é claro, que tenha medo que eu venha a corromper Aubrey. Conversas maléficas, você sabe.

— Não imagino que o senhor fizesse isso. — Enquanto considerava o assunto viu os lábios dele tremerem. — Acho que nem tentaria fazer. O problema é que mesmo que ocorresse uma *orgia*, ele a acharia bem limitada comparada com as dos romanos, ou com as de Baco, que, ao que eu saiba, eram frequentadas por mulheres que um jovem *não* devia conhecer!

Essa visão do assunto foi demais para seu autocontrole, mas um instante depois ele conseguiu dominar a voz e disse:

— Prometo que não haverá orgias enquanto Aubrey estiver debaixo do meu teto!

— Eu sei que o senhor não faria isso. Mas devo dizer — acrescentou, com um ar divertido — que valeria a pena para ver a cara da babá!

Ele riu até não poder mais jogando a testa para trás.

— *Por que* só fui conhecer você agora?

— Uma pena. Eu também andei pensando sobre isso, sempre desejei ter um amigo que risse comigo.

— Risse com você! — repetiu ele lentamente.

— Talvez o senhor já tenha esse tipo de amigos — falou ela com timidez. — Mas eu não tenho, creio que num momento de afeição rir é ainda mais importante do que solidariedade, algo que podemos encontrar até em alguém de quem não gostamos muito.

— Não dá para rir com alguém que detestamos! E isso é raro. Meu Deus, como é raro! Nossos dignos vizinhos ficam com ar sério quando a senhorita ri?

— Sim, ou me perguntam por que estou rindo! — Venetia olhou o relógio acima da lareira. — Preciso ir embora!

— Precisa mesmo. Já mandei buscar a carruagem na estrebaria. Ainda há luz suficiente na estrada, mas dentro de uma hora ou até menos estará escuro. — Damerel pegou suas mãos e colocou-as entre as dele. — Volte amanhã... para visitar Aubrey! Não deixe que seus dignos vizinhos tentem convencê-la a não vir. Fora dos meus portões não faço promessas, não confie em mim. Mas dentro deles... — Fez uma pausa e deu um sorriso de escárnio. — Dentro deles devo lembrar que sou um cavalheiro de boa *estirpe*.

Capítulo 5

VENETIA ABRIU OS OLHOS quando os raios de sol entraram no quarto, através das cortinas de chintz das janelas. Cochilou durante alguns minutos, com uma sensação de bem-estar e expectativa, no início vaga, depois intensa, como quando acordava na infância sabendo que teria um bom acontecimento ao longo do dia. Em algum ponto do jardim um pássaro cantava com suavidade e alegria, tão identificado com seu estado de espírito que parecia fazer parte de sua felicidade. Ficou ouvindo, encantada, sem questionar a origem de tanta felicidade, quando então lembrou-se de que tinha encontrado um amigo.

De súbito o sangue pareceu acelerar-se em suas veias, o corpo tornou-se leve e uma estranha agitação invadiu-a como um elixir, deixando-a irrequieta. O único som que ouvia em volta da casa era o canto do passarinho. Como ainda era muito cedo, virou-se no travesseiro e tentou voltar a dormir. Mas de nada adiantou: a luz do sol, filtrada pelas cortinas, atravessava suas pálpebras, forçando-a com insistência a abri-las. O novo dia, com promessas renovadas, fez com que ela se agitasse. Saiu debaixo da coberta de plumas, deu passadas rápidas até a janela e abriu as cortinas.

Um faisão que passava pelo gramado ficou estático, ergueu o pescoço trêmulo, e, como se soubesse que estava em segurança por mais algumas semanas, retomou seu passeio. A névoa do outono subia do vale, o orvalho pesado molhava a grama, e o céu estava coberto de vapor. Apesar do calor do sol, ela estremeceu ao sentir a brisa: teriam mais um dia quente, sem indício de chuva, e sem vento para fazer as folhas sacudirem-se nas árvores.

Mais adiante, na estrada que seguia na direção leste, onde terminavam as plantações, ficava Priory, a apenas 8 quilômetros de distância. Venetia pôs-se a pensar, imaginando se Aubrey teria dormido bem à noite e se ela ainda precisaria esperar muitas horas para lhe fazer outra visita. Então percebeu que não era Aubrey, sua grande preocupação durante tantos anos, que a deixava aflita e impaciente para voltar a Priory, e sim o desejo de encontrar-se com seu amigo. Era a sua imagem e não a de Aubrey que lhe trazia tanto entusiasmo. Será que ele também se sentia assim? Estaria também acordado, olhando pela janela como ela, esperando sua visita o mais breve possível? Ela tentou lembrar sobre o quê haviam conversado mas não conseguiu; lembrou-se apenas de que se sentira perfeitamente à vontade com ele, como se o conhecesse desde a mais tenra idade. Parecia impossível que ele não tivesse sentido a forte atração que ela sentira, mas depois de pensar um instante lembrou que as circunstâncias dos dois eram absolutamente diferentes: o que fora para ela uma nova experiência talvez para ele fosse uma mera variação sobre um velho tema. Damerel já tivera vários amores, e talvez várias amigas também, com mais afinidades com ele do que ela própria. Aquelas amigas perturbavam-na mais do que seus amores. Com seus amores ela se preocupava tão pouco quanto com o primeiro encontro entre os dois. Esse encontro deixara-a irritada, mas não chocada nem enojada. Os homens — segundo as histórias que Venetia ouvia — estavam sujeitos a desejos e violências repentinas, sentimentos que lhe pareciam estranhamente apartados do coração e às vezes mais estranhamente ainda dos seus verdadeiros caracteres. Para eles, a castidade não era uma virtude básica; ela lembrou-se de seu espanto ao descobrir que um cavalheiro tão correto e um marido tão bom quanto Sir John Denny nem sempre fora fiel à sua esposa. Lady Denny se importaria com isso? Talvez um pouco, mas nunca deixou que a infidelidade interferisse em seu casamento. "Os homens, minha querida, são diferentes de nós", disse certa vez, "até mesmo os melhores! Digo isso porque acho que não se deve ensinar às meninas que a cara que eles mostram às mulheres que respeitam é a mesma de sempre. Se víssemos homens olhando para mulheres horríveis e vulgares, ou na companhia de mulheres de classe mais baixa, não reconheceríamos nossos próprios maridos ou irmãos. Acharíamos que eram seres nojentos! O que, de certa forma, eles *são*. Mas seria injusto culpá-los pelo que não conseguem controlar. Devemos agradecer a Deus, pois as ligações com essas mulheres não mudam a *verdadeira* afeição que sentem por nós. Na verdade, creio que afeição não faz parte dessas aventuras. Que estranho! *Nós* não conseguiríamos ter relações que não nos afetassem mais que a escolha de um novo chapéu! Mas os homens são diferentes! É por isso que dizem, com sabedoria, que enquanto o marido mostra ternura à esposa, não há razão de queixa; é inútil desesperar-se por coisas que ele considera um mero pecadilho. 'Não tente se meter no que não lhe diz respeito, o melhor é fazer vista grossa', dizia minha mãe, o que considerei um ótimo conselho. Ela referia-se, é claro, a cavalheiros de bom caráter e educação, como estou me referindo agora; mas com homens bonitões e desmiolados, as mulheres da nossa classe não devem se imiscuir, aliás eles não passam pelo nosso caminho."

Mas Damerel passara pelo caminho delas, e embora não fosse um bonitão era certamente um desmiolado. Lady Denny foi forçada a recebê-lo, mas não manteria uma amizade indesejável. Não havia dúvida de que ficaria horrorizada quando descobrisse que sua *protégée* não apenas se dava bem com ele como cometia a impropriedade de visitá-lo. Será que compreenderia que Damerel, como esses maridos que saíam da linha, tinha caráter duplo? Venetia achava que não. O máximo que se podia esperar dela é que entendesse que, enquanto Aubrey estivesse em Priory, sua irmã o visitaria.

O barulho das cortinas sendo abertas na sala de visita do andar de baixo tirou-a de suas reflexões. Se as empregadas já estavam se movimentando, não devia ser tão cedo, talvez umas seis horas. Procurando uma desculpa para ter acordado uma hora antes da habitual, Venetia começou a desincumbir-se de algumas tarefas que deixara por fazer no dia anterior.

Ela não era uma exímia dona de casa, mas quando entrou na copa para tomar o café da manhã já havia ido aos estábulos e às estrebarias; discutido sobre a plantação de inverno com o administrador; falado severamente com a mulher encarregada das galinhas, como se fosse a própria Sra. Gurnard; ouvido as queixas de Jeremiad contra o trabalho dela no galinheiro; e mandado o jardineiro velho e obstinado limpar as dálias. Parecia improvável que ele fizesse isso, pois considerava as dálias umas intrusas, nunca ouvira falar dessas flores quando era jovem e sempre se fazia de surdo quando Venetia as mencionava.

A Sra. Gurnard, para alívio de Venetia, achou naturalíssimo que ela fosse visitar o pobre mestre Aubrey, mas fechou a cara quando Venetia se recusou a levar uma tonelada de comida para ele em um cesto. Quando a jovem lhe perguntou, em tom de zombaria, se ela achava que Aubrey estava em uma ilha deserta, ela respondeu que talvez estivesse muito melhor em uma ilha deserta do que sendo obrigado a comer a comida da Sra. Imber. Segundo a Sra. Gurnard, a outra, além de ser fraca, lerda e desajeitada, não era uma pessoa confiável.

— Não me esqueci dos franguinhos, se é que a senhorita esqueceu, e nunca me esquecerei nem que viva 100 anos!

— Franguinhos? — perguntou Venetia espantada.

— Galos novos! — respondeu a Sra. Gurnard com raiva. — Todos galos novos, senhorita!

Como Venetia não via conexão entre galos novos e a comida da Sra. Imber, manteve-se inflexível, e saiu para juntar as coisas que a babá, na correria, se esquecera de levar — sua renda e a camisa que estava fazendo para Aubrey, ambas na cesta de costura, além de agulhas, linha, tesoura, um dedal de prata e uma bola de cera para facilitar na hora de costurar. Colocou tudo em um lenço limpo, sem se esquecer de nada, mas como tinha certeza de que a babá diria que ela levara as linhas e a tesoura erradas, preferiu levar a própria cesta de costura para Priory.

Atender aos pedidos de Aubrey foi ainda mais difícil, ele não só queria coisas simples, como um bom suprimento de papel e vários lápis, mas também uma série de livros. *Fedro* de Platão estava na prateleira da biblioteca, mas *Guy Mannering*, de Walter Scott, só foi encontrado depois de uma exaustiva busca; foi encontrado por sorte, pois uma empregada cuidadosa, que achou um absurdo ver um livro aberto em cima de uma cadeira, colocara-o de cabeça para baixo em uma prateleira reservada a livros de referência e dicionários. Virgílio não apresentou problema, Aubrey certamente iria querer a *Eneida*, mas quanto a Horácio, Venetia não lembrava se ele preferia *Odes*, *Sátiras* ou *Epístolas*. No final pegou mais três livros, e Ribble levou a pilha para o tílburi; ao olhar para tudo aquilo, Fingle, o cavalariço de meia-idade, previu que dentro em breve mestre Aubrey apareceria com febre de tanto estudar.

Sentindo que se portara condignamente como irmã de um erudito, Venetia partiu para Priory, mas não recebeu os elogios esperados.

— Não precisava ter trazido tudo isso. Damerel tem uma biblioteca de primeira linha, grande o suficiente para merecer um catálogo! Na noite passada me trouxe os livros que me eram mais necessários. Quando vi sua esplêndida coleção, avisei que ele não se livraria de mim facilmente, e ele me autorizou a pegar emprestado qualquer livro da biblioteca. É você, Fingle? Bom dia, já foi dar uma olhada em Rufus? O cavalariço de lorde Damerel está cuidando dele, mas decerto você vai querer examinar aquela pata dianteira. Não deixe os livros na mesa, não vou precisar de nada disso.

— Seu chato! — disse Venetia, inclinando-se para beijar Aubrey na testa. — Levei meia hora para encontrar o *Guy Mannering* e trouxe *todos* os de Horácio porque não me lembrava de qual deles você poderia querer.

— Que bobagem! — falou Aubrey sorrindo. — Então vou ficar com *Guy Mannering*, caso queira ler alguma coisa à noite.

Ela tirou o livro da pilha que Fingle equilibrava, mandou-o embora, virou-se para Aubrey com os olhos brilhantes e perguntou se ele dormira bem.

— A noite foi tolerável.

— Você não está dizendo a verdade, querido. Deve ter se recusado a tomar o xarope de papoulas que a babá trouxe de casa.

— Depois do láudano que Damerel me deu, não precisava de mais nada. Ele mesmo concordou que seria melhor não tomar o xarope, e a babá foi para a cama emburrada, o que me deixou aliviado. Damerel trouxe um tabuleiro de xadrez e nós jogamos duas partidas. Ele é um excelente jogador, só consegui ganhar uma vez. Depois ficamos conversando até a meia-noite! Você sabia que ele estudou em Oxford e leu os clássicos? Disse que esqueceu quase tudo o que aprendeu, mas é balela! Deve ter sido um bom aluno. E como foi também à Grécia, descreveu várias coisas que viu por lá. Bem diferente daquele sujeito que morou com os Appersett no ano passado, que não tinha nada a dizer sobre a Grécia, a não ser que não gostava da resina do vinho grego e tinha sido devorado por percevejos!

— Então a noite foi boa!

— Exceto pela minha perna! Por outro lado, se não tivesse levado esse tombo, não teria conhecido Damerel. Então não posso me queixar.

— Deve ser muito agradável conversar com alguém que entende das coisas que mais lhe interessam.

— É, sim — falou Aubrey com sinceridade. — Além disso ele teve a gentileza de não ficar perguntando milhões de vezes como eu me sentia, senão eu teria jogado um travesseiro em cima dele! Sei que não devo fazer isso, mas a babá é capaz de tirar a paciência de um santo. Antes ela não tivesse vindo. Marston pode fazer tudo que eu preciso, sem me deixar irritado! — disse, com um pequeno sorriso.

— Meu querido, não consegui fazer com que ela ficasse longe de você! Agora me diga *só uma vez* como está se sentindo, depois prometo não perguntar mais. Palavra de Lanyon!

— Estou muito bem — respondeu ele laconicamente. Venetia não falou mais nada, e deu um riso forçado. — Se quer *mesmo* saber, estou me sentindo péssimo, como se tivesse deslocado todas as juntas do corpo! Mas Bentworth me garantiu que essas dores não têm maior consequência e que devem melhorar logo. Vamos jogar *piquet* se você puder ficar mais tempo aqui? Creio que o baralho está em cima da mesa.

Venetia ficou satisfeita, embora o tivesse achado pálido quando entrou no quarto. Não era de admirar que um jovem tão frágil fosse afetado por uma queda daquelas; mas como ele não estava numa de suas crises de mau humor, ela concluiu que o problema não devia ser tão sério assim. Naquele momento a babá entrou no quarto para colocar uma compressa fria no tornozelo inchado de Aubrey. Venetia viu logo que ela também estava otimista quanto ao estado dele e ficou ainda mais animada. A babá podia mostrar completa falta de tato ao cuidar de Aubrey, mas conhecia sua constituição melhor que ninguém, e se depois de tantos anos de experiência ela demonstrava menos preocupação do que solicitude, Venetia se convenceu de que não precisava se afligir mais.

Quando Marston entrou no quarto com um copo de leite para o doente, Venetia levou a babá para o quarto de vestir ao lado e pediu-lhe para fechar a porta.

— Você sabe como ele é! Se pensasse que *nós* queríamos que ele bebesse o leite, teria recusado beber, só para nos mostrar que não precisa ser tratado com um bebê!

— É mesmo! — disse a babá num tom amargo. — Qualquer coisa que Marston ou lorde Damerel lhe dizem para fazer ele faz, como se tivessem cuidado dele desde que nasceu! Já que não sirvo para nada, deveria voltar para casa; mas não pretendo sair daqui antes de Aubrey, nunca pretendi, então é bom o lorde perder as esperanças!

— Por quê? Ele tentou mandá-la embora? — perguntou Venetia, surpresa.

— Não, e espero que isso nem lhe passe pela cabeça! Eu é que disse ao mestre Aubrey que, se preferisse que Marston cuidasse dele, eu arrumaria minhas coisas e iria embora. Na noite passada, senhorita, ele estava tão difícil que qualquer um seria desculpado se perdesse o controle. Lorde Damerel não precisava me lembrar que a senhorita não deveria vir visitar seu irmão se eu não estivesse aqui. Sei muito bem disso, aliás não devia vir de modo algum! A meu ver, mestre Aubrey não se importaria se não estivéssemos aqui para cuidar dele, pelo menos enquanto puder ficar deitado na cama rodeado de livros heréticos e conversando com lorde Damerel sobre seus deuses pagãos.

— Ele chamaria você se ficasse realmente doente — disse Venetia para acalmá-la. — Eu acho que Aubrey está naquela idade em que não é mais criança mas ainda não é adulto, e é excessivamente cioso da sua dignidade. Lembra como Conway era rude com você quando tinha essa idade? Mas quando voltou da Espanha até gostava que o mimasse ou repreendesse!

Como Conway ocupava o primeiro lugar no seu coração, a babá não admitiria de forma alguma que ele algum dia tivesse se comportado de modo inconveniente, mas confessou que lorde Damerel dissera o mesmo que ela sobre mestre Aubrey. Acrescentou que ninguém compreendia melhor que ela a raiva que mestre Aubrey sentia de ser deficiente, e o seu grande desejo de mostrar-se tão cordial e independente quanto seus contemporâneos afortunados —- uma declaração sem precedentes, que deu a Venetia a ideia exata da habilidade de Damerel de lidar com mulheres hostis e mais velhas.

Não havia dúvida de que Damerel conseguira amolecer o coração da babá. Ela se ressentia da preferência de Aubrey pela companhia de lorde Damerel, mas não podia condená-lo, pois, além de se mostrar preocupado com o bem-estar de Aubrey, conseguia mantê-lo animado em uma situação que normalmente o levaria a profunda irritação e melancolia.

— Eu não sou o tipo de pessoa que tolera pecados, Srta. Venetia — ela disse com austeridade —, mas não nego o valor de ninguém. Devo dizer que lorde Damerel não podia ser mais gentil com mestre Aubrey, mais ainda que o próprio reverendo. — Depois de um instante, continuou com relutância: — E não precisaria dizer qual é meu dever com a senhorita, foi um sinal de cortesia que não esperava dele. Mesmo assim o Senhor não terá misericórdia se ele abandonar Seu caminho. A salvação está longe dos ímpios, como já lhe disse inúmeras vezes, senhorita.

Apesar dessa referência pessimista, Venetia concluiu que a babá estava bastante conformada com sua estada em uma casa profana. Aubrey, que se deleitou ao ouvir isso, disse que essa mudança só podia ser atribuída ao fato de Damerel ter ido a cavalo até Thirsk com o único intuito de comprar um rolo de gaze para ele.

— Aliás, não foi bem assim. Ele tinha coisas a fazer lá, e quando a babá começou a reclamar da falta de gaze para o meu tornozelo, ele disse que conseguiria gaze em algum lugar. A babá enfiou na cabeça que ele foi a Thirsk apenas para isso. Até então nunca tinha dito que ele era um homem bom, posso garantir! Dizia que fazia grosserias até na igreja.

— Ela nunca disse isso! — exclamou Venetia estupefata.

— Disse, sim. Mas não sei para quem, nunca consegui saber.

— E você repetiu isso para Damerel?

— É claro, eu sabia que ele não se importaria a mínima com isso.

— Espero que tenha se divertido — comentou Venetia sorrindo. — A que horas ele foi para Thirsk?

— Bem cedo! Agora estou me lembrando de que ele mandou pedir desculpas por ter sido obrigado a ir a Thirsk. Tinha me esquecido! Eu falei que não tinha importância, e que ele estava me fazendo uma gentileza. Ele disse que deveria estar de volta perto do meio-dia, e que esperava que você não fosse embora antes disso. Venetia, por favor, veja se meu Tytler está em cima da mesa! A babá deve tê-lo tirado dali quando veio enfaixar o meu tornozelo, pois eu estava lendo o livro até a hora em que você entrou. Ela não consegue chegar perto de mim sem se intrometer em alguma coisa. *Ensaio sobre os princípios da tradução*, esse mesmo, obrigado!

— Se você não fizer questão da minha presença, acho que vou dar uma volta no jardim — disse Venetia, passando-lhe o livro e vendo-o recomeçar a ler.

— Faço questão, sim! — falou Aubrey, distraído. — Eles vão querer me trazer um lanche, mas eu quero terminar isso.

Venetia riu. Estava quase saindo do quarto quando ouviu uma batida leve na porta. Imber entrou para anunciar a chegada do Sr. Yardley.

— *O quê?* — exclamou Aubrey, nada contente.

Edward entrou de mansinho, com um ar altamente desaprovador.

— Muito bem, Aubrey! Fico feliz de ver você mais forte do que esperava. — E acrescentou em voz mais baixa, apertando a mão de Venetia: — Foi um acidente lamentável! Eu não sabia de nada, só há meia hora é que Ribble me contou. Nunca fiquei tão chocado na vida.

— Chocado porque eu levei um tombo? — perguntou Aubrey. — Meu Deus, Edward, não seja tão simplório!

A fisionomia de Edward fechou-se ainda mais. Ele não tinha exagerado seu estado de espírito, estava profundamente chocado. Fora a Undershaw na santa ignorância, e ao ouvir a notícia alarmante de que Aubrey havia sofrido um acidente grave, temeu o pior. Ribbley então acrescentou que Aubrey estava se recuperando na casa de Damerel, sob os cuidados da babá e também de sua irmã. A indecência daquela situação deixou-o estarrecido, e mesmo quando compreendeu que Venetia não estava dormindo em Priory, ele não pôde deixar de antever que qualquer desastre (a morte de Aubrey talvez) teria sido menos prejudicial do que a chance de Venetia estar perto de um libertino cuja forma de vida escandalizara North Riding durante anos. Sob a ótica de Edward, os males da situação eram incalculáveis, inclusive a probabilidade de um homem como Damerel confundir a inexperiência que levara Venetia a comportar-se de forma ousada com a coragem de uma mulher da ilha de Citera, e insultá-la de forma intolerável.

Medíocre como era, Edward não supunha que Damerel fosse tão imprudente ou que sua vilania fosse tão profunda a ponto de tentar seduzir uma moça de virtude e estirpe; mas tinha medo de que a maneira aberta e confiante de Venetia, que ele sempre deplorara, o levasse a crer que ela aceitaria com alegria suas investidas. Dadas as circunstâncias peculiares nas quais ela vivia, certamente pensaria que a jovem não tinha outro protetor senão o irmão adolescente aleijado.

Edward percebeu seu dever com clareza, e percebeu também que seu desempenho provavelmente o envolveria em consequências repugnantes para um homem de gosto e sensibilidade. Mas não vacilou: foi até Priory, não com o espírito do cavaleiro andante de Oswald Denny, mas inspirado por uma determinação masculina de proteger a reputação da mulher que escolhera para ser sua esposa. Na melhor das hipóteses, esperava mostrar-lhe a inconveniência da situação. Na pior pretendia fazer Damerel compreender a verdadeira situação de Venetia. Tal tarefa seria no mínimo desagradável para quem se orgulhava da vida correta e bem organizada; se Damerel fosse tão indiferente à opinião pública como dizia ser, poderia mergulhar em um escândalo que Edward pretendia a todo custo evitar. Não lhe faltava coragem, mas não tinha o menor desejo, quaisquer que fossem as ofensas de Damerel, de enfrentá-lo no início da manhã com uma pistola na mão e vinte metros de terra fria entre os dois. Se a coisa chegasse a esse ponto seria porque a falta de cuidado de Aubrey e a imprudência incorrigível de Venetia tinham-no levado a uma posição da qual, como um homem de honra, não poderia recuar, mesmo sabendo que ela propiciara essa situação quando ultrapassou a fronteira de propriedade restrita, dando a um homem como Damerel uma falsa noção de seu caráter.

Não foi portanto com ardor romântico que ele saiu de Undershaw e pôs-se a caminho de Priory, mas com um senso de afronta e uma disposição exacerbada, que não foi abrandada e sim fortalecida, mas mantida sob rígido controle.

Sua chegada quase coincidiu com a de Damerel. Quando ele desceu do cavalo, Damerel dava a volta na casa, vindo da estrebaria, com o chicote na mão e um pacote debaixo do braço enquanto descalçava as luvas. Ao ver Edward ficou surpreso, e por um instante os dois olharam-se em silêncio, um com um olhar desconfiado e o outro com uma expressão divertida. Então Damerel levantou a sobrancelha em tom indagador.

— Lorde Damerel, suponho — disse Edward.

Foram as únicas palavras ensaiadas que diria. A partir dali a conversa prosseguiu de forma bem diferente do que ele imaginara. Damerel deu um passo à frente e apresentou-se.

— Sim, sou Damerel, mas o senhor me pegou de surpresa. Suponho que seja amigo do jovem Lanyon. Como vai?

Sorrindo enquanto falava, estendeu a mão para cumprimentá-lo. Edward foi forçado a apertar a mão estendida, um gesto amistoso que o fez abandonar a formalidade que tinha decidido adotar.

— Como vai? — respondeu, com educação mas sem entusiasmo. — Sua suposição foi correta. Sou amigo de Aubrey Lanyon e amigo de infância de sua *família*! Imagino que não saiba o meu nome. É Yardley, Edward Yardley, de Netherfold.

Ele estava enganado. Damerel franziu a sobrancelha.

— Suas terras ficam a poucos quilômetros da minha fronteira? Foi o que pensei. — E acrescentou com um ligeiro sorriso: — É um prazer estar travando conhecimentos na vizinhança. O senhor veio visitar Aubrey?

— Acabei de chegar de Undershaw, milorde, onde fui informado pelo mordomo sobre o infeliz acidente. Ele me disse também que a Srta. Lanyon estava aqui.

— Ela está aqui? — perguntou Damerel num tom indiferente. — Estive fora a manhã inteira, mas é muito provável. Talvez esteja no quarto com o irmão. Vamos lá?

— Obrigado! — disse Edward, fazendo uma ligeira reverência. — Eu bem gostaria, se Aubrey estiver disposto a receber visita.

— Uma visita não vai lhe fazer mal — comentou Damerel, entrando em casa. — Aubrey não se machucou muito, não quebrou nenhum osso! Mandei buscar seu médico na noite passada depois que me informou que sofria de um problema no quadril. Ele não está se sentindo muito confortável, mas Bentworth pareceu satisfeito com seu estado. Disse que não terá consequências sérias se permanecer em repouso durante algum tempo. Depois que Aubrey descobriu minha biblioteca, vi que não teria a menor dificuldade em mantê-lo aqui.

Sua voz tinha um tom agradável, mas não a de Edward.

— Ele vive rodeado de livros.

Damerel aproximou-se do puxador da campainha ao lado da lareira de pedra, e ao puxá-lo, seus olhos fizeram uma rápida avaliação de Edward. Parecia estar se divertindo com a situação.

— *O senhor*, ao que entendo, o conhece o suficiente e já não se surpreende com sua prodigiosa inteligência. *Eu*, por outro lado, depois de me sentar ao seu lado durante algumas horas na noite passada, tive de me esforçar para seguir suas argumentações e seu espírito brilhante. Saí dali seguro de que o que ameaçava esse rapaz não é o problema no quadril, mas o cérebro brilhante e confuso.

— O senhor o considera tão inteligente assim? — perguntou Edward, um tanto surpreso. — A meu ver ele não tem muito bom-senso. Mas não sou letrado como ele.

— Creio que não tem bom-senso algum! — replicou Damerel.

— Confesso que acho uma pena a falta de bom-senso que ele demonstrou ao montar um cavalo que não domina — disse Edward, com um ligeiro sorriso. — Eu lhe avisei quando vi aquele cavalo alazão pela primeira vez. Aliás, pedi encarecidamente que ele não tentasse montá-lo.

— É mesmo? — perguntou Damerel em tom apreciativo. — E ele não o ouviu? É surpreendente!

— Aubrey é um menino muito mimado, algo inevitável devido ao seu defeito físico. Mas suas atitudes às vezes vão além do aceitável, devido às circunstâncias de sua educação — comentou Edward, tentando explicar os Lanyon. — Seu pai, o falecido Sir Francis Lanyon, embora sob muitos aspectos fosse um homem respeitável, era um excêntrico.

— A Srta. Lanyon me contou. A meu ver, talvez ele fosse amigo de uma boa garrafa, mas não vamos brigar por isso!

— Todos evitam falar mal dos mortos, mas ele demonstrava total falta de interesse e consideração pelos filhos. Devia ter contratado uma acompanhante para sua filha, por exemplo, mas nunca se importou com isso. O senhor deve se questionar a respeito dos modos *livres* da Srta. Lanyon, e sem conhecer suas circunstâncias poderá achar estranho que lhe permitam sair de casa sozinha.

— Eu sem dúvida questionaria, se a tivesse conhecido em menina — respondeu Damerel com frieza, virando-se quando Imber chegou ao hall. — Imber, o Sr. Yardley veio visitar nosso convalescente. Leve-o lá para cima e entregue o pacote de gaze para a Sra. Priddy. — Fez um sinal para Edward seguir o mordomo e entrou em um dos salões que davam no hall.

Edward subiu a escada larga atrás de Imber, com sentimentos divididos entre alívio de ver que Damerel aparentemente não tinha interesse por Venetia e contrariedade pela forma sumária com que foi dispensado.

Em geral ele ignorava a rudeza frequente de Aubrey, mas aquele solene desprezo que o menino lhe demonstrou deixou-o tão exasperado que se obrigou a reprimir uma resposta cortante. Edward nunca se permitira falar precipitadamente, e foi com um tom moderado que falou depois de um instante:

— Quero lhe lembrar, Aubrey, que se *você* não tivesse sido tão imprudente, esse lamentável acidente não teria ocorrido.

— No final das contas não foi tão lamentável assim — interveio Venetia. — Quanta gentileza a sua vir visitar Aubrey!

— Eu considero lamentável qualquer acidente que ponha *você* em situação constrangedora — disse ele.

— Por favor, não se preocupe com isso! — falou ela, tentando acalmá-lo. — Para dizer a verdade, eu preferiria que Aubrey estivesse em casa, mas posso visitá-lo diariamente, e estou certa de que *ele* não tem a menor pressa de voltar para casa. Edward, devo dizer uma coisa, Damerel não poderia ter sido melhor para Aubrey, e além disso permitiu que a babá ficasse aqui e desse as ordens que quisesse. Você sabe como ela é.

— Vejo que está muito agradecida a esse lorde — apontou ele em tom sério. — Não posso negar isso, mas você não pode esperar que eu pense que sua dívida com ele não lhe trará males, com consequências muito abrangentes.

— *Que* consequências? Espero que possa me explicar o que disse, pois garanto que não entendi! A única consequência que percebo é que fizemos uma nova amizade, e descobri que o Barão Malvado não é tão mau quanto se pensava!

— Eu sempre levei em conta a sua ignorância do mundo, Venetia, mas não pode deixar de considerar o mal que a amizade com um homem com a reputação de lorde Damerel poderá lhe trazer. Eu não gostaria de tê-lo como amigo, e *você*, que é um caso extremamente delicado, deveria revoltar-se contra essa relação!

— *Quousque tandem abutere, Catilina, patientia nostra?* — disse Aubrey com raiva.

Edward olhou para ele.

— Se quiser que eu o compreenda, Aubrey, é melhor falar em inglês. Não tenho nenhum desejo de ser um erudito.

— Então vou lhe dar uma frase que você saberá traduzir! *Non amo te, Sabidi!*

— Não, Aubrey, por favor, não faça isso! — pediu Venetia. — É uma bobagem, você não deve ficar nervoso! Edward está apenas tendo uma de suas crises de moralismo, como a que Damerel também teve, devo admitir! Quando você ofendeu tanto a pobre babá que ela ameaçou deixá-lo sozinho nesta casa, meu querido, ele foi forçado a dizer que ela deveria permanecer aqui para salvaguardar minha reputação. Qualquer um pensaria que eu sou uma criança saída dos bancos da escola!

Edward relaxou um pouco e disse com um sorriso:

— E não uma mulher séria de meia-idade? Lorde Damerel estava mais do que certo, e não hesito em dizer que subiu no meu conceito. Mas gostaria que parasse com as visitas a Aubrey. Ele não está tão doente que precise de sua assistência, e se vem para entretê-lo, desculpe, Aubrey, mas por mais que se zangue, acho que já pode se entreter por conta própria. Se tivesse ouvido os conselhos dos mais velhos e mais experientes, nada disso teria ocorrido. Ninguém tem mais pena que eu dessa deficiência que o impede de montar um animal fogoso como o seu alazão. Na verdade, creio que foi uma *imprudência sua*! Eu lhe falei desde o início, mas...

— Está pensando que Rufus disparou comigo? — interrompeu Aubrey, com os olhos fulgurando de raiva. — Pois é engano seu! A verdade é que eu o forcei demais! Foi uma manobra errada, que não teve nada a ver com minha deficiência. Estou ciente disso, e você não precisa me lembrar a cada instante!

— Então você admite isso! — disse Edward, com um riso indulgente. — Não pretendo repreendê-lo. Só esperamos que seu tombo tenha lhe ensinado a lição que não aprendeu comigo.

— Bem mais plausível! Nunca aprendi lição alguma com você, Edward; além da sua cautela eu poderia ter adquirido suas mãos. *Quod avertat Deus!*

Nesse momento Damerel entrou no quarto e disse em tom jovial:

— Posso entrar? — Seus olhos encontraram os de Venetia por um breve instante, depois continuou a falar: — Eu disse a Marston para trazer um lanche para a senhorita e para Aubrey, mas não sei se gosta de chá. Vou levar a visita para lanchar comigo lá embaixo. Venha me fazer companhia, Yardley — disse sorrindo a Edward.

— O senhor é muito gentil, mas não tenho hábito de comer a essa hora — replicou Edward friamente.

— Então venha tomar um copo de xerez — insistiu Damerel com grande afabilidade. — Deixaremos nosso doente sob os cuidados da irmã e da babá. A Sra. Priddy, que tem agora um grande estoque de gaze à sua disposição, vai fazer um curativo nele, munida de unguento, compressas e loções. O senhor e eu não teremos lugar aqui!

Edward pareceu irritado, mas como não podia recusar-se a ser retirado do quarto, acabou cedendo de mau grado. Venetia não o encorajou a ficar.

— Por favor, saia, Edward! Sei que sua intenção é boa, mas *não posso* deixar Aubrey exaltar-se! Ele ainda não está bem, e o Dr. Brentworth encarregou-me de fazê-lo ficar quieto.

Edward começou a dizer que não lhe passara pela cabeça irritar Aubrey, mas com sua tendência ao moralismo não conseguiu deixar de mostrar que Aubrey não podia exaltar-se só porque alguém que gostava muito dele achava que era seu dever repreendê-lo. Antes que terminasse seu discurso, Venetia, ao ver Aubrey apoiar-se nos cotovelos, interrompeu-o depressa:

— Isso não importa! Agora é melhor você sair.

Empurrou-o pela porta que Damerel segurava para ele passar. Ele ainda queria dizer que poderia escoltá-la até Undershaw, mas Venetia insistiu para ele sair e Damerel fechou a porta, dizendo em tom consolador:

— Esse rapaz é bem irresponsável, como você sabe.

— Espero que tenha aprendido a lição!

— Acho que aprendeu.

Edward deu uma risada.

— Alguém devia fazê-lo ver que as dores que está sentindo são consequência da sua persistência em montar cavalos que não consegue dominar! Da minha parte, considero uma alta imprudência querer galopar num cavalo com aquela perna fraca...

— Mas ele seria um palerma se não fizesse isso! Já ouviu falar de algum aleijado que considerasse a prudência uma virtude?

— Eu devia ter suposto isso, pois ele sabe quais podem ser as consequências de um tombo. E sempre faz isso! Não tolera críticas, fica irritadíssimo! Não invejo o senhor, que se propôs a cuidar dele.

— Oh, não vou criticá-lo! Afinal, não tenho o menor direito de fazer isso.

Edward não fez nenhum outro comentário, mas, quando descia a escada, falou:

— Não sei quando a Srta. Lanyon pretende voltar para Undershaw. Gostaria de escoltá-la e pretendia lhe dizer isso.

Havia um tom determinado na sua voz. Damerel apertou os lábios e respondeu com seriedade:

— Eu também não sei. Quer que procure saber?

— Se não for problema, eu agradeço! Creio que ela só vai deixar Aubrey quando ele melhorar de humor, mas seria melhor que o deixasse logo.

— Meu caro senhor, se achar que o cocheiro dela não é escolta suficiente, fique por aqui o tempo que desejar. Eu ia me oferecer para escoltá-la em seu lugar, mas posso não estar por perto, e além do mais não acho necessário. Mas se o senhor sente que...

— Não, não! Era uma mera questão... Se ela vai voltar com o empregado, não há razão para a minha permanência aqui. O senhor é muito gentil, mas tenho muitos compromissos à minha espera e já gastei muito do meu tempo.

Despediu-se formalmente, não aceitou tomar nenhuma bebida que lhe foi oferecida, mas expressou com todos os detalhes sua gratidão pelo cuidado que teve com Aubrey e a esperança de o enfermo voltar em breve para casa e aliviar lorde Damerel de um fardo indesejável.

Damerel ouviu tudo aquilo com polidez mas com o olhar inquieto e disse, com o desprezo que ofendera Edward antes:

— Aubrey não vai me incomodar!

Deu-lhe adeus antes mesmo que Edward pusesse os pés fora de casa e voltou para o quarto de Aubrey.

Capítulo 6

Ao entrar no quarto, encontrou Aubrey ainda irado, com os olhos brilhantes demais e o rosto vermelho.

— Você trata muito mal suas visitas, não é? — perguntou Damerel.

— Onde ele está?

— *Abiit, excessit...*

— Já? *Vae victis!* O senhor o chutou para fora de casa?

— Ao contrário, convidei-o a usar minha casa como se fosse sua.

— Oh, meu Deus, não!

— Foi o que ele pensou mas não falou. Creio que não gosta de mim, mas não diria nada que fosse contra as boas maneiras. — Olhou para Venetia e continuou: — *Digno* foi uma qualificação exata para ele!

Ela riu.

— Acha mesmo?

— É claro que sim. Pobre homem, tive muita pena dele!

— Sinto muito por aquele... aquele idiota! — explodiu Aubrey. — Espere só, qualquer dia ele vai aceitar usar sua casa como se fosse dele! Vem fazendo isso com a nossa desde que meu pai morreu. Intrometendo-se e dando lições de moral. Vou dizer uma coisa, Venetia, se resolver se casar com esse homem, não vou mais querer ficar ao seu lado.

— Não pretendo me casar com ele. Pare com esse nervosismo.

Ele mexeu-se, irrequieto, e estremeceu um pouco.

— Preferiria morar com Conway! É verdade, *preferiria* Conway a esse sujeito arrogante e prosaico que nunca fez nada na vida! Logo *ele* é quem vem me dar lições de moral! Tem a pior forma de montar e as piores mãos que qualquer outro homem do condado, e poderá desviar um quilômetro do seu caminho para deixar o próprio cavalo encontrar uma brecha em uma sebe. Parece mais um cavalariço que um cavaleiro! Quanto à sua presunção, entrando aqui para me repreender e dar lição de moral, pode dizer a ele, Venetia, que eu poderia aguentar isso de Conway e de mais ninguém.

— Meu Deus, daqui a pouco ele vai me pedir satisfação! — exclamou Damerel. — Sr. Lanyon, permita-me pedir as mais humildes desculpas.

Aubrey virou a cabeça no travesseiro e olhou para ele com ar de impaciência e suspeita.

— Está caçoando de mim?

— Eu não ousaria fazer isso! Estou pedindo perdão por ter tido a presunção de repreendê-lo. Como pude agir tão...

— Ora essa! — disse Aubrey irritado, mas tentando forçar um sorriso. — O senhor só disse que eu era um malcriado e que tinha mais valentia do que bom-senso, e não me importo com *isso!*

— É verdade! Excepcionalmente! — exclamou Venetia. — Eu *sabia* que milorde devia ter lhe dito coisas boas e gentis para deixá-lo em dívida com ele!

— Pelo menos não me deu lição de moral! — falou Aubrey, tentando não rir. — Quanto a ficar em dívida com ele, quando deixou aquele pilantra subir aqui...

— Ei, jovem ingrato, quem foi que o salvou dele? Se eu não tivesse entrado no quarto contando uma história sobre a babá e um rolo de gaze, ele ainda estaria aqui! Cuidado para eu não transformar essa história em realidade! E farei isso se não parar de resmungar.

— Está bem — disse Aubrey com um suspiro. — Perdão! Eu não tive intenção... Ah, não sei por que cargas d'água perdi o controle com um idiota daqueles! Em geral isso não me acontece!

Sua raiva começou a amainar. Quando Marston lhe trouxe uma bandeja com frango frio, frutas e chá, já recobrara a serenidade. Embora não quisesse comer o frango, foi convencido a tomar um pouco de chá e a comer uma fatia de pão com manteiga. Damerel saiu quando trouxeram o lanche, mas voltou no exato momento em que a babá se preparava para trocar a compressa do tornozelo de Aubrey e cuidar de vários ferimentos com uma ótima pomada. Convidou então Venetia para dar uma volta no jardim.

Ela dispôs-se a ir, mas achou que a babá se oporia ao convite. Porém a senhora pediu apenas que Venetia não saísse sem chapéu, o que foi tão surpreendente quanto o fato de ela aparentemente não notar que Aubrey estava com ar exausto — circunstância que em geral suscitaria exclamações, perguntas e uma grande repreensão. Dessa vez olhou-o de lado e não fez comentário algum.

Por essa abstenção, Aubrey devia agradecer ao anfitrião. Damerel abordara a babá quando estava indo para o quarto e lhe contara os desastrosos resultados da visita de Edward.

Edward, o respeitável candidato à mão de Venetia, era até então favorecido pela babá, mas ninguém que causasse desconforto a Aubrey continuaria a ser estimado por ela. Ao saber que ele lhe dera lições de moral, seus olhos brilharam de raiva, pois esse privilégio era reservado exclusivamente a ela própria. Se a babá estivesse presente na ocasião, Edward teria ouvido desaforos. Como não estava, Damerel (embora fosse um pecador) agira prontamente e com uma propriedade que mereceu sua imediata aprovação. Ficou-lhe tão agradecida que ouviu seu conselho de não mencionar o episódio a Aubrey. Damerel achava que, se Aubrey ficasse sozinho com ela, cairia logo no sono, então propôs que Venetia saísse do quarto por um instante. Talvez quisesse dar uma volta no jardim? O que a Sra. Priddy achava da ideia?

Grata, mas não surpresa, a babá disse que Venetia não precisava ficar mais em Priory. Damerel sorriu.

— De forma alguma — disse ele —, mas nós não conseguiríamos persuadi-la a voltar para casa antes de ver o irmão tranquilo novamente.

Isso era verdade, e como lorde Damerel mostrava-se um anfitrião de extrema gentileza e não um aproveitador de mulheres inocentes, a babá não fez objeção aos seus planos.

— Como conseguiu deixar a babá tão doce assim? — perguntou Venetia enquanto descia as escadas com ele.

Ele olhou-a com ar indagador.

— Por que pensou que eu não conseguiria?

— Bem, eu sei que o senhor tem o dom de lisonjear mulheres *jovens*, pelo menos é o que dizem!, mas nunca pensei que tentasse flertar com a babá.

— Então esse é o único crédito que mereço? A senhorita subestima meus talentos! Depois de criar uma brecha nas defesas dela, mostrar solicitude a Aubrey e respeito à opinião dela sobre todos os assuntos que concernem a ele, derrubei as barreiras externas através do exercício de uma estratégia diabólica. Na verdade, sacrifiquei seu digno pretendente e ataquei suas fortificações. Ela ficou tão grata por eu ter livrado Aubrey dele que não só deu seu pleno consentimento a essa nossa perigosa expedição como concordou em *não* levantar mais poeira com comentários sobre o ar cansado de Aubrey.

— A babá ficou grata por você ter livrado Aubrey de Edward? — perguntou Venetia, incrédula. — Mas ele é o grande favorito dela.

— É mesmo? Bem, se ele tiver uma boa conversa, o que eu duvido, talvez consiga voltar a essa posição, mas só depois de ela repreendê-lo com firmeza. E certamente só depois que Aubrey deixar minha casa. Seu pretendente é um rapaz verdadeiramente respeitável, com quem não tenho nada em comum. Deixei-o à vontade para vir aqui quando desejar, mas creio que poderei contar com as crises de raiva de sua admirável babá para que ele não queira usar minha *carte blanche.* Lamento muito, Srta. Lanyon, falar mal do seu digno pretendente.

— Do jeito que o senhor fala, parece que *eu* queria que ele viesse! — disse Venetia, indignada. — Nunca fiquei tão agradecida como no momento em que o senhor entrou por acaso naquele quarto.

— Por acaso? Eu fui lá com o único propósito de tirá-lo dali antes que Aubrey ficasse transtornado de raiva!

— O senhor não devia ter permitido que ele subisse — argumentou Venetia com severidade.

— Eu sei que não devia. Infelizmente lhe dei permissão antes de saber que tipo de pessoa ele era. Mas quando Imber o acompanhou até o quarto, eu já sabia!

Ela riu, mas disse, num tom preocupado:

— Talvez Aubrey tenha se machucado mais com a queda do que eu pensava. Ele não gosta de Edward, mas nunca o vi explodir daquele jeito.

— Talvez Aubrey nunca tenha estado com ele depois de um problema sério e uma noite sem dormir — sugeriu Damerel, abrindo a porta para ela ir para o jardim. — A julgar pela conversa improvisada que teve comigo, deve ter dito precisamente o que ninguém com um mínimo de tato diria.

— É mesmo. Como se fosse o pai de Aubrey!

— Ou seu irmão mais velho. Parece já considerar-se um irmão, pois me agradeceu pelo cuidado que tive com Aubrey.

— *Agradeceu a você?* Ora, *essa* foi demais! — disse Venetia com os olhos brilhando. — Na verdade, ele é muito impertinente, pois a única pessoa que disse que eu deveria me casar com ele foi meu pai, e Edward não pode supor que eu vá me guiar pelos desejos de meu pai! A culpa é toda minha, que permiti que ele acreditasse que quando meu irmão Conway voltasse para casa eu o aceitaria. Eu *falei* que isso não aconteceria, mas ele não acreditou, e *agora* age dessa forma.

— Pelo que vi desse rapaz, diria que persuadi-lo a acreditar em qualquer coisa que ele não queira seria um trabalho hercúleo — observou Damerel.

— Sim, mas a verdade é que não tentei convencê-lo — admitiu ela francamente.

— Está me dizendo que em algum momento pensou em aceitar um imbecil como ele? Oh, meu Deus, esse sujeito é enfadonho demais.

— É claro que é, mas não se pode dizer que não seria um bom marido, pois é correto, honrado e... respeitável, qualidades que considero excelentes para um marido.

— Sem dúvida! Mas não para o *seu*.

— É mesmo, talvez brigássemos o tempo todo. O problema é que como ele era afilhado de meu pai, tinha permissão para nos visitar, e acabamos nos conhecendo bem. Quando disse que desejava se casar comigo, pensei que talvez fosse melhor me casar, embora não quisesse, do que virar uma solteirona atrelada a Conway. Mas se Aubrey é tão contra Edward *assim*, não vai dar certo. Meu Deus, como o senhor pôde deixar seu jardim nesse estado? Olhe aquelas roseiras! Não devem receber uma poda há anos!

— Provavelmente não. Devo chamar um homem para cuidar delas? Posso chamar, se lhe agradar.

Ela riu.

— Não na estação em que estamos! Porém mais tarde devia chamar um jardineiro, seu jardim ficaria maravilhoso. Aonde está me levando?

— Ao riacho. Podemos nos sentar num banco na sombra para ver as trutas subindo a correnteza.

— Boa ideia, vamos fazer isso! O senhor já pescou aqui este ano? Aubrey uma vez pegou uma truta de quase dois quilos neste riacho.

— Ah, é?

— Mas não foi invasão de propriedade. Foi autorizado por Croyde. Ele pesca no seu riacho todo ano. O senhor não?

— *Agora* eu sei por que minha pescaria é tão pobre toda vez que jogo meu anzol! Que dupla são vocês! Primeiro minhas amoras, agora minhas trutas.

Seus olhos tinham um ar diabólico, mas ela não olhou para ele e disse, um tanto encabulada:

— Parece que isso foi há muito tempo.

— E como a senhorita ficou brava!

— Fiquei mesmo. É uma coisa abominável de se fazer.

— *Eu* não achei abominável!

Venetia virou-se e olhou-o de forma indagadora, como se tentasse ler seus pensamentos.

— Não, imagino que não. Certamente muito estranho!

— Como assim?

Ela foi andando com a sobrancelha ligeiramente franzida.

— Querer beijar alguém que nunca viu na vida. Uma verdadeira loucura! Mas essa é uma das peculiaridades dos cavalheiros, até mesmo dos mais respeitáveis, que não dá para entender. Então não penso muito a respeito.

Ele deu uma boa gargalhada.

— Oh, não dos *mais* respeitáveis!

Os dois saíram do jardim das rosas por um arco cortado na sebe e chegaram nos gramados ondulados que desciam para o riacho. Venetia parou e exclamou:

— Essa é uma linda vista! Olhando para Priory do outro lado do rio, não se imagina uma visão tão distante. Nunca estive aqui antes.

— Eu mesmo venho pouco aqui. Mas prefiro a vista mais próxima.

— Prefere? Só árvores verdes?

— Não, só uma moça ingênua. Foi por isso que fiquei aqui. Já esqueceu?

— Eu não me considero ingênua. É bem verdade que só conheço o que leio nos livros, mas já li bastante e penso que o senhor está *flertando* comigo.

— Infelizmente, não! Só *tentando* flertar com a senhorita.

— Gostaria que não fizesse isso. Pensei que tivesse vindo a Yorkshire para adaptar-se à vida rural. Não é isso que dizem quando alguém vira uma nova página da vida?

— *Não* tão ingênua! — disse ele rindo. — Foi uma bela fatalidade.

— Se metade das histórias contadas sobre o senhor for verdadeira, seu modo de viver deve ser *muito* caro — observou ela, pensativa. — É verdade que tem seus próprios cavalos em todos os principais postos das estradas?

— Eu teria de ser riquíssimo para isso! Só tenho cavalos nas estradas de Brighton e de Newmarket. Que outras histórias contam sobre mim? Ou são histórias que não podem ser repetidas?

Venetia foi levada até um banco de pedra postado sob um olmo e sentou-se com as mãos soltas no colo.

— Oh, não! Pelo menos não as que me contaram, é claro. — Olhou para ele com um olhar travesso. — Conway e eu sempre dizíamos que *podíamos e tentaríamos* descobrir por que o senhor era chamado de Barão Malvado. Era assim que nós o chamávamos! Mas como ninguém nos contava nada, éramos obrigados a recorrer à fantasia. O senhor nem imagina os crimes que lhe atribuíamos! Nada que não se referisse a pirataria nos servia, até que Conway concluiu que isso estava fora de cogitação. Eu quis transformá-lo em um assaltante de estrada, mas Conway não aceitou. Para ele, o senhor havia matado alguém em um duelo e fora forçado a fugir do país.

Damerel divertiu-se ouvindo tudo aquilo, mas de repente sua expressão alterou-se. Continuou rindo, mas sem prazer, e, embora falasse baixo, sua entonação era dura.

— Que perspicácia a de Conway! Eu realmente matei alguém, mas não em um duelo. Matei meu pai.

Venetia ficou profundamente chocada e perguntou:

— Quem lhe disse isso? — Depois deu de ombros e acrescentou: — Foi uma infâmia dizerem isso. E uma idiotice também!

— Não deixa de ser verdade. Quando meu pai soube que eu havia fugido com uma mulher casada, teve um derrame do qual nunca se recuperou. A senhorita não sabia disso?

— Todo mundo sabe. E sabe também que ele morreu quase três anos mais tarde, de um segundo derrame. O senhor também foi responsável por *isso*? Ninguém poderia saber que ele teria um derrame e que o senhor poderia ter provocado isso, mas se pensa que ele não sucumbiria mais cedo ou mais tarde é porque não conhece nada do assunto! Meu pai também teve um derrame, mas o *dele* foi fatal. Não foi causado por choque algum, e não pode ser evitado. — Impulsivamente, pôs a mão sobre a dele e disse ainda: — Posso lhe *garantir*.

Damerel olhou para Venetia sorrindo, mas se zombava de si próprio ou dela não dava para saber.

— Isso não me faz perder o sono, minha querida. Não houve muito amor entre nós na maior parte do tempo.

— Eu também não amava o meu pai. Aliás, tinha aversão a ele. O senhor não pode imaginar como é confortável confessar isso sem que digam que não posso estar falando sério, ou que tinha obrigação de amá-lo! Uma bobagem, pois ele nunca fingiu dar a mínima importância a qualquer um de nós!

— Seu pai parece ter dado poucos motivos para ser amado — observou ele. — Mas, para falar a verdade, o meu não teve sorte com seu filho único!

— Se eu tivesse um filho único, ou uma dúzia deles, não importa!, faria qualquer coisa que não expulsá-lo de casa quando ele se metesse numa encrenca! — declarou Venetia. — E *o senhor?*

— Oh, meu Deus, eu também. Mas quem sou eu para atirar a primeira pedra? Eu poderia me esforçar para meu filho não se meter em uma encrenca, mas se ele estivesse apaixonado como eu estava na época, não adiantaria de nada — falou, pensativo.

Depois de uma curta pausa, durante a qual ele pareceu fazer uma retrospectiva sem grande prazer, Venetia aventurou-se a perguntar:

— Ela morreu?

Lorde Damerel olhou-a, um pouco assustado.

— Quem? Sophia? Ao que eu saiba, não. Por que a pergunta?

— É que ninguém sabe... E o senhor não se casou com ela, casou?

— Não! — Ao ver o ar aflito de Venetia, deu um sorriso de escárnio. — A senhorita quer saber o motivo, não é? Bem, se essa história antiga lhe interessa, ela não estava mais vivendo comigo na época em que Vobster morreu. Não fique tão aflita assim.

— Não estou aflita, não é isso! — ela gaguejou.

— Então está com pena? Uma perda de tempo, minha querida! Nossa paixão mútua foi violenta enquanto durou, mas logo se desgastou. Felizmente fomos poupados de uma situação de tédio quando surgiu em cena um veneziano perfeito.

— Um veneziano perfeito!

— Dava para ver na hora! Além disso, bonitão. Aspecto e endereço muito melhores que os meus.

— E fortuna? — ela o interrompeu.

— Fortuna também, que permitia que ela realizasse todos os seus caprichos! Só montava cavalos tordilhos, só usava casacos pretos, e sempre, fosse verão ou inverno, trazia uma camélia branca na lapela.

— Meu Deus, que coisa estranha! Como Lady Sophia pôde gostar dele?

— Não se engane, ele era um homem muito charmoso! Além do mais, a pobre menina andava entediada até a alma. Como se pode culpá-la por preferir um janota como ele a um homem maduro e enfadonho como eu era naqueles dias? Juro por Deus que não posso imaginar como ela aguentou meus ardores e ciúmes por tanto tempo. Minha loucura não tinha limites; devo ter sido como

Aubrey seria se fosse tomado de paixão. Com muita erudição e sem nenhum bom-senso, cansando-a com minhas recitações clássicas! Tentei até lhe ensinar um pouco de latim, mas a única lição que ela aprendeu comigo foi a arte de fugir. Pôs isso em prática antes de chegarmos a ponto de querermos matar um ao outro, devo agradecer-lhe por essa prudência. Ela também recebeu sua recompensa, pois Vobster teve a gentileza de quebrar o pescoço antes de a nova paixão esfriar e o veneziano ser persuadido a casar-se com ela. Sophia ameaçou deixá-lo, e talvez ele tenha se desesperado pois havia encontrado alguém que combinasse tão bem com seu gosto por branco e preto. Ela tinha uma pele branca leitosa, cabelo preto como a asa do corvo e olhos também muito pretos. Era uma beleza, mas um pouco cheinha de corpo! Diziam que ela era sempre vista no exterior com vestidos brancos e capas pretas, e garanto que o efeito devia ser prodigioso!

Venetia sentiu o tom de escárnio, mas não se deixou levar. Como não conseguiu controlar a voz, preferiu não dizer nada, e com medo de mostrar sua indignação, baixou os olhos. Fez a terrível descoberta de que os dedos finos de uma dama podem se contrair e aparentar serem garras, e ajeitou-os rapidamente. Mas não rápido o suficiente, ou talvez seu silêncio a tivesse traído, pois um instante depois Damerel disse, ainda com mais escárnio:

— Você tinha imaginado uma tragédia na minha vida! Pois não foi nada tão romântico, foi uma farsa. Sem faltar o inevitável encontro heroico de madrugada, onde os dois duelistas saíram ilesos... E agradeço de coração ao meu rival! Ele tinha uma pontaria certeira e poderia ter me enfiado uma bala a distância. Na verdade, atirou para o ar!

Damerel contara quase tudo o que ela queria saber. Talvez zombasse da lembrança do jovem que havia sido um dia, mas Venetia pôs-se no seu lugar e percebeu que seu orgulho decerto fora profundamente abalado quando aquela mulher leviana o abandonou. Ela tinha irmãos e sabia que os meninos eram muito orgulhosos. Podia ver com clareza como Damerel tinha sido: um rapaz refinado, alto, desempenado, ombros largos, como ainda tinha, mas com o rosto liso e os olhos ávidos. Também ousado e ardente, e talvez sério demais. Aquela má experiência deixara-o cínico, mas na época não conseguiria rir da própria loucura.

Depois disso passou a considerar-se motivo de chacota (ela não sabia nem queria saber até que ponto ele afundara) e a agir segundo o padrão inevitável do homem traído por uma mulher libertina. Teriam seus pais honrados suposto que ele voltaria ao papel de filho pródigo? Deviam saber que não! Talvez voltasse casado com essa mulher libidinosa, desafiando os que o criticavam, mas não como um amante traído. Sua família o considerava um Ismael, e Ismael ele permaneceria, com um prazer perverso em alimentar os interessados com evidências da sua depravação. E tudo por uma mulher à toa, cheinha, de olhos pretos, mais velha que ele, cuja aliança e nobreza escondiam uma alma de cortesã!

— Um horror, não é? — perguntou Damerel. — Em vez de morrer heroicamente por amor, fui abandonado e fiquei desconsolado, embora não por muito tempo!

Venetia ergueu os olhos e disse calorosamente:

— Estou muito contente de ouvir isso, e *espero* que suas próximas amantes sejam tão divertidas quanto bonitas!

O ar de escárnio desapareceu do seu rosto, e ele deu um sorriso.

— Uma dama charmosa!

— Ótimo! O senhor escapou de uma boa. Talvez não lhe tenha ocorrido, mas, a essa altura, Lady Sophia deve estar bem gorda. Mulheres cheinhas engordam muito, como se sabe! Creio que os italianos usam muito óleo na comida, o que é *fatal*! Só espero que não esteja gorda demais. — E acrescentou quando os ombros dele começaram a sacudir: — Pode rir, mas garanto que é bem provável. Além do mais, se o seu pai o tivesse advertido sobre isso, em vez de comportar-se exatamente como um pai shakespeariano, tudo teria sido mais fácil! Veja bem, de que adiantou o velho Capuleto interferir em uma paixão ridícula? Ou o rei Lear, o pai absurdo de Hermia! Mas talvez lorde Damerel não se sentisse encantado por Shakespeare.

Damerel baixou a cabeça.

— Ao que parece, não era mesmo.

— Eu não devia ter dito isso — falou Venetia em tom de desculpas. — É o pior dos meus hábitos, e de Aubrey também! Nós dizemos exatamente o que pensamos, sem refletir. Perdão!

Damerel levantou a cabeça, ainda rindo, e disse:

— Oh, não! *Docemente, fale então o que pensa...*

Venetia franziu a sobrancelha e olhou-o com ar inquiridor.

— Não está reconhecendo, Srta. Lanyon? — perguntou ele com ar de provocação. — Foi escrito por Ben Jonson, para outra Venetia. Encontrei isso na noite passada, depois que a senhorita foi embora.

— É mesmo? — exclamou ela, surpresa e satisfeita. — Nunca ouvi isso antes! Na verdade, não sabia que havia poemas escritos para Venetia. Como ela era?

— Como a senhorita, se pudermos acreditar em John Aubrey, *uma criatura linda e desejável*!

Sem se comover com o elogio, ela replicou com seriedade:

— Gostaria que o senhor não usasse lugares-comuns! Fica parecendo um dândi das assembleias de York!

— Sua bruxinha!

— Assim é muito melhor, entre amigos! — aprovou ela, rindo.

— Então a senhorita pensa que estou sendo apenas lisonjeiro? Não posso imaginar o motivo, pois sabe muito bem como é bonita! Já me disse isso.

— Eu? Nunca disse uma coisa assim!

— Disse, sim! Estava colhendo amoras naquele dia, as minhas amoras.

— *Oh,* era só para lhe dar um basta — falou ela, ficando ruborizada.

— A senhorita disse que tinha um espelho.

— E tenho mesmo. Meu espelho diz que estou bem. Creio que puxei a minha mãe, pelo menos foi o que a babá disse no dia em que tive uma crise de vaidade, e falou também que eu não me igualaria a ela.

— Ela estava enganada.

— O senhor conheceu minha mãe? — perguntou Venetia depressa. — Ela morreu quando eu tinha 10 anos de idade, mal me lembro do seu rosto. Nós a víamos muito pouco, nossos pais estavam sempre viajando, e essa semelhança nunca foi notada. Se foi, meu pai destruiu isso quando minha mãe morreu. Não conseguia nem ouvir seu nome, e proibiu qualquer menção a ela! Ninguém jamais a mencionou em Undershaw, a não ser a babá naquela ocasião. Acho uma forma estranha de mostrar dedicação a alguém, mas meu pai *era* mesmo estranho. Eu me pareço com ela?

— Creio que sim. As feições dela, lembro bem, eram mais perfeitas que as suas, mas o seu cabelo é de um louro mais rico, seus olhos são de um azul mais profundo, e seu sorriso é de longe mais meigo.

— Oh, meu Deus, agora o senhor voltou a falar bobagem! Depois de tanto tempo não pode se lembrar da cor dos olhos dela ou do louro de seu cabelo, então não me tapeie.

— Sim, madame — disse ele brincando. — Eu gosto de falar dos *seus olhos* ou dos seus lindos lábios, que a senhorita descreveu erroneamente como *de um vermelho indiferente*!

— Não posso conceber — ela o interrompeu com certa severidade — por que o senhor persiste em lembrar esse episódio que deveria ser esquecido.

— Não pode? — Damerel esticou a mão, pegou no queixo dela com os dedos finos e virou-o. — Talvez para lhe lembrar, minha querida, de que embora eu seja obrigado a me comportar com todo o respeito de um anfitrião, isso é apenas superficial; Deus sabe por que estou lhe dizendo isso.

Ela retirou a mão e disse brincando:

— Acho que sua noção de respeito não seria *aceita* nos melhores círculos! Além do mais, meu caro amigo, já é hora de parar de tentar fazer com que acreditem que o senhor é pior do que dizem. É um hábito que adotou quando era jovem e bobo, e *perfeitamente* compreensível nas circunstâncias. Muito parecido com Conway, quando costumava se gabar das farras indecorosas que fazia em Eton! Quase todas não passavam de lorotas.

— Obrigado! Mas eu nunca fiz isso, nunca precisei contar lorotas. Que improváveis virtudes a senhorita está tentando me atribuir? Sensibilidade refinada? Delicadeza de princípios?

— Nada parecido! — respondeu ela, levantando-se. — Eu lhe atribuo todos os vícios que o senhor declarar que tem. Na verdade, sei que é um jogador, um devasso e um homem de caráter instável! Mas não sou tão ingênua que não possa reconhecer pelo menos uma virtude sua e uma qualidade.

— Só isso? Que decepção! Quais são elas?

— Uma mente bem-informada e um enorme coração — disse ela, pousando a mão em seu braço e caminhando de volta para casa.

Capítulo 7

EDWARD YARDLEY VOLTOU para Netherfold insatisfeito, mas sem medo de que Damerel viesse a ser um rival. Não gostara dele, e não percebeu nada nas suas maneiras ou no seu aspecto que pudessem chamar a atenção de Venetia. Muito meticuloso com as aparências, achou o desleixo de Damerel impróprio para um homem da sua condição social, e sua forma ríspida de falar uma prova de mau gosto. Além do mais, o aspecto de Damerel não era dos melhores: bom físico mas fisionomia dura, feições irregulares, pele escura e roupas sem atrativo especial. Acreditava que as mulheres em geral se deslumbravam com roupas da moda: se Damerel usasse calças amarelas, casaco ajustado na cintura, um grande plastrom, camisa com pontas exageradas, anéis e um bolsinho na cintura para pendurar o relógio, talvez Edward o considerasse um perigo. Mas ele usava culotes simples e botas de camurça, um plastrom bastante modesto e nenhum outro ornamento a não ser um anel de sinete e óculos excêntricos. Sua roupa não era moderna e ele nem ao menos era bonito, embora fosse considerado um cavaleiro de primeira classe, aliás um exímio cavaleiro. Edward, que esperava um hedonista, classificou-o em termos modestos: mais aparência de que conteúdo, pensou, ao lembrar-se das histórias exóticas ouvidas em Yorkshire, embora sempre dissesse que não acreditava em metade delas, como a da nobre romana que largou marido e filhos para fazer um cruzeiro pelo Mediterrâneo com Damerel a bordo de um iate, ao qual ele teve a desfaçatez de dar o nome de *Corinto*; ou da mulher fascinante que fez sucesso por toda a Europa, sob sua proteção, e que se tornou memorável pela quantidade de pétalas de rosas espalhadas por ele em seus vários apartamentos e pelo mar de champanhe rosé fornecido para seu prazer. Tentava apenas computar o custo dessas extravagâncias, mas não dava muito crédito às histórias, e, depois de conhecer Damerel pessoalmente, desacreditou por completo. Não receava que uma mulher sensível sucumbisse ao fascínio de tal magnificência, e quando saiu de Priory sentiu um alívio desconhecido no peito. Damerel poderia tentar tornar Venetia objeto de seu galanteio (embora não parecesse muito impressionado pela beleza dela), mas ele, que reconhecia seu próprio valor, não se sentia em perigo de ser superado por aquele sujeito ríspido. O julgamento das mulheres era em geral falho, mas Edward considerava o raciocínio de Venetia superior ao da maioria delas; embora tivesse conhecido bem apenas três homens — seu pai, Conway e ele próprio —, ela deveria ter parâmetros de maneiras e caráter para poder avaliar Damerel.

Para ele, o pior aspecto do problema era o mal que as visitas diárias a Priory fariam à reputação de Venetia, caso fossem descobertas, e essa possibilidade o incomodava tanto que ele contou a história toda à sua mãe.

A Sra. Yardley era uma mulherzinha humilde e tão sem graça que ninguém suspeitaria que fosse ciumenta e tivesse tal adoração pelo filho único. Seu rosto era um pergaminho, os lábios eram finos e descorados, e os olhos azuis não tinham vida. O cabelo, sempre preso e escondido por trás de uma touca de viúva, era grisalho, sem coloração definida. Não era de falar muito, e ouviu a história de Edward sem tecer comentários e com ar inexpressivo. Só quando ele lhe disse com toda a naturalidade que Venetia visitava Aubrey diariamente em Priory é que ela demonstrou alguma emoção, com um rápido movimento dos olhos que passou despercebido.

Edward continuou explicando-lhe todas as circunstâncias sem pedir sua opinião, como de hábito. Quando terminou o relato, sua mãe murmurou com uma voz monocórdica que não deixava transparecer seus pensamentos:

— Sim.

Normalmente ele teria se satisfeito com essa resposta lacônica, mas naquele dia achou-a insuficiente, pois ao dizer que não era tão reprovável Venetia visitar o irmão em Priory tendo a babá como companhia, Edward contrariava suas convicções e estava querendo apoio.

— Não se pode esperar que ela não o visite — disse. — A senhora sabe como ela é dedicada a Aubrey!

— É, sim. E ele deve agradecer-lhe muito. Eu sempre disse isso.

— Mas não é bem assim... Aubrey acha muito natural ela fazer tudo por ele. Mas no momento, o principal é que não há inconveniente em Venetia visitá-lo.

— Oh, não!

— Nessas circunstâncias, e com a presença da babá... Além disso ela não é mais uma menininha. Não vejo razão para fazerem comentários, a senhora vê?

— Oh, não! Estou segura de que ninguém vai comentar.

— É claro que não gosto de ver Venetia fazer amizade com um homem como Damerel, mas deixei muito clara qual é a nossa situação, caso ele tenha segundas intenções. Não que eu esteja apreensivo, sei julgar bem as coisas, e não me pareceu que ele estivesse interessado em Venetia.

— Espero que ela não seja o tipo dele.

A expressão de Edward suavizou-se.

— Não, muito provavelmente não é. Sem dúvida ele não aprecia mulheres virtuosas. E *ela* tem muito bom-senso. Por trás do ar brincalhão pode-se ver a delicadeza de seu caráter. Ela não encorajaria lorde Damerel a passar dos limites.

— Oh, não! Estou segura de que não faria isso.

Edward pareceu aliviado, mas falou num tom exasperado:

— Mas é uma situação esdrúxula! Eu relutaria muito se fosse forçado a ter maior intimidade com lorde Damerel, mesmo que a pequena distância daqui a Priory possibilite frequentes visitas à sua casa. Mas na presente circunstância, creio que é meu dever... mas cobrir cinquenta quilômetros de ida e volta diariamente está fora de questão.

— Oh, sim, querido, você tem toda a razão! Acho que não deve voltar a Priory de forma alguma. Daqui a uns dois dias, Aubrey estará melhor e poderá voltar para casa. Além disso, lorde Damerel não deve ficar muito tempo em Priory. Ele nunca fica, não é?

Aquela visão plácida sobre o assunto amenizou sua ansiedade. Na noite seguinte, quando acompanhou a mãe a um jantar em Ebbersley, Edward ficou aliviado ao constatar que a anfitriã não deu grande importância ao problema.

Mas a verdade era outra. Lady Denny não gostava de homens moralistas, e teve o cuidado de não deixar transparecer a aflição que sentiu quando Sir John lhe deu a notícia da forma mais natural do mundo, que soube pelo próprio Damerel quando o encontrou em Thirsk. Quando ela deu um grito de horror, ele olhou-a com a sobrancelha levantada; quando perguntou o que deviam fazer, ele pediu que ela se explicasse melhor; e quando ele recebeu uma explicação sem rodeios, continuou a olhá-la, como se a esposa estivesse falando bobagens. Finalmente voltou a ler seu livro e disse-lhe secamente que não fosse tão tola.

Lady Denny retrucou que a tola não era ela. Sir John podia falar o que quisesse (uma permissão generosa que ele não mostrou disposição de avaliar), mas ela sabia muito bem o que poderia acontecer com uma moça inexperiente nas mãos de um notório libertino. Não era preciso dizer que Damerel não tentaria aproveitar-se de uma moça da condição de Venetia; provavelmente não faria isso, embora não se pudesse garantir nada tratando-se de um homem com sua reputação. Mas não lhe passava pela cabeça que talvez

Damerel levasse a pobre inocente a apaixonar-se por ele e depois desaparecesse, deixando-a de coração partido?

Questionado de forma tão direta, Sir John respondeu que não tecera essas considerações, e que não achava Venetia uma pobre inocente — tinha 25 anos, era uma mulher de sentimento superior e temperamento calmo, e podia muito bem cuidar de si mesma. Acrescentou que tinha certeza de que Lady Denny não deveria fazer tempestade em copo d'água e que não devia se intrometer no que não lhe dizia respeito.

Esse tipo de indiferença não poderia passar sem uma reprovação, mas, depois de pensar bem no assunto, Lady Denny achou que talvez ele estivesse certo; afinal, nada tão terrível ocorreria em razão da amizade de Venetia com um dissoluto. De qualquer forma, não quis encorajar os comentários de Edward Yardley, e quando ele disse, em tom grave, que sem dúvida ela ouvira falar do acidente de Aubrey, a senhora fingiu não dar importância ao problema. Chegou a dizer que agradecia a Deus por Damerel estar passando casualmente pelo local do acidente naquele momento e por ter mandado buscar o Dr. Bentworth imediatamente.

Para Edward, ela fora longe demais, e ele olhou-a com ar severo. Passado um instante, Lady Denny deixou-o para cumprimentar o Sr. e a Sra. Trayne, e o herdeiro da casa, ao observar os lábios apertados de Edward, olhou-o com desprezo e murmurou com voz sinistra:

— Não precisa se preocupar, a Srta. Lanyon sabe que pode confiar em *mim*!

Como o decoro não permitia que ele tomasse alguma atitude contra o jovem Sr. Denny, Edward fingiu não ter ouvido suas palavras. Ficou perturbado e suas dúvidas voltaram, mas ao longo da noite foi consolado pela Srta. Denny, que lhe confessou que sentia pena de Venetia. A seus olhos, comparado a um soldado louro e bonito, Damerel era feio, velho e desinteressante.

— Pobre Venetia! — disse Clara. — Decerto se sentirá entediada ao extremo! Lorde Damerel mal falou com Emily ou comigo quando papai o trouxe aqui, e sua conversa com a mamãe foi pautada de lugares-comuns. Isso não basta para Venetia, não é? Ela é cheia de vida e está acostumada a conversar com você e Aubrey. E vocês dois são tão inteligentes!

Edward ficou contente, mas replicou com um sorriso indulgente diante da simplicidade feminina.

— Considero minha conversa *racional*, mas não tenho a pretensão de ser um erudito, como você sabe. Nesse sentido creio que sou ofuscado por Aubrey.

— Mas ele é muito pedante, não acha? — perguntou Clara.

— Eu também o qualificaria assim, mas lorde Damerel considera o intelecto de Aubrey privilegiado.

— É mesmo? Imagino que sim, pois estou certa de que não compreendo metade das coisas que ele diz. Mas você também é muito bem-informado, e se expressa com tanta clareza que sou capaz de seguir suas argumentações, mesmo não tendo inteligência suficiente para argumentar.

Ele prezava muito a verdade para contradizê-la, mas declarou gentilmente que não apreciava mulheres com ares intelectuais, e lhe expôs um paradoxo: as mais *sensatas* mulheres não desejam ser as mais *inteligentes*. Clara riu muito e exclamou:

— Era precisamente a isso que eu me referia quando falei que Venetia acharia lorde Damerel um tédio! Ele nunca diria uma coisa tão espirituosa assim!

Então, enquanto Lady Denny tentava convencer-se de que Venetia tinha discernimento demais para apaixonar-se por um dissoluto, Edward voltava para casa animado ao pensar que ela estaria entediada com a conversa de Damerel. E como ninguém pôs os olhos nela durante um período considerável, não se teve conhecimento do brilho de felicidade que realçava ainda mais a beleza da adorável Srta. Lanyon.

Aubrey permaneceu em Priory por dez dias, e até mesmo o clima conspirou para tornar esses dias agradáveis para sua irmã. Houve apenas uma ocasião em que choveu e esfriou, depois o dourado da suave paisagem invadiu a casa; a luz da lareira da biblioteca tremulava sobre as lombadas dos volumes que ocupavam as estantes de alto a baixo, dando-lhes um brilho e uma tonalidade especial. Damerel carregava Aubrey para o andar de baixo, deitava-o em um sofá, e eles jogavam cartas a três, folheavam livros de gravuras, descobriam tesouros raros nas prateleiras repletas e discutiam acaloradamente sobre os assuntos mais variados — desde coisas materiais até a proposição de que um cavalo preto sem manchas brancas devia ser necessariamente repleto de males e infortúnios. Depois Damerel mostrava seu livro de esboços gregos e Aubrey se maravilhava. A babá, ao lado da janela fiando sua renda interminável, olhava o grupo diante da lareira por cima dos óculos e ficava satisfeita. Os Lanyon debruçados sobre um livro de gravuras, Venetia no chão ao lado do sofá, Aubrey dando-lhe explicações, e ambos olhando para lorde Damerel recostado no sofá e crivando-o de perguntas. Para a babá, os dois eram crianças e Damerel, adulto, como ela, por isso permitia com bom humor ser assolado por tantas perguntas. Talvez eles não devessem criar o hábito de intercambiar tão facilmente com um pecador, mas embora as Escrituras declarassem que os maus eram como um mar turbulento cujas águas levantam lama e sujeira, também faziam pungentes advertências contra alcoviteiros e testemunhas imaturas. *Zombam do próximo todos eles*, dizia o profeta Jeremias, e bastava passar os olhos pela vizinhança para saber que isso era verdade. A babá estava inclinada a pensar que lorde Damerel fora vítima de falsos boatos. Se viessem lhe perguntar, ela diria que aceitava as pessoas como eram, e que descobrira que ele era como todo cavalheiro de sua idade, que se comportava mais como um tio com a Srta. Venetia e o Sr. Aubrey do que como um sedutor, e compreendia melhor do que muitos outros como era difícil cuidar daquele casal voluntarioso. Se era verdade que ele um dia fugira com uma mulher casada, isso ocorrera havia muitos anos, e a babá estava certa de que eram mulheres assanhadas, e Deus que protegesse o jovem que caísse nas suas garras! Se fosse verdade que houvera orgias em Priory um ano antes, as Escrituras ordenavam que os maus abandonassem suas vilanias, e talvez fosse isso que lorde Damerel tivesse feito. Agora não havia mais orgias, era só isso que ela sabia.

Damerel levou três dias para cair nas boas graças da babá, e Aubrey teve de conter o riso no dia em que ela declarou que não adiantava cobrir todos os móveis para evitar traças, que as cadeiras, as mesas e o armário dos salões sem uso deviam ser bem envernizados, e que Damerel decerto ficaria contente se a casa toda fosse posta em ordem. A aprovação de suas ideias foi o bastante para conquistá-la, pois em Undershaw nunca teve permissão de se imiscuir na área da Sra. Gurnard. A Sra. Imber era uma criatura humilde e fraca, que fazia o que lhe mandavam, e ficou grata pelos conselhos e instruções. A babá, que fora para Priory com a maior relutância, estava aproveitando a estada e só pretendia sair de lá — com a ajuda dos Imber, da esposa do jardineiro e da faxineira da aldeia — quando a casa estivesse brilhando (frase que deixou Imber ressentido). Pela primeira vez desde que as crianças eram pequenas, ela teve um poder indiscutível; logo constatou que não havia nada a temer com relação a Damerel e diminuiu a vigilância. Perambulava pela casa atormentando seus escravos, tão absorta na tarefa de dona de casa que nem notou o brilho nos olhos de Venetia, nem desconfiou que quando supunha que ela já estava em casa, na verdade estava sentada no jardim com Damerel, ou caminhando pela margem do riacho, ou voltando com ele para Undershaw pelo caminho mais longo possível.

O cavalariço e o *valé* de Damerel sabiam de tudo isso, mas Nidd não contou à babá que eles passavam horas nas estrebarias de Priory cuidando da égua de Venetia ou do pônei que puxava a charrete; e no dia em que a babá perguntou a Marston se Venetia voltara para casa, ele não disse que ela estava na companhia de Damerel.

Nidd achava essa ligação estranha, mas quando pediu a opinião de Marston, ele não quis falar sobre o assunto. Ele também estranhava, pois não era do feitio de milorde atrair mocinhas inocentes, muito menos ficar nas mãos delas. Ele se encantava com elas, mas não como agora. Ou talvez vivesse ocupado demais para misturar-se com virgens de alta classe. Marston não sabia dizer, só sabia que, desde que começara a servir lorde Damerel, nunca o vira tão interessado em uma dama. Nunca o vira se comportar com outras mulheres como era com ela e nunca o vira sóbrio por tanto tempo. Andava muito animado desde o dia em que levou Aubrey para casa, o que era sinal de que não estava entediado, nem em um dos seus humores negros. Não estava sequer inquieto, embora sua ideia inicial fosse ficar em Priory apenas dois dias. Tinham planejado ir à casa de caça de lorde Flavell, mas acabaram desistindo da viagem e ele informou a Marston que havia cancelado o compromisso. Talvez fossem para Londres quando o Sr. Aubrey saísse de Priory. Milorde ainda não estava certo, mas achava que ficaria mais um tempo em Yorkshire.

Talvez estivesse se divertindo com um novo tipo de flerte, embora qualquer outro homem achasse que estava fazendo a corte à Srta. Lanyon. Será que ela sabia que tipo de vida milorde vivera? E o que o seu irmão mais velho diria quando soubesse daquela ligação?

Marston ficaria chocado se soubesse que Venetia estava a par de certas aventuras de Damerel e divertia-se com algumas delas; e ficaria surpreso se soubesse dos termos de camaradagem daquele estranho casal.

Os dois eram amigos leais; um estranho talvez supusesse que fossem parentes, tão francas e naturais eram suas conversas, e tão diferente de um mero flerte fosse a relação deles. Aceitando o papel de *fidus Achates** que lhe fora atribuído — e em termos de tática do jogo poucos lhe passavam a frente — Damerel viu-se em breve aconselhando Venetia sobre problemas complexos originados da administração das propriedades do irmão mais velho, ou conversando sobre as dificuldades peculiares da aparente determinação de Aubrey em deixar sua mente privilegiada consumir sua constituição frágil. Aconselhou-a sobre coisas que ele próprio jamais pusera em prática, e falou com dureza que havia pouco que ela pudesse fazer para desviar Aubrey de sua paixão devoradora.

— Ele viveu sempre muito sozinho. Se tivesse ido para Eton, sem dúvida teria feito amigos lá, mas hoje seus dois únicos amigos são você e seu velho orientador, aquele pároco de quem ele fala e cujo nome esqueci. Aubrey precisa conviver com jovens da sua idade, com os mesmos gostos que os seus, e precisa superar esse horror a ser alvo de compaixão ou de desprezo.

Venetia olhou para ele.

— Você foi a primeira pessoa que percebeu que Aubrey tem *horror* ao seu defeito físico. Nem mesmo o Dr. Bentworth compreende isso perfeitamente, e eu só posso imaginar, pois ele não fala no assunto. Mas tem falado com você, não é? Você lhe disse que se lhe perguntassem se preferia ter um corpo esplêndido ou uma mente esplêndida, escolheria a mente, que dura mais que o corpo. Aubrey deve ter ficado muito impressionado com isso, caso contrário não teria me contado, e eu fiquei tão agradecida que tive vontade de abraçá-lo.

— Então me abrace — disse Damerel prontamente.

Venetia riu, mas sacudiu a cabeça.

— Não estou brincando. Foi a coisa mais adequada que lhe disseram, e, se ele conversou com você sobre isso, mostra que lhe tem grande apreço. Em geral ele é muito difícil com estranhos, e quando Lady Denny pergunta sobre sua saúde ou Edward ajuda-o a se levantar da cadeira, ele fica *enfurecido*.

*O fiel Acates, companheiro de Eneias, personagem do poema de Virgílio. (*N. do T.*)

— Imagino! É isso que aquele palerma faz?

— Sim, e por mais que eu lhe diga para parar com isso, ele continua. É por bondade, eu sei, mas...

— Seu irmão não liga para bondade!

— Foi o que falei para Edward, mas ele achou um absurdo. Já o seu tipo de bondade realmente lhe agrada. Não estou me referindo apenas às conversas sobre temas que lhe interessam, mas às reprimendas que você lhe deu, chamando-o de malcriado e ameaçando-o com coisas mais brutais, caso ele não engolisse aquela valeriana horrível.

— É esse seu conceito de bondade? — perguntou ele em tom de brincadeira.

— Sim, e o seu também, senão não teria feito isso. Espero que depois de tudo isso Aubrey se sinta como qualquer outro jovem, ou pelo menos saiba que você não se importa de ele ter uma perna defeituosa. Sua companhia ajudou-o muito, mais do que eu poderia ajudar, pois sou mulher. E também irmã, o que torna as coisas mais difíceis.

— Você é uma boa irmã. Espero que venha a ser recompensada, mas duvido muito. Não deixe que ele a magoe! Aubrey gosta de você, mas é muito egoísta, minha querida.

— Ah, eu sei disso! — falou ela com naturalidade. — Mas posso garantir que não é tão egoísta quanto meu pai, *ou* quanto Conway. Aubrey se sacrificaria por mim para me agradar, se pensasse nisso, enquanto meu pai, não. Quanto a Conway, não creio que ele *possa* pensar em ninguém a não ser nele mesmo!

Foram tantas as observações, feitas com tanta seriedade, que Damerel acabou chamando-a de "meu querido encanto". Ela aceitou o título com serenidade, mas pediu que ele tomasse cuidado para não repetir isso na frente da babá.

— Seria embaraçoso para você ver sua doutrinação vir por água abaixo, além de destruir todo o nosso conforto.

— Aposto que a babá não faria nada. Ela acredita que estou em estado de graça.

— Não, só *se aproximando* desse estado, e isso porque você ficou do lado dela e contra Imber! Mas talvez não saiba que você sofreu um revés ontem por não permitir que ela retirasse o tapete da biblioteca para ser batido. Começou a falar de novo sobre os ímpios, e Aubrey jura que ela declarou que um único pecador destrói muitas coisas boas.

— Mas depois disso passei a expressar minha admiração pela renda de bilro dela, e minha moral subiu de novo!

— Eu gostaria que subisse o suficiente a ponto de ela lhe dar uma renda! Já deve ter *quilômetros* prontos, pois faz esse trabalho desde que me entendo por gente, e nunca dá alguma de presente. O pior é que está guardando essa renda para o primeiro de nós que se casar. Uma grande consideração!

— Talvez — disse ele pensativo. — É melhor então minha moral não subir *tanto*! O que me aconselha? Devo fazer uma orgia, maltratar Aubrey, ou... chamá-la de meu querido encanto quando a babá estiver presente?

— Isso baixaria demais seu crédito. Diga a ela que quando deu a entender que veio para Yorkshire reparar as injustiças com seus arrendatários... o que tenho certeza que você fez, pois quem mais poderia ter posto uma ideia tão absurda na cabeça dela?... não estava falando sério. Pensando bem, talvez seja melhor dizer que veio por causa daquele problema em Tattersall, pois ela considera as corridas um esporte de ímpios.

— *Que* problema em Tattersall? Eu ainda não fui acusado de nada, se é a isso que está se referindo.

— Não, não! Não sei o que isso significa, mas não é *isso*! Conway falou sobre o assunto uma vez... a *Segunda-Feira Negra*!

— Dia de ajuste de contas! Não, não vou lhe dizer isso. Estou sempre mais ou menos na mira do credor, mas essa minha vinda não foi para resolver nada disso! Estou fugindo das minhas tias.

— O que elas estão fazendo com você? Está brincando comigo?

— De forma alguma. Elas querem me regenerar. São três, verdadeiros antídotos. Duas são solteironas e moram juntas. Uma tem o rosto redondo, a outra tem o rosto bem fino, e a mais velha é viúva, a mulher mais intimidadora que já conheci. Mora em um mausoléu em Grosvenor Square, raramente sai de casa, mas dá recepções como as que ocorrem nos salões da rainha. É muito sovina, veste-se de forma estranha, não tem espirituosidade nem amabilidade, mas por razões que desconheço, a não ser que seja por seu caráter forte, persuadiu a *elite* de que é a segunda Lady Cork e que ser convidado para seus *salões* é uma honra.

— Parece ser uma mulher muito desagradável!

— E *é* mesmo. Um verdadeiro dragão!

— Mas por que ela pretende regenerá-lo?

— Por duas razões! A primeira é que, por mais cabeludos que sejam meus pecados, eu sou o chefe da família, circunstância que ela muito preza. A segunda é que ao mandar meu primo Alfred, que é também meu herdeiro, apresentar-se em Grosvenor Square para ser avaliado, descobriu que ele é um janota de primeira linha. Sem saber que a velha dama tem horror a todos os homens que se vestem com roupas caras da Bond Street, o boboca arrumou-se o melhor que pôde e foi até Grosvenor Square parecendo um verdadeiro pavão: casaco da Stultz, botas de cano longo da Hoby, chapéu da Baxter, plastrom do tipo oriental, famoso pelo tamanho. Além disso, um lenço de Barcelona, lapela do tamanho de um repolho, brilhantina circassiana de forte aroma, maneiras de professor de dança, e uma forma de falar ceceada que levou anos para aperfeiçoar. Enfim, um rapaz que não faz o estilo normal!

— Eu gostaria de ter visto essa cena — disse Venetia rindo. — Você o *viu* ou está criando tudo isso?

— É claro que não vi, mas, o que ele não descreveu para mim, minha tia contou. Pobre sujeito! Só estava tentando parecer charmoso, mas suas esperanças foram frustradas! A desavença deveria ter sido sanada. Eu expliquei que minhas tias estavam brigadas com a mãe dele? Creio que ela as ofendeu por ocasião da morte do meu tio, mas, como eu não estava presente, não sei o que houve, imagino que ela não tenha mostrado o devido respeito que minhas tias mereciam. De qualquer forma, Alfred atendeu ao pedido da tia Augusta, certo de que com uma boa conversa, aliada, é claro, a uma aparência refinada, se tornaria herdeiro não só dela como também das tias Jane e Eliza. Bem melhor do que ser *meu* herdeiro. Mas, infelizmente, diante da escolha entre um janota e um trapaceiro, elas preferiram o trapaceiro. Ou prefeririam, se eu fosse maleável!

— Se resolvesse se comportar adequadamente?

— Pior! Se me casasse com uma mulher de dentes amarelados, nariz achatado e corpo deplorável!

Venetia riu.

— Queriam que você se casasse, pois seria a coisa mais respeitável a fazer, e que tivesse filhos para seu primo ser cortado da herança. Mas a mulher não precisava ter nariz achatado e dentes amarelados!

— Mas ela tem, posso lhe garantir. Além do mais, é uma solteirona convicta. Imagina agora por que eu fugi?

— Não, mas imagino que suas tias deviam estar desesperadas a ponto de lhe proporem um casamento assim! Devem ser pouco perspicazes por supor que você olharia duas vezes para uma mulher sem qualquer encanto, pois há anos só se apaixona por mulheres lindas! Não é razoável esperar que as pessoas mudem de hábito num piscar de olhos!

— Isso mesmo! — concordou ele com presteza. — E os olhos da Srta. Amelia Ubley são mortiços como os de um peixe.

— Então de forma alguma você deve aceitá-la! — disse ela com seriedade. — Tenho muita pena dela, pobrezinha, mas ela seria muito mais feliz como uma solteirona do que como sua esposa! Onde suas tias foram encontrar uma noiva tão inadequada para você? Devem ter mais cabelo do que inteligência!

Ele apertou os lábios e respondeu:

— Creio que acham que não tenho mais idade para considerações românticas. Tia Eliza me diz que já é hora de eu me *assentar na vida.* E descreveu para mim, em tom muito comovente, as vantagens de uma vida de casado.

— Imagino. Então você fugiu para Yorkshire! Agora me diga, por favor, quais são as virtudes da Srta. Ubley?

— Bem... ela é virtuosa!

— Isso não basta. A não ser que queira dizer que ela é moralista, o que deve ser mesmo.

— Foi como me pareceu. Mas minhas tias me informaram que além de ser uma mulher muito respeitável, ela tem um raciocínio superior, bom gosto, comportamento irrepreensível, e uma fortuna maior do que eu poderia esperar. Disseram também que eu devia me lembrar de que, se ela não tivesse mais de 30 anos, nem ela nem os pais pensariam em aceitar minha proposta.

— Que ideia mais absurda! — exclamou Venetia, indignada.

Damerel sorriu com um ar meio zombeteiro.

— É verdade. Creio que me encontro entre os solteirões inelegíveis, o que tem suas vantagens, pois não preciso me resguardar das mães com filhas casadoiras. Ao contrário, elas avisam às jovens que, se por acaso me conhecerem, deverão manter distância de mim.

— Então você vai a festas? Não sei muito sobre a sociedade e a *elite,* como o senhor diz. Quando falou que era um pária social, pensei que não participasse da alta-roda.

— Ah, não é tão grave assim! — ele lhe garantiu. — Não sou convidado para festas onde haja mocinhas em idade de se casar, e não tenho a menor possibilidade de cruzar o portal sagrado do clube Almack. A não ser, é claro, que mude meu modo de vida, me case com a Srta. Ubley e seja patrocinado por minha tia Augusta. Mas só os mais intransigentes chegam ao ponto de cortar relações comigo! Uma das coisas que me fazem fugir da Srta.

Ubley é justamente ser levado para esses círculos dos quais tenho prazer de ser excluído!

— Ao que Lady Denny me contou, as assembleias do Almack devem ser incrivelmente cansativas. Quando eu era menina, minha maior ambição era participar delas, mas agora sei que acharia tudo muito monótono.

Isso ele não permitiria, e repreendeu-a por falar de sua juventude como uma coisa do passado.

— Quando seu irmão voltar para casa, você deve visitar a sua tia e sair para divertir-se bastante. Vai gostar muito, meu querido encanto, de ir a todos os lugares da moda, deixar muitos homens de coração partido, e achar os dias curtos demais para todo o prazer em vista.

— Quando esse dia chegar, provavelmente já estarei caduca! — retrucou ela.

Capítulo 8

Edward Yardley, seguro do seu próprio valor, achava Damerel vulgar, mas o jovem Sr. Denny, não tão autoconfiante como mostrava ser, reconhecia nele um modelo e uma ameaça. Como Edward, esteve em Priory para saber o estado de Aubrey. Diferentemente dele, foi tomado de ciúmes e de um ódio profundo assim que pôs os olhos em Damerel.

Imber acompanhou-o até a biblioteca, onde Damerel e Aubrey jogavam xadrez e Venetia observava-os de uma banqueta ao lado do sofá. Essa cena aconchegante não lhe deu prazer algum. Quando Damerel levantou-se, viu que ele era alto, movimentava-se com graça e possuía olhos travessos. Então percebeu que suas irmãs tinham-no julgado mal quando o acharam insípido e velho. Na verdade, era um delinquente perigoso.

Sua visita não foi longa, mas durou o bastante para que ele constatasse o nível de intimidade dos Lanyon com o anfitrião. Não só se sentiam perfeitamente em casa como pareciam se conhecer desde sempre. Aubrey chamava-o até de Jasper, e embora Venetia não chegasse a esse ponto, não demonstrava formalidade quando falava com ele. Quanto a Damerel, a babá poderia achar que ele se comportava como um tio, mas Oswald, com a percepção aguçada pelo ciúme, não se iludiu. Quando os olhos do mais velho pousavam em Venetia, sua expressão não era a de um tio, e, quando se dirigia a ela, o tom de voz era carinhoso. Muito aflito, Oswald tentou em vão pensar em alguma forma hábil de sair com Venetia da sala, mas como nada lhe ocorreu foi forçado a empregar a tática direta. Ao se despedir, apertou sua mão e perguntou num tom grave, com o rosto ruborizado:

— Posso lhe falar em particular por um momento?

— Claro — disse Venetia gentilmente. — O que foi?

— Não seja bobo, meu caro! — recomendou Aubrey, e Oswald teve vontade de lhe torcer o pescoço.

— Talvez ele tenha um recado de Lady Denny, que prefere dar em particular — sugeriu Damerel, com uma piscada maliciosa.

Se Oswald fosse mais velho poderia ter reagido a essa impertinência empurrando-o quando ele foi abrir a porta, obrigando-o a desafiá-lo em duelo. Mas, mesmo naquela idade, talvez não devesse empurrar ninguém na presença de uma dama.

Antes de decidir-se como agir, seguiu com Venetia para o corredor. Damerel fechou a porta, e Oswald disse num tom tenso:

— Se me conheço bem, teremos um entrevero um dia!

Venetia estava habituada às suas explosões dramáticas, mas ficou surpresa.

— Um entrevero comigo? O que eu fiz para você pensar assim, Oswald?

— Com você nunca! Eu não devia ter dito nada, mas há momentos em que não conseguimos controlar os sentimentos. — Olhou-a cobiçosamente e continuou: — Só quero que me dê o direito de dizer que você é minha.

— Era isso que queria falar em particular comigo? — exclamou ela. — Que coisa mais ridícula! Quero que saiba que, quando eu digo não, é um não para valer. Como pode pensar numa coisa tão absurda? Sou quase sete anos mais velha que você! Além disso, você não deseja se casar comigo de verdade!

— N... não de... desejo me casar com você? — gaguejou ele, estupefato.

Os olhos dela dançavam.

— É claro que não. Pense só no tédio que seria a sua vida se fosse obrigado a comportar-se como um respeitável homem casado antes mesmo de ter suas aventuras!

Oswald nunca considerara o assunto sob esse ângulo, e não pôde deixar de sentir-se surpreso. Mas sua ânsia por Venetia era grande demais para ele reconhecer o bom-senso da observação dela.

— Não imagino maior felicidade do que ter você para mim!

Os lábios dela tremeram irresistivelmente, mas ela conseguiu controlar o riso. Só alguém muito cruel riria de um rapaz sofrendo as dores do primeiro amor.

— É muita bondade sua, Oswald, e sinto-me realmente lisonjeada, mesmo não podendo retribuir seus sentimentos. Por favor, não fale mais sobre isso! Agora me diga, Lady Denny está bem? E suas irmãs?

Oswald ignorou as perguntas e disse em tom melancólico:

— Não vou falar mais sobre isso, mas quero que saiba que minha dedicação a você não se alterou. Não vim aqui com esse propósito, vim só dizer que você pode contar comigo. *Eu* não sou puritano como o Yardley! *Eu* não tenho medo de agir contra a etiqueta. Na verdade, não ligo a mínima para esse tipo de coisa, mas *eu* tenho visto mais do mundo do que...

— Oswald, de que está falando? — Venetia interrompeu-o. — Se foi Edward que o levou a esse estado...

— Aquele idiota! — falou ele aos trancos, irritado. — Ele que cuide da sua plantação e do seu gado, é só para isso que serve.

— Ainda bem que você reconhece que ele é muito bom nisso! — disse Venetia. — Sua terra está em melhor condição do que qualquer uma por aqui. Nem mesmo Powick recusa seus conselhos em assuntos que dizem respeito ao cultivo do solo.

— Eu não vim aqui para falar de Yardley! Venetia, se esse sujeito lhe faltar ao respeito, *me avise*.

— *Edward* me faltar ao respeito!... Oh, meu Deus, por acaso você está falando de Damerel? Você é uma criatura absurda, volte para casa e tente interessar-se pelo plantio ou pelo gado, tente pensar em qualquer coisa que não se refira a mim! Lorde Damerel é um ótimo amigo, e me aborrece muito ouvi-lo falar assim dele.

— Você é muito inocente, muito pura para ser capaz de ler os pensamentos dele — disse Oswald, de cenho franzido. — Damerel pode enganar Yardley, mas eu percebi quem ele era assim que botei os olhos nele. Um Homem da Cidade! É uma profanação pensar nele tocando sua mão! Quando vi a forma como ele a olha... Meu Deus, estive a ponto de lhe dar um soco na cara.

Nesse momento ela riu.

— Essa eu queria ver! Não, não me faça mais protestos! O que disse já basta! Aliás, foram coisas muito inadequadas. Lorde Damerel é um cavalheiro, e, ainda que não fosse, eu não sou tão inocente que não possa cuidar de mim mesma. Além do mais, isso tudo é muito exagerado. Seu pai diria que você estava encenando uma tragédia em Cheltenham, e é isso mesmo que está fazendo! Se deseja criar um drama, o problema é seu, mas não à minha custa. Adeus! Dê lembranças a Lady Denny, por favor, e diga que Aubrey está indo tão bem que espero que o Dr. Bentworth, na próxima visita, diga que poderei levá-lo para casa.

Com essas palavras, dispensou-o e retornou à biblioteca, antes que ele pensasse em lhe dar uma resposta à altura.

Oswald voltou para Ebbersley tomado por emoções mistas, com a autoestima tão ferida pelas palavras de Venetia que durante pelo menos um quilômetro fez planos de renunciar à sua lealdade, abjurar o sexo feminino ou olhar as mulheres de forma cínica — fazendo com que tentassem descobrir que segredo profundo se escondia por trás do seu rosto marmóreo e riso sardônico. Esse plano, embora tivesse algum atrativo, apresentava certas dificuldades; a principal delas era o degradante padrão convencional prevalecente em Ebbersley, e uma marcante tendência de Lady

Denny de cuidar de qualquer um que estivesse com a alma atormentada. Além do mais, North Riding não seria a ambientação certa para um estranho misterioso e sinistro. Primeiro, a área onde Ebbersley se localizava era pouco populosa. Segundo, ele era conhecido demais pelos moradores de lá e de York para figurar como um estranho, muito menos como um estranho misterioso e sinistro. Seria obrigado a frequentar as assembleias com a mãe e as irmãs mais velhas, pois, caso se recusasse, elas falariam tanto que o assunto chegaria aos ouvidos de seu pai, e decerto ele lhe daria ordem para atender à sua mãe. Quanto a manter-se a distância dessas funções e recusar-se a ser apresentado a parceiras desejáveis, também seria impossível. O salão de baile estaria repleto de moças que ele conhecia desde a infância, e se não as tirasse para dançar, sua mãe o repreenderia por ter sido grosseiro, e seria capaz de desculpá-lo dizendo que ele estava mal do fígado ou com dor de dente. Em um mundo mais organizado, o pai de qualquer jovem cavalheiro que tivesse terminado os estudos deveria lhe conceder uma quantia suficiente para ele poder estabelecer-se em Londres e fazer bonito na sociedade. Mas o mundo era mal-organizado, e Sir John era um pai tão pouco esclarecido que achava (e declarava) que, depois de mandar seu herdeiro à Jamaica para visitar o tio, esperava que ele aprendesse a administrar a grande propriedade deles, que no tempo devido seria de fato sua.

Felizmente, antes que Oswald se alongasse nos seus projetos sinistros, lembrou que, em uma das épocas mais nobres que precederam o insípido século presente, os cavaleiros e trovadores eram aparentemente inspirados pelas damas desdenhosas a realizar ações heroicas. Quanto mais desdenhosas as damas e às vezes até mesmo insultuosas, maior era a dedicação e maior o triunfo quando suas façanhas convenciam as belas damas de suas verdadeiras qualidades.

A perspectiva de ganhar a admiração de Venetia foi agradável o bastante para fazê-lo abandonar qualquer intenção imediata de tornar-se um misógino; voltou para Ebbersley feliz, até se lembrou de que, se o futuro lhe reservava alguma glória, o presente era toldado pela sombra de lorde Damerel, e pelo pedido de Sir John de que ele mudasse o lenço de bolso Belcher por um plastrom mais decoroso, antes de sentar-se para jantar com a mãe e as irmãs. Essas duas circunstâncias deixaram-no deprimido de novo, e, se não fosse por Lady Denny ter tido o bom gosto de mandar servir um peru com trufas para o jantar, seu desânimo não permitiria que ele comesse qualquer coisa. Entretanto, seu apetite foi estimulado pelo peru, e ele fez uma boa refeição. A tendência de recair na melancolia foi frustrada por Sir John, que o desafiou para uma partida de bilhar. Oswald não achava graça nesse tipo de jogo, mas no entusiasmo de vencer o pai, com uma vantagem que nunca conseguira antes, esqueceu seus males e ficou animado e loquaz, particularmente quando descreveu sua gloriosa vitória para a mãe e as irmãs à noite. Sua exaltação era tanta que ele foi para a cama achando que não se preocuparia desnecessariamente com a presença ameaçadora de lorde Damerel no distrito. Assim que Aubrey retornasse a Undershaw, milorde sem dúvida partiria de Priory e não seria mais visto em Yorkshire por pelo menos um ano.

Dois dias depois, Venetia mandou avisar a Lady Denny que Aubrey tinha voltado para casa; e, como se a Providência tivesse decidido subitamente conceder favores ao jovem Sr. Denny, o recado foi seguido quase que de imediato pela notícia de que Edward Yardley, que andava se sentindo mal nos últimos dias, estava de cama com catapora. Oswald, vendo seu caminho livre de rivais, foi até Undershaw aproveitar a oportunidade. Ao chegar lá, encontrou Venetia caminhando no bosque com Damerel.

Foi um duro golpe e ainda pior foi descobrir que Damerel não tinha intenção de sair de Priory tão cedo. Aparentemente decidira prolongar sua estada, a pedido de seu administrador, para reparar alguns estragos nas terras causados por anos de negligência. Mas o objetivo real era patente: Venetia era sua presa, e Oswald estava convencido de que ele a perseguia sem piedade somente para realizar uma vontade passageira. As histórias lhe creditavam centenas de lindas vítimas, e Oswald não via razão para duvidar que fossem verdadeiras, ou que nenhum remorso e nenhum respeito à opinião pública o impediriam de perseguir seu desejo. Um homem cuja carreira começara com o sequestro de uma senhora casada de alto nível — incluindo negócios com prostitutas, como as que tinham transformado Priory em um bordel no ano anterior — era capaz de cometer qualquer infâmia. Damerel mostrara que não se importava com a opinião pública. Ainda que suas ações no passado não o tivessem traído, só de olhar para ele Oswald poderia informar a idiotas como Edward Yardley que se tratava de um trapaceiro afoito, que não hesitaria em levar Venetia para terras estrangeiras, como fizera com sua primeira amante, se ela caísse na sua armadilha — e mais tarde, quando sua doçura não lhe interessasse mais, a abandonaria. Já a tinha enfeitiçado quase por completo, como aqueles que a consideravam calma e sensata poderiam perceber se vissem o modo como ela olhava para ele. Seus olhos foram sempre sorridentes, mas nunca sorriram com tanta meiguice como agora. Por um instante Oswald se deu conta de que ela se tornara de súbito uma pessoa diferente, e lembrou-se de uma história, provavelmente contada por Aubrey, de uma estátua que ganhou vida por obra de uma deusa. Não que Venetia parecesse uma estátua, mas por baixo de sua vivacidade ela era fria e racional, afetuosa mas não cega pela afeição, nem mesmo por Aubrey, a quem tanto amava, e não oferecia a ninguém mais do que amizade. Esse temperamento moderado agradava a Edward, pois ele acreditava ser um sinal de pudor e boa estirpe. Agradava também a Oswald, mas por outro motivo: transformava a dama mais linda do distrito em uma princesa de contos de fadas, que só daria sua mão ao pretendente mais bravo, mais nobre e mais belo. Em seus momentos de romantismo exacerbado, Oswald imaginava-se com frequência nesse papel, fazendo-a apaixonar-se por sua inteligência e charme ou por retirá-la de casas incendiadas, corcéis impetuosos ou estupradores brutais (enquanto Edward Yardley ficava por ali, sem coragem de arriscar a vida). Nesses sonhos Venetia apaixonava-se imediatamente por ele e Edward retirava-se furtivamente, envergonhado e derrotado. Todos que em geral tratavam o jovem Sr. Denny como um colegial passavam a olhá-lo com admiração e respeito, e sentiam-se honrados com sua presença nas festas. Eram sonhos agradáveis, mas não passavam disso. Não havia esperança de que se realizassem. Era muito improvável que Venetia fosse presa em uma casa em chamas, e mais improvável ainda que nessa contingência ele pudesse salvá-la. Além disso, ela era uma ótima amazona, e o súbito aparecimento de um estuprador em uma vizinhança pacífica e civilizada parecia forçado demais, mesmo em sonho.

No entanto, foi isso que aconteceu, pois Damerel, embora não correspondesse precisamente à criatura do sonho, era decerto um estuprador. E Venetia, em vez de procurar proteger-se de suas odiosas investidas, as encorajava. Como a estátua, ela ganhara vida, mas não por obra de uma deusa nem do seu adorador heroico, mas do futuro sedutor.

Quando Oswald viu os dois entreolhando-se e conversando animadamente, reconheceu uma afinidade entre eles, e foi tomado de tal ódio a Damerel que não conseguiu participar da conversa. Disse apenas algumas palavras grosseiras, até mesmo para seus ouvidos, e logo em seguida despediu-se de Venetia. Esse ódio — muito mais intenso do que a antipatia que sentia por Edward Yardley, ou o ciúme que teria sentido de qualquer outro rival — era explicado pelo fato de Damerel parecer a figura romântica que ele almejava se tornar. Damerel era o proscrito que percorria o mundo com segredos negros ocultos no seu âmago e inúmeros crimes ligados ao seu passado. Se não fosse por Venetia, Oswald decerto teria copiado o estilo de se vestir e as maneiras informais do outro, e teria tentado ao máximo adquirir aquele ar de naturalidade e segurança. Era tudo o que um jovem voltado contra as restrições de uma época refinada admirava; mas quando encontrou essas características em um rival ressentiu-se, pois sabia que estava fazendo o papel do *Corsário* na frente do próprio *Corsário*.

Se Sir John tivesse o privilégio de saber que emoções passavam pelo peito do filho, talvez se arrependesse da decisão de não mandá-lo para Oxford ou Cambridge; mas já estava tão habituado ao mau humor de Oswald que não deu importância à crise supostamente causada pelo amor juvenil que sentia por Venetia. Considerou que essa fase seria tão curta quanto violenta, e recomendou apenas que Oswald não fizesse papel de bobo. Lady Denny teria mostrado mais solidariedade se tivesse tido tempo para isso. Mas Edward Yardley, não contente (como ela disse) em contrair catapora, passou-a para Anne, a caçula da família Denny, com quem tinha se encontrado no dia em que caiu doente. Deixou-a dar uma volta no seu cavalo, pois gostava muito de crianças, e decerto foi nesse momento que a contaminou. Anne passou catapora para a babá e para a irmã, Louisa, e Lady Denny ficou tão concentrada em ver se uma bolha estouraria também no corpo de Elizabeth que não teve olhos para os males espirituais de seu único filho homem.

Sem nenhum amigo na vizinhança e dispensando a companhia das irmãs, só restou a Oswald remoer o desastroso efeito da estada prolongada de Damerel em Priory, pois, antes de sua chegada, convencera-se de que estava a ponto de conquistar Venetia. Recordava-se de todos os exemplos de sua bondade, ampliando-os e minimizando algumas rudezas ocasionais, e ao pensar na atitude dela agora via que fora excluído por Damerel, e passava a maior parte do tempo tentando imaginar qual seria a melhor forma de reconquistá-la.

Não tinha chegado a nenhuma solução satisfatória quando se tornou testemunha insuspeita de um episódio que trouxe todo o seu ressentimento à tona. Tendo ido a Undershaw sob um pretexto bobo, a primeira coisa que viu ao chegar na estrebaria foi o cavalo tordilho de Damerel sendo puxado pelo cavalariço de Aubrey. Fingle disse, com um meio sorriso, que lorde Damerel chegara havia cerca de cinco minutos trazendo um livro para o Sr. Aubrey. Oswald não se dignou a responder, mas seu olhar de raiva era tal que Fingle sorriu ainda mais quando ele se encaminhou para a casa.

Ao abrir a porta, Ribble lhe disse que a Srta. Venetia devia estar no jardim, e quando Oswald perguntou por lorde Damerel ele sacudiu a cabeça e falou que não o vira naquele dia.

— Não? — disse Oswald. — Mas o cavalo dele está na estrebaria.

Ribble não pareceu surpreso, só um pouco preocupado, e comentou que milorde muitas vezes atravessava o jardim e entrava em casa pela porta que Sir Francis mandara colocar na antessala, que levava à biblioteca. Ao ouvir Oswald resmungar, indignado, explicou:

— Milorde traz livros para o Sr. Aubrey com frequência, senhor, e fica conversando com ele por bastante tempo. Creio que sobre seus estudos.

Oswald não percebeu o tom de preocupação na sua voz, nem se deu conta de que Ribble estava tentando tranquilizar-se. Considerava-o um velho ingênuo. Disse que ia procurar a Srta. Lanyon no jardim, pois viera visitá-la, e saiu espumando de raiva. O próprio Edward Yardley, que havia anos tinha franca entrada em Undershaw, só entrava pela porta da frente, porém, pelo visto, aquele bucaneiro tinha liberdade de entrar por onde bem lhe aprouvesse, sem a menor cerimônia.

Não havia sinal de Venetia no jardim ou no bosque. Quando Oswald ia seguir o exemplo de Damerel, entrando em casa pela antessala, lembrou-se do pomar. Venetia tampouco estava lá, mas ele ouviu sua voz e uma risada de protesto vinda de um estábulo antigo, onde nos velhos tempos ficavam as vacas, e então era usado para guardar os apetrechos do jardineiro e os trabalhos ocasionais de carpintaria de Aubrey. Não havia dúvida de quem era a voz que respondeu a Venetia, e ao ouvi-la Oswald sentiu tanto ódio que, sem considerar a impropriedade da sua conduta, foi furtivamente até o estábulo. Parou ao lado da porteira, onde não podia ser visto mas podia ouvir tudo que diziam. Olhou em volta com cuidado mas não avistou Venetia, viu apenas as costas de Damerel e seu pescoço esticado para trás, como se ela estivesse acima dele.

Ficou intrigado, pois não conhecia bem aquele lugar. Venetia subira por uma escadinha para uma plataforma que cobria metade do estábulo, a fim de pegar uma ninhada de gatinhos esfomeados e abandonados pela mãe. Damerel localizara-a, e ela imediatamente pediu ajuda.

— Essa escada não está muito firme, tenho medo de descer carregando os gatinhos.

— É isso que está trazendo na cesta? — perguntou ele. — Como eles conseguiram subir aí?

— Eles nasceram aqui! É o lugar preferido da gata, ela sempre vem aqui ter seus filhotes. Alguma coisa deve ter acontecido e os pobrezinhos estão famintos. É horrível pensar, mas se não conseguirem mamar talvez tenham de ser afogados.

— Melhor do que morrer de fome — disse ele. — Passe os órfãos para cá.

Venetia ajoelhou-se na borda da plataforma e desceu a cesta. Ele colocou-a no chão e olhou de novo para cima com um sorriso malicioso.

— Quer que eu segure a escada, meu querido encanto?

— É claro que não — respondeu Venetia resolutamente.

— Mas você disse que a escada não estava firme.

— Se pude subir sozinha, posso também descer.

— Então desça! Vou ficar com o pescoço duro se tiver de conversar com você daqui de baixo. Prefere que eu suba?

Venetia olhou para ele com olhos risonhos, mas falou em tom severo:

— Não, *não* suba aqui. Criatura terrível! Você sabe muito bem que não posso descer se estiver me observando.

— Não pode? Isso é facilmente remediável! — exclamou ele, retirando a escada e colocando-a no chão.

Ela protestou contra a brincadeira, dizendo:

— Você é um demônio. Ponha a escada de volta e saia daqui.

— Não! — replicou Damerel, sorrindo.

— Essa sua atitude é muito pouco gentil.

— Ao contrário. A escada não é nada segura.

Venetia tentou fazer cara feia mas não conseguiu.

— Meu caro amigo, sabe que com essa atitude pouco gentil você demonstra ser um grande mentiroso?

— Eu? E *você* sabe como o seu rosto é bonito visto sob esse ângulo?

Venetia ainda estava ajoelhada com as mãos na borda da plataforma, olhando diretamente para ele.

— De cabeça para baixo? Que coisa mais estranha. Agora, Damerel, quer fazer o favor de parar de se comportar como um menino de colégio e colocar a escada no lugar?

— Não, meu querido tormento, não vou fazer isso!

— Que miserável! Pretende me manter prisioneira aqui? Estou avisando, assim que você virar as costas, vou pular.

— Então não espere. Pule logo que eu a seguro.

— Obrigada, não tenho intenção de ser pega.

— Tem medo de quê? Que eu a deixe cair? Menina covarde! Logo você, uma Lanyon de Undershaw!

— Bobagem! — disse Venetia, fazendo uma careta para ele. Então mudou de posição, juntou a saia larga em volta dos tornozelos, balançou as pernas na borda da plataforma e caiu nos braços de Damerel.

No momento em que ele a apanhou, segurando-a com força, Oswald apareceu e deu um passo à frente com uma imprecação colérica.

Sua intenção era mandar Damerel largar Venetia e, se preciso fosse, lutar com ele; mas como Damerel não mostrou o menor sinal de surpresa e muito menos de embaraço, e soltou Venetia, não houve necessidade de violência. Sem saber o que dizer, Oswald ficou olhando para Damerel.

Venetia levou um susto com aquele aparecimento súbito, mas não mostrou mais embaraço que Damerel.

— É você, Oswald? Que pena não ter chegado um minuto antes! Poderia ter atuado como um cavaleiro medieval salvando uma dama em apuros! O que acharia disso? Encontrar-me pedindo misericórdia lá no alto e lorde Damerel retirando a escada? — Ela sorriu para Damerel e continuou: — Na verdade, você me lembra muito meu irmão Conway!

— Você não pode dizer nada pior que isso de alguém, imagino! — disse Damerel, olhando com olhos penetrantes para o rosto avermelhado de Oswald. Parecia divertir-se, embora demonstrasse uma certa dureza. — Vou procurar Aubrey.

Ainda na porta, Oswald hesitou mas acabou lhe dando passagem.

Venetia abaixou-se para pegar a cesta.

— Preciso levar esses pobres gatinhos para casa. Pelo menos estão de olhos abertos, talvez consigam mamar.

— Espere — disse Oswald.

Ela olhou-o com ar intrigado.

— Por quê?

— Preciso e vou falar com você! Esse sujeito...

— Se está se referindo a Damerel, como imagino que esteja, espero que diga o nome dele e não "esse sujeito"! Não fica bem falar assim de um homem mais velho que você, particularmente quando não tem razão para tal.

— Não tenho razão? — exclamou Oswald num tom acalorado. — Como não, se ele assume postura desrespeitosa com você!

— Mentira!

Ele corou.

— Como pode dizer isso se eu vi... e ouvi...

— Você não viu nem ouviu Damerel me desrespeitar. E nem verá — acrescentou calmamente.

— Você não compreende. Você...

— Compreendo, sim.

Oswald olhou para Venetia, perplexo.

— Você não conhece nada de homens da laia dele. Ele a tapeia com lisonjas sem demonstrar suas más intenções, mas se você conhecesse a reputação dele...

— Acontece que eu conheço melhor ainda que você!

— Esse sujeito é um dissoluto! Nenhuma mulher está a salvo ao seu lado.

Venetia deu uma risada involuntária.

— Que horror! Oswald, por favor, pare de fazer drama. Não sabe como está sendo ridículo!

— Mas é *verdade*! — disse Oswald em tom sério.

— Sim, é verdade que ele é um dissoluto, mas garanto que não precisa se preocupar com a minha segurança. Sei que suas intenções são boas, mas agradeceria se não tocasse mais no assunto!

Ele olhou-a com raiva e disse:

— Você foi enfeitiçada.

Os olhos de Venetia mostraram surpresa.

— Ah, é? Não importa! Afinal, isso é problema meu. Agora preciso levar esses gatinhos para a cozinha e ver o que podemos fazer por eles.

Oswald barrou sua passagem e declarou:

— Você vai ter de me ouvir! Está pensando que pode me iludir mas não pode não.

Ela olhou-o por um instante, depois sentou-se no banco de Aubrey, cruzou as mãos no colo e disse com resignação:

— Muito bem, diga o que tem a dizer, se é tão importante assim para você.

Não foi muito animador, mas ele queria dizer tantas coisas que até já tinha ensaiado e não esmoreceu. Deu início a um longo discurso, gaguejando um pouco, começando com o conselho de um homem com grande experiência a uma moça singularmente inocente e crédula, e passando a uma diatribe contra Damerel e uma declaração de amor vigorosa. Falou durante longo tempo, e em momento algum Venetia o interrompeu ou riu, pois compreendeu que seu jovem admirador estava extremamente nervoso e mais apaixonado do que ela supunha. Ele concluiu declarando que estava convencido de que seu amor teria sido correspondido se Damerel não a tivesse enfeitiçado. Embora ela soubesse que nunca lhe dera a menor esperança, ficou irritada consigo mesma por não ter percebido que um jovem turbulento, com ânsia de romance e tendência ao drama, era capaz de transformar uma mera amizade fraternal em um sentimento muito mais profundo. Deixou Oswald terminar de falar, pois com tantas emoções fortes e emaranhadas no peito provavelmente ele se sentiria muito melhor se lhe expusesse tudo, e talvez se sentisse até um pouco envergonhado. Mas quando o rapaz lhe propôs casamento e descreveu, em um arroubo de fantasia, uma viagem de núpcias de pelo menos três anos pelos cantos mais remotos do globo, Venetia achou que chegara o momento de intervir. Precisava encontrar uma forma de fazer com que a paixão terminasse assim como começara.

Assim que Oswald fez uma pausa, examinando seu rosto para ver o efeito que sua eloquência causara nela, Venetia levantou-se, pegou a cesta com os gatinhos e disse:

— Muito bem, Oswald, se terminou com toda essa bobagem, espero que ouça o que tenho a dizer e volte para casa. Você tem sido incrivelmente impertinente, mas não pretendo reclamar pois vejo que se iludiu ao imaginar que eu aceitaria sua corte se Damerel não tivesse vindo para Priory. Como pode ser tão cheio de si a ponto de considerar que eu teria uma *queda* por um rapazinho pouco mais velho que Aubrey? Gostaria que tentasse se curar dessa ilusão e aprendesse a ser um pouco mais sensível! A meu ver, você tem tanta imaginação que as coisas lhe parecem ser reais, levando-o a expor ideias absurdas! Considere, por exemplo, o que aconteceria se eu fosse tola e aceitasse me casar com você! Por acaso supõe que Sir John e Lady Denny não diriam nada sobre esse planejamento ridículo?

— Nada que dissessem me desviaria do meu propósito! — afirmou ele.

— Não mesmo? Decerto nós teríamos de viajar para o exterior e nos casar escondidos, pois você é menor de idade! Eu faria um papel ridículo! E depois, o que faríamos? Começaríamos a tal viagem maravilhosa? Seria muito desconfortável quando descobríssemos que não tínhamos um vintém para nos deslocar. Ou acredita que Sir John faria a gentileza de lhe transferir uma quantia considerável para deixá-lo independente? — Venetia fez uma pausa, e não pôde deixar de sorrir ao ver a súbita mudança da expressão de Oswald. Parecia um colegial frustrado, com o cenho franzido, indicando que sua paixão arrefecera bastante. Venetia deu um passo à frente e continuou: — Está vendo como era uma bobagem? Não vamos falar mais sobre isso. Quando você chegar à minha idade, espero que se apaixone de verdade, sem dramatização, por uma moça que hoje ainda se encontra nos bancos escolares; e se por acaso lembrar-se de mim, o que decerto não ocorrerá, vai ver o papel ridículo que fez! Agora volte para casa e pare de me perseguir, por favor!

A essa altura o ódio de Oswald era tanto quanto fora sua adoração, mas ele não conseguiu avaliar seus verdadeiros sentimentos pois estava tomado de emoção. Extremamente ofendido, enfurecido, e triste com as palavras de escárnio de Venetia, só viu com clareza que ela ainda o considerava um menino de colégio.

— Você me considera jovem demais para me apaixonar, não é? Mas está *enganada* — disse com a voz embargada.

Com essas palavras amargas, e antes que ela tivesse tempo de perceber sua intenção, agarrou-a e passou os braços à sua volta desajeitadamente.

Venetia, mais preocupada com os gatinhos, que quase escorregaram da cesta com o ataque súbito, do que consigo própria, gritou:

— Cuidado! Seu tolo, me solte agora mesmo!

Mas Oswald, que nunca tivera uma mulher em seus braços, foi tomado por uma sensação nova e excitante; apertou-a ainda mais e beijou sua orelha, em seguida a sobrancelha e o rosto, tentando alcançar seus lábios. Entre esses ataques, disse arfando, com voz exultante:

— Eu sou uma criança? Vou mostrar a você!

— Oswald, *pare*! Como *ousa* fazer isso? Oh, graças a Deus!

Oswald não teve tempo de entender essa exclamação nem de se perguntar por que de repente ela parara de reagir. Uma mão enfiou-se em seu colarinho, quase sufocando-o, e as calças de montaria foram puxadas pelo traseiro; afastado de Venetia e atirado contra a porta, caiu escarrapachado do lado de fora.

Capítulo 9

Depois de livrar-se de Oswald, Damerel olhou para Venetia com ar indagador.

— O que andou fazendo para deixar esse menino em tal frenesi?

— É fácil imaginar! — respondeu ela, encolerizada, com a roupa toda amarfanhada. — Tentei curá-lo de sua fantasia a meu respeito!

— Então foi isso? — perguntou Damerel, olhando na direção de Oswald, que procurava se levantar. — É bom manter-se a distância, meninote, pois, se bem percebo, com sua exaltação idiota você está prestes a atirar-se sobre mim.

— Isso não! — declarou Venetia com um olhar duro. — Pode deixar comigo, Damerel! Aliás, *ordeno* que deixe comigo.

Passou rapidamente por ele no instante em que Oswald, depois de refazer-se dos efeitos do semiestrangulamento, corria na direção de Damerel com os punhos cerrados. Ao ver Venetia bloqueando seu caminho, foi obrigado a parar, e antes que pudesse empurrá-la para o lado, o que pretendia fazer pois estava cego de raiva, recebeu uma verdadeira ducha de água fria com as palavras dela.

— Está se propondo a provocar uma briga vulgar para que eu me divirta? Estou lhe avisando, Oswald, se eu tiver de aguentar mais esse seu comportamento grosseiro, vou contar ao seu pai tudo o que ocorreu aqui, e com que falta de educação e compostura você se portou! Estou em dúvida se devo infligir tal desgosto a ele e à sua mãe, mas se não corrigir sua atitude rude serei forçada a isso.

Com o rosto afogueado, ele falou:

— Desculpe... não foi... não tive intenção...

— Muito bem, não precisa dizer mais nada — ela o interrompeu. — Nem eu nem lorde Damerel falaremos sobre o ocorrido com ninguém, pode estar certo. Agora é melhor voltar para casa.

Para surpresa dele próprio, conseguiu com grande dificuldade engolir as palavras mordazes que lhe vieram à cabeça e chegou a fazer uma pequena reverência.

— Por favor... por favor, aceite minhas humildes desculpas, e tenha certeza de que nunca mais a incomodarei, madame! — disse, voltando os olhos faiscantes para Damerel. — Quanto ao *senhor* — falou em tom feroz —, eu.... — Prendeu a respiração e terminou a frase num tom formal: — Milorde vai ter notícias minhas!

Finalmente, fez outra pequena reverência e se foi.

— *Ai, pobre Yorick!* — disse Damerel. — Minha sensibilidade foi ligeiramente afetada.

— A minha também — disse Venetia, de cenho franzido. — Estou me sentindo culpada por não ter lhe dado um basta assim que ele começou a me perseguir. Se tivesse noção de que não se tratava apenas de uma crise de paixão juvenil, temporária, sem dúvida teria feito isso.

— Não foi bem assim. Pode ser que eu me engane, mas eu é que fui responsável pela explosão dele, não você. Esse frangote teve vontade de me matar desde o instante em que pôs os olhos em mim.

— É verdade. Oh, meu Deus, espero que ele não faça nenhuma bobagem!

Damerel sorriu.

— Não adianta pensar assim, não é com a própria vida que ele planeja acabar! Não fique tão preocupada. Pelo que tenho visto, aposto uma boa nota que antes sequer de chegar a Ebbersley, grande parte dos sofrimentos do jovem terá terminado, e ele estará se deliciando com a visão de meu corpo sem vida estirado no chão a uma distância de 20 metros. Ou então o corpo dele. Meu Deus, o corpo dele, é claro! Você, minha bela cruel, sentiria remorsos pelo resto da vida, e eu seria execrado por todos. Como punição, seria obrigado a deixar o país! Até mesmo meus subalternos me evitariam, eu me tornaria uma figura desprezível e *ele* seria digno de pena e admiração por sua grande calma e procedimento nobre.

Venetia não pôde deixar de rir, mas falou num tom de ansiedade:

— Sei que era isso que Oswald tinha em mente quando disse que você teria notícias dele, mas *certamente* não faria uma bobagem assim, não é? Quando pensar melhor... Não, ele *não fará* isso! Se o desafiar, você *terá* de aceitar?

— Aceitar o desafio de um fedelho que ainda não perdeu os dentes de leite? Não, que absurdo! *Não terei* de aceitar, obviamente.

— Graças a Deus! — disse Venetia, aliviada. — Mas ele merece uma boa lição! Quase me fez derrubar os pobres gatinhos me apertando daquele jeito detestável! Uma coisa horrível.

— Eu concordo que ele merece uma lição. Suponho que essa tenha sido sua primeira tentativa. Ele deveria ter se livrado dos gatinhos — disse Damerel, tirando a cesta da sua mão e colocando-a no chão —, pois enquanto você se preocupasse com a segurança deles, só poderia rejeitá-lo. Se fossem deixados no chão, ele a pegaria nos braços *assim*, e não como um urso dando-lhe um abraço mortal. Eu não sou a favor de dar beijos no rosto de uma moça. Quando o homem não consegue persuadi-la por alguma artimanha a olhar para ele, deve forçá-la pondo a mão debaixo do seu queixo *assim*, meu querido encanto.

Venetia não ofereceu resistência e levantou o rosto sem qualquer ajuda. Corou um pouco, mas olhou dentro dos olhos dele, com um sorriso tímido.

Damerel também sorriu, mas de repente seu sorriso desvaneceu-se e foi substituído por um olhar firme. Ainda a abraçava, mas seu corpo estava retesado. Venetia viu que ele respirava fundo

e no instante seguinte ouviu a voz de Aubrey chamando-o. Damerel largou-a e respondeu ao chamado de Aubrey. Ela olhou-o, em dúvida, pois lhe pareceu que não fora a voz de Aubrey que o impedira de beijá-la e sim alguma outra decisão.

Aubrey veio mancando por entre as árvores.

— O que vocês dois estão fazendo aqui? Ribble disse que estavam me procurando.

— É verdade, mas como ele pensou que você estivesse na biblioteca e eu sabia que não estava, desisti de procurar. Só queria lhe dar o *Intelectual Powers*, de Reid. Deixei em sua escrivaninha.

— Que bom! Obrigado! Eu estava na sala de armas, como Ribble deveria saber se pensasse um pouco. A propósito, encontrei aquela passagem que discutíamos; foi Virgílio, mas nas *Geórgicas*, não na quarta *Écloga*. Vamos lá para a casa, eu lhe mostro.

— Eu acredito em você. Não posso ficar mais. Tenho a sensação de que se demorar muito talvez seja chamado para ajudar a afogar uma ninhada de gatinhos, prefiro deixar essa tarefa para você.

— Foi por isso que vieram aqui? — perguntou Aubrey à sua irmã. — Agora me lembro de que você falou alguma coisa sobre isso no café da manhã, não foi? — Deu uma olhada rápida nos órfãos e acrescentou: — Entregue os gatinhos ao Fingle, ele os afoga para você.

— Que vergonha! Você não tem *nenhuma* sensibilidade? — disse Damerel, esticando a mão para Venetia. — Preciso ir embora. Ele tem razão, os gatinhos não têm chance de sobreviver. — Ficou segurando a mão dela por um instante, depois beijou-a. Os dois olharam-se de relance, e ao ver nos olhos dele a resposta à pergunta que lhe afligia o coração, a pequena dúvida que encobria a felicidade de Venetia desapareceu.

Mas Fingle, observando furtivamente Damerel enquanto selava seu cavalo, notou que milorde tinha um ar excepcionalmente sombrio. Em geral tinha uma palavra agradável e um sorriso para aqueles que o serviam, mas naquele dia apenas agradeceu quando montou no cavalo e ajeitou-se na sela. Não se esqueceu de dar a gorjeta usual, mas sem um único sorriso; parecia estar pensando em alguma coisa desagradável, a julgar pela sobrancelha franzida.

Damerel voltou para Priory com a rédea solta durante a maior parte do percurso, deixando o tordilho seguir a passo. Com a sobrancelha cada vez mais franzida, só saiu de sua abstração quando Crusader parou de súbito, jogou a cabeça para trás e bufou ao deparar-se com um faisão. Repreendeu o cavalo, mas debruçou-se para a frente e deu-lhe um tapinha no pescoço, pois sabia que o erro fora seu.

— Bobo como o próprio dono... que é pior ainda que um bobo. *Ela poderia fazer de mim um santo, ou eu poderia fazer dela uma pecadora.* Quem escreveu isso? Nunca soube ou me esqueci, não importa. Em primeiro lugar, é tarde demais, tarde demais! Em segundo, era justamente essa a minha intenção, até descobrir que não faria tal coisa ainda que pudesse! Vamos lá, Crusader!

O cavalo saiu trotando, até que, em uma curva na estrada que levava ao portão de Priory, Damerel viu um cavaleiro solitário andando a passo e disse:

— Que droga, é aquele menino!

O jovem Sr. Denny olhou por trás do ombro, ergueu o corpo e posicionou-se no meio da estrada, com a evidente intenção de impedir a passagem de Damerel. Sua expressão era beligerante, mas também mostrava bastante constrangimento.

A impetuosidade levara-o a uma falsa posição da qual ele não via como desembaraçar-se com dignidade. Ao sair de Undershaw, no auge da fúria, pôs-se a imaginar as coisas que Damerel descrevera para Venetia, mas sua ira não se manteve por muito tempo. Graças à volta demorada de Damerel a Priory, a ira passou a um ressentimento, e durante uma hora inteira ele ficou tentando decidir o que deveria fazer, sem cair no reino da fantasia. Quando lhe ocorreu que a humilhação que sofrera fora resultado direto de sua má conduta, o caso tornou-se sério demais para sonhos grandiosos. De repente percebeu que Damerel fizera o papel que ele imaginara para si mesmo, mas foi o vilão que salvou a dama das garras do herói. Com essa constatação desconcertante, acreditou que a única solução para seus problemas seria fugir imediatamente de Yorkshire, viver na obscuridade, de preferência do outro lado do mundo. O próximo impulso, mais racional, foi abandonar a ideia de desafiar Damerel para um duelo, e estava voltando para casa quando teve outro pensamento terrível: se não cumprisse as ameaças que lhe fizera, Damerel imaginaria que ele estava com medo. Resolveu então voltar, pois, mesmo que Damerel o difamasse, não poderia dizer que ele era um maricas com medo da própria sombra. O desafio teria de ser feito, *mas* por mais que tentasse, Oswald não conseguia voltar à sua ira. E lhe veio à cabeça que muita gente mais familiar que ele com o Código de Honra consideraria sua atitude altamente imprópria; portanto, quando se colocou no caminho de Damerel, daria tudo para estar a uns 200 quilômetros dali.

Damerel puxou a rédea do tordilho e olhou para o jovem inimigo com ar sarcástico.

— Para completar o quadro, só falta uma máscara e um par de pistolas — disse.

— Estava esperando pelo senhor, milorde! — falou Oswald, de dentes cerrados.

— Estou vendo.

— Creio que milorde deve saber o motivo! Eu disse... eu falei que o senhor teria notícias minhas!

— Sim, mas teve tempo suficiente para pensar melhor. Tente ser um pouco mais sensato e volte para casa.

— O senhor acha que estou com medo? — perguntou Oswald, de forma arrebatada. — Não estou, milorde.

— Não vejo nenhuma razão para medo. Você deve saber que não há a menor possibilidade de que eu aceite um desafio seu.

Oswald corou.

— Não sei, não! Se está querendo dizer que não mereço sua espada, peço licença para informar que tenho tanto berço quanto milorde.

— Deixe de bobagem. Quantos anos você tem?

Ao olhar para ele, Oswald sentiu os olhos de escárnio que o examinavam com indiferença e foi tomado de um desejo primitivo de lhe dar um soco.

— Minha idade não importa!

— Ao contrário, é da maior importância.

— *Aqui* pode ser! Para mim não é, e para milorde também não deve ser! Já andei um pouco pelo mundo e fui a lugares onde... — Parou de repente, lembrando que estava se dirigindo a um homem que viajara infinitamente mais do que ele.

— Se você foi a lugares onde homens da minha idade aceitam desafios de meninos que podem ser seus filhos, deve ter conhecido gente muito estranha.

— De qualquer forma, sou considerado um bom atirador! — falou Oswald.

— Você me deixa apavorado. Qual seria o motivo para me desafiar?

O jovem olhou-o por um instante, depois desviou o olhar.

— Não vou pressioná-lo a me dar uma resposta — disse Damerel.

— Espere! — exclamou Oswald, quando Crusader deu um passo à frente. — Milorde não vai escapar assim! Eu sei que não devia ter... não tive intenção... não sei o que deu em mim... Mas o *senhor* não precisava...

— Continue! — disse Damerel, quando Oswald parou. — Não precisava ter tirado a Srta. Lanyon de uma situação que estava lhe desagradando? É isso que quer dizer?

— É claro que não! — Oswald procurou palavras para expressar o emaranhado de pensamentos, mas não lhe veio nenhuma ideia senão a velha revolta dos jovens. — O senhor não compreende!

— Quero que saiba que só consegui manter o controle até agora porque compreendo — foi a resposta inesperada. — Mas paciência nunca foi uma das minhas maiores virtudes, portanto quanto mais cedo nos despedirmos, melhor. Tenho muita pena de você, mas não há nada que eu possa fazer para tirá-lo dessa tristeza, e sua incapacidade de abrir a boca sem dizer bravatas não me inspira nenhuma simpatia.

— Não quero a sua maldita simpatia! — bufou Oswald com raiva. — Há *uma* coisa que pode fazer, milorde! Pode parar de tentar seduzir Venetia! — Ao dizer isso viu o brilho de raiva nos olhos de Damerel e continuou a falar com imprudência: — Andando pela casa dela como se fosse sua, lisonjeando-a com seus maneirismos de homem da cidade, adulando-a porque ela é inocente demais para perceber que é tudo uma fraude, iludindo-a! Falando comigo como se fosse *eu* o maluco! Posso ter perdido a cabeça, mas minhas intenções são honestas! E não pense que não sei que sou grosseiro ao dizer essas coisas ao senhor, eu sei e não me importo a mínima, e se quiser virar a mesa, vire. Aliás, espero que *faça* isso. Não me importo se contar ao meu pai que fui rude com o senhor.

Damerel estava um pouco irritado, mas esse súbito anticlímax dissipou sua ira e ele deu uma gargalhada.

— Não vou tomar medidas extremadas assim! Pelo menos agora você fez um discurso e não um dramalhão. Mas a menos que não queira ganhar umas boas palmadas no traseiro e tenha de comer de pé com o prato em cima da lareira nos próximos dias, não teste mais a minha paciência!

Oswald respirou fundo, com raiva.

— Então desmonte do cavalo e vamos às vias de fato.

— Meu jovem, sua atitude está sendo *mais infantil do que sensata*. Sei que *você* tem muita coragem, mas sei também que eu acabaria com você em menos de dois minutos. Não sou um neófito, como você sabe. Não, cale a boca. Agora é minha vez de fazer um discurso! Será um discurso breve e, posso garantir, bem objetivo! Fui tolerante com você porque não me esqueço das agonias do primeiro amor, nem das tolices que fiz na sua idade; e também porque compreendo perfeitamente seu desejo de me matar. Mas, quando você teve o atrevimento de dizer que eu parasse de seduzir a Srta. Lanyon, ultrapassou o limite da minha tolerância. Só o irmão dela tem o direito de questionar minhas intenções. Se ele fizer isso, eu lhe responderei, mas a única resposta que devo a você está na ponta da minha bota!

— O irmão dela não está aqui! — disse Oswald. — Se estivesse seria diferente!

— Que diabo... Está falando do seu irmão mais velho, não é? Pois eu não.

— *Aubrey?* — exclamou Oswald, incrédulo. — Aquele macaquinho idiota? Ele não poderia fazer nada mesmo que tentasse! O que conhece da vida se só se importa com seus livros empoeirados? Mesmo que pensasse no assunto, não teria a menor noção do tipo de jogo que milorde está fazendo!

Damerel prendeu a rédea e falou secamente:

— Não o despreze assim! Você também não tem a menor noção.

— Eu sei que milorde não pretende se casar! — retrucou Oswald.

Damerel olhou-o por um instante, com um sorriso estranho nos lábios.

— Sabe mesmo?

— Sim, por Deus que sei. — Quando Crusader deu mais um passo, Oswald não tentou detê-lo; olhou para Damerel, subitamente consternado, e disse: — *Casamento?* O senhor com Venetia? Ela não faria isso... não *poderia* fazer.

Havia uma repulsa não disfarçada em sua voz, mas a única resposta que teve de Damerel foi uma boa gargalhada. Crusader passou com ele pelo portão de Priory e desapareceu no caminho coberto de mato.

Oswald não ficaria mais chocado se Damerel tivesse declarado abertamente suas intenções mais desonrosas. Ficou ali, arrebatado pela dúvida e pela incredulidade, e sem outro rumo a seguir senão voltar de crista baixa para Ebberley. Era um percurso longo e monótono, e tomado de reflexões humilhantes afundou-se em depressão, que não melhorou nem ao lembrar que suas últimas palavras pelo menos haviam afetado Damerel.

Marston, pegando o casaco e as botas de Damerel, olhou pensativo para ele mas não fez qualquer comentário, nem naquela hora nem mais tarde, quando encontrou Imber despejando o conhaque num decantador, com uma expressão de tristeza estampada no rosto.

— Bêbado! — disse Imber. — Em pouco tempo vai começar a trocar as pernas. Já terminou a garrafa de Diabolino. Se não valoriza o que sempre serviu para o falecido milorde, a culpa não é minha. Eu disse a ele há uma semana o que tínhamos aqui.

— Eu levo o conhaque para ele — ofereceu-se Marston.

Imber fungou mas não fez objeção. Era um homem velho, e seus pés doíam. Sempre aceitou os serviços de Marston, embora achasse que ele não devia encarregar-se de tarefas que não lhe competiam. Algumas eram bem simples, como pegar lenha ou serrar as toras e, quando Nidd estava ausente, tirar a sela do cavalo do patrão e escová-lo. O *valé* do falecido lorde Damerel não faria tarefas triviais, pensou Imber, comparando o atual milorde desfavoravelmente com o mais perfeito dos cavalheiros. Tal patrão, tal homem, pensou. O falecido lorde era orgulhoso, sabia que era um homem de alta classe, e sempre mantinha um distanciamento apropriado. Ninguém ousava tomar liberdades com ele, e ele nunca falava com os criados da forma familiar como o lorde atual falava. Jamais se comportara de maneira imprópria como seu filho — que chegara a Priory sem avisar, acompanhado apenas do *valé* e do cavalariço, deixando mais da metade dos quartos fechadas e tendo a seu serviço apenas um criado para imprimir respeitabilidade à casa. Tudo isso por ele ter vivido em países estrangeiros, no meio de pessoas que mais pareciam uns selvagens. Pelo menos foi o que ele próprio disse quando Imber se aventurou a insinuar que os termos com que tratava Marston não eram próprios de um cavalheiro da sua posição.

— Marston e eu somos velhos amigos — falou. — Estivemos em vários cantos do mundo juntos para ter cerimônia um com o outro.

Não era de admirar que Marston se considerasse acima dos outros e não se dignasse a fazer comentários sobre milorde. Era um homem agradável, quieto, mas muito fechado, e fingia não ouvir as coisas quando não queria responder. "Se gostava tanto de milorde, por que não respondia por ele, em vez de assumir aquele ar impassível?", pensou Imber, ressentido, vendo-o pegar a salva de prata e levá-la pelo corredor revestido de pedra que dava no hall da frente.

Damerel não seguia os horários da cidade quando estava em Priory, e permitia que os Imber servissem o jantar às 18h. Desde a chegada de Aubrey, deixara de lado o hábito de demorar-se na sala de jantar, tomando um vinho do Porto. De início, quando Aubrey ainda estava de cama, levava o cálice para o quarto do visitante. Depois passou a tomar o Porto na biblioteca. Mas naquela noite não mostrou disposição de sair da mesa, refestelando-se na cadeira entalhada como se pretendesse ficar ali a noite toda.

Marston lançou-lhe um olhar significativo antes de entrar na sala iluminada pelas velas da mesa, e viu que ele olhava fixo para a frente, com as pupilas ligeiramente enevoadas. Não deu sinal de ter notado sua presença, mas Marston percebeu logo que Imber havia exagerado. Lorde Damerel podia ter bebido bastante, mas não estava realmente inebriado. Só em raras ocasiões ele realmente apagava, e Marston conhecia bem isso pois era ele quem cuidava das suas bebedeiras.

Marston colocou o decantador na mesa e foi até a lareira pôr mais lenha na brasa mortiça. O tempo continuava bom, mas quando o sol se pusesse seria melhor fechar as cortinas e ter um bom fogo aceso para aplacar o frio.

Varreu as cinzas e levantou-se. Uma das velas começou a pingar e ele soprou-a. Damerel levantou os olhos.

— Oh, é você? O que aconteceu com Imber? Caiu na escada da adega?

Seu rosto impassível relaxou e ele sorriu.

— Não, milorde.

— Ele disse que eu estava fora de combate? — perguntou Damerel, tirando a tampa do decantador e servindo-se de um pouco de conhaque. — Imber está com aquela cara de poucos amigos que espanta todo mundo.

— Imber está velho, milorde — disse Marston, aparando um pavio muito longo. — Se o senhor pretende ficar por aqui, será necessário contratar mais empregados.

Falou num tom inexpressivo, como de hábito, mas Damerel olhou-o por cima dos óculos.

— Tenho a impressão de que não voltaremos aqui depois do Segundo Encontro de Outono — continuou Marston, ainda preocupado com as velas. — O que me faz lembrar, milorde, que eu deveria escrever para Hanbury informando a data em que o senhor pretende chegar, e se vai levar alguma companhia.

— Ainda não pensei nisso.

— Sim, milorde. Com o tempo tão quente mal dá para perceber que em breve estaremos em novembro. E o Encontro de Outono, imagino...

— Eu não vou a Newmarket — disse Damerel bebendo o conhaque e dando uma gargalhada. — Você não me engana. Acha que devo ir, não é?

— Pensei que o senhor iria, pois tem um cavalo competindo nas corridas.

— Tenho dois cavalos mas pouca esperança em ambos. — Damerel tomou mais um gole, esvaziando o copo, e deu um sorriso de escárnio. — Mais algum plano para mim? Newmarket, Leicestershire, onde mais? — Marston olhou para ele mas não disse nada. — Vamos a Brook Street, ou a algum outro lugar que ainda não conhecemos? Qualquer um desses planos pode ser entediante.

— Se conheço bem milorde, não vai ser nada entediante! — replicou Marston com certo humor. — Não me lembro de termos ido a um único lugar onde o senhor não se metesse em algum tipo de confusão; quanto a mim, nunca encontrei tempo para me entediar. Ou estava esperando ser salvo de um naufrágio, ou rezando para conseguir convencer um bando de selvagens assassinos de que éramos amigos, ou imaginando quanto tempo faltaria para ser amarrado em um saco e jogado no Bósforo!

— Creio que foi o dia em que estive mais próximo de ser preso — disse Damerel com um risinho, ao lembrar-se da ocorrência. — Fiz você passar por maus bocados naquela época... Mas agora estou mais velho, Marston.

— Sim, milorde, mas não tão velho que não vá me pôr em outras enrascadas.

— Você acha que eu estou em uma enrascada agora, não é? Talvez tenha razão, eu mesmo não sei. — Estendeu a mão para pegar o decantador e inclinou-o por cima do copo, derramando conhaque pela mesa toda. — Oh, meu Deus! Limpe isso senão Imber vai pensar que estou bêbado. E não estou, sou muito desastrado, só isso!

Recostou-se na cadeira entalhada e manteve-se em silêncio, enquanto Marston fingia ajeitar com cuidado os pratos no aparador. Observou Damerel com o canto dos olhos e ficou intrigado com a expressão de seu rosto. Ele estava levando aquele flerte a sério, o que não era do seu feitio; Damerel era um homem de amores fáceis, que se entregava a inúmeras aventuras prevendo seu fim desde o início, e não era discriminador nas suas escolhas. Fazia o papel do charmoso protetor, atendia as maiores exigências de suas amantes, mas quem via sua despreocupação quando se separava delas sabia que ele considerava as mulheres baratas. Marston estranhou seu ar de melancolia e ficou preocupado.

Damerel levantou o cálice de novo e tomou um gole, com ar pensativo.

— O rei da Babilônia ou um etíope? Qual deles, Marston? Qual?

— Não sei dizer, senhor, não conheço muito o rei da Babilônia.

— Não? Ele ficou numa encruzilhada, mas não tenho ideia de que caminho seguiu ou do que lhe aconteceu. Precisamos da ajuda da Sra. Priddy. Não que eu ache que ela me daria uma visão esperançosa do meu caso, ou pense que os anos que joguei fora ainda podem ser recuperados. Provavelmente me deixaria deprimido com suas frases duras, ou me lembraria que o homem colhe aquilo que plantou. Você se importaria de colher alguma coisa que eu plantei, Marston? Eu não. — Entornou rapidamente o resto do conhaque, colocou o cálice na mesa e empurrou-o para longe. — Que se dane tudo! Estou ficando embriagado. Posso lhe dar um conselho melhor do que o da Sra. Priddy. *Saiba que o presente momento é do homem*... e não me pergunte quando pretendo ir embora de Yorkshire! Eu mesmo não sei. Minha intenção é permanecer aqui até Sir Conway Lanyon voltar para casa, mas quem sabe? Posso me desapaixonar com a mesma facilidade com que me apaixonei. Isso não o surpreenderia, não é?

— Não sei, milorde — disse Marston.

— É melhor rezar para que aconteça! Mesmo que eu pudesse pôr minha casa em ordem... Estou soterrado em dívidas? Devo algum dinheiro a *você*, Marston?

— Não que mereça ser mencionado, milorde, pois Amaranthus venceu em Nottingham.

Damerel deu uma gargalhada e levantou-se.

— Você é um louco por manter-se ao meu lado. Por que faz isso? Por hábito?

— Não completamente — respondeu Marston, dando um de seus raros sorrisos. — Servi-lo, milorde, tem desvantagens mas também vantagens.

— E quais seriam essas vantagens? — perguntou Damerel com franqueza. — A não ser que conte ser pago em intervalos irregulares e considere vantagem entrar em enrascadas que não são da sua responsabilidade.

— Não — disse Marston, dirigindo-se à porta. — Mais cedo ou mais tarde o senhor me pagará, e se me mete em enrascadas não se esquece de tirar-me delas, em uma ou duas ocasiões, correndo risco considerável. A lareira da biblioteca está bem quente, milorde, e Nidd trouxe de York os jornais de Londres há uma hora.

Capítulo 10

A NOTÍCIA DE QUE SEU FILHO estava em pé de guerra com lorde Damerel e que Venetia Lanyon havia se apaixonado por ele chegou a Lady Denny em terceira mão, dos lábios de sua filha mais velha. Clara era uma menina sensata, não tão exagerada quanto o pai, mas nem mesmo o relato moderado do que Oswald confidenciara a Emily, e Emily repetira a ela, fez com que as revelações deixassem de ser inquietantes ao extremo.

Era a intenção inicial de Oswald ter permanecido num silêncio impenetrável a respeito dos acontecimentos que haviam destruído sua fé nas mulheres e transformado-o, de um só golpe, de amante ardoroso a um incurável misógino. E se seus pais, ou mesmo as duas irmãs mais velhas, tivessem tido sensibilidade suficiente para perceber que ele saíra despreocupado de casa antes do meio-dia e voltara na hora do jantar com um ar amargo, teria se recusado a responder a qualquer de suas perguntas aflitas, mas os convenceria de que passara por uma experiência de cortar o coração. Infelizmente a sensibilidade dos quatro era tão pouco aguçada que eles não notaram nada diferente em seu rosto pálido e suas respostas monossilábicas; continuaram falando amenidades durante o jantar, com ar tão animado que ele se perguntou como podia ter nascido numa família tão insensata. Sua recusa a aceitar o segundo prato que foi servido motivou um comentário da mãe, mas quando ela atribuiu sua falta de apetite a um excesso de ameixas comidas de manhã, ele ressentiu-se de ela não ter notado que o filho não comera quase nada.

Só no dia seguinte é que uma observação casual feita por Emily levou-o a contar tudo. Com a falta de tato dos seus 15 anos, ela surpreendeu-se de ele não ter ido visitar Venetia, ao que Oswald deu uma gargalhada amarga e disse que nunca mais cruzaria os portões de Undershaw e que não queria ouvir perguntas a respeito. Mas de tanto Emily implorar, ele acabou lhe revelando os acontecimentos.

Não pretendia contar nada, mas como ela era sua irmã espiritualmente mais próxima, confidenciou pelo menos parte dos problemas; fez uma série de observações elípticas que, se não lhe deram uma ideia clara das ocorrências do dia anterior, atingiram seu coração romântico. Ela sorveu tudo que ele contou, preencheu as lacunas com a ajuda de sua imaginação, dramática como a dele, e acabou repassando tudo para Clara, pedindo-lhe sigilo total.

— Embora eu diga que é tudo exagero, mamãe, me senti obrigada a avisar que teria de contar a você — explicou Clara.

— É claro que sim! — exclamou Lady Denny, horrorizada. — Ele desafiou lorde Damerel a um duelo? Meu Deus! Deve ter perdido a cabeça. Nunca ouvi falar em uma coisa assim, e tremo só de pensar o que seu pai dirá quando souber. Não pode ser verdade! Aposto como é um dos contos de Canterbury de Emily!

— Não é bem assim, mamãe — disse Clara com seriedade. — Acho que não resta dúvida de que Oswald *brigou* com lorde Damerel, mas se o desafiou a um duelo é outra coisa. Você sabe como ele e Emily exageram! Eu acharia impossível, mas se lorde Damerel está realmente perseguindo a pobre Venetia com suas atenções, *pode* até ser. Foi por isso que achei que era minha obrigação lhe contar, pois Oswald deve estar em um dos seus humores estranhos, e quando isso acontece seu comportamento torna-se irracional. Se foi imprudente a ponto de forçar uma briga com lorde Damerel...

— Nem diga isso! — pediu Lady Denny, estremecendo. — Oh, meu Deus! Por que esse homem detestável tinha de vir para cá criar todos esse alvoroço? Perseguir Venetia... Você disse que ele vai *todos dias* a Undershaw?

— Foi o que Oswald contou a Emily, mas não confio muito nisso. Ele disse também que Venetia está enfeitiçada e encoraja lorde Damerel a ser inconveniente. Não *deve* ser verdade, não é?

Lady Denny, longe de tranquilizar-se, ficou muito pálida.

— Eu devia ter previsto que isso aconteceria! E logo agora que Edward Yardley está de cama com catapora! Ele não poderia fazer grande coisa, mas talvez impedisse Damerel de influenciar Venetia tanto assim. Mas a mãe dele manda chamar o Sr. Huntspill a toda hora, com medo que seu pulso se acelere demais, como se ele tivesse contraído varíola.

— Oh, mamãe! — Clara protestou ao ouvir essas palavras severas. — O Sr. Huntspill nos contou que o pai de Edward morreu de tuberculose, então não é de admirar que a Sra. Yardley fique tão aflita! E disse que Edward estava muito abatido, bem mais que minhas irmãs!

— O que o Sr. Huntspill disse foi que pessoas como Edward Yardley, que têm excelente constituição e nunca ficam doentes, são os piores pacientes, pois imaginam que estão à beira da morte quando sentem uma simples cólica! Não me fale de Edward! Preciso conversar com seu pai imediatamente, por mais zangado que ele possa ficar, Oswald é seu filho, e é dever dele *fazer* alguma coisa sobre essa situação terrível!

De início Sir John não deu grande importância à história. Disse apenas que não tinha paciência para esse comportamento infantil de Oswald, sem demonstrar raiva alguma. Só quando questionou Clara é que percebeu que podia haver mais verdade na história do que se supunha. Mesmo então pareceu mais irritado do que aflito. Ao pensar melhor no assunto, viu que Oswald não tinha o menor bom-senso e fizera papel de bobo com Venetia. Só havia uma saída viável: mandá-lo para outro canto do país até ele recuperar a sanidade mental.

— Ele poderia ir para a casa de seu irmão George — disse a Lady Denny. — Assim terá tempo de pensar, em vez de se meter em tamanha loucura!

— Ir para a casa de George? Mas...

— Não vou correr o risco de criarem um tumulto infernal aqui. Não sei até que ponto posso acreditar nessa história, mas se Oswald tem tanto ciúme como Clara pensa, não se sabe o que poderá fazer. Vou lhe dizer uma coisa, minha querida, não quero esse fedelho aborrecendo Damerel nem ninguém mais!

— Não, não! Mas pense como seria terrível se ele forçasse um duelo com aquele homem!

— Ele não fará uma coisa assim, fique tranquila. Se tentou fazer isso ontem, espero sinceramente que Damerel tenha lhe dado uns tabefes pela impudência. Não nos resta nada mais a fazer senão mandá-lo para a casa do seu irmão.

— Sim, mas talvez não lhes convenha receber Oswald em Crossley nessa época do ano — falou ela, em dúvida. — George é um homem de boa natureza e Elinor também, mas devem estar com a casa repleta de hóspedes, pois a temporada de caça está começando.

— Não se preocupe. Não comentei nada antes porque não me agrada muito mandar meu filho para aquele ambiente elegante, mas recebi uma carta de George na semana passada dizendo que eles teriam muito prazer em recebê-lo lá, se eu permitisse. Não gosto da ideia, mas é melhor mandá-lo para Crossley do que ficar com ele aqui. Só espero que se mantenha na linha!

— George cuidará disso — falou Lady Denny num tom confiante. — Pode ter certeza, Sir John, que será ótimo para Oswald passar um tempo com os primos. Mas como vamos convencê-lo a ir?

— *Convencê-lo?* — repetiu Sir John. — A aceitar um convite para ficar no coração de Cottesmore? Em uma casa onde sabe que estará em pleno círculo de hedonistas? Não, minha querida, *isso* não será necessário!

Ela não se convenceu, mas Sir John tinha razão. Quando o convite foi transmitido a Oswald, o efeito foi quase burlesco, pois de súbito ele transformou-se completamente, passando de mártir deprimido a um menino entusiasmado e agradecido; esqueceu a deslealdade de Venetia, a vilania de Damerel e seu próprio coração partido. Estonteado com a magnificência do convite, de início só conseguiu dizer:

— Se eu quero ir a Crossley? Acho que sim. — Manteve-se em transe durante todo o jantar, e saiu da mesa com tal bom humor que não se aborreceu com a advertência do pai de que ele deveria comportar-se à altura se tivesse permissão de ir a Crossley. — É claro que vou me comportar à altura — foi só o que disse.

Passou uma noite feliz, falando dos brindes que deveria levar para Crossley, como entregá-los aos caçadores, e se devia usar botas de cano longo à noite. Sir John aprovou o uso de botas e aproveitou a oportunidade para se posicionar contra os lenços de pescoço coloridos, com nó solto, em lugar de plastrons tradicionais. Quando a perspectiva de penetrar nos círculos dos hedonistas fez com que Oswald se esquecesse do tipo de roupas a serem usadas, Sir John viu-se obrigado a proibir que ele comprasse botas de montaria com borda branca. Oswald ficou desapontado, mas mostrou-se tão dócil que Sir John lhe deu conselhos sobre a atitude humilde a ser adotada por um recém-chegado, desejoso de ser aprovado por aqueles caçadores que se encontravam entre os melhores do mundo. Quando deu início a um longo discurso — dizendo inclusive que se não tivesse certeza de que seu filho montava bem não teria nem por um instante pensado em lhe dar permissão para ir a Crossley —, Oswald teve de engolir tudo de boa vontade. Sir John não tinha uma boa conversa com o filho havia muitos meses, e ao soprar a vela da mesa de cabeceira na hora de dormir, disse a Lady Denny que se o menino se comportasse bem em Crossley certamente seus tios ficariam muito contentes com ele.

Aliviada da preocupação, Lady Denny pôde voltar a considerar este um problema secundário. Como Sir John se recusara terminantemente a dar a entender a Damerel que ele devia afastar-se de Undershaw, ela decidiu, apesar dos protestos das filhas doentes, ir até lá ver por si mesma o que havia de verdade nas alegações de Oswald, e tomar providências, se necessário, para pôr fim àquela situação perigosa. Não sabia que providências seriam, nem se importou muito com isso, pois quanto mais pensava no assunto mais esperançosa ficava de que aquela história alarmante era mero produto da imaginação exaltada de Oswald.

Mas quando chegou em Undershaw, no dia seguinte, notou logo que seu otimismo não tinha fundamento. Venetia estava radiante, mais linda do que nunca, com os olhos brilhando de felicidade e o rosto corado.

Cumprimentou a amiga com o carinho de sempre e demonstrou grande prazer em recebê-la, mas Lady Denny não se iludiu. Embora Venetia perguntasse pelas meninas doentes, ouvisse com atenção o que Lady Denny tinha a dizer, risse ao saber do alarme diário da Sra. Yardley, e parecesse muito interessada nesses e em outros assuntos, tal interesse era apenas superficial.

Enquanto Lady Denny conversava sobre amenidades, pensava em um modo de contar a Venetia o verdadeiro objetivo de sua visita, sem aprofundar-se muito na conversa. Decidiu então que a abordagem mais natural seria falar sobre o acidente de Aubrey: Quando disse que o episódio pusera Venetia em uma situação constrangedora, ela sorriu com ar matreiro.

— Querida madame, a senhora está parecendo Edward! Desculpe, mas não posso deixar de rir! Não me senti nem um pouco constrangida.

Lady Denny tentou convencê-la.

— Minha querida, estou feliz de saber disso, mas creio que você não entende que é uma situação muito delicada.

— Não entendo mesmo — disse Venetia, deixando-a desconcertada. — É claro que *poderia* ter sido constrangedor, mas no início eu estava tão preocupada com Aubrey que nem pensei nisso, e depois seria absurdo pensar. Priory parecia minha própria casa, e Damerel portou-se como um amigo da vida inteira! Creio que esses dez dias foram os mais felizes que Aubrey e eu tivemos. Até mesmo a babá teve pena de deixar Priory,

Surpresa com essa confissão inesperada, Lady Denny não soube o que dizer. Antes que voltasse a si, Venetia começou a falar do comportamento da babá em Priory. A esperança de cumprir sua missão foi diminuindo, e desapareceu por completo quando Venetia contou como Damerel havia sido bom para Aubrey e como Aubrey se beneficiara dessa amizade. Ela não era boba, e viu claramente que sugerir a Venetia que Damerel estava usando Aubrey para aproximar-se dela não surtiria efeito algum. Seriamente alarmada, achou que Venetia estava fora de seu alcance, e ainda tão deslumbrada que seu bom-senso de sempre desaparecera.

De repente a porta abriu e Aubrey entrou na sala.

— Venetia, vou a York com Jasper. Você tem alguma... — interrompeu o que dizia quando viu Lady Denny, e atravessou a sala mancando para cumprimentá-la. — Desculpe, madame. Como vai a senhora?

Enquanto perguntava se Aubrey se recuperara da queda do cavalo, Lady Denny avistou Damerel no portal. Se Venetia ou ele tivesse mostrado um mínimo de constrangimento, ficaria menos aflita. Mas isso não ocorreu. Ao ver a falta de cerimônia com que os dois se tratavam, convenceu-se de que Oswald não exagerara quando disse que Damerel ia a Undershaw diariamente. Venetia não apertou a mão dele, como seria natural a uma dama, simplesmente virou a cabeça e lhe deu um sorriso. Lady Denny olhou rapidamente para Damerel e viu que o sorriso foi correspondido.

"Como se tivessem se beijado!," pensou, consciente de um perigo insuspeitado.

— Não preciso apresentá-lo a Lady Denny, não é? — disse Venetia.

— Não, já tive a honra — respondeu Damerel, atravessando a sala com grande atrevimento, segundo Lady Denny, para apertar sua mão. — Como vai a senhora?

Ela respondeu com civilidade porque era uma mulher bem-educada, mas teve vontade de dar um tapa naquela cara sorridente. Imaginou ter visto um ar de zombaria em seus olhos, como se, consciente da sua desaprovação, a desafiasse a tentar intrometer-se entre ele e Venetia. Foi com grande dificuldade que respondeu gentilmente quando ele pediu notícias de seu marido.

— Quer que eu lhe traga alguma coisa de York? — Aubrey perguntou à irmã. — Foi isso que vim lhe perguntar.

— É mesmo, meu querido? — falou Venetia, em tom zombeteiro. — Muito obrigada! Fico muito comovida por essa ideia ter passado pela sua cabeça!

Ele deu um risinho, nada envergonhado.

— Mas não passou.

— Que deselegante você é! — disse Damerel. — Podia pelo menos ter *assumido* essa virtude!

— Por que devia fazer isso se ela sabe que não me lembro dessas coisas? — disse Aubrey por cima do ombro, ao despedir-se de Lady Denny. — Adeus, madame; não vai achar uma grosseria eu sair agora, não é? Espero que não, pois sei que a visita foi para Venetia. Não vou fazê-lo esperar muito mais, Jasper, mas não posso ir a York com esses chinelos.

— Pelo menos não na minha companhia — disse Damerel.

Ele olhou para Venetia quando Aubrey saiu, e mais uma vez Lady Denny notou o sorriso entre eles, quase imperceptível, porém muito terno e involuntário. O caso era mais sério do que ela imaginava; quaisquer que fossem as intenções de Damerel, ele não estava apenas flertando, pois parecia tão sério quanto Venetia. Falou com ela sobre Aubrey de uma forma que revelava a intimidade entre eles.

— Não vou deixar que Aubrey fique horas pendurado em um livro. O passeio não lhe fará mal.

— Pelo contrário. Qual foi o anjo que lhe deu essa ideia? *Eu* não teria conseguido tirá-lo da biblioteca! Já era quase meia-noite quando finalmente ele foi para a cama, e, quando me aventurei a fazer esse comentário hoje de manhã, ele disse que havia perdido muito tempo com seu acidente e precisava voltar a estudar *seriamente*! Creio que era isso que estava fazendo!

— Oh, não! — disse Damerel num tom sardônico. — Ele se entregava a leituras *leves* quando estava na minha casa: Berkeley e Hume, e também um pouco de Dugald Stewart. Exercício de relaxamento! — Olhou para o relógio de parede e disse: — Se eu tiver de trazê-lo de volta até a hora do jantar é melhor apressá-lo. Não me surpreenderia se ele estivesse com uma bota em um pé, um chinelo no outro, e o nariz enfiado em um dicionário, procurando uma palavra obscura da qual teria se lembrado de repente.

Virou-se para despedir-se de Lady Denny e apertou a mão de Venetia.

— Está precisando de alguma coisa de York?

— Não, nem peixe, que é o que Aubrey mais detesta.

Ele riu e saiu. Venetia disse, com seu modo franco:

— Estou contente de ele ter vindo enquanto a senhora me visitava, madame.

— Está, minha querida? — perguntou Lady Denny.

— Percebi que a senhora estava imaginando se gosto dele, pois *a senhora* não gostou quando o conheceu pela primeira vez, não é?

Lady Denny hesitou e finalmente disse:

— Compreendo perfeitamente por que você gosta dele, Venetia. Na verdade, me surpreenderia se não estivesse tão encantada, pois homens do... do *tipo* dele sabem ser charmosos com as mulheres.

— Sim — disse Venetia. — Eles devem ter muita prática, embora eu creia que nem sempre é uma questão de prática, não é? Nunca conheci um libertino, nem pensei muito nisso, mas suponho que quem é verdadeiramente libertino já deve nascer com essa tendência.

— Certamente! — disse Lady Denny baixinho. — É o que os torna particularmente perigosos. Estou certa de que *você* tem sensatez e elegância de espírito para se deixar levar, mas espero que se mantenha em guarda, minha querida. Sem dúvida acha a companhia de lorde Damerel agradável e sente-se muito agradecida a ele, mas confesso, e não deve considerar uma impertinência da minha parte, pois conheço mais o mundo que você, que não gostei de ver que ele se sente em casa aqui. Não é próprio, você sabe, uma dama solteira na sua idade receber cavalheiros.

Venetia deu um risinho de lado.

— Gostaria que a senhora dissesse isso a Edward! Ele chega a *jantar* aqui quando fica até mais tarde; por uma questão de educação sou forçada a convidá-lo a nos fazer companhia.

— Bem, minha querida... essa é outra questão! — argumentou Lady Denny, tentando juntar forças. — Sua amizade com ele vem de tanto tempo que... Além do mais, seu pai gostava dele!

— Não, madame, como pode fazer tal injustiça ao meu pai? — protestou Venetia. — A senhora bem *sabe* que ele não gostava de ninguém. Decerto quis dizer que ele achava Edward um bom partido para mim!

— Ora, Venetia...

Venetia riu.

— Desculpe! Não *pude* resistir. Mas não há a menor razão para se preocupar, pois Damerel encara o assunto exatamente como a senhora. Talvez tenha notado que não o convidei para jantar quando ele falou que traria Aubrey mais tarde. Sei que não adianta, ele não aceitaria. Diz que se vier nos visitar de manhã as pessoas bisbilhoteiras dirão que ele está me perseguindo, mas se ficar para *jantar* dirão que eu estava encorajando suas investidas. Está mais tranquila agora, madame?

O efeito na sua boa amiga foi contrário. Lady Denny voltou para Ebbersley muito aflita e resolveu conversar com o marido sobre a visita. Se estivesse menos preocupada ao entrar na sala para dizer a Sir John que queria ter uma conversa com ele no quarto, teria notado a expressão de culpa e apreensão no rosto do filho. Mas felizmente não notou, senão teria ficado ainda mais nervosa. Oswald estava muito tenso, imaginando que Lady Denny conversaria sobre sua conduta condenável na oficina de carpintaria de Aubrey, mas quando o pai voltou para a sala ele percebeu que Venetia não o traíra. Ficou tão aliviado que resolveu mandar por carta um pedido de desculpas antes de viajar para Crossley.

Sir John ouviu o relato de Lady Denny com um ar grave, mas recusou-se a fazer qualquer tipo de interferência. Lady Denny, que considerava tal postura uma fraqueza de espírito, disse em tom acusador:

— Por favor, você *hesitaria* em falar com lorde Damerel se o problema fosse com a sua filha?

— Não, certamente, não. Mas Venetia não é minha filha. E ela não tem 18 anos de idade. Tem 25 e é dona do próprio nariz. Sinto muito se realmente se apaixonou por Damerel, pois é provável que saia dessa experiência de coração partido. Mas se você tem medo de que ela cometa uma imprudência, está permitindo que a ansiedade supere seu julgamento racional. A meu ver, Venetia é uma moça de excelentes princípios e muito inteligente. E Damerel, quaisquer que sejam seus princípios, não é desprovido de bom senso e pensa apenas em flertar com ela. — Viu Lady Denny fazer sinal de reprovação e acrescentou com aspereza: — Permita-me dizer, minha querida, que conheço um pouco melhor a forma com que um homem como Damerel se comporta diante de uma moça na situação de Venetia! Ele é um libertino, não há como negar, mas a verdade é que você é muito preconceituosa. Quaisquer que sejam as loucuras dele, é um homem de boa educação, com grande conhecimento do mundo, e não tem em mente nada mais que um flerte agradável com uma mulher bonita. Damerel está errado, pois a esquecerá uma semana depois que se for de Priory e ela sofrerá muito, pois está encantada por ele, como você diz. Mas não há nada que eu possa fazer, e não adianta tentar mostrar que ela está sendo um joguete na mão de Damerel.

— Oh, Sir John, não precisa dizer isso! — exclamou Lady Denny. — Não sou boba, percebi muito bem que não adianta falar com ela! Mas você está enganado! Confesso que quando fui para Undershaw de manhã... Quando notei como ele a olhava, fui tomada de grande apreensão. Uma coisa é certa: ele não está brincando, está tão apaixonado quanto ela! Sir John, se não fizermos nada para protegê-la, ela se *casará* com Damerel!

— Meu Deus! Está querendo me dizer... Não, não acredito! Damerel não tem intenção de se casar com Venetia nem com qualquer outra mulher! Tem 38 anos e já se habituou ao seu modo de vida, como tem mostrado claramente ao mundo. Se pretendesse se casar para ter um herdeiro, seguiu um caminho errado ao longo de todos esses anos. Se suas propriedades não tivessem sido protegidos, não tenho dúvida de que as teria vendido, pois já jogou fora uma bela fortuna. A julgar por isso, ele não se preocupa em ter um descendente. Quanto aos escândalos em que se envolveu, dá para supor que pretendia se tornar um partido inelegível!

— Tudo o que você diz é sem dúvida verdade, mas não tem nada a ver com o caso — retrucou Lady Denny. — Qualquer que fosse sua *intenção,* sua cabeça não é mais a mesma. Eu conheço o ar que um homem assume quando está flertando, e pode acreditar que não foi isso que vi hoje. Damerel está muito apaixonado por Venetia, e se ele não lhe oferecer *carte blanche*, lhe pedirá em casamento, e ela aceitará! — Lady Denny teve a satisfação de ver que conseguira convencer Sir John de que seu alarme não era produto de uma imaginação doente. — *Agora,* vai falar com Damerel ou não vai?

Mas ele se manteve inflexível.

— É claro que não! O que gostaria que eu lhe dissesse? Minha relação com ele é muito superficial; Venetia não é minha parente nem tenho ingerência sobre ela. Qualquer intervenção seria uma grande impertinência, madame! Se você não pode forçá-la a compreender que esse casamento seria desastroso, não há nada a ser feito.

Reconhecendo a nota final na voz do marido, ela não voltou a tentar mudar a opinião dele, mas disse que alguma coisa *devia* ser feita, pois não era justo supor que Venetia podia ser responsável por seus atos por já ter 25 anos de idade. Ninguém podia ser menos responsável que ela sob esse aspecto; podia contar nos dedos os homens solteiros que conhecia, portanto seria fácil apaixonar-se pelo primeiro que cruzasse seu caminho.

— E você sabe o que iriam dizer, Sir John! Ela *não* é como a mãe, por maior que seja a semelhança física entre as duas, e *não podemos* deixar que arruíne sua vida! Se ao menos Aubrey se interessasse por alguma coisa afora seus livros... Mas ele não vê o que se passa debaixo de seu nariz, e não acreditaria se eu lhe dissesse!

Quanto a isso ela estava enganada. Aubrey não só via como estava interessado no caso deles, como comentou com Venetia um ou dois dias depois. Quando voltavam de Thirsk, onde haviam ido fazer compras, o nome de Damerel, com sempre, veio à baila, e ela levou um susto ao ouvi-lo perguntar da forma mais natural possível:

— Você vai se casar com ele, minha querida?

Ficou chocada, pois Aubrey em geral era tão indiferente ao que se passava ao seu redor que ela não supôs, como Lady Denny, que o irmão percebesse que Damerel ia a Undershaw por causa dela e não dele. Como não lhe deu uma resposta imediata, Aubrey acrescentou:

— Eu não devia ter perguntado? Não precisa responder se não quiser.

— Eu *não posso* responder — disse Venetia com franqueza. — Ele não me pediu em casamento.

— Eu sei disso, sua boba! Você teria me dito se tivesse ficado noiva. Mas se ele pedir você aceitará?

— Aubrey, quem lhe disse para me perguntar isso? Não pode ter sido Lady Denny. Foi a babá?

— Meu Deus! Não foi ninguém. Por que alguém faria isso?

— Talvez lhe falassem para me convencer a não permitir que Damerel viesse a Undershaw.

— Eu não daria a menor atenção a isso. Lady Denny sabe? Por que iria querer que você não visse Jasper? Não gosta dele?

— Não. Quer dizer, ela não o conhece. Conhece apenas sua reputação e imagina que eu possa me deixar seduzir.

— Oh! — Aubrey fechou a cara, e deu uma olhada nos cavalos quando se aproximaram do portão. — Não entendo muito dessas coisas, mas acho que você não se deixaria seduzir. Será que devo perguntar a Jasper quais são as intenções dele?

Venetia não pôde conter o riso.

— Por favor, não.

— Prefiro não perguntar — confessou ele. — Além do mais, não vejo sentido nisso: ele não me diria que pretendia seduzir você, mesmo que pretendesse. De qualquer forma, isso tudo é uma bobagem. Quando eu quis me livrar da babá, ele falou que ela teria de ficar em Priory em razão das convenções sociais. Nunca pensei muito nas histórias que falavam dele, mas creio que não eram verdadeiras. De qualquer forma, você deve saber mais do assunto que eu, e, se não se importa, por que eu me importaria?

Passaram pelo portão, e quando entravam na estrada que dava a volta no parque, Venetia disse:

— Não sei por que alguém deveria se importar, mas todos parecem achar que sou uma boba inocente porque passei a vida toda aqui. Que bom que você não pensa assim, meu querido. Não posso dizer o que poderá acontecer, mas... Se Damerel quisesse se casar comigo, você não seria contra, não é?

— Não, acho que ficaria contente. Vou para Cambridge no ano que vem, é claro, mas quando vier de férias preferiria de longe ficar na casa de Damerel do que na de Conway.

Ao ouvir isso Venetia sorriu, mas não disseram mais nada, pois assim que se encontraram em frente à porta da casa, ela surpreendeu-se ao ver uma carruagem parada.

— O que é isso? — exclamou Aubrey. — Meu Deus, deve ser Conway!

— Não — disse Venetia, vendo um chapéu com pena. — É uma mulher! Mas quem... será que é a tia Hendred?

Mas quando Aubrey parou os cavalos do lado da carruagem, Venetia deparou-se com uma completa estranha. Ficou ainda mais admirada ao descobrir que a mulher aparentemente supervisionava a retirada das malas-armário e chapeleiras. Olhou para Ribble com a sobrancelha franzida, como quem faz uma pergunta silenciosa, e notou que ele estava atordoado. Antes que lhe pedisse uma explicação, a senhora de meia-idade, elegantemente vestida, deu um passo à frente e perguntou num tom afável e seguro:

— Srta. Lanyon? Nem é preciso perguntar! E esse deve ser o pobre aleijadinho! Eu sou a Sra. Scorrier, como devem ter imaginado. Creio que o mordomo não foi informado da nossa chegada!

— Desculpe, madame — disse Venetia, descendo do faéton —, deve haver algum engano. Não estou entendendo!

A Sra. Scorrier olhou-a por um instante, sem a afabilidade inicial.

— Está dizendo que *não* receberam uma carta de... eu devia ter imaginado quando soube em Londres que não haviam mandado nenhuma notícia para a *Gazette!*

— Notícia? — repetiu Venetia. — *Gazette?*

Recobrando a afabilidade, a Sra. Scorrier disse com uma gargalhada:

— Como ele é esquecido! Vou lhe dar um puxão de orelha, prometo! Você deve estar perdida. Eu lhe trouxe uma surpresa, mas espero que não seja uma surpresa desagradável. Charlotte, meu bem!

Em resposta a esse chamado, uma menina muito loura, de grandes olhos azuis e cabelo cacheado, apareceu na porta e disse com voz nervosa.

— Sim, mamãe?

— Venha cá, minha querida! — disse a Sra. Scorrier. — Minha querida menina! Você estava muito ansiosa para conhecer sua nova irmã e seu irmão aleijado, não é? Aqui estão os dois. Sim, Srta. Lanyon, essa é *Lady* Lanyon.

Capítulo 11

O CHOQUE DEIXOU Venetia em silêncio durante vários minutos, e a primeira ideia que lhe veio à cabeça foi dizer que aquilo não podia ser real. Mas em seguida se deu conta de que devia ser verdade, e quando se viu naquela situação extraordinária começou a rir.

— Como Conway pôde fazer uma coisa tão ultrajante? Bem do *jeito* dele! — exclamou, esticando a mão para Charlotte. — Como vai? Que recepção terrível você teve na sua nova casa! Perdão, mas eu não tinha a menor noção de que teríamos esse prazer! Pelo visto Conway não está com você, não é? Onde... Podemos deixar isso para depois, primeiro preciso mandar a Sra. Gurnard, nossa governanta, preparar seus quartos. Por favor, vamos entrar! Vocês devem estar cansadas da viagem.

Tomou a dianteira e levou-as para a sala de visita, onde a lareira acabara de ser acesa. Charlotte, que parecia tímida demais para levantar os olhos, murmurou algumas palavras de desculpa para Venetia, que respondeu sorrindo:

— Agora que já nos desculpamos uma com a outra devemos nos unir contra o culpado, não é? Conway faz qualquer coisa para não escrever uma carta. Para ele é uma tarefa hercúlea! Mas *dessa* vez cometeu um grave erro. Não vai tirar o chapéu e a capa? Imagino que queira tomar alguma coisa depois dessa viagem. Você gosta de chá? Vamos tomar um chá e depois subimos.

— Obrigada, é muita gentileza sua. Se não for incômodo!

A Sra. Scorrier, que estava avaliando a menina, riu ao ouvir isso.

— Falando assim a Srta. Lanyon vai pensar que você é uma bobinha, minha querida. Lembre que está na sua própria casa, não é mesmo, Srta. Lanyon? Um chá seria muito bem-vindo, embora em geral eu não tome nada a essa hora. Mas Charlotte encontra-se em estado delicado e, apesar de termos pernoitado em Doncaster na noite passada, está bem cansada.

— Estado delicado! — Venetia olhou surpresa para Charlotte. — Então você está casada há algum tempo!

— Nós nos casamos em julho — disse Charlotte baixinho, corando. — Conway estava de licença... em Paris.

— Não é de admirar que esteja tão surpresa, Srta. Lanyon! — disse a Sra. Scorrier, sentando em um sofá ao lado da lareira e tirando as luvas. — Eu mesma me surpreendi tanto que Sir Conway ficou impressionado. Foi um romance meteórico. Um caso de amor à primeira vista, e Sir Conway não teve outro remédio senão levar seu tesouro para o alojamento onde mora. Aliás, creio que, se eu não tivesse dado meu consentimento, ele decerto teria fugido com ela.

— Oh, mamãe! — protestou Charlotte.

— Mas... vocês não se conheciam? Eu supus... Deve ter sido um romance e tanto! Estou curiosa para saber mais detalhes depois que tomarmos o chá!

Pediu licença e saiu para falar com a Sra. Gurnard. Tinha-a visto ao pé da escada quando entrou em casa, e sabia, mesmo sem olhar para seus olhos, que ela não estava satisfeita. Notou também a presença da babá e de Ribble, e com uma olhada rápida percebeu que teria problemas à vista com os três dedicados empregados. Não havia tempo para grandes explicações; ao pedir que a Sra. Gurnard levasse uma bandeja de chá para as recém-chegadas, ela respondeu num tom gélido:

— Já providenciei o chá, Srta. Venetia, a pedido da mãe de Lady Lanyon. Ela não precisava nem ter pedido, pois eu já ia oferecer-lhes um chá ou uma taça de vinho para refrescá-las da viagem.

— Srta. Venetia! — disse a babá. — A Sra. Scorrier, ou qualquer que seja seu nome, mandou a Sra. Gurnard arejar bem as camas! Se tivesse tido a audácia de dizer uma coisa assim para *mim*, eu teria respondido que aqui era casa de um cavalheiro, e não uma estalagem comum!

— Eu não chegaria a tal ponto, babá — disse a Sra. Gurnard num tom altivo. — Mas quando ela falou que o melhor quarto devia ser preparado imediatamente para Lady Lanyon...

— E nos informou que enquanto sua criada refinada não chegasse de Londres uma das empregadas devia servir sua filha...

— Eu me senti obrigada a dizer que sem dúvida a senhorita me daria as ordens que considerasse necessárias.

— Foi exatamente o que *eu* disse, madame — falou Ribble. — A Sra. Scorrier achou, Srta. Venetia, que se ela própria não se adiantasse, ninguém pensaria em mandar buscar a criada em York, que, ao que entendi, estará chegando com diligência. Espero ter conseguido tranquilizá-la. Garanti que não deixaria de perguntar à senhorita o que devia ser feito.

Com a cabeça ardendo, Venetia tentou acalmar os ânimos. Mas só com um daqueles três auxiliares indignados teve algum sucesso: a babá, ao saber que Charlotte já estava a caminho da maternidade, mostrou, pelo brilho dos olhos, que se reconciliaria com ela. Achava que poderia (e na verdade devia) vir a exercer um controle absoluto sobre a criança que nasceria dentro de pouco tempo. A Sra. Gurnard, prevendo que o feliz acontecimento elevaria a babá mais uma vez ao trono vago, falou em tom agourento que ela já estava em idade avançada e não se adaptaria aos novos costumes. Ribble, sem pretender fazer comentários, deu um tom ainda mais sinistro ao trio ao pedir licença para perguntar à Sra. Scorrier se ela pretendia ficar por muito tempo em Undershaw.

Depois de tranquilizar um pouco esses importantes membros da casa, Venetia preparou-se para enfrentar tarefa ainda mais difícil: persuadir Aubrey a comportar-se pelo menos com educação diante da cunhada e da sua mãe. Ele havia ido para a estrebaria sem dar uma só palavra, e Venetia achou mais prudente não tentar detê-lo. Sabia que entraria em casa pela porta do jardim, e foi procurá-lo na biblioteca; imaginou que uma pequena demonstração da personalidade dominadora da Sra. Scorrier seria suficiente para tornar Aubrey um recluso mais obstinado do que seu pai. Como previu, ele se encontrava na biblioteca. Estava obviamente esperando com grande impaciência que ela aparecesse, pois assim que Venetia fechou a porta da antessala, perguntou:

— O que você fez com elas? Está acreditando nessa história? Nem mesmo Conway seria capaz de nos pregar uma peça assim!

— Foi exatamente o que pensei — admitiu ela. — Mas não adianta, meu querido, *deve* ser verdade. Foi um choque horrível, não é? Não sei como poderemos melhorar a situação, mas é o que precisaremos fazer.

— Não sabe? Então vou lhe dizer! Arranjaremos uma casa para nós dois, exatamente como você planejava caso isso acontecesse.

— Sim, é claro, mas não podemos fazer isso imediatamente, meu querido! Você sabe que é impossível! Até que Conway volte sou responsável por Undershaw.

— Você e Mytchett! — disse ele rapidamente. — Conway deu poderes aos dois para representá-lo. Lembro-me de Mytchett vindo aqui discutir os termos da procuração antes de enviá-la para Conway assinar!

— Ele veio mesmo, porque sabia que era muito mais apto do que eu para tomar conta dos investimentos de Conway e de todos os problemas legais que pudessem surgir. Mas não quis cuidar dos problemas diários da propriedade, que também eram encargo dele. Além do mais, Aubrey, não poderíamos sair de Undershaw logo depois da chegada da esposa de Conway. Seria muito indelicado.

— Mais indelicado do que impingi-la a nós sem uma explicação?

— Bem, quero crer que a culpa não foi dela. Tenho certeza de que não foi. Pobre criatura, está tão envergonhada que mal fala. Dá pena. E não a achei nem um pouco desagradável, meu querido, parece ser uma menina educada e tímida, e penso que em breve ficaremos muito próximos dela.

— Pensa mesmo? E ficaremos decerto loucos pela sua mãe.

Venetia riu.

— Eu, não! Ela é uma mulher detestável, já deu ordens aos empregados e a mim também! Mas vou continuar sendo gentil, e peço que você também seja.

Aubrey olhou-a com os olhos apertados mas não disse nada. O máximo que ela conseguiu dele foi uma promessa de que não faria nenhuma grosseria para a Sra. Scorrier, a não ser que fosse provocado, e a jovem teve de se satisfazer com isso. A questão é que o que Aubrey podia considerar provocação dependia em grande parte do seu humor; e foi com um mau pressentimento que Venetia o levou à sala de visita para ser apresentado formalmente.

Encontraram as duas damas conversando e tomando chá com biscoitos. A Sra. Scorrier recebeu Venetia com um sorriso.

— Que chá delicioso, Srta. Lanyon! Vou perguntar à governanta onde ela o compra.

Ao ver que Aubrey vinha atrás da irmã, sorriu para ele também. Aubrey fez uma pequena reverência, apertou sua mão, virou-se para Charlotte e disse:

— Como deixou meu irmão? Ele vai chegar em breve?

— Não sei. Espero que sim. Não gosto de me separar dele, mas mamãe achou...

— Mamãe achou que sua filha ficaria muito melhor longe daquela confusão de Cambray! — interrompeu a Sra. Scorrier, com uma risada que irritou Venetia. — Seu irmão decerto voltará para casa no final do ano, pois o duque pretende retirar o exército no início do próximo mês. Srta. Lanyon, eu estava dizendo a Charlotte como essa sala é bonita! Muito charmosa, de fato, e não precisa de mais nada além de quadros novos para ser o salão mais elegante que já vi.

Venetia levou um susto mas respondeu com compostura, e sentou-se ao seu lado no sofá, para que Aubrey tivesse oportunidade de conhecer melhor Charlotte.

A Sra. Scorrier estava pronta para uma conversa, e logo mostrou que tinha capacidade de falar sobre um assunto e ao mesmo tempo fazer observações sobre outro. Qualquer pergunta feita à sua filha era ela quem respondia, e qualquer coisa que Charlotte dissesse ela corrigia ou ampliava. Parecia bem-humorada, ria o tempo todo, mas rapidamente Venetia convenceu-se de que estava sendo vista com hostilidade e suspeita. A Sra. Scorrier fez-lhe muitos elogios mas também a depreciou; Venetia, que nunca conhecera uma pessoa assim, ficou intrigada com aquela atitude. Parecia determinada a ver na cunhada de sua filha uma inimiga a ser dominada. Ao falar das mudanças que Charlotte sem dúvida faria em Undershaw, e ao garantir a Venetia que compreendia como ela deveria se sentir sendo obrigada a entregar a direção da casa a outra pessoa, deixou bem claro que Venetia estava invejosa dos direitos de Charlotte e pronta para lutar por eles.

No final de quase uma hora, quando a Sra. Gurnard entrou com toda a pompa para conduzir as duas damas aos seus respectivos quartos, Venetia viu que acabara o aconchego de Undershaw, e que o futuro imediato prometia brigas e afrontas. Além da hostilidade, a Sra. Scorrier tinha um ar dominador e um desejo incontrolável de mostrar a todos, desde Venetia até o cavalariço, que as coisas podiam ser feitas de forma diferente, fosse na direção da casa ou no cultivo de gerânios. Até mesmo a cozinheira, cujos biscoitos ela declarou serem tão bons quanto os do Gunter's, devia procurar uma receita ainda melhor; e como se isso não bastasse, prometeu a Venetia que lhe daria o nome de um excelente cirurgião que, sem dúvida alguma, faria um bom trabalho na perna aleijada de

Aubrey. Venetia achou que ela não tinha falado por crueldade, mas compreendeu sem nenhuma dificuldade por que tantas pessoas a tratavam mal, segundo ela própria disse.

Depois de assegurar-se de que o quarto preparado para Charlotte fora ocupado por sua predecessora, ela aprovou-o; mas quando Venetia sorriu para Charlotte e perguntou se ela precisava de mais alguma coisa, a Sra. Scorrier falou em tom zangado:

— Não, por favor, não encoraje minha gatinha preguiçosa a depender da senhorita. Eu lhe digo à toda hora que agora ela é uma senhora casada e dona da sua própria casa. Precisa aprender a dar ordens sem depender de mim ou da senhorita.

Quando Venetia desceu de novo, encontrou Charlotte sentada sozinha na sala de visita. Estava vestida com esmero, com um vestido longo de seda e meia cauda, parecendo uma menina de colégio assustada e não uma dama elegante, e quando viu Venetia levantou-se instintivamente. Contente por ter uma oportunidade de conversar com ela sem a intervenção da Sra. Scorrier, Venetia tentou deixá-la à vontade. Não conseguiu muita coisa, e logo percebeu que se o temperamento dócil e a amabilidade de Charlotte lhe davam vontade de agradar os outros, esses atributos não eram suficientes para fazê-la reagir ao domínio da mãe autoritária. Embora não tivesse dito que sua mãe lhe avisara para ter cuidado com a cunhada (o que ela jamais faria), isso era mais que evidente; e como não tinha senso de humor nem o hábito de falar abertamente, o pedido de Venetia para não ser vista como um ogro deixou-a numa situação ainda mais embaraçosa. Só quando falou de Conway é que tornou-se natural e esqueceu a timidez. Ele era um semideus que milagrosamente se apaixonara por ela; ao pensar no marido, seu rosto corou e os olhos brilharam, e ao falar nas suas atuações ousadas e na linda forma de expressar-se, sentiu-se mais animada.

Venetia achou graça dessa descrição irreconhecível do próprio irmão, mas ficou comovida, e percebeu por que aquela menina insípida se sentira atraída por Conway.

— Você deve ter se sentido muito infeliz quando precisou deixá-lo. Fico triste por você — disse, num tom gentil.

Os olhos de Charlotte encheram-se de lágrimas.

— Oh, foi terrível! Eu não queria vir, mas ele achou que era a única saída, pois o coronel Skidby foi muito grosseiro com a mamãe. Como ela não aceitou ser *insultada*, não podíamos convidar o coronel para nossas festas, e a situação ficou insustentável para Conway. Imagine só! Aquele homem horrível contou as maiores mentiras sobre mamãe, e muita gente acreditou e ficou a favor dele. Então ela foi *obrigada* a contar a lorde Hill a história toda, o que fez Conway dizer que... o que fez Conway pensar que seria melhor voltarmos para a Inglaterra! — Terminou esse discurso impulsivo com uma nota de apreensão, e acrescentou: — Além disso, eu não estava muito bem.

— Não é de surpreender! — disse Venetia com um olhar matreiro. — Se eu estivesse no seu lugar, acho que teria ido parar na cama! Não posso pensar em nada pior do que se ver no meio de uma briga.

— Foi terrível! — falou Charlotte involuntariamente, estremecendo ao lembrar-se. — Eu fiquei histérica, e é claro que a mamãe não saiu do meu lado, o que foi bom pois não conseguiria me afastar dela, especialmente me sentindo tão mal! — Começou a dobrar o lenço e disse com hesitação: — A mamãe... a mamãe às vezes fala de um jeito... mas não é por mal... Ela teve de aguentar muita coisa, pois o papai não era rico e a família dele comportou-se de forma muito desagradável; tomavam partido da tia Elizabeth quando ela era grosseira com a coitada da mamãe, não faziam com que se desculpasse, então a mamãe foi forçada a cortar relações com eles. Quando papai morreu de uma doença que contraiu na Península, pois ele era militar, como Conway, restaram à mamãe apenas eu e minha irmã.

— Você tem só uma irmã? — perguntou Venetia, sem conseguir pensar em um comentário adequado para fazer sobre a Sra. Scorrier.

— Sim, minha irmã Fanny. Ela é mais velha, mas éramos muito amigas! Foi muito triste! Fanny casou-se há dois anos e teve um bebê lindo que eu nunca vi, porque meu cunhado, que achávamos que fosse um homem amável, é tão ciumento que foi muito desagradável com a mamãe quando ela passou uns dias com ele e Fanny. Disse que não a deixaria *se intrometer e criar problemas* na sua casa, só porque ela achou que era seu dever aconselhar minha irmã a despedir a governanta, uma mulher muito extravagante e além de tudo *desonesta,* como mamãe suspeitava.

Antes que Venetia se recuperasse dos efeitos desse discurso desinteressante, a Sra. Scorrier entrou na sala, sem que houvesse tempo de avisar a Charlotte que qualquer tentativa de livrar-se da governanta de Undershaw seria em vão.

A Sra. Scorrier foi muito cortês, cheia de planos para o futuro. Parecia ter aprendido tudo sobre a organização de Undershaw pela empregada que a Sra. Gurnard mandou para servi-la, e viu muitas coisas a serem aprimoradas. O que era apropriado a uma mulher solteira que vivia isolada com o irmão não servia absolutamente para Lady Lanyon. Em particular, era necessário haver dois empregados uniformizados sob as ordens do mordomo; mas a Srta. Lanyon que não pensasse que isso acarretaria um aumento considerável nos gastos, pois (se é que se aventurava a dizer isso) achava que o número de empregadas da casa era excessivo.

— Não é que a senhorita não administre bem a casa. Na verdade, devo confessar que estou muito bem impressionada com tudo o que vi, a senhorita não tem por que envergonhar-se da sua administração.

— De modo algum! — concordou Venetia. — Mas não posso aceitar um elogio que deve ser dirigido a outra pessoa! A Sra. Gurnard é governanta de Undershaw desde antes de eu nascer — disse para então dirigir-se a Charlotte. — Espero que ela lhe mostre todos as partes da casa amanhã. Não se preocupe se ela parecer um pouco fria. Ela se aproximará quando perceber que você não pretende mudar suas economias e arranjos. Converse sobre Conway! Ela o adora, e até deixa-o chamá-la de minha velha Gurney, coisa que eu não me atreveria a fazer. Provavelmente lhe entregará as chaves, mas não preciso dizer que você deve pedir que ela as guarde.

— Oh, eu não sonharia em...

— Quanto a isso, minha querida — a Sra. Scorrier interrompeu —, acredito que é melhor começar como pretende continuar. É muito natural que a Srta. Lanyon não queira se impor, conhecendo essa mulher há tanto tempo, mas com você o caso é outro. É sempre o mesmo com empregadas antigas! Elas dominam a situação rapidamente e tornam-se perfeitas tiranas. Se quiser meu conselho, minha querida...

— É melhor ouvir o conselho da minha irmã — disse Aubrey, que entrara na sala a tempo de ouvir a conversa. — Meu Deus, Conway ficaria desesperado se voltasse para casa e soubesse que a Sra. Gurnard foi embora de Undershaw.

Ao pensar no desespero de Conway, Charlotte ficou pálida; a Sra. Scorrier fez uma pausa e contentou-se em dizer:

— Vamos ver. — Mas embora o sorriso continuasse firme nos seus lábios, o olhar que lançou a Aubrey não foi nada amistoso. Venetia começou a rezar para que ela não o provocasse mais.

Mas sua prece não foi atendida, e, antes do jantar, tornou-se evidente para quem conhecesse Aubrey que ele havia declarado guerra. Quando Charlotte entrou na sala de jantar e viu que esperavam que ela presidisse a mesa, falou instintivamente:

— Por favor... É aqui que costumava se sentar, não é, Srta. Lanyon? Eu não gostaria de tomar seu lugar.

— E eu não gostaria de tomar o seu! — disse Venetia. — Aliás, lhe pediria o favor de me chamar de Venetia.

— Ah, sim! Obrigada, será um prazer para mim! Mas *por favor*, não quer..

— Minha querida Charlotte, a Srta. Lanyon vai considerá-la uma bobinha se você não abrir o olho! — declarou a Sra. Scorrier. — Ela tem razão e você não precisa ter escrúpulos, posso lhe assegurar. — Deu um largo sorriso para Venetia e acrescentou: — É o destino das irmãs ficar em segundo plano quando os irmãos se casam, não é?

— Sem dúvida, madame.

— Você está sendo muito condescendente, minha querida! — disse Aubrey, com os olhos brilhando. — Mesmo que vá jantar na cozinha, será sempre a pessoa mais importante de Undershaw, e bem sabe disso.

— Que irmão dedicado! — disse a Sra. Scorrier, sufocando o riso.

— Quanto absurdo! — falou Venetia. — A senhora gostaria de sentar-se junto ao fogo, madame, ou...

— A Sra. Scorrier deve sentar-se no *fundo* da mesa — afirmou Aubrey.

— Quer dizer, na *ponta* da mesa, do lado oposto à cabeceira — corrigiu-o a Sra. Scorrier.

— É claro — disse Aubrey, parecendo surpreso. — Eu falei no fundo? Por que será que disse isso?

Venetia perguntou a Charlotte se ela havia gostado da visita a Paris. Foi a primeira de muitas intervenções que se sentiu obrigada a fazer durante o que chamou com amargura de memorável jantar — embora Aubrey não atacasse sem ser provocado estava pronto para responder a qualquer indício de agressão. Como ele deixou bem claro que havia assumido o papel de defensor da irmã e que venceria todos os confrontos com a inimiga, Venetia só podia supor que a Sra. Scorrier fosse idiota ou estivesse decidida a criar confusão. Não conseguia resistir à tentação de depreciar as possíveis pretensões de Venetia, que pensou que a sala de jantar tinha se tornado um verdadeiro campo de batalha. Incapaz de opor-se à tática evasiva de Aubrey, a Sra. Scorrier tentou fazê-lo calar a boca. Dando-lhe um dos seus falsos sorrisos, disse que ninguém imaginaria que ele e Conway fossem irmãos, pois eram absolutamente diferentes. As comparações ofensivas que ela pretendia fazer não vieram à tona, pois Aubrey disse no mesmo instante com um toque de ansiedade:

— Ninguém diria, não é, madame? Ele representa a força física da família, eu represento o cérebro, e Venetia, a beleza.

Depois disso não foi de surpreender que a Sra. Scorrier se levantasse da mesa de péssimo humor. Quando se sentou em uma cadeira junto à lareira da sala de visita, seus olhos estavam frios como aço, e sua filha estremeceu. Sua evidente intenção de tornar-se extremamente desagradável foi frustrada, pois Venetia disse que precisava escrever duas cartas urgentes e pediu licença a Charlotte para se retirar, deixando-a na companhia da mãe. Saiu da sala e foi encontrar-se com Aubrey na biblioteca, o refúgio da casa.

— *Demônio!* — falou ela do fundo da alma.

Aubrey deu um riso de escárnio.

— Quanto quer apostar como vou me livrar dela em uma semana?

— Nem um tostão! Seria como roubar você, já que não vai fazer nada. Aliás, meu querido, você devia considerar um pouco os sentimentos de Charlotte. Ela pode ser uma menina simplória, mas está de mãos atadas. Estou convencida de que tem um temperamento afável e condescendente.

— *Tão docemente sentimental e suavemente insípida,* é o que você quer dizer!

— Bem, pelo menos a doçura é algo a ser apreciado! Vai usar sua escrivaninha? Preciso escrever para tia Hendred e para lady Denny, e a lareira do salão não está acesa.

— *Você* não mandou acenderem? — provocou Aubrey.

— Se não quiser me ver ter um ataque histérico, *cale a boca!* — Venetia pediu, sentando-se na mesa grande. — Oh, Aubrey, que pena horrível. Por favor, conserte para mim.

Ele tirou a pena de sua mão e pegou uma faquinha na mesa. Enquanto a aparava, disse abruptamente:

— Vai escrever para a tia e para os Denny para dizer que Conway se casou?

— É claro, e espero que seja uma notícia de primeira mão pelo menos para lady Denny. A tia talvez já tenha lido na *Gazette*, pois aquela mulher detestável disse que mandou o anúncio do casamento antes de sair de Londres! Seria de se pensar que ela poderia esperar mais uns dias, já que levou três meses para fazer isso.

Aubrey entregou a pena a Venetia.

— Conway não estava noivo de Clara Denny, estava?

— Não. Quer dizer, não *abertamente*! Lady Denny me disse na época que os dois eram muito jovens e que Sir John não gostaria que ficassem noivos até Conway atingir a maioridade e Clara ser apresentada à sociedade, mas não há dúvida de que o considerava um bom partido, e que Clara acha que foi prometida a ele.

— Como as meninas são bobas! — exclamou ele impaciente. — Se quisesse, Conway poderia ter abandonado tudo quando meu pai morreu. Ela devia saber disso.

Venetia suspirou.

— Devia saber, mas um dia me disse que achava que ele continuava no Exército para cumprir seu dever.

— *Conway?* Nem mesmo Clara Denny poderia acreditar nessa quimera!

— Mas garanto que acreditava. E você há de admitir que qualquer um que não o conheça bem acreditaria, pois, além de encontrar razões para si mesmo e para os outros que justifiquem suas ações, ele *parece* muito nobre!

Aubrey concordou, depois perguntou:

— Eu também sou assim, minha querida?

— Não, meu bem — respondeu ela alegremente. — Você só faz o que lhe convém, sem tentar se justificar, pois é terrivelmente presunçoso e não se preocupa com o que pensam de você. Conway se preocupa.

— Bem, é melhor ser presunçoso que hipócrita — falou Aubrey, aceitando essa interpretação do seu caráter com serenidade. — Devo dizer que estou ansioso para saber qual foi a razão desse casamento suspeito. Pensando bem, qual *foi* a razão? Por que não nos escreveu? Ele sabia que um dia teria de nos contar, afinal!

Venetia levantou os olhos da carta que estava escrevendo.

— Eu também fiquei intrigada. Pensei nisso quando estava me vestindo para jantar, e creio que já tenho uma noção bem clara do que aconteceu. O que temo é que a notícia seja um choque para a pobre Clara. Creio que Conway pensava em declarar-se a Clara. Não estava mais naquela fase idiota que o tornava entediante quando veio aqui pela última vez, e gostava o suficiente dela para pensar que ela seria uma boa esposa. Além do mais, suponho que tenha havido promessas entre eles, por menos que os Denny digam que não. Se Conway achava que era seu dever declarar-se a Clara, entendo por que não nos escreveu.

— Eu não consigo entender!

— Meu Deus, Aubrey, você conhece Conway! Sempre que ele tem uma obrigação difícil a cumprir, dá um jeito de prorrogar essa obrigação por tempo indefinido. Pense só como seria difícil escrever para me dizer que durante sua licença ele conheceu, apaixonou-se e casou-se com uma menina que nunca tinha visto na vida e rompeu seu compromisso com Clara.

— Eu sabia que ele ia enfiar os pés pelas mãos. Sim, seria difícil escrever. Charlotte já devia estar pensando em fisgá-lo.

— Não ela, mas a Sra. Scorrier não tinha a menor intenção de deixá-lo escorrer por entre os dedos! *Ela* foi responsável por esse casamento apressado, não Conway... Temos de admitir que foi esperta o suficiente para saber que, se não amarrasse os dois naquele momento, talvez dentro de um mês ele se esquecesse de Charlotte. Quando o casamento se concretizou, ele pretendia escrever para mim... não *naquele* dia, mas no dia seguinte! E foi deixando a carta para depois, exatamente como ocorreu em umas férias que passou em casa, em que ele queria dizer ao papai que preferia tornar-se membro de uma associação estudantil do que estudar em Oxford. No final fui *eu* que disse, porque ele já tinha voltado para Eton! *Dessa* vez não havia ninguém para agir por ele; não tenho a menor dúvida de que adiou a carta e acabou achando impossível escrever. Talvez tivesse se convencido que seria melhor *não* escrever e trazer Charlotte para casa com ele. Só que a Sra. Scorrier estragou o plano quando brigou com um coronel, e as coisas ficaram tão constrangedoras para Conway que ele não viu outra saída senão livrar-se dela. É claro que ela teria feito uma tremenda confusão se ele tivesse tentado mandá-la embora *sem* Charlotte.

— Então mandou Charlotte para cá com ela — disse Aubrey, apertando os lábios. — Você estava errada, boba! *Havia* uma pessoa encarregada de dar a notícia por ele! Que sujeito desprezível ele é!

Esticou a mão para pegar o livro que estava aberto em uma mesa e entregou-se imediatamente à leitura, enquanto Venetia, um tanto invejosa desse tipo de desprendimento, enfiou a pena no tinteiro de novo e voltou a escrever para a Sra. Hendred.

Capítulo 12

VENETIA ACORDOU NA MANHÃ seguinte com uma sensação de opressão que piorou quando descobriu que a única pessoa que estava na mesa do café da manhã era a Sra. Scorrier. Charlotte continuava na cama e Aubrey pedira para Ribble lhe levar uma xícara de café e pão com manteiga na biblioteca. A Sra. Scorrier cumprimentou-a com uma amabilidade estudada, mas Venetia ficou irritadíssima quando ela lhe perguntou se gostava de creme no café. Não respondeu de imediato, conseguiu superar a fúria desproporcional e falou que a Sra. Scorrier não precisava se preocupar em servi-la. A Sra. Scorrier, abrandada momentaneamente pelo olhar de raiva naqueles olhos sempre sorridentes, não insistiu e deu início a uma série de elogios à cama em que dormira, à vista que tinha da janela e ao silêncio total do lugar. Venetia respondeu com civilidade, mas quando a Sra. Scorrier mostrou-se surpresa por Aubrey tomar o café da manhã onde e quando lhe aprouvesse, disse num tom sarcástico:

— É mesmo, madame?

— Talvez eu seja antiquada, mas acredito em pontualidade rígida. Mas posso compreender que você tenha dificuldade em dominar esse pobre rapaz. Quando Sir Conway voltar para casa, sem dúvida saberá como lidar com ele.

Ao ouvir isso, Venetia deu uma risada.

— Minha querida Sra. Scorrier, a senhora fala como se Aubrey fosse uma criança! Ele vai fazer 17 anos, é dono do seu nariz há muito tempo e seria inútil se meter com ele agora. Conway não tentaria corrigi-lo.

— Quanto a isso, Srta. Lanyon, eu ficaria surpresa se Sir Conway permitisse que as refeições de Aubrey fossem servidas em bandejas, agora que minha filha é a dona da casa. Estou certa de que a senhorita desculpará minha franqueza.

— É claro que sim, madame, pois me darei o direito de ser franca também! — respondeu Venetia prontamente. — Por favor, abandone qualquer ideia que possa ter de reformar Aubrey, pois nem a senhora nem a sua filha têm o menor direito de se intrometer na vida dele. Os problemas dele concernem apenas a ele e, até certo ponto, a mim.

— É mesmo? Creio que fui mal informada então, pois pensei que ele estivesse sujeito à tutela de Sir Conway.

— Não, a senhora não foi mal informada, mas Conway seria o primeiro a lhe dizer para deixar Aubrey a meu cargo. É meu dever avisá-la, madame, que, se Conway tem muita pena de Aubrey por sua deficiência física, tem um respeito extremo ao seu intelecto superior. Além do mais, embora seus defeitos sejam muitos, ele tem um coração de ouro e uma certa fidalguia, que o torna indulgente mesmo que Aubrey fosse dez vezes mais inconveniente do que é! Não tenho mais nada a dizer, madame, espero que desculpe minha franqueza como desculpei a sua. Agora, peço licença para me retirar. Tenho muito a fazer hoje de manhã. Mandei a Sra. Gurnard ficar à disposição de Charlotte; por favor, diga a ela que, quando estiver pronta, basta mandar um recado ao quarto da governanta.

Saiu da sala sem dar à Sra. Scorrier tempo de responder, mas embora soubesse que Powick já devia estar esperando-a no salão, só foi para lá 20 minutos depois. Estava tremendo de raiva, precisava de um tempo para refletir e poder enfrentar Powick sem se trair. Pouco depois recobrou o domínio sobre si mesma, mas continuou a ver o futuro imediato com mau pressentimento. Culpou-se por ter permitido que a Sra. Scorrier a forçasse a reagir, mas sentia que mais cedo ou mais tarde precisaria tomar uma posição contra aquela mulher doentiamente dominadora, que, se não fosse freada, tentaria pôr a casa toda a seus pés. Não acreditava que a Sra. Scorrier agisse sem malícia; tinha visto uma implacável animosidade nos seus olhos, e sabia que ela não perderia oportunidade para magoar e aborrecer os que estivessem ao seu redor.

Já passava do meio-dia quando se despediu de Powick. Uma manhã em companhia daquele homem austero e fleumático ajudou-a mais a restaurar seu equilíbrio do que as horas de reflexão, e a análise dos últimos acontecimentos exerceu sobre ela o mesmo efeito tranquilizante que o estudo de Platão exercia sobre Aubrey.

Não viu sinal de Charlotte ou de sua mãe na parte principal da casa, mas Ribble, que entrou no hall no justo instante em que Venetia ia para o jardim, disse que as duas damas estavam inspecionando a ala da cozinha, guiadas pela Sra. Gurnard. Entregou-lhe um bilhete selado, em resposta à carta que o criado levara a Ebbersley no início da manhã, e esperou enquanto Venetia lia. Era um bilhete curto, escrito em termos carinhosos. Lady Denny não quis que o mensageiro esperasse, mas pediu que Venetia fosse a Ebbersley o mais breve possível. Concluiu com um pós-escrito em que dizia que estava arrumando as malas de Oswald, que partiria no dia seguinte para a casa do tio em Rutlandshire.

Venetia levantou os olhos e viu que Ribble a olhava com ansiedade. Por um instante não disse nada, mas então falou num tom pesaroso:

— Eu sei, Ribble, eu sei! Nós estamos mal... mas acabaremos dando um jeito na situação!

— Espero que sim, senhorita — disse ele com um suspiro.

Venetia sorriu.

— Você caiu no desagrado dela? Eu também, posso garantir!

— Sim, senhorita; como falei com a Sra. Gurnard. Se ela tivesse ouvido as coisas que *eu* ouvi, me entenderia. Se me permite dizer, fiz uma força enorme para me controlar na noite passada, mas quase perdi a cabeça! Oh, Srta. Venetia, o que deu em Sir Conway? Undershaw nunca mais será a mesma!

— Será, sim, Ribble, será a mesma! Espere até Conway voltar para casa. Com *você* não preciso ter escrúpulo de confessar que estamos em maus lençóis. A Sra. Scorrier é uma mulher detestável, mas creio, aliás, estou certa de que muito em breve você aprenderá a gostar de Lady Lanyon como... como gosta de mim!

— Não, senhorita, isso é impossível. As coisas ficarão muito diferentes em Undershaw. Imagino que Lady Lanyon queira fazer mudanças. É muito compreensível. Eu não sou mais tão jovem como era, e não nego, se Lady Lanyon achar que...

Venetia interrompeu-o rapidamente:

— Ela não vai fazer isso. Sei exatamente o que quer me dizer, mas é uma bobagem! Como *pode* supor que meu irmão iria querer um outro mordomo no lugar do nosso querido Ribble?

— Obrigado, a senhorita é muito gentil — falou ele com a voz um tanto trêmula. — Mas se a senhorita um dia pretender ter sua própria casa com mestre Aubrey, como disse um dia, a Sra. Gurnard e eu teríamos muito prazer em servi-la.

Venetia ficou comovida, mas disse num tom brincalhão:

— Oh, não! Como Conway viveria em Undershaw sem vocês? Eu não poderia roubá-los do meu irmão! Nem pense numa coisa dessas! Por mais feliz que *eu* pudesse ficar, vocês se sentiriam mal longe de Undershaw. Eu sei disso, e você também sabe.

— Sim, senhorita. Na verdade, nem eu nem a Sra. Gurnard nunca pensamos em sair daqui, mas será difícil ficar sob as ordens da Sra. Scorrier. Além do mais... Senhorita, desculpe tomar essa liberdade, mas qualquer um pode ver de que lado o vento está soprando. Não gostaríamos de ser despedidos sem mais nem menos a essa altura da vida, e é isso que poderá acontecer antes que Sir Conway apareça. Estou velho demais para aprender uma nova forma de trabalhar. Quando me dizem que não devo receber ordens de mestre Aubrey sem a permissão de Lady Lanyon... Bem, senhorita, num desses dias não vou conseguir controlar minha língua. Sei muito bem que é isso que a Sra. Scorrier espera, para que ela possa convencer Lady Lanyon a me despedir.

— Ela que espere! — disse Venetia com raiva. — Posso lhe garantir que ela não vai se sair vitoriosa! Não creio que Lady Lanyon se deixaria convencer, mas se isso acontecesse eu seria obrigada a dizer que ela não tem o poder de despedi-lo. Até Sir Conway voltar para casa, a dona de Undershaw sou eu. E quando ele voltar, dou uma semana para a Sra. Scorrier fazer suas malas. Tenha paciência, Ribble.

Ele alegrou-se, e quando Venetia confidenciou-lhe indevidamente que Conway já tinha mandado a Sra. Scorrier fazer as malas em Cambray ele ficou consolado, e saiu rindo. Decerto transmitiria essas palavras à Sra. Gurnard e talvez à babá, mas como não era provável que eles considerassem as empregadas novas dignas de confiança, a consciência de Venetia ficou tranquila.

Foi para o jardim, e quando aparava as pontas velhas das plantas, viu sua cunhada sair de casa olhando em volta com seu jeito tímido, como se temesse ser atacada por um monstro. Acenou para ela e Charlotte veio encontrá-la. Estava muito pálida, enrolada em um xale, parecendo uma velha.

— Bom dia, Srta. Lanyon, quer dizer, Venetia — cumprimentou-a, com um sorriso nervoso. — Pensei em dar uma volta pelo jardim ou tomar um pouco de sol. Estou com dor de cabeça, estava muito quente na cozinha. Não sei cozinhar nem conheço receita alguma, então saí de fininho. A mamãe... a mamãe está ensinando a sua cozinheira a fazer sagu de vitela à moda francesa.

— Foi uma *ótima* ideia você sair de fininho! — disse Venetia, rindo. — Posso imaginar a cena, só espero que a faca de cortar carne não esteja à mão.

— Mamãe a considerou uma ótima cozinheira! — acrescentou Charlotte depressa. — Elogiou as habilidades dela, e... e...

— Minha querida, eu estava brincando! Visitou a casa toda? Está cansada?

— Oh, não! — respondeu Charlotte, afundando-se em uma cadeira rústica. — Quero dizer, a casa é muito grande e eu não entendo nada de administração doméstica. Notei o desprezo profundo da Sra. Gurnard, apesar de ter me tratado com toda a gentileza! Oh, senhorita... Oh, Venetia, sei que é bobagem de minha parte ter medo de uma governanta, mas não sei o que devo perguntar a ela, como a mamãe faz. Gostaria que a mamãe tivesse me ensinado essas coisas!

— Verdade? Então vou lhe dizer o que deve fazer — falou Venetia num tom carinhoso. — A Sra. Gurnard ficaria felicíssima. Quando tiver uma hora de folga, vá ao quarto dela e diga exatamente o que me disse. É claro que ela sabe que você nunca administrou uma casa e apreciará essa confissão. Peça para ela lhe ensinar. Verá que em pouco tempo vocês duas estarão em ótimos termos.

— Você acha? — perguntou Charlotte, em dúvida. — Eu gostaria de aprender, mas talvez a mamãe não queira que eu peça à Sra. Gurnard...

— Talvez não queira mesmo — disse Venetia secamente. — Mas é o que Conway gostaria que você fizesse!

Charlotte suspirou, pensativa.

— Ah, se Conway estivesse aqui! — Virou o rosto para o lado e falou com voz trêmula: — Nunca pensei que tivesse de vir para cá sem ele! Não estou dizendo... é claro que gosto de Undershaw e que você tem sido muito... — As lágrimas escorriam-lhe no rosto e ela não conseguiu dizer mais nada.

— Sei exatamente como está se sentindo — disse Venetia, acariciando sua mão. — Foi abominável Conway mandá-la para cá no seu estado! Mas na verdade, Charlotte, estamos todos muito felizes de tê-la conosco, e tentaremos fazer com que *você* também fique feliz.

— Você tem sido muito boa para mim! Eu não estava me queixando — acrescentou Charlotte, secando os olhos. — Desculpe! É que não me sentia muito bem, mas tive de visitar a casa com a mamãe e a Sra. Gurnard... Mas é bobagem! A babá disse... Oh, Venetia, a babá é *muito* boa, não é?

— Então já fez amizade com ela, não é? Que bom que se deram bem.

— Ela me deixou muito à vontade! Estava colocando um tijolo quente na minha cama quando eu entrei no quarto ontem à noite. Então me despiu, me fez tomar um leite quente com vinho e falou sobre a infância de Conway! Foi ela também que me levou a bandeja com o café da manhã.

Contente de os pensamentos de Charlotte terem tomado outros rumos, Venetia encorajava-a a conversar mais quando chegou a própria babá com uma xícara de leite quente. Era óbvio que a babá decidira tomar Charlotte a seus cuidados, pois começou a repreendê-la e perguntou por que ela não tocara no seu lanche. Quando Charlotte deu a desculpa de que não estava com fome, a senhora falou com severidade:

— Não importa se está com fome ou não. Milady tem de alimentar dois e deve fazer exatamente o que a babá disser, sem reclamação! Agora, beba essa xícara de leite! — Passou a xícara para Charlotte e olhou-a dentro dos olhos. — Quem andou aborrecendo milady? Não foi a Srta. Venetia, *eu* sei!

— Oh, não, não, não foi nada.

— Ela está sentindo falta de Conway — explicou Venetia.

— Pode ser, mas chorar não vai trazê-lo de volta mais cedo — disse a babá rispidamente. — Agora beba seu leite, milady, que vai se sentir melhor. Depois deve dar uma volta no parque com a Srta. Venetia, em vez de ficar sentada aqui. Daqui a pouco sua mãe virá procurá-la, e já chega de aborrecimento por hoje. A Srta. Venetia pode levá-la para passear? Mas não para muito longe.

— Terei muito prazer! — disse Venetia, levantando-se. — Você quer vir, Charlotte?

— Sim, por favor... mas não está muito úmido? A mamãe disse...

— O que foi que eu falei, milady? — perguntou a babá. — Não há motivo para ficar choramingando. Não aceito isso e nunca aceitarei, e vou dizer à sua mãe.

— Oh, babá, *por favor*, não... — disse Charlotte arfando.

— Não preocupe essa linda cabecinha, milady! — falou a babá com um risinho. — Agora vá passear com a Srta. Venetia e pare com essa bobagem!

— Vou buscar os cachorros. Eles precisam correr um pouco — disse Venetia, sem saber que Charlotte ficaria aflita.

— Não será possível, senhorita, mestre Aubrey saiu com todos eles — disse a babá, para grande alívio de Charlotte. — Veja só! Saiu a cavalo sem me dar a menor atenção, dizendo que, se não tentar montar, não poderá saber se está curado ou não. Daqui a pouco vai para a cama de novo, *o homem de coração falso não encontra a felicidade*, Srta. Venetia, como já disse tantas vezes!

— Quando a babá cita a Bíblia é sinal de que está muito comovida! — falou Venetia, enquanto cruzava o gramado com Charlotte. — Aubrey sofreu um acidente algumas semanas atrás, e temos medo de que sua perna fraca ainda não lhe permita montar. Só espero que não insista caso sinta dor, mas não adianta tentar convencê-lo, porque ele não gosta que mencionem sua deficiência.

As duas passearam pelo parque, conversando sobre amenidades para que a menina se sentisse melhor. Charlotte lhe perguntou se ela era muito letrada e Venetia concluiu que isso a deixava verdadeiramente alarmada. Então contou uma história sobre sua infância, imaginando que depois disso Charlotte teria pouca razão de considerá-la muito inteligente.

Charlotte estava gostando do passeio, mas não contribuiu nada para a conversa, fez apenas comentários sobre o parque, falou de seu vestido de noiva e contou várias histórias desinteressantes sobre uma colega de colégio. Quando Venetia, já entediada, sugeriu que voltassem para casa, o barulho de cavalos galopando fez com ela que olhasse na direção do gramado. Ao ver Aubrey e Damerel, acenou para os dois e disse para Charlotte:

— Vamos nos encontrar com eles lá? O homem que está com Aubrey é lorde Damerel, nosso vizinho. Espero que Aubrey o tenha trazido para lhe fazer uma visita de cortesia.

Venetia notou que Charlotte parecia amedrontada, mas pensou que fosse por timidez. Porém seu medo era dos cachorros que acompanhavam os cavalos, não do estranho que iria conhecer. Os cavalos pararam, Damerel passou as rédeas por cima da cabeça de Crusader e entregou-as a Aubrey. Três dos temidos cachorros vieram correndo na direção da pobre Charlotte.

Ela encolheu-se instintivamente, e ficou aliviada ao ver que todos rodeavam Venetia, deliciados, como se não a vissem há semanas. A um assobio de Aubrey os cães saíram em disparada, e Charlotte teve o prazer de vê-los seguir os cavalos para as estrebarias.

Damerel aproximou-se para cumprimentar as duas com seu passo calmo. Olhou primeiro para Venetia, e só então virou-se para fazer uma rápida avaliação da noiva. Aquela troca de olhares de um segundo fez Venetia perder a serenidade, e cumprimentou-o com a voz ligeiramente trêmula.

— Bom dia! Meu detestável irmãozinho adiantou-se e informou-o das boas notícias. Agora só me resta apresentá-lo à minha cunhada; embora seja uma tarefa muito agradável, esperava que fosse uma surpresa! Este é lorde Damerel, nosso vizinho e amigo.

Viu com satisfação que, quando Charlotte estendeu a mão para Damerel e trocou umas palavras convencionais, ela não mostrou mais timidez do que convinha. Por outro lado, ficou tão nervosa e com a língua tão presa quando tentou conversar com o cunhado e a cunhada que Venetia teve medo que causasse má impressão nos vizinhos. Ela própria não ligava para as aparências e conhecia pouco do mundo, mas era esperta o suficiente para saber que o casamento secreto de Conway daria a North Riding abundante material para mexericos e conjecturas. Seria da maior importância que Charlotte não desse razão para dizerem que ela se sentia tão desajustada em Undershaw que devia haver algum mistério por trás daquele estranho matrimônio. Mas Charlotte tinha boas maneiras. Podia ser tímida, podia não ter uma conversa interessante, mas Venetia achava que olhos críticos como os de Lady Denny a considerariam muito bem-educada.

Quando voltavam para casa com Damerel entre as duas, Charlotte começou a falar de Paris, de Cambray, dos passeios de domingo a Longchamps, das festas nos alojamentos de lorde Hill, da bondade deste, e das coisas que ele teve a gentileza de lhe contar sobre Conway. Venetia, de início assustada com essa súbita desenvoltura, percebeu rapidamente que a mudança não fora causada por um impulso de coqueteria mas pelo contato com um homem de grande traquejo social. Ficou admirada e, ao mesmo tempo, enciumada. Tentara fazer com que Charlotte se abrisse, com muito pouco sucesso. Já Damerel tinha conseguido fazê-la conversar cinco minutos depois de lhe ter sido apresentada, e sem esforço aparente. Conseguiu até fazer com que Charlotte risse, pois quando ela falou como era delicioso fazer compras em Paris, Damerel replicou:

— E para chapéus muito elegantes, Phanie!

Charlotte deu um sorriso de felicidade.

— Isso mesmo! Como o senhor sabia? — perguntou, olhando-o com ar cândido.

Venetia teve vontade de rir ao ver um músculo tremer no canto da boca de Damerel. Mas ele respondeu em tom sério:

— Devo ter ouvido esse nome dos lábios de alguma dama que conheci.

— Os chapéus dela são maravilhosos, mas caríssimos!

— São mesmo, se é verdade o que me disseram.

— Oh, sim, meu marido comprou um para mim, e quando eu soube do preço quase morri de vergonha. Mas ele comprou assim mesmo, e eu usei-o no café da manhã oferecido ao duque de Wellington nos alojamentos do quartel.

A conversa continuou nesse estilo insípido até eles chegarem em casa. Ao aproximarem-se do portão em arco pelo qual Venetia e Charlotte haviam passado para caminhar no parque, encontraram Aubrey e as confidências de Charlotte terminaram. Ela ficava demasiadamente nervosa diante dele; sentia-se constrangida com sua deficiência e olhava para o lado quando ele mancava, para não se fazer notar. Aubrey arrastava a perna mais que o usual quando veio ao encontro deles, deixando claro que seu passeio experimental a cavalo fora prematuro.

Cumprimentou Charlotte com um meneio de cabeça.

— Puxton acabou de voltar de York com sua empregada, madame. Não, me expressei mal: a palavra certa é *camareira*. Você devia ter mandado William Coachman buscá-la na carruagem, Venetia, ela não está acostumada a andar de tílburi com um empregado subalterno.

Essas palavras deixaram Charlotte apreensiva. Depois de garantir a Venetia que sua mãe contratara a Srta. Trossell em Londres contra sua vontade, desculpou-se e entrou em casa apressadamente.

— Que coisa mais ridícula! — disse Venetia. — Para que a Sra. Scorrier mandou buscar uma camareira para atender Charlotte em Undershaw? — Olhou para Damerel com um ar malicioso. — Como você teve a desfaçatez de falar sobre chapéus femininos cujos preços ouviu dizer que eram exorbitantes?

— E *você*, madame, como pôde fingir não ter conhecimento das circunstâncias em que conheci *Mademoiselle* Phanie?

Ela riu e disse:

— É claro, eu devia ter fingido que não sabia de nada, e teria feito isso se fosse com outra pessoa. Aliás, com que habilidade você conseguiu deixar minha cunhada à vontade!

— Mas é claro! — murmurou ele em tom provocador.

— O que achou dela? — Aubrey interrompeu.

— A sua citação de Pope derrubou-a. Ela é chata, mas sem astúcia ou malícia. Não vai perturbar sua paz.

— É verdade. Creio que Conway talvez tenha sido *obrigado* a casar-se com ela. Desconfiei disso desde o início, quando soube que Charlotte estava grávida — disse Venetia pensativa.

— Eu também — reforçou Aubrey. — Mas a babá diz que a criança deve nascer em maio, então não há nada de suspeito.

— Você fala como se preferisse que houvesse — disse Damerel bem humorado. — Terei o privilégio de conhecer a mãe ou seria uma imprudência?

— Talvez seja, se ela *tiver ouvido* histórias sobre você — respondeu Venetia, considerando a questão com seriedade. — Vamos para a biblioteca... mas talvez não tenha ouvido, pois embora ela não seja *vulgar*...

— Ela é excessivamente vulgar — disse Aubrey.

— Seu espírito é vulgar! — concordou Venetia. — Eu quis dizer que ela não é de origem humilde, como a pobre Sra. Huntspill, ou como aquela mulher estranha que conheci quando fui a Harrogate com tia Hendred, que falava das duquesas como se fossem grandes amigas suas, o que minha tia garantiu não ser verdade. A Sra. Scorrier não se gaba desse jeito, e, embora seja falsa e terrivelmente autoritária, não há nada nas suas maneiras que provoque ojeriza. Mas não acredito que ela faça parte da alta sociedade.

— Se ela é quem imagino que seja, deve ser filha de algum nobre rural — disse Damerel, seguindo-a para a biblioteca. — Pelo que Aubrey me contou, eu diria que sua cunhada deve ser filha de Ned Scorrier... e nesse caso não há porque se envergonhar desse casamento. Os Scorrier são gente fina, não pertencem à alta sociedade mas têm boa origem, são originários de Staffordshire. Ned Scorrier, um dos filhos mais novos, estudou em Eton na minha época, era mais velho que eu uns dois anos. Sei que entrou para o Exército e que fez um mau casamento quando tinha 20 anos. O que aconteceu depois não tenho a menor ideia.

— Ele morreu de uma febre contraída na Península — disse Venetia. — Deve ser o mesmo homem, pois a Sra. Scorrier disse que a família do seu marido morava em Staffordshire. Ela brigou com todos eles — informou-lhe, franzindo a sobrancelha. — Pelo menos foi o que entendi pelo que Charlotte me disse, e me pareceu uma idiotice nas suas circunstâncias. Ela não é muito experiente, nem pretende ser, deveria ter muito cuidado para *não* brigar com a família do marido.

— Uma das vantagens de ter levado uma vida reclusa — disse Damerel, sorrindo — é não ter conhecido esse tipo de mulher, que não consegue *se abster* de brigar com todos que cruzam seu caminho. Esse tipo de mulher é sempre vítima de ofensas, e só faz amizades com pessoas mal-humoradas, que mais cedo ou mais tarde a tratarão de forma *inaceitável*! Nenhuma briga é criada por ela, pois é a criatura mais amável e mais sofredora do mundo. É sua índole crédula que a torna uma presa de pessoas malévolas, que sem motivo abusam dela ou insultam-na, de forma tal que ela é *obrigada* a cortar relações. Acertei ou não?

— Na mosca! — exclamou Aubrey, rindo.

— Faltou falar do ciúme! — disse Venetia. — Totalmente irracional também! Ela teve ciúme de *mim* na primeira vez em que me viu, e não sei por que, pois creio que não lhe dei razão para tal!

— Deu muita razão — argumentou Damerel, com olhos risonhos. — Se você fosse uma beleza morena o caso seria outro, pois contrastaria com sua filha loura sem graça. Mas você é uma loura linda, minha querida, e ofusca aquela menina. E a Sra. Scorrier bem sabe disso!

— Meu Deus, você tem razão — exclamou Aubrey, mirando a irmã com olhar crítico. — Acho que ela *é* uma moça extraordinariamente bonita. Pelo menos é o que todos pensam.

— E até mesmo *você* a considera tolerável! Não há dúvida disso.

— Obrigada, muito obrigada a vocês dois! — disse Venetia rindo. — Vocês sabem como eu me deleito com o ridículo. Mas devem fazer justiça a Charlotte e confessar que ela é uma menina muito bonitinha!

— Realmente, como uma bonequinha, sem expressão.

— Não vejo nada de especial nela — declarou Aubrey. — E a menos que Conway estivesse se sentindo muito sozinho na época, não posso imaginar por que lhe pediu em casamento!

— Eles vão se dar muito bem! — disse Venetia. — Sei exatamente por que ele se declarou! Ela é bonitinha e gentil, admira-o excessivamente. Na verdade, creio que o venera. Não tem ideias que possam aborrecê-lo e sempre o considerará tão inteligente quanto bonito.

— Nesse caso ele vai ficar absolutamente insuportável — disse Aubrey, arrastando-se para fora da cadeira. — Preciso cuidar da Bess, pois ela está com um espinho na pata.

Saiu coxeando e fechou a porta.

— Não tenho interesse pela bela Charlotte e muito menos por sua mãe, mas confesso que tenho grande curiosidade de conhecer seu irmão Conway, meu querido encanto! Qual é o significado dessa loucura? Que tipo de homem ele é para lhe pregar uma peça assim?

Venetia pensou no irmão.

— Bem, ele é grande e muito bonito. Parece ser muito decidido, mas na verdade é excessivamente bem-humorado, e de vez em quando *obstinado*. É um homem bom, e creio que sua grande virtude é não se aborrecer quando é criticado. Aliás, sempre que Aubrey lhe faz críticas cortantes, Conway se orgulha em pensar que embora o pobrezinho seja franzino tem uma língua *diabólica*.

Damerel levantou as sobrancelhas.

— Você está descrevendo um homem estimado, minha querida!

— E ele é, sob vários aspectos — disse Venetia com cordialidade. — Mas é egoísta, indolente, e, embora seja muito amável, não estende a mão a ninguém. Não se recusa a ajudar mas não cumpre o que promete fazer, ou encontra sempre uma excelente desculpa para não ser incomodado. Não gosta de ser incomodado. Quanto ao resto... Ele tem bons cachorros de caça, é um violinista de primeira categoria e atira muito bem! Gosta de piadas simples, e, quando as conta pela décima vez, ri como fez na primeira.

— Aubrey não é o único linguarudo da família Lanyon! Agora, por favor, explique por que um sujeito tão agradável se meteu com essa megera que veio a ser sua sogra?

— Ele queria Charlotte, então deixou que o futuro tomasse seu rumo. Quando a Sra. Scorrier tornou as coisas difíceis para ele em Cambray, livrou-se dela encorajando Charlotte a se sentir mal, e convencendo-a, e também à sua mãe e a si próprio, de que era seu dever mandá-la de volta para a Inglaterra. Creio que ele ficaria contente se *eu* desse um jeito de tirar a Sra. Scorrier de Undershaw antes que ele voltasse, mas não sei se conseguiria e não pretendo tentar. Conway que faça isso. E ele fará... mas creio que ela ainda não suspeitou que isso possa ocorrer. — Venetia deu uma risadinha. — É claro que ele nunca brigaria com a sogra em Cambray, pois ela criaria uma grande confusão e o deixaria numa situação difícil. Já aqui não se importará com o que ela possa fazer. Eu não ficaria surpresa se ele mandasse Charlotte livrar-se dela, e saísse para caçar o dia inteiro enquanto ela cuidava dessa situação.

Damerel riu.

— Nesse meio-tempo, a megera está tirando sua paz. Que maldição!

— Eu sei — Venetia reconheceu. — Mas não será por muito tempo, creio eu. Se eu puder convencê-la de que não tenho o menor desejo de usurpar o lugar de Charlotte, talvez possamos nos tolerar.

Capítulo 13

O OTIMISMO DE VENETIA não resultou em nada. Dez minutos depois de Damerel sair, recomeçaram as hostilidades. A Sra. Scorrier lhe perguntou, com os olhos brilhando de raiva, se era verdade que ela recebera milorde em Undershaw e o apresentara a Charlotte. Não acreditou quando Charlotte lhe falou daquele homem ímpio. Embora já tivesse constatado que a Srta. Lanyon comportava-se de forma inconveniente, não supôs que tivesse tanta falta de decoro e delicadeza a ponto de permitir que um homem com a reputação de lorde Damerel pusesse os pés em Undershaw, e ainda por cima que o apresentasse à inocente esposa de seu irmão.

Quaisquer escrúpulos que Venetia pudesse ter com relação à apresentação de Damerel a Charlotte (já que estar em bons termos com ele não contava a seu favor na vizinhança) desapareceram num instante de fúria.

— Meu Deus, madame, a senhora acredita que Charlotte sucumbiria ao charme de lorde Damerel? Pensei que estivesse muito apaixonada pelo meu irmão! Mas é claro que a senhora a conhece melhor do que eu.

— Srta. Lanyon! — disse a Sra. Scorrier.

— Então? — perguntou Venetia num tom frio.

A Sra. Scorrier deu um suspiro profundo.

— Vou ignorar sua impertinência, não quero me rebaixar. Mas gostaria que soubesse que, para uma mulher honesta na situação da minha filha, que não conhece essa parte do país e veio para cá sem a proteção do marido, receber em casa um homem de má reputação seria muito impróprio. Quanto à inadequação de uma mulher *solteira* dizer-se amiga dessa pessoa, prefiro não dizer nada.

— E por que diria? *Meu* nome não será maculado, afinal de contas! Quanto ao resto, a senhora está certa: eu agi de forma impensada e peço-lhe perdão! Nas circunstâncias, Charlotte deve tomar todo o cuidado possível, é claro. Quando se pensa quanta calúnia já deve estar sendo levantada... Mas não se preocupe, madame! Vou dizer a Damerel que ele não deve de forma alguma contar a ninguém que pôs os olhos em Charlotte!

A Sra. Scorrier corou e disse com uma fúria contida:

— Ora, ora, então acredita mesmo que *seu* nome não será maculado? Pois está completamente enganada, posso lhe assegurar!

Fez uma pausa, e Venetia esperou com as sobrancelhas ligeiramente arqueadas e um sorriso insolente nos lábios. A Sra. Scorrier, muito tensa, parecia fazer um grande esforço para se controlar, e depois de um instante girou nos calcanhares abruptamente e saiu da sala.

Venetia percebeu que estava trêmula e foi obrigada a sentar-se. Levou algum tempo para recobrar a serenidade, e mais tempo ainda para constatar que a reprovação não foi totalmente descabida, apesar de muito ofensiva, e arrependeu-se de ter perdido o controle. Depois de muito esforço, quase tão grande quanto o da Sra. Scorrier, foi lhe pedir desculpa. A mãe de Charlotte apertou os lábios e fez uma reverência.

— Eu não devia ter me deixado dominar pela indignação, madame. Mas lorde Damerel tem ajudado tanto Aubrey, que ao ouvir seu nome ser denegrido, minha paciência esgotou-se.

— Não mencionaremos mais o assunto, Srta. Lanyon. Espero que deixe bem claro para lorde Damerel que suas visitas a Undershaw devem cessar.

— Não — disse Venetia gentilmente. — Não farei isso, mas não precisa se preocupar, madame, pois ele virá ver Aubrey e não Charlotte.

A Sra. Scorrier não lhe deu resposta, mas seu olhar mostrou que dali em diante haveria uma guerra de foice entre elas.

Foi o prelúdio de uma semana que mais pareceu um pesadelo. A Sra. Scorrier, deixando a amabilidade de lado, só falava com Venetia o estritamente necessário, quando agia de modo formal, e, embora a ignorasse, não perdia uma oportunidade de deixá-la irritada. Conversava com Charlotte na sua frente, sem lhe dirigir a palavra, sobre as mudanças que precisavam ser feitas na administração e nas despesas de Undershaw. Charlotte, apesar de sentir-se desconfortável com a situação, não tinha força de caráter para reagir. Às vezes murmurava palavras esparsas mas na maior parte do tempo dava respostas monossilábicas. Nas raras ocasiões em que Aubrey estava presente, ele usava sua língua viperina com efeito tão devastador que Venetia lhe pediu para manter-se longe da sala de visita.

Para piorar, a equipe doméstica demonstrava uma lealdade ferrenha a Venetia, informando-lhe das ordens mais simples dadas pela Sra. Scorrier. "Vou mencionar o assunto à Srta. Venetia, madame" era a resposta invariável que ela recebia. E quando, imprudentemente, mandou Fingle trazer o faéton para milady dar uma volta, a resposta foi ainda mais direta:

— Só recebo ordens do Sr. Aubrey, madame.

Antes que a Sra. Scorrier encontrasse Venetia para reclamar, Aubrey veio procurá-la e informou que Fingle era seu empregado pessoal. Nas próximas vezes agradeceria se ela desse ordens a William Coachman, cuja obrigação era levar as senhoras para passear, mas não no faéton, que lhe pertencia e ele não deixava ninguém usar a não ser Venetia.

Apesar dos protestos de Venetia, seus defensores faziam ouvidos moucos, determinados a lhe manter lealdade. Consequentemente, ela passava grande parte do tempo endossando as ordens da Sra. Scorrier ou tentando reconciliar os amargos oponentes.

No entanto, a maior dificuldade da Sra. Scorrier foi com a babá, que além de não tomar conhecimento de suas ordens, adquiria influência cada vez maior sobre Charlotte. Para culminar, a Srta. Trossell, com seu ar de superioridade, ficou tão mal impressionada com Undershaw que, 24 horas depois de chegar, declarou que não conseguia enfrentar a vida rigorosa do campo, dando a entender que fora trazida para Yorkshire sob falsas pretensões. Seu tom foi tão insolente que provocou a ira da Sra. Scorrier; depois de uma cena tempestuosa, a Srta. Trossell foi levada a York na charrete velha, e, antes de sair, a babá lhe garantiu que sua ausência não seria notada.

E não foi mesmo, pois Charlotte preferia infinitamente ser servida pela babá, que a repreendia e intimidava mas se interessava pelo seu bem-estar, sabia exatamente o que fazer quando ela se sentia nauseada e passava horas falando sobre Conway ou sobre seu futuro filho. A maior felicidade de Charlotte era ficar no quarto descansando e ver a babá costurando junto à lareira, com a porta fechada para evitar intrusos. A babá não tinha paciência com chiliques nervosos nem crises de depressão, e dizia: "Agora basta de bobagem, milady!" ou "Confie no Todo-Poderoso, milady, e faça o que a babá mandar que o nervosismo passa." Certo dia apareceu com a roupa de batizado de Conway e muitas toucas e cueiros que haviam restado da infância de Aubrey, e começou a fazer planos para a decoração do quarto do bebê. Disse a Charlotte para não aceitar a enfermeira entrevistada pela Sra. Scorrier em Londres, pois ela conhecia uma mulher muito decente que morava em York. Quanto ao parteiro, não queria mais ouvir falar no Dr. Knighton (quem quer que ele fosse) pois o Dr. Cornworthy, também de York, trouxera ao mundo quase tantos bebês quanto qualquer grande médico de Londres, provavelmente ainda mais. Disse também que milady podia ter certeza de que a babá sabia o que era melhor para ela, e continuou a costurar uma touca para o herdeiro.

Sob esse tratamento revigorante Charlotte renasceu, mas voltou à tensão nervosa diante da determinação de sua mãe de destronar Venetia. Vivia apreensiva, temendo ver uma daquelas cenas que detestava, e numa noite de tensão maior que o normal foi repreendida pela babá pela crise histérica que teve. Depois daquele episódio a babá censurou a Sra. Scorrier, alegando que Charlotte precisava de muita calma e não de uma casa cheia de rivalidades, o que redundou em uma briga feia. A Sra. Scorrier, já enciumada pela influência da babá sobre Charlotte, disse com um sorriso mais ameaçador do que amável que teria muita pena se fosse obrigada a recomendar que sua filha a mandasse embora de Undershaw. Não pretendia fazer isso, pois sabia muito bem que empregadas antigas e leais não podiam ser despedidas, por mais irritante que fosse seu comportamento. Fez a ameaça esperando intimidar a babá, mas em vista disso a senhora deu uma informação à Sra. Scorrier que tornou quase impossível seu convívio com Venetia a partir daquele instante.

— Muito bem, madame! Qual seria o sentido de forçar milady a fazer o que ela não pode e não faria se pudesse? — Olhou o semblante duro da Sra. Scorrier com satisfação e continuou: — A Srta. Venetia é a dona de Undershaw, madame, até mesmo a cozinheira sabe disso, e possui um documento legal selado e assinado por Sir Conway.

Como Conway não informara à Sra. Scorrier que passara uma procuração para Venetia, e a sogra, por descuido inexplicável, não considerara essa probabilidade, a revelação da babá deixou-a furiosa e com a sensação de impotência. Como vingança imediata, sugeriu a Charlotte durante o jantar que ela devia passar a usar a biblioteca, o lugar mais indicado da casa para sua saúde precária — ensolarado, afastado, com saída para o jardim. Mas essa ideia, cuja intenção era enraivecer Aubrey (e indiretamente Venetia), não foi aceita por Charlotte, que tinha ainda mais medo de Aubrey do que da mãe. Respondeu logo que não tinha qualquer desejo de expulsar Aubrey de seu reduto, e que preferia usar um dos cômodos menores da casa. Aubrey então convidou cordialmente a Sra. Scorrier a ver por si própria como a sala era confortável.

As cartas de Conway não melhoravam em nada as coisas mas satisfaziam Charlotte, que andava pela casa em êxtase absoluto, lendo as folhas escritas com a letra esparramada dele. Nenhuma das cartas referiu-se à revogação daquela infame procuração, apenas informavam a Charlotte que ela não precisava se preocupar, podia deixar tudo a cargo de Venetia, que lhe pouparia qualquer trabalho ou esforço. A Sra. Scorrier ficou muito aborrecida e determinou-se a livrar a filha de uma cunhada em quem o irmão depositava mais confiança do que na própria esposa.

Venetia também recebeu uma carta de Conway, que a teria deixado furiosa se não fosse tão engraçada, como disse a Damerel. Exausto, depois de enviar uma linda carta para sua jovem esposa, Conway escreveu para a irmã em uma única folha de papel, desculpando-se das poucas palavras pois tinha muito trabalho a fazer na iminente evacuação do Exército de Ocupação. Não fez menção ao seu casamento súbito nem pediu desculpa por ter lhe impingido duas estranhas sem a menor explicação. Sabia que Venetia gostaria de Charlotte e entregava-a aos seus cuidados. Uma pessoa imparcial que lesse essa carta suporia que Sir Conway tivesse planejado tudo isso com o objetivo de fazer uma bela surpresa à sua querida irmã.

Venetia recebeu outra carta além da de Conway, mas não pelo correio, e sim pelo cavalariço de Edward Yardley. Uma carta de várias páginas, ainda menos interessante do que o bilhete lacônico do irmão devido à absoluta falta de humor. Embora surpreso e chocado com a notícia do casamento de Conway, Edward mostrou-se aparentemente contente por Venetia estar feliz com a presença da cunhada, e aliviado com a possibilidade da Sra. Scorrier poder servir-lhe de companhia. Depois de duas páginas repletas de lições de moral sobre os males da situação anterior de Venetia, escreveu mais duas cobertas por conselhos (dizendo que compreendia perfeitamente que ela podia ter achado difícil acostumar-se à mudança, considerando-se suas circunstâncias) e uma descrição exata de seu estado de saúde. Terminou lamentando não poder ir a Undershaw apresentar seus cumprimentos a Lady Lanyon e reforçar os conselhos e orientações a Venetia; não só ainda faltava quase uma semana para ele sair da quarentena, como tinha contraído uma tosse que, apesar de fraca, estava deixando sua mãe muito preocupada. Mas pedia que Venetia não se alarmasse, pois podia contar com ele para não correr riscos bobos. Terminou declarando que a notícia da chegada próxima de Conway ajudara quase tanto sua recuperação quanto os excelentes remédios prescritos pelo Sr. Huntspill.

Venetia foi a Ebbersley passar o dia com Lady Denny, mas apesar de livrar-se por algum tempo das animosidades de Undershaw, sua visita não foi prazerosa. Uma breve olhada em Clara confirmou sua suposição de que havia mais entre ela e Conway do que seus pais suspeitavam. Lady Denny respondeu com relutância a uma pergunta direta da jovem amiga:

— Sim, minha querida, creio que você estava certa. Quanto a pensar que Conway estava comprometido de alguma forma com Clara, tire isso da cabeça! Não preciso dizer o que senti ao saber que uma filha minha havia se comportado de forma tão imprópria, e nunca vi em toda a vida Sir John tão perturbado. Como você sabe, meu bem, trocar promessas com um homem sem o consentimento ou conhecimento dos pais mostra uma conduta de carência que nunca pensei ver em Clara. E o pior é que Sir John a proibira terminantemente tal postura, não por não aprovar o noivado, mas por achar que os dois ainda eram muito jovens para um compromisso. A pobre Clara teve de admitir que seu pai estava certo *na época*, pois *agora* seria poupada de muito sofrimento. Ela tem consciência de que errou, por isso não a censuramos.

— Conway merecia ser *açoitado!* — disse Venetia.

— Não, minha querida, o erro foi de Clara, embora eu não negue que ele não se comportou como devia. Mas os rapazes não levam esses casos tão a sério como você supõe, e pode ter certeza de *uma* coisa: ele não sugeriu nem tentou continuar uma correspondência clandestina com Clara!

— Sim, tenho certeza *disso*! — exclamou Venetia. — Nunca pensei que um dia agradeceria o fato de Conway ser quase analfabeto! Gostaria de dar os parabéns a Clara pela sua sorte, mas creio que ela ainda não percebeu de que se livrou!

— Nós concluímos que, quanto menos mencionarmos o assunto, mais depressa ele será esquecido. Achamos que uma mudança de ares lhe faria bem, e planejamos mandá-la passar uns tempos com a avó. Oh, meu Deus, como filhos dão trabalho! — disse Lady Denny suspirando. — Primeiro foi Oswald e agora Clara. A próxima decerto será Emily!

— Minha querida, se está imaginando que houve mais que fantasia juvenil a meu respeito da parte de Oswald, posso lhe garantir que não — afirmou Venetia, com sua franqueza habitual. — Ele fez um papelão, mas me escreveu uma carta linda desculpando-se, portanto estamos em perfeita harmonia.

— É da sua natureza agir assim, minha querida — disse Lady Denny piscando rapidamente —, mas sei muito bem que ele deve ter se comportado de maneira imprópria com você, além de exasperar lorde Damerel. Fico consternada só de pensar.

— Estou certa de que tal não ocorreu.

— Foi o que lorde Damerel disse a Sir John — falou Lady Denny. — Sir John encontrou-o no outro dia e perguntou se Oswald lhe causara muito aborrecimento, e ele respondeu imediatamente "*De forma alguma!*". Foi então que Sir John convenceu-se de que era tudo verdade.

Venetia não pôde deixar de rir ao ouvir isso, mas garantiu à amiga que Oswald mais divertiu que aborreceu Damerel. Lady Denny disse que não era exatamente reconfortante saber que seu único filho fora motivo de riso, mas pareceu aliviada. Depois pediu a Venetia que contasse o que estava acontecendo em Undershaw. Não se deixou tapear com o aspecto cômico que Venetia imprimiu ao seu relato; deu sua opinião franca sobre a conduta da Sra. Scorrier e disse que se essa criatura se tornasse muito desagradável, Venetia poderia fazer as malas imediatamente e ir para Ebbersley.

— Vou fazer uma breve visita de congratulações à noiva, é claro — falou com grande dignidade. — Por favor, minha querida, dê lembranças minhas à noiva, e explique que no momento estou impedida de ter o prazer de conhecê-la porque tenho duas filhas doentes em casa. Imagine, Venetia, até a *cozinheira* apareceu com uma bolha hoje!

Sob esse tom de calamidade elas se separaram e só depois de despedir-se é que Lady Denny notou que seus problemas mais prementes tinham afastado sua preocupação do encanto de Venetia por Damerel. Tomou consciência então de que aquele olhar radiante desaparecera do lindo rosto, e, embora sentisse pena, esperava que a paixonite que a arrebatara tivesse sido tão breve quanto fora violenta. Teria ficado horrorizada se soubesse que a mera presença do perigoso libertino na vizinhança dava a Venetia condições de suportar suas provações com um ar sorridente.

Quando a jovem estava com ele a afronta mais amarga lhe parecia uma trivialidade; quando lhe contou a última ofensa da Sra. Scorrier, de repente percebeu que a cena havia sido até engraçada. Achava tão natural confiar em Damerel como em Aubrey, e, nas presentes circunstâncias, muito menos perigoso, pois o irmão mais novo estava pronto para cometer um homicídio. Não precisava pedir que Damerel não revelasse nem mesmo a Aubrey o que lhe contava, nem explicar o que pensava sobre esses problemas.

Certa tarde, ele encontrou-a sozinha na biblioteca, na mesa de Aubrey, com as mãos crispadas sobre a mesa e olhar ausente. Estava tão absorta em seus pensamentos que não notou que alguém havia entrado, mas logo depois levantou os olhos; ao ver Damerel na porta, deu um grito de surpresa e seus olhos iluminaram-se. Não esperava por ele àquela hora, pois em geral ele chegava em Undershaw por volta do meio-dia. Foi ao seu encontro e disse:

— Você, meu querido amigo! Como estou *contente* de vê-lo! Estava me sentindo muito deprimida, precisava de você para me fazer rir um pouco! O que o traz aqui? Pensei que não viesse hoje, pois lembro de você ter dito que estaria ocupado.

Damerel não se mostrou disposto a rir, e respondeu em tom severo:

— *Você* me traz aqui! O que aconteceu, meu querido encanto?

Ela deu um pequeno suspiro, sacudiu a cabeça e olhou para ele sorrindo.

— Deve ser uma irritação dos nervos. Não se preocupe! Estou melhor agora.

— Mas eu me preocupo. — Segurou as mãos dela e passou o dedo delicadamente por seu rosto. — Não franza a sobrancelha, Venetia. Pelo menos nunca na minha presença!

— Tudo bem, vou tentar. Está querendo tirar as rugas da minha testa, seu *pateta*?

— Bem que eu gostaria. O que aconteceu para deixá-la tão deprimida?

— Nada que valha a pena mencionar, é uma bobagem tão grande que não merece ser contada. Uma daquelas brigas com a Sra. Scorrier, que me fez sair da sala tremendo. Ela queixou-se da lavadeira, com razão, mas a pobre menina vem a ser sobrinha da Sra. Gurnard.

— Um encontro homérico; você devia ter ficado para presenciar tudo. Mas não foi *isso* que a deixou de sobrancelha franzida.

— Não. Foi pensar no que devo fazer. Acho que Aubrey e eu não conseguiremos ficar aqui até dezembro e é pouco provável que Conway possa voltar antes disso.

— Nunca achei que conseguiriam. Conte-me o resultado das suas deliberações. — Levou-a para o sofá enquanto falava e sentou-se ao seu lado.

— Nenhum, infelizmente! Cada vez que tenho um plano, penso nas consequências negativas e volto à estaca zero. Tem algum conselho a me dar? Você sempre dá ótimos conselhos, querido amigo!

— Não sei se dou, mas tenho o prazer de contestar a máxima do Dr. Johnson: o exemplo é sempre mais eficaz do que a regra. Qual é o seu problema? Farei o melhor possível.

— O problema é que não sei para onde ir caso decida sair daqui, pois Aubrey irá comigo e ele não pode interromper as aulas do Sr. Appersett. Eu sempre disse que teria minha própria casa quando Conway se casasse, e que se ele ficasse noivo da forma tradicional, eu tomaria providências imediatas para deixar Undershaw antes que ele trouxesse a esposa para cá. Os poucos amigos que tenho sabem dessa minha intenção. Mas diante da atual situação as coisas se alteraram, ou pelo menos é o que me parece. O que você acha?

— Concordo que se alteraram, mas se você sair de Undershaw antes da volta de Conway dirão que foi expulsa da própria casa, o que não deixaria de ser verdade. Todos sabem que ele encarregou-a da administração da propriedade.

— Exatamente. E nessa circunstância seria impossível alugar uma casa no distrito.

— Isso se achar que, por causa do seu irmão, você deve preservar as aparências, algo que não parece inquietá-lo muito.

— Meu querido amigo, não é essa a preocupação que tenho na cabeça, então não me olhe com esse ar de desprezo.

— Não é em você que estou pensando, sua tola!

— Em Conway? A verdade é que não devo nada a ele.

— Muito pelo contrário.

— Assim também não, se quer dizer que ele me deve alguma coisa. Eu aceitei o encargo que ele me deu porque era conveniente para mim. Se não tivesse de pensar em Aubrey não teria feito isso, como não deveria ter ficado nem mais um dia aqui depois que atingi a maioridade.

— Então está querendo preservar o belo nome dos Lanyon?

— Bobagem! Estamos falando sério, Damerel! Você sabe que não me importo com nomes, ou não estaria na *sua* companhia. Minha preocupação é com Charlotte. Aubrey diz que ela é *doce e insípida*, e é mesmo, mas não merece sentir-se mais desconfortável do que já se sente, pobrezinha! Conway fez tudo para predispor os outros contra ela, e eu não vou dar o toque final ao trabalho dele. Ela não me fez mal algum, na verdade tem uma ânsia mórbida de acatar minhas opiniões. A tal ponto que, se a Sra. Scorrier não se encarregasse disso, eu teria de viver lembrando a Charlotte de que agora *ela* é a dona de Undershaw! Para sair de Undershaw precisarei encontrar uma bela desculpa, e não quero ficar por aqui. Sempre pensei em ir a Londres, mas só farei isso quando Aubrey for para Cambridge. Falta um ano, e não sei o que fazer durante esse período. Deve haver excelentes professores em Londres, mas duvido que Aubrey...

— Pare de pensar em Aubrey por um instante! — ele a interrompeu. — Antes de ouvir minha opinião sobre seu plano de se estabelecer em Londres, ou em York, ou em Timbuctu, diga-me uma coisa.

— Muito bem, mas eu não pedi para você dar opinião sobre *isso* — ela objetou.

— Mas vou dar assim mesmo. O que aconteceu desde a última vez em que estive aqui, Venetia, que a perturbou tanto a ponto de fazê-la pensar em ir embora com urgência? — Venetia levantou os olhos, ele sorriu e continuou: — Não quero ouvir falar de governantas ou lavadeiras, minha menina. Se você acha que pode me tapear verá que está errada. O que aquela megera fez?

Venetia balançou a cabeça.

— Nada mais do que eu lhe disse. Nunca pensei em tapear você, talvez não tenha contado tudo que ela disse... Provavelmente para me exasperar.

— E o que ela *disse*?

Venetia hesitou antes de responder.

— Foi sobre Aubrey. A Sra. Scorrier o detesta como detesta a mim, acho eu... E devo confessar que ele lhe dá bons motivos para isso. Aubrey é uma verdadeira peste, por mais que eu me esforce para ele melhorar. Ela então se vingou em mim. Mas não quero desculpá-lo, ele não devia ter se portado de forma tão desagradável!

— Que vergonha! — exclamou Damerel, exasperado. — Eu esperava que ele tivesse parado com isso.

Venetia olhou-o, surpresa.

— Você lhe pediu para que não se comportasse assim?

— Não, apenas disse que o comportamento dele expõe você à explosão de fúria daquela mulher.

— Então é isso! Você o repreendeu e estou muito grata! Nesses dois últimos dias ele mal abriu a boca na presença dela. Mas ou o mal já fora feito, ou ela ainda se ressente de Aubrey fechar-se no quarto e descer só para jantar conosco, mantendo no ouvido um coro grego falando tão alto que seu nome tem de ser chamado meia dúzia de vezes para ele ouvir. Ela não entende isso e pensa que é grosseria. Charlotte também não gosta de Aubrey porque ele fala coisas que ela não compreende, o que faz com que ela tenha medo dele. Infelizmente, ela fica constrangida quando ele entra mancando na sala, e sempre olha para o lado.

— Eu notei que ela fez isso quando me encontrei com vocês no parque naquele dia, mas pensei que se livraria desse hábito em pouco tempo.

— Ela tenta. Mas esse foi o pretexto para a Sra. Scorrier dizer que Charlotte tem horror à *deformidade,* e que, pelo menos enquanto ela está em estado delicado, gostaria que Aubrey fosse morar fora de casa. Isso me deixou muito deprimida. Ela não disse com tanta clareza assim, talvez eu tenha ficado apreensiva demais.

Damerel ficou mais sério ainda e disse com voz alterada:

— Não. Longe disso. Se ela foi capaz de dizer isso a você, não duvido que diga ao próprio Aubrey na primeira vez em que ele deixá-la irada.

— É disso que tenho medo! Mas será que alguém pode ser tão terrivelmente cruel?

— Ah, pode, sim. Essa megera não seria cruel a sangue-frio, mas eu já disse, minha menina inocente, que você não conhece gente do tipo dela. Mulheres com ódios desenfreados são *capazes de tudo.* Quando perdem a cabeça dizem qualquer coisa, depois encontram uma desculpa qualquer para o que considerariam abominável se viesse de outros lábios. — Fez uma pausa e examinou o rosto de Venetia. — O que mais ela falou? — perguntou abruptamente. — É melhor me contar tudo.

— Posso contar, mas decerto não vai querer que eu repita toda uma lista de *insignificâncias* maldosas.

— Não esconda nada! Aquele ataque a Aubrey foi tudo?

— Foi o bastante! Damerel, se você soubesse como foi torturante sentir o clima de ódio... sem palavras, mas de fácil percepção, e a repulsa que Charlotte tenta esconder, embora sinta compaixão por Aubrey...

Ele interrompeu sua agitação.

— Eu sei. Acho improvável que essa mulher vá agir de forma tão baixa, a não ser que seja provocada, mas Aubrey é extremamente sensível. Quer que eu o tire daqui? Já lhe disse que pode se mudar para Priory quando desejar. Sua resposta foi pouco elegante, mas bem do jeito dele. Perguntou se eu estava convidando-o seriamente a *fugir da raia* e deixar você *levar os trancos*. Não foi um bom momento para sugerir que o tranco seria menor se ele *fugisse da raia*, mas ainda posso fazer isso, e vou fazer, se você me pedir. A única dificuldade será esconder dele a verdadeira causa disso, e espero conseguir vencer essa dificuldade.

Venetia estendeu a mão, quase inconscientemente, e disse num tom brincalhão para esconder seu sentimento profundo:

— Que *bom* amigo você é, Barão Malvado. O que *faríamos* nesse impasse sem você? Eu sei que posso mandar Aubrey ficar com você, se o pior dos piores acontecer. Juro que foi *essa* ideia que me tirou da depressão. Em uma emergência eu não hesitaria, mas ainda não chegamos a esse ponto e talvez nunca cheguemos, se Aubrey tapar os ouvidos ao que nos é dito meramente para nos irritar e magoar. Não quero abusar de você, só aceitarei se for preciso.

Damerel apertou a mão dela com força. Ela olhou-o intrigada e percebeu que seu olhar estava estranho e que ele tinha um sorriso amargo nos lábios. O rosto de Venetia deve ter transparecido seu atordoamento, pois o sorriso triste desapareceu, ele voltou a sorrir normalmente e soltou sua mão.

— Ninguém me impõe nada! Eu ficaria feliz por ter Aubrey em Priory. Gosto desse rapaz, e não o considero um fardo, se é isso que está pensando. Ninguém pode acusá-lo de ser um hóspede difícil de entreter! Ele pode ir quando quiser e ficar o tempo que convier a vocês dois.

— Da forma como você fala, estaríamos lhe fazendo um favor! — disse ela, rindo. — Obrigada! Creio que não seria por muito tempo. Lady Denny me disse que Sir John soube que o Sr. Appersett pretende voltar antes de meados do mês que vem. Creio que seu primo, que se ofereceu para substituí-lo enquanto ele estava doente, não gosta muito de passar o inverno em Yorkshire! Anos atrás o Sr. Appersett me disse que, se eu quisesse ficar um tempo fora, ele teria prazer em hospedar Aubrey.

— Agora que os problemas de Aubrey foram satisfatoriamente resolvidos, passaremos aos seus, *Admirável Venetia!* Estava falando sério sobre ter sua própria casa?

— É claro que sim!

— Então é hora de alguém colocar a sua cabeça no lugar! Pare de sonhar e seja realista, minha querida! Isso não é possível.

— É perfeitamente possível! Você não sabia que eu tenho uma considerável independência financeira? Foi o que me disse o Sr. Mytchett, que é nosso advogado e um dos meus curadores.

— Mesmo assim, digo que não seria possível.

— Meu Deus, Damerel, *você* não está se referindo a decoro, está? Vou avisar que não me convencerá facilmente que é falta de decoro uma mulher da minha idade preferir morar na própria casa do que na do seu irmão! Se eu fosse uma menina...

— Você não só é uma menina como é uma menina ingênua.

— Ingênua eu aceito, mas menina, não! Tenho 25 anos, meu amigo. Sei que seria considerado indecoroso se eu fosse morar sozinha. Embora ache que isso não faz sentido não pretendo ignorar as convenções sociais, garanto. Enquanto Aubrey estiver em Cambridge, vou arranjar uma dama de companhia. Quando ele se formar... Não sei ainda, é claro, mas espero que siga carreira acadêmica e fique morando em Cambridge. Então o mais provável é que eu mantenha uma casa para ele lá, pois não creio que Aubrey pense em se casar.

— Deus me dê paciência! — disse ele, dando um pulo da cadeira e andando pela sala. — Venetia, *pare* de falar bobagem. Arranjar uma dama de companhia! Manter uma casa para Aubrey! Não se esqueça de comprar um estoque de toucas usadas pelas viúvas ou por solteironas idosas! Agora preste atenção, sua bobinha! Você desperdiçou sete anos de sua vida, não desperdice mais! O que imagina que essa casa lhe traria de vantagem? *Quem* seria sua dama de companhia?

— Não sei, como posso saber? Suponho que seja possível contratar uma dessas damas empobrecidas, como se contrata uma governanta. Talvez uma viúva que atenda ao propósito.

— Então não suponha mais nada! Pode contratar uma série de viúvas, mas nenhuma atenderá ao propósito. Imagine só essa casa! Onde seria? Em Kensington, creio, uma casa elegante e retirada. Ou talvez em Upper Grosvenor Place, o lugar da moda! Você ficaria entediada minha querida, posso lhe garantir!

Venetia achou graça.

— Então irei viajar! Sempre quis fazer isso.

— Tendo como acompanhante uma viúva empobrecida, sem conhecidos em lugar algum a não ser em Yorkshire, sabendo menos do mundo que uma menina de colégio? Minha pobrezinha inocente! Quando penso nas amizades que você conseguiria fazer nessas circunstâncias, meu coração gela! Não vai dar certo, pode acreditar, sei do que estou falando! Para levar uma existência como a que você propõe é preciso ser muito rica e também muito excêntrica! A riqueza, meu querido encanto, desculparia sua excentricidade e lhe abriria muitas portas. Você poderia alugar uma mansão na melhor área da cidade, mobiliá-la em estilo oriental, forçar sua entrada na alta sociedade enviando convites para festas altamente dispendiosas e extravagantes. Encontraria certa resistência, não insultos diretos, mas...

— Cale a boca, criatura! — ela o interrompeu, rindo. — Essa não é a vida que quero para mim! Como pode pensar que eu queira?

— Não penso. Vai me dizer que quer viver uma vida conduzida sob o seu próprio regime? Você se entediaria cada vez mais e se sentiria cada vez mais sozinha; eu lhe asseguro, Venetia, que sem conhecidos e sem bons antecedentes, seria melhor viver em uma ilha deserta que em Londres!

— Oh, querido! Então o que devo fazer?

— Vá para a casa da sua tia Hendred!

— Eu pretendo ir, mas não para ficar. Não seria bom nem para mim nem para minha tia. E na casa dela não caberia Aubrey.

— Aubrey, Aubrey! Pense em *você mesma* pelo menos uma vez na vida!

— Mas eu penso! Damerel, nunca imaginei que pudesse ficar em Undershaw com outra mulher como dona da casa, e descobri que me incomodaria viver nessa condição em qualquer lugar! Viver com meus tios, submeter-me às regras da casa e reconhecer a autoridade deles seria insuportável, seria como me ver de novo na escola! Fui dona do meu nariz durante muito tempo, meu querido amigo.

Damerel olhou-a com um sorriso estranho nos lábios.

— Você não teria de aguentar isso por muito tempo — falou.

— Tempo demais para mim! — argumentou ela com firmeza. — Pelo menos cinco anos, imagino, até Aubrey estar pronto para ter sua própria casa, e talvez a essa altura ele nem deseje mais. Além disso...

— Sua ingênua! A mais inocente das inocentes! Vá para a casa da sua tia e deixe-a apresentá-la à sociedade, como ela bem sabe fazer! Antes que Aubrey vá para Cambridge, a notícia de seu noivado estará na *Gazette*!

Venetia não disse nada, mas olhou para ele, meio pálida, sem o sorriso no olhar. Não conseguia saber em que ele estava pensando e ficou intrigada, mas não alarmada.

— Não — disse finalmente. — Não vai. Você achou que meu objetivo em Londres seria encontrar um marido?

— Não o seu objetivo. Mas o seu destino, como deve ser.

— Ah, o objetivo da minha *tia* será encontrar um marido para mim? — Ele deu de ombros diante da pergunta dela. Venetia levantou-se e disse: — Que bom que você me avisou. É permitido para uma mulher solteira ficar em um hotel se estiver com uma dama de companhia?

— Venetia...

Ela sorriu e arqueou as sobrancelhas.

— Meu amigo, você está muito *chato* hoje. Por que você me imagina em lágrimas, dependendo de companhia, entediada por estar vivendo uma vida com a qual não estou acostumada? Não! Aqui tenho meus livros e meu jardim, e desde que meu pai morreu tenho a propriedade para me ocupar. Em Londres irei a museus e galerias de arte, ao teatro, à ópera, tudo que para você é uma coisa banal. Durante as férias Aubrey irá me visitar, e se a minha tia não cortar relações comigo poderei arranjar amizades agradáveis!

— Não, meu Deus, *não!* — exclamou ele, como se as palavras tivessem sido arrancadas de sua boca, atravessando a sala a passos largos. — *Qualquer coisa* seria melhor que isso! — Segurou-a pelos ombros com tanta força que ela protestou. Ele não lhe deu atenção e disse: — Olhe para mim!

Venetia obedeceu sem hesitar, aguentou com tranquilidade o olhar cortante como o bisturi de um cirurgião e murmurou com uma voz matreira:

— Minha pele fica marcada com *muita* facilidade.

Damerel soltou-a e pegou suas mãos com firmeza.

— O que você estava fazendo quando tinha 9 anos, minha querida?

Foi uma pergunta tão inesperada que ela só conseguiu piscar.

— Diga para mim! — ele pediu.

— Não sei! Estava estudando e costurando, suponho. O que isso tem a ver com o que estávamos falando?

— Muito. Sabe o que eu estava fazendo nessa época?

— Não. Como poderia saber? Nem sei quantos anos você tem, pelo menos não sem fazer contas que eu abomino. Se tiver 38 agora e eu, 25...

— Vou lhe poupar o trabalho. Eu tinha 22 anos e estava seduzindo uma mulher casada de boa origem.

— E então? — exclamou ela afavelmente.

Ele deu uma gargalhada.

— Essa foi minha primeira aventura amorosa, e, espero, a mais desabonadora. Não há nada na minha vida de que eu possa me orgulhar, mas até conhecer você, minha querida, podia pelo menos dizer que minha depravação não envolvia jovens inocentes. Nunca arruinei a reputação de ninguém a não ser a de Sophia, e não considero isso uma virtude! É um jogo perigoso seduzir virgens, e, em geral, não me apetece. Então conheci você e, para ser franco, minha querida, só fiquei em Yorkshire para conquistá-la... nos meus próprios termos!

— Você me disse isso quando nos encontramos naquele primeiro dia — falou ela, sem se perturbar. — Achei uma insolência de sua parte! Mas depois do tombo de Aubrey nos tornamos bons amigos... e tudo mudou!

— Oh, nem tudo! Você me chama de amigo, mas eu nunca a chamei de amiga e nunca chamarei. Você se tornou, e sempre será, *uma criatura linda e desejável.* Só minhas intenções é que mudaram. Resolvi não magoar você, mas não consegui deixá-la.

— E por que deixaria? Não me parece a coisa certa a ser feita.

— Porque você não entende, minha querida. Se ao menos os deuses *anulassem o espaço e o tempo*... Mas eles não fazem isso, Venetia!

— Uma citação de Pope — disse ele calmamente. — *E tornasse dois amantes felizes.* É o poeta inglês favorito de Aubrey, mas não meu. Não vejo razão para dois amantes não serem felizes sem misturar espaço e tempo.

Ele soltou suas mãos e abraçou-a.

— Quando você sorri para mim, meu coração entra em festa! Oh, meu Deus, eu amo você loucamente, Venetia, mas ainda não estou louco. Não tão louco que não saiba que isso seria desastroso para você e para nós dois! Eu estaria me aproveitando da sua inocência! — Soltou-a de repente e balançou a cabeça quando ouviu passos atrás da porta. — É Aubrey! Há ainda muita coisa a ser dita, mas não agora! Amanhã, quando estivermos mais calmos.

Não houve tempo para dizerem mais nada. Ele afastou-se bruscamente e virou-se quando a porta abriu, deixando Aubrey passar com sua cadela pointer.

Capítulo 14

DAMEREL COLOCOU-SE ENTRE Venetia e a porta, mas logo percebeu que a precaução era desnecessária. Aubrey parecia enfurecido, com o rosto vermelho e olhos cinzentos que chispavam. Seu interesse pelo ser humano era quase sempre superficial, e, quando tomado de raiva, o perdia por completo. Por isso mal notou que sua irmã estava nos braços de Damerel. Ao fechar a porta, disse baixinho:

— Você vai gostar de saber, Venetia, que a imperatriz decretou uma nova lei. Os cachorros, os meus cachorros!, daqui por diante devem ser mantidos na coleira! Todos menos Bess, que é brava demais e terá de viver no canil! Cuidado, Jasper, é bom saber que essa desgraçada é destemperada.

Damerel, mexendo nas orelhas da cadela e fazendo-a abanar o rabo com ar de completa felicidade, deu uma risada.

— O que a Bess andou aprontando? — perguntou.

— Pôs em risco a sucessão! Ela entrou em casa, me procurando, é claro, e quando Charlotte a viu no pé da escada levou um susto tão grande que deu um grito. Ao ouvir o grito Bess levantou a cabeça e olhou para ela.

— Oh, querido — disse Venetia. — Eu sei que Charlotte não gosta de cachorros, mas se foi só isso que aconteceu...

— Só isso! Foi esse o *feroz ataque* de Bess! Entenda, minha querida, que seu olhar deixou Charlotte num estado lastimável.

Como não sabia o que fazer, decidiu sair dali de mansinho. Bess, intrigada, naturalmente, levantou-se e caminhou na direção dela. Charlotte então gritou a plenos pulmões e correu para trás de uma cadeira e Bess seguiu-a. A Sra. Scorrier apareceu para descobrir que vilão estava tentando violentar sua filha e começou a gritar com Bess, e a bater nela com o que tinha na mão. Como se chama isso? Uma baqueta de tambor, não é? Bess latiu, e, ao ouvir os latidos, Charlotte teve uma crise histérica, e...

— Aubrey, como você *deixou* isso acontecer? — exclamou Venetia, num tom ao mesmo tempo zangado e divertido. — Você agiu muito mal!

— Você não entendeu, eu não estava lá. Estou contando o que ouvi dos lábios das damas aflitas. — Deu um riso sardônico para a irmã. — Fui seu irmão *bonzinho,* minha querida! Ao chegar, encontrei Charlotte afundada em uma cadeira, a Sra. Scorrier fazendo-a cheirar vinagre e Bess latindo para as duas, abanando o rabo para mostrar que, embora não tivesse gostado de ser enxotada da própria casa, era educada demais para morder. Achei que não adiantaria nada tentar obrigar Bess a fazer as pazes com a imperatriz, então levei-a para fora de casa e disse àquela menininha boboca que ela não precisava ter medo. O agradecimento que recebi foram os insultos da imperatriz. Falou que eu havia mandado Bess entrar em casa para assustar Charlotte e discursou contra minhas más maneiras, meu caráter e minha índole, enquanto Charlotte choramingava: *Oh, por favor, mamãe! Oh, não, mamãe!* Acho que me portei muito bem. Mas quando a imperatriz começou a falar do estado delicado de Charlotte, não consegui resistir! Mesmo que tentasse não conseguiria. Ela disse que talvez eu não *percebesse* seu estado, e eu respondi que percebia, sim, pois Bess também estava em estado delicado. Por um segundo pensei que ela teria um ataque apoplético.

— Que peste! — comentou Venetia, tentando não rir.

— Sim, e o pior é que ela disse que o fato de eu ser aleijado não me dava direito de fazer o que quisesse — falou Aubrey com calma. — Não fique com essa cara, sua boba! Acha que eu não notei desde o início como meu andar coxo incomoda aquelas duas? Não as culpo por isso, mas a babá sim! Àquela altura ela tinha descido para saber o que estava acontecendo. Você perdeu uma cena e tanto, minha querida! A babá disse à imperatriz que ela devia envergonhar-se de falar assim, mandou Charlotte parar com aquela histeria e falou para eu sair dali antes que me esquecesse de que eu pelo menos fora educado para não criar uma situação desagradável e vulgar na casa de um cavalheiro!

— Essa foi a maior ousadia de todas! — disse Damerel. — Eu apostaria na babá contra cinquenta Sras. Scorriers!

— Bem, a questão não estava resolvida quando deixei a sala, mas creio que a babá vai sair ganhando — informou-lhes Aubrey. — O principal é que a babá, que reclama até com Conway quando ele entra em casa com os cachorros, perdeu as estribeiras quando a imperatriz anunciou que não *permitiria* que eu mantivesse Bess fora do canil, pois ela era obviamente perigosa! Teve a desfaçatez de me mandar prendê-la imediatamente e perguntou se eu tinha ouvido, quando virei as costas para aquele regimento monstruoso e levei Bess para meu quarto. A última coisa que ouvi foi a babá perguntando à imperatriz com que direito ela estava dando ordens a um *Lanyon* na sua própria casa.

— Oh, meu Deus! — disse Venetia, suspirando e olhando para Damerel com um sorriso tímido. — Preciso pensar no que posso fazer para ajeitar a situação. A babá vai começar a citar o Livro dos Provérbios, citou muitas passagens para mim ontem sobre mulheres briguentas e polêmicas, e disse que o melhor é viver no canto do telhado, embora não ache que ela aceitaria isso, se é que estava se referindo ao sótão.

— Não seja tola! — Aubrey interrompeu-a bruscamente. — Ela que diga o que quiser àquela bruxa! Se conseguir nos livrar dela, melhor ainda!

— Sim, se *conseguir*, mas a Sra. Scorrier nunca admitiria ser destratada pela babá! E se a babá começar a afrontá-la, será muito difícil para nós!

— Está pretendendo dizer àquela mulher que os cachorros serão mantidos presos? — perguntou Aubrey, com o rosto ainda avermelhado de raiva. — Vou lhe dar um aviso, Venetia, se você fizer isso eu ponho o Flurry dentro do quarto dela.

— Oh, meu querido, não me *provoque!* — falou Venetia. — É claro que não pretendo fazer isso. Mas vou prometer que você só deixará os cachorros entrarem aqui na biblioteca. É uma bobagem Charlotte ter tanto medo de cachorro, mas... oh, Aubrey, *precisamos* lembrar que esta casa agora é *dela*, não nossa!

— Lembrar? Quando nos deixam esquecer disso?

Venetia não disse nada, encaminhando-se para a porta. Damerel abriu-a, e quando ela parou um instante para olhá-lo em silêncio, falou:

— Vejo você amanhã, mas decerto não antes do meio-dia. Eu ia dizer... mas não importa! Meu advogado está em Priory, fiquei com ele a maior parte do dia e imagino que amanhã tenha de ficar a manhã toda. É importante, senão eu o deixaria de lado. Do jeito que as coisas estão — ele fez uma pausa e deu um sorriso —, do jeito que as coisas estão, preciso lhe dar atenção. Não deixe aquela mulher irritá-la demais.

Venetia sorriu e saiu rápido da biblioteca.

Damerel fechou a porta e virou-se para analisar Aubrey, que estava junto à lareira mexendo nas toras com violência. Percebendo que estava sendo analisado, o rapaz falou em tom beligerante, ainda de costas:

— Não foi minha culpa!

— Não venha descontar em cima de mim! Eu não disse que foi sua culpa. Pare com essa raiva toda, está fazendo uma tempestade em um copo d'água. — Aubrey olhou para ele com a boca apertada e franziu as sobrancelhas. — Seu bobo! — disse Damerel, com um ar zombeteiro.

Aubrey deu uma risada.

— Eu daria tudo para estar presente quando ela contar a Conway que não permite que os cachorros entrem em casa! Quanto a Charlotte, seria bom ela se acostumar com eles, pois seu marido sempre terá pelo menos três cães nos seus calcanhares. Além do mais, os cachorros de Conway são os mais mal-educados da área, são terríveis. Ele os deixa pular nas cadeiras e lhes dá pedaços de carne na mesa. Os *meus* não são assim! Diabos o carreguem! Ele é um palhaço!

— Vamos para Priory xingá-lo em uníssono. Tenho uns nomes piores para ele na ponta da língua.

Aubrey riu.

— Não, eu não sou assim tão desprezível! Adoraria *voltar* para Priory, mas já lhe disse que não vou cair fora.

— Bem, eu nunca bato de frente com gente teimosa, então vou embora — falou Damerel, dando de ombros e pegando o chapéu e o chicote que estavam em cima da cadeira. — *Hasta mañana.*

Aubrey olhou-o de relance, parecendo hesitar, depois disse:

— Está brigado comigo? Eu não pretendi...

— Não, não estou brigado com você, seu bobo! — respondeu Damerel, rindo. — Aguente firme se achar que deve... ouso dizer que, se fosse você, faria o mesmo.

Quando Damerel saiu, Aubrey sentou-se à escrivaninha, e descarregou sua raiva compondo um epigrama latino. Depois de várias tentativas insatisfatórias conseguiu escrever quatro linhas esplêndidas, que lhe agradaram tanto que se sentou à mesa do jantar com o espírito complacente. Informado pela Sra. Scorrier que, enquanto ele não pedisse desculpa por seu comportamento, ela não notaria sua presença, ele lhe deu um simples sorriso e começou a comer com extraordinário apetite.

Ninguém conversou durante a refeição. O mau humor da Sra. Scorrier foi substituído por uma cara fechada, e a crise histérica de Charlotte deu lugar a um desânimo que a levou a responder às perguntas que lhe faziam com a voz amedrontada e fraca, como que pedindo que não tentassem tirá-la daquele estado depressivo. Levantou-se da mesa e desculpou-se, sob pretexto de uma forte dor de cabeça, e subiu para o quarto. Venetia aceitou o convite de Aubrey para jogar bilhar, e a Sra. Scorrier foi deixada sozinha à mesa. Fosse por esse tratamento ou por uma constatação inevitável de que se pusesse os Lanyon em ostracismo quem se angustiaria mais seria Charlotte, ela apareceu na manhã seguinte com um sorriso tão firme e uma conversa tão fluente e exaustiva que parecia ter tido uma completa perda de memória. Venetia não se deixou enganar pelo brilho nos seus olhos, mas respondeu com civilidade a tudo que lhe foi dito, preocupada demais com seus próprios problemas para notar que sua abstração deixava-a irrequieta e exasperada. A Sra. Scorrier percebera que fora longe demais na ânsia de garantir a Charlotte a supremacia em Undershaw. Queria livrar-se de Venetia e de Aubrey, mas não a ponto de Charlotte e ela própria passarem a ser odiadas. Além disso, não lhe agradava ver sua filha querida apoiar-se naquela detestável velha, que ameaçava lhe jogar uma jarra de água fria na cabeça quando ela tinha suas crises histéricas, em vez de buscar apoio na própria mãe que lutava por ela. Não lhe ocorrera que, se afastasse os Lanyon de Undershaw, Charlotte, em vez de mostrar-se grata e pronta a convencer Conway de que havia sido maltratada pelos cunhados, talvez ficasse do lado deles e confessasse a Conway que não fora ela a responsável por aquele grande desentendimento.

Notando que Venetia não respondia nem mesmo a elogios, sorriu ainda mais e forçou-se a dizer que seu instinto de proteger a filha querida fizera-a agir de forma brusca. O resultado desse gesto magnânimo foi desapontador, pois a única coisa que Venetia disse foi:

— Oh... a Bess! Pobre Charlotte! Espero que ela consiga superar o medo de cachorros. Os de Conway são tão barulhentos e mal-educados que acho que a vida dela será um tormento se não conseguir.

Dito isso, saiu da sala e foi pedir a Ribble que lhe trouxessem sua égua da estrebaria. Pelo que a Sra. Scorrier ouviu-a dizer a Aubrey, ia visitar um inquilino ou colono que sofrera um acidente, o que aumentou seu ressentimento, pois achava que Charlotte é quem devia fazer o papel da boa samaritana. Gostaria de acompanhar a filha na carruagem, levar conforto aos doentes e indigentes, dar bons conselhos aos descuidados, e mostrar a todos os dependentes de Conway como conseguir tirar vantagem da vida.

O que Venetia não imaginava é que nem caridade nem conselhos serviriam para a família aflita, cujo dono era um respeitável fazendeiro. O acidente que o filho caçula sofrera, um menino saudável de 10 anos, não podia ser tratado com geleias ou sopas de sustância (na opinião do pai encolerizado) pois o garoto havia quebrado o braço em consequência de uma desobediência. A visita de Venetia foi de mera cordialidade, talvez nem tivesse ido lá se estivesse mais tranquila ou com paciência para suportar as reclamações de vários membros da equipe doméstica de Undershaw sobre a Sra. Scorrier, que a todo dia lhe vinham aos ouvidos.

Naquele dia, embora desejasse que Aubrey não tivesse aparecido, sua intromissão em uma cena íntima com Damerel não a perturbou muito. Logo depois veio a visita à família do fazendeiro, e só mais tarde teve chance de pensar sobre tudo o que ocorrera na biblioteca e imaginar o significado de várias coisas que Damerel lhe dissera. Tinha agora tanta certeza de que era amada quanto de que o sol apareceria no dia seguinte; porém, quando estava desperta na cama, seus pensamentos mais profundos — nos quais nem as brigas nem a cara amarrada da Sra. Scorrier tinham o poder de interferir — eram perturbados por uma sensação de apreensão, muito incipiente para ser reconhecida de início, mas aos poucos transformada em vaga ansiedade. Nada fora dito que ela pudesse atribuir a um escrúpulo de honra masculina, frívola demais para não ser superada com facilidade; mas mesmo ao sorri· diante da loucura de Damerel, o medo de que ele por alguma razão relutasse em comprometer-se passava pela sua cabeça por um instante. Depois desaparecia rapidamente ao perceber que o seu instinto lhe dizia que não se tratava de um desejo passageiro. Seu medo não tinha motivo e originava-se dos receios ilógicos de um cérebro cansado, ou do pavor supersticioso da humanidade diante do desconhecido, deuses malignos cujo esporte era arruinar a felicidade dos mortais.

Pela manhã, os maus pensamentos amainaram. Venetia achou que a noite havia sido turbulenta quando olhou pela janela e viu folhas secas que o vento soprara e as marcas nas vidraças da chuva que não a deixou dormir, levando-a a um certo abatimento. Damerel viria a Undershaw, as apreensões da noite eram meras fantasias sombrias impostas pelos elementos da natureza. Ao lembrar que ele dissera que estaria ocupado em casa a manhã toda, sentiu-se desanimada de novo, mas então lembrou que seu advogado fora chamado a Priory, provavelmente vindo de Londres, e teria pressa de concluir os serviços para voltar para casa. Damerel também devia estar ansioso para livrar-se dele o mais breve possível. A ideia de que se ele estivesse tão apaixonado não haveria negócios importantes que o afastassem dela por tantas horas saiu-lhe da cabeça, mas sua serenidade habitual não era a mesma. Duvidou de coisas que nunca teria duvidado antes, não conseguia pensar em nada além de seus próprios problemas e sentia-se impaciente e intolerante quando a Sra. Scorrier ou Sra. Gurnard tentavam tirá-la da sua abstração.

A fazenda que foi visitar ficava distante de Undershaw; sua égua estava descansada, e embora o dia fosse sombrio e o vento lhe lembrasse que o inverno estava próximo, o percurso fez muito bem ao seu espírito oprimido. Voltou para Undershaw pouco antes do meio-dia, sabendo que naquela tarde haveria pouca chance de Aubrey interromper seu encontro com Damerel, pois havia saído de charrete com os dois cocker spaniels, um cachorro de caça, o inspetor de caça e uma cesta grande com um lanche que a Sra. Gurnard e a cozinheira haviam preparado. Aubrey não poderia voltar com nenhuma sobra de carne, senão elas ficariam magoadas, e se desconfiassem que a torta de carne de caça, a galantina, o faisão com molho de geleia e o bolo recém-saído do forno tivessem sido apreciados pelo inspetor e pelos cachorros, guardariam a mágoa para si mesmas.

Quando Venetia desmontou e segurou a bainha da saia longa, como de hábito, e Fingle veio do quarto de arreios pegar a égua, ela achou que ele tinha novidades, o que era verdade. O criado disse que meia hora depois que ela saiu de Undershaw uma carruagem parou na porta da casa para deixar o Sr. Philip Hendred.

Ela ficou pasma, pois, além de não ter sido avisada da visita, não recebera resposta à carta que enviara à sua tia informando que Conway se casara.

— Meu tio? — perguntou incrédula. Fingle sentiu-se feliz de ter causado tamanha sensação e disse que ele também ficara surpreso.

— Ele veio de longe na própria carruagem, senhorita — acrescentou, aparentemente sentindo que essa circunstância dava mais brilho à visita —, *e* com os próprios cocheiros, creio, pois não lhes pagou nada nem lhes deu dinheiro para hospedagem. Mandou-os diretamente para o Red Lion.

— Para o Red Lion! — ela o interrompeu chocada. — Meu Deus, como Ribble ou você permitiram isso?

Mas pelo visto, o Sr. Hendred recusara os convites hospitaleiros de praxe, segundo Fingle; depois das sete noites passadas em Undershaw quando da morte do antigo proprietário, ele não imporia seus cocheiros nem seus cavalos aos novos donos.

— Naquela ocasião trouxe seu *valé*, senhorita, mas dessa vez não.

Essa informação não surpreendeu Venetia. Ela disse que iria imediatamente cumprimentar o hóspede, e saiu depressa enquanto Fingle se preparava para descrever com detalhes os cavalos e os arreios da carruagem.

Não se preocupou em tirar a roupa de montaria, indo direto para a sala de visita, onde Ribble informou que encontraria o Sr. Hendred, milady e a Sra. Scorrier. Ela fez uma pausa no portal da sala, ainda com o chicote na mão, o rosto afogueado pelo vento, a cauda da saia jogada por sobre o braço. Quando o Sr. Hendred levantou-se para cumprimentá-la, ela soltou a ponta da saia, pôs o chicote de lado e estendeu-lhe as mãos.

— Meu querido, que surpresa maravilhosa! Estou muito contente em vê-lo... mas isso não me impedirá de fazer uma reclamação! Nós aqui em Yorkshire nos sentimos insultados quando nossos hóspedes mandam seus empregados se hospedarem em uma estalagem!

Antes que ele pudesse responder, a Sra. Scorrier interrompeu.

— Eu não lhe garanti, senhor, que a Srta. Lanyon protestaria? Mas a senhorita deve saber que ultimamente a regra em qualquer propriedade até maior que essa é não acomodar os cavalos dos hóspedes e receber apenas um empregado.

— Isso não se encaixa na ideia de hospitalidade da nossa região — disse Venetia. — Mas me diga, senhor, o que o trouxe a Undershaw? Espero que pretenda passar um *bom* tempo conosco, e que não vá embora apressado antes que tenhamos percebido que chegou!

O rosto severo do Sr. Hendred relaxou. Ele deu um sorriso e respondeu num tom seco e preciso:

— Meu tempo, minha querida Venetia, não é mais tão meu como gostaria que fosse. O propósito da minha visita diz respeito a você, como espero explicar.

Ela ficou um pouco surpresa, mas, como ele era seu principal curador, supôs que ele fosse discutir algum negócio.

— Se o senhor veio me dizer que minha fortuna desapareceu, vou precisar buscar meus sais aromáticos!

Ele sorriu de novo, mas de um jeito forçado, pois essa hipótese era chocante demais para ser engraçada. A Sra. Scorrier insinuou-se mais uma vez na conversa:

— É uma maldade mantê-la nesse suspense, Sr. Hendred, particularmente porque o senhor tem uma notícia tão boa a lhe dar! Não se preocupe, Srta. Lanyon! Posso garantir que é mais provável que a visita do seu tio lhe dê alegria do que tristeza!

A essa altura, duas circunstâncias ficaram claras para Venetia. Em vista da efusiva cortesia da Sra. Scorrier, deduziu que ela conhecia bem a situação social e financeira do Sr. Hendred e estava determinada a cair nas suas graças; e em vista do olhar frio em resposta aos seus esforços, percebeu que o Sr. Hendred não simpatizara com ela. Pensou em tirá-lo dali antes que ele resolvesse dar uma resposta ácida, e convidou-o a passar à outra sala para discutir alguns negócios. A Sra. Scorrier reagiu surpreendentemente bem e explicou à filha, assim que ficaram a sós, que o Sr. Hendred recebia a fabulosa soma de 20 mil libras por ano.

Charlotte admirou-se, pois não havia nenhum indício de opulência na aparência daquele homem. Pelo casaco simples que vestia, ele poderia passar por um advogado respeitável porém modesto. Era um homem magro, de estatura média, pernas longas, cabelo grisalho ralo e aspecto de quem sofre de dispepsia crônica. Vestia-se sempre com esmero e adequação, e como detestava qualquer forma de extravagância ou ostentação, não usava joias, a não ser um anel com sinete e um discreto alfinete de gravata preso nas dobras do plastrom. Não usava coletes vistosos nem camisas exageradas; deixara de comprar na Stultz e passara para a Weston's quando o Sr. Stultz teve o mau gosto de mandar seu paletó novo adornado com os botões da última moda, tendo o dobro da largura que o Sr. Hendred considerava aceitável.

Apesar de evitar os extremos da moda, era um cavalheiro de primeira linha. Além de detentor de uma bela fortuna, era tão bem relacionado que não se devia fazer observações na sua presença sobre membros da nobreza, pois havia sempre a possibilidade de alguns serem ligados a ele. Era membro do Parlamento, juiz de paz, e, como tinha grande pendor para negócios e um rígido senso de dever, seu nome era o primeiro que ocorria a alguém que precisasse de um curador ou um testamenteiro.

Sem ser avaro, gostava de planejar suas despesas. Não tolerava gastos desnecessários em casa, e, embora pagasse 60 libras por ano a uma cozinheira francesa e nunca viajasse sem cavalariços alugados, sua esposa não tentava persuadi-lo a contratar um criado a mais para a casa se ele achasse desnecessário. Além de uma mansão em Cavendish Square, possuía uma grande propriedade em Berkshire e duas menores em diferentes partes do país e, ao contrário do quinto duque de Devonshire, que mantinha dez casas com uma grande equipe durante o ano inteiro, ele conservava as suas em ordem com poucos empregados.

Venetia conheceu-o quando foi convidada por sua tia a passar uma semana em Harrogate. O Sr. Hendred tinha sido aconselhado a tentar um tratamento de águas para seus problemas de estômago, mas infelizmente nem as águas nem o clima lhe ofereceram qualquer alívio, e depois de dez dias de grande desconforto voltou para casa. Apesar das perturbações físicas, foi um anfitrião simpático e atencioso; promoveu todo tipo de diversão para Venetia e deixou bem claro, sem fazer qualquer crítica à excentricidade de seu cunhado, que desaprovava por completo a vida limitada que ela era obrigada a levar, e que ficaria feliz de tirá-la de Undershaw.

Isso não foi possível na época, mas depois da morte de Sir Francis Lanyon, quando ele reiterou sua oferta, a própria Venetia considerou impossível sair de casa. Quando ela declinou o convite, ele respeitou sua decisão. Como o assunto foi deixado de lado, ela supôs que sua decisão fora considerada irrevogável. Portanto, surpreendeu-se ao saber por ele que seu único objetivo ao visitar Undershaw era levá-la imediatamente para Cavendish Square, onde seria tratada como parte da família.

Ficou muito comovida, mas o tio não permitiu que ela expressasse seu agradecimento. Juntou as pontas dos dedos e falou com voz moderada e severa:

— Você sabe, minha querida Venetia, quais foram sempre meus sentimentos. Espero não ser necessário dizer que sua tia e eu lhe temos muita afeição. Não sou dado a hipérboles, mas não hesitarei em dizer que sua conduta, baseada como sempre foi em bom senso e princípios rígidos, merece respeito. Na verdade, minha querida sobrinha, você é uma boa moça e tem sido usada por pessoas que se preocupam com o próprio conforto em primeiro lugar! Posso lhe garantir que terei muito prazer em fazer qualquer coisa ao meu alcance para recompensá-la pelos anos sacrificados em nome do que achou ser seu dever! — Venetia fez um gesto de protesto, mas ele franziu a sobrancelha e prosseguiu em tom áspero: — Peço que me permita ser sincero com você! Apesar de evitar fazer comentários sobre as peculiaridades do seu falecido pai, creio que devo dizer que embora não negue que ele tenha sido sob muitos aspectos um homem respeitável, seu comportamento na época do infeliz acontecimento que marcou sua infância me pareceu egoísta e inconveniente. Ele estava a par dos meus sentimentos; não direi mais nada, a não ser que considerei nobre uma filha submeter-se à vontade do pai. Após a morte súbita dele, quando você sentiu que era seu dever permanecer aqui durante a *então* inevitável ausência do seu irmão mais velho, não pude negar seus argumentos nem pensei em pressioná-la. Nem tentei persuadi-la de novo, quando se tornou aparente que Conway, em vez de liberá-la das responsabilidades que você altruisticamente assumiu, não tinha intenção de pensar em nada a não ser nos próprios prazeres. Seria inútil, você encontraria desculpas para ele. Mas quando tive conhecimento do teor da carta que você escreveu para sua tia... Venetia, não tenho escrúpulo de dizer que nunca me senti tão chocado. Considero a conduta de Conway *ultrajante*, impingir-lhe desse modo não só sua esposa como também a mãe dela exime-a de qualquer obrigação de continuar em Undershaw!

— É claro que sim — ela concordou.— Não hesito em dizer o mesmo! Mas nunca acreditei ser meu dever ficar aqui por causa dele. Fiquei aqui por Aubrey. E não pense que isso significou um mínimo sacrifício para mim, meu querido senhor! Ele e eu somos ótimos amigos e cuidamos da casa juntos, posso lhe garantir.

Hendred olhou-a com um ar de triste aprovação e disse num tom seco:

— Vai ser difícil que continue assim com a Sra. Scorrier aquartelada aqui.

— É verdade, já percebi que, quanto mais cedo pensar em outro arranjo para nós dois vivermos, melhor será. Imagino que a Sra. Scorrier tenha lhe mostrado sua face mais conciliadora, para que o senhor não consiga acreditar como ela é detestável!

— Minha querida Venetia, não é preciso me dizer isso, conheço bem esse tipo de gente! Ela é uma mulher muito intrometida e autoritária. A inconveniente pressa do casamento talvez tenha sido sugestão dela, ao perceber que Conway era um bom partido para a filha. Fiquei muito aborrecido ao saber que ele não teve o mínimo bom-senso e acabou se ligando a essa menina tola, que não tem nada a favor de si senão um rostinho bonito e um temperamento agradável. Sua família é mais que respeitável, mas quanto à fortuna, não creio que ela tenha mais de 1.000 libras em seu nome, se tanto, pois os Scorrier não são ricos e seu pai, além de tudo, era o filho caçula.

Essa circunstância pareceu aumentar a repulsa dele, e durante alguns minutos não conseguiu pensar em outra coisa. Depois de fazer várias observações pungentes e falar sobre os males da impetuosidade e da improvidência, voltou ao objetivo da visita de uma maneira que demonstrava sua ideia fixa de tirar Venetia dali de imediato.

— Não quero lhe causar inconveniente, Venetia, mas ficaria muito contente se pudesse partir comigo amanhã de manhã.

— Mas não posso! Mesmo que... O senhor tem de me dar mais tempo para pensar! Há muitas considerações a serem feitas, Aubrey, Undershaw. Às vezes penso que serei obrigada a permanecer aqui até Conway voltar, pois só Deus sabe o que essa mulher poderá fazer se ficar no comando da casa!

— Não estará ao alcance dela influenciar nas decisões da casa. Não duvido que pretenda fazer isso, portanto achei prudente informar à Sra. Scorrier de que como Lady Lanyon não tem nem autoridade nem experiência para assumir o comando dos negócios do marido, este poder será transferido para as mãos de Mytchett. Na verdade, já conversei com Mytchett, agora só falta você lhe passar as informações necessárias e fornecer as orientações que considerar cabíveis. Tomei a liberdade de dizer que esperava levá-la ao escritório dele amanhã, a caminho de Londres. Quanto a Aubrey, deveria ter lhe dito antes que meu convite é extensivo a ele, naturalmente.

Venetia passou a mão na testa, com ar distraído, sem saber o que dizer ou fazer. Às objeções que fez, ele deu respostas calmas, e quando lhe falou do plano de ter sua própria casa ele disse, depois de um instante de silêncio, que teria prazer em discutir seus planos futuros quando chegassem em Londres. Acrescentou, gentilmente, que lamentava ser obrigado a apressá-la tanto, mas estava convencido de que quando ela considerasse a questão, seu bom senso a faria ver que a melhor alternativa seria sair de Undershaw e aceitar a proteção oferecida por seu tio.

— Vou deixá-la agora — anunciou, levantando-se. — Sempre que faço uma viagem longa sinto cãibra. Espero que Lady Lanyon me desculpe se eu me retirar até a hora do jantar. Não precisa se preocupar em me acompanhar, minha querida sobrinha! Sei onde fica o quarto, e já pedi à sua excelente governanta para me levar um tijolo quente quando eu tocar a campainha. Em geral, tijolo quente para os pés alivia a cãibra.

Venetia sabia que não adiantava insistir. Ele subiu para o quarto e ela começou a tentar juntar todas as informações recebidas. Não era tarefa fácil, e depois de um instante tornou-se claro que antes de chegar a uma decisão teria de conversar com Damerel. Ao lembrar que ele viria vê-la por volta de meio-dia, olhou o relógio. Faltavam poucos minutos para uma hora, talvez estivesse esperando na biblioteca. Foi para lá imediatamente mas não o encontrou. Então tomou uma resolução súbita, saiu de casa pela porta do jardim e foi depressa para a estrebaria.

Capítulo 15

Nidd, que servira Damerel quase tantos anos quanto Marston, aceitou cuidar da égua de Venetia, sem demonstrar que estranhava a visita de uma dama à casa de um solteirão. O mesmo ocorreu com Imber, que relutou em deixá-la entrar, mostrando sua desaprovação de todas as formas, sem dar uma palavra. Levou-a para um dos salões e foi avisar Damerel que ela havia chegado.

Venetia ficou junto à janela esperando Damerel, que só entrou vários minutos depois. O salão não era nada aconchegante, a lareira estava apagada e os móveis dispostos de forma desleixada. Quando Aubrey estava hospedado em Priory, eles reuniam-se sempre na biblioteca e o salão mantinha a aparência de que nunca tivera sido usado. Venetia supôs que Imber a levara para lá a fim de enfatizar sua desaprovação, ou que Damerel ainda não tivesse terminado a reunião com seu advogado. O cômodo era sem vida e escuro, mas talvez fosse porque o céu estivesse carregado de nuvens e uma chuva fina caísse.

Estava imaginando se teria se desencontrado de Damerel, se ele teria ido para Undershaw pela estrada em vez de pegar o atalho, quando a porta abriu e ele entrou.

— O que a imperatriz andou fazendo para tirá-la de Undershaw, minha admirável Venetia?

Falou num tom um tanto rude, como se tivesse sido interrompido. Venetia virou-se, tentando ler seus pensamentos, e disse com um sorriso:

— Você estava ocupado? Não parece contente por me ver!

— E não estou mesmo. Você sabe que não devia vir aqui.

— Foi o que achei que Imber pensou, mas não me importei. — Ela andou lentamente para o meio da sala e parou perto da mesa para tirar as luvas. — Achei melhor visitá-lo do que esperar que você fosse me ver. Não é fácil nos encontrarmos em particular, e preciso do seu conselho, meu querido amigo. Meu tio apareceu em Undershaw.

— Seu tio? — repetiu ele.

— Meu tio Hendred, marido de minha tia. Damerel, ele quer me levar para Londres imediatamente.

— Entendi — falou ele, após um instante de silêncio. — Bem, com isso termina um lindo idílio de outono, não é?

— Você acha que foi isso que vim lhe dizer?

Damerel olhou para ela com os olhos apertados.

— Provavelmente não. Mas é verdade. Pode ser desagradável, mas é verdade.

Venetia teve a sensação de que o sangue das suas veias estava congelando. Damerel virou-se abruptamente e foi até a janela; os olhos dela seguiram-no, mas nenhuma palavra foi dita. Pouco depois ele falou num tom áspero:

— Sim, é o fim de um idílio. Foi um outono dourado, não foi? Mas daqui a uma semana não haverá uma folha nas árvores. Seu tio chegou em boa hora. Você não acha, não é mesmo, minha querida? Mas com o tempo vai achar, eu lhe garanto.

Venetia continuou muda, sem saber o que dizer. Não conseguia compreender o que Damerel dissera, nem raciocinar diante de ideias tão contraditórias. Parecia estar sonhando, vendo as pessoas mais próximas dela comportarem-se de forma absurda. Levou a mão ao rosto e esfregou os olhos. Com uma voz de quem está no meio de um pesadelo, tentando gritar, mas só conseguindo sussurrar, ela disse:

— Por quê?

Damerel deu de ombros.

— Mesmo que eu lhe dissesse, você não se convenceria. Você mesma vai descobrir quando for menos ingênua e conhecer o mundo melhor, minha querida, um mundo que não se encontra nos livros.

— É o que você pensa? — Seu rosto ficou vermelho, e ela disse baixinho: — Eu não devia perguntar, mas quero compreender, pois creio que sou muito ingênua... preciso que você me explique.

— Creio que teria sido melhor se não tivéssemos nos conhecido — respondeu ele num tom sombrio.

— Melhor para você ou para mim?

— Para nós dois! Desde o início eu sabia que esse idílio acabaria, talvez você não soubesse. Sei que quanto mais encantador é o idílio, maior o sofrimento quando termina. O nosso não poderia durar. Mas os corações não se partem, na verdade. É claro que não, eu sei disso, creia em mim.

— Mas podem ficar feridos — disse ela com simplicidade.

— Muitas vezes... mas depois saram, já tive prova disso.

— Por que está dizendo isso? É como se quisesse me magoar, mas não é possível. *Sinto* que não é possível.

— Não, eu não quero magoá-la. Nunca quis magoá-la. O problema, meu querido encanto, é que você é meiga demais, adorável demais, e o que seria um flerte leve e alegre tornou-se um caso mais sério do que eu pretendia, ou previa, ou até mesmo desejava! Nós nos deixamos levar, Venetia. Você nunca sentiu que estava vivendo um sonho?

— Não. Mas agora sinto. *Isso* não me parece real.

— Você é muito romântica! Estávamos vivendo na Arcádia, minha menina ingênua. O resto do mundo não é tão dourado quanto esse lugar retirado! Só em fantasia todas as circunstâncias conspiram para tornar inevitável duas pessoas se apaixonarem! Nós não poderíamos estar mais isolados se tivéssemos sido colocados em uma ilha deserta. Nada aconteceu para perturbar nosso idílio, ninguém se intrometeu... Durante um mês mágico nos esquecemos, ou *eu* me esqueci, de todas as considerações práticas, até mesmo que há outras coisas na vida real além de paixão!

— Mas foi real pois aconteceu, Damerel.

— Sim, aconteceu. Digamos que foi um lindo interlúdio. Nunca poderia ser mais que isso, você sabe; talvez tenhamos posto os pés no chão, talvez tenhamos nos cansado um pouco um do outro. É por isso que disse que seu tio chegou em boa hora. *A separação é um doce sofrimento,* mas a falta de paixão... Oh, que fim amargo seria para nosso idílio de outono! Devemos conseguir olhar para trás sorrindo, meu querido encanto, não estremecendo.

— Diga-me uma coisa! Quando você fala de considerações práticas está pensando na sua vida passada?

— Sim, mas também em outras coisas. Creio que eu não seria um bom marido, minha querida. Para ser franco com você, a providência, na figura de Aubrey, interveio ontem a tempo de nos salvar do desastre.

Ela levantou os olhos.

— Você disse ontem que me amava *loucamente.* Quis dizer com isso que não era real e não podia durar?

— Sim, foi o que quis dizer — respondeu ele bruscamente, virando-se e segurando seus pulsos. — Disse também que falaria sobre isso quando estivéssemos mais calmos. Bem, minha querida, a noite traz o conselho e o dia trouxe seu tio. Vamos deixar as coisas como estão. Não falemos mais nada, *pois como não há remédio, vamos nos beijar e partir*!

Venetia levantou o rosto num convite mudo, ele beijou-a, depois empurrou-a para o lado.

— Pronto! Agora vá antes que eu me aproveite ainda mais de sua inocência. — Foi até a porta, abriu-a e disse a Imber que avisasse Nidd para trazer a montaria da Srta. Lanyon. Ao virar-se, ela viu o sorriso triste no seu rosto, e involuntariamente olhou para o outro lado. Damerel deu uma risada zombeteira e disse:

— Que ar mais trágico, minha querida. Garanto que em pouco tempo agradecerá a Deus por estar longe das garras do demônio. Não vá cair em outra cilada, então não me odeie, agradeça-me por abrir seus lindos olhos! Seus olhos são realmente lindos, *e nas pálpebras há muita doçura*! Você vai fazer sucesso em Londres, as jovens águias lhe dirão que você é um diamante da mais alta qualidade, e é mesmo, minha querida!

Venetia sentiu-se de novo como que em um pesadelo. Seu coração avisou que havia uma saída, e, se a encontrasse, encontraria também Damerel, seu querido amigo. Mas o tempo estava se esgotando, mais um minuto e seria tarde demais; em vez de agir apressadamente, a urgência bloqueou seu pensamento e deixou sua língua pesada.

Então Damerel falou de novo, sem o tom de escárnio, com a voz que ela conhecia bem.

— Aubrey vai com você?

Venetia olhou-o com ar distante e respondeu, como se tentasse lembrar-se de um nome esquecido há muito tempo.

— Aubrey...

— Para Londres!

— Para Londres — repetiu vagamente, passando a mão nos olhos. — Ah, sim, que bobagem! Tinha me esquecido. Não sei. Ele não está em casa. Saiu para caçar antes da chegada de meu tio.

— Entendi. Seu tio convidou-o também?

— Convidou. Mas ele não irá... *Acho* que não irá...

— Você quer que ele vá?

Venetia franziu a sobrancelha e concentrou-se. Ao pensar em Aubrey ficou mais calma. Imaginou-o na casa do seu tio, mimado pela tia e cansado de se ver alvo de tanta atenção, desprezando tudo o que a tia acreditava ser de primeira importância, e respondeu num tom decidido:

— Não. Não em Cavendish Square. Não seria bom para ele. Mais tarde, quando eu tiver minha própria casa... Eu lhe contei, não é? Preciso alugar uma casa, ter um lar para mim e para Aubrey. É *ridículo* Edward dizer que Aubrey deve gostar de certas coisas que detesta só porque outros rapazes gostam. Aubrey tem sua própria personalidade e ninguém poderá mudá-lo, de que vale dizer o que ele *deve* fazer?

— Nada. Aubrey pode ficar comigo! Diga que pode trazer seus cachorros e o que mais quiser. Ele precisa livrar-se daquela megera, vou fazer tudo que estiver ao meu alcance para deixá-lo à vontade aqui. Se Aubrey ficar comigo, você não vai se preocupar, não é?

— Não — respondeu ela, com um sorriso amargo. — Ah, não, por que me preocuparia? Mas...

— É só isso — ele interrompeu-a bruscamente. — Você não ficará em dívida comigo, será um prazer tê-lo na minha casa.

— Mas... você vai continuar aqui?

— Sim, vou continuar aqui! Vamos! Nidd já deve ter selado sua égua.

Venetia lembrou que ele tinha mandado buscar seu advogado para tratarem de negócios importantes; talvez tivesse descoberto que suas finanças estavam em pior estado do que imaginava. Então falou com voz tímida:

— Acho que você não pretendia agir assim, talvez os negócios em que se envolveu não tenham dado certo, não é?

Damerel deu um sorriso de escárnio mais uma vez.

— Não se preocupe, isso não tem a menor importância.

Ele segurava a porta aberta com impaciência. A segunda linha do soneto que ele havia citado lhe veio à cabeça: *Já fiz tudo, você não terá nada mais de mim!* Mas ela não disse nada, não havia necessidade; um outono dourado terminara em tempestade e chuva fina, uma bolha brilhante estourara e nada lhe restava senão conduzir-se com dignidade. Venetia pegou as luvas, o chicote e saiu do salão, atravessou o hall e abriu a porta da entrada. Imber estava a postos e ela viu Nidd mais adiante segurando as rédeas da égua. Ia dar adeus a Damerel, seu amigo e seu primeiro amor, diante dos dois, mas achou que não conseguiria proferir uma só palavra, pois a garganta doía. Virou-se para ele e respirou fundo.

Damerel não olhou para ela, mas para uma nuvem negra que vinha do oeste.

— Diabos! Você vai pegar toda essa chuva no percurso para Undershaw. Acha que vai clarear daqui a pouco, Nidd?

Nidd sacudiu a cabeça.

— Vai chover muito, milorde. Já está chuviscando.

Damerel olhou preocupado para Venetia, sorriu e sussurrou:

— Você precisa ir imediatamente, minha querida. Não posso levá-la em casa na minha carruagem, não ficaria bem! Se aquela mulher soubesse...

— Não tem importância. — Venetia estendeu a mão, muito pálida, mas com um olhar amoroso. — Adeus... meu querido amigo!

Damerel não disse nada, beijou sua mão, e ela encaminhou-se para sua égua. Ele ajudou-a a montar, como fazia quando ela vinha visitar Aubrey, mas dessa vez sem planos para o dia seguinte.

— Vá pelo atalho e não se demore! Espero que não chegue lá encharcada. Vá logo, minha menina.

Deu um passo atrás e a égua saiu andando, ansiosa para voltar para sua própria cocheira. Damerel levantou a mão para dar adeus a Venetia, mas, ao perceber que ela não estava olhando, abaixou-a e girou nos calcanhares.

— A Srta. Lanyon vai para Londres. É provável que amanhã o Sr. Aubrey venha para cá e fique por algumas semanas. Diga à Sra. Imber para deixar o quarto pronto!

Foi para a biblioteca e fechou a porta com força. Imber olhou para Nidd, sondando-o, mas esse não fez nenhum comentário. Era quase tão fechado quanto Marston. Depois que Nidd foi para a estrebaria, não lhe restou ninguém para conversar além da Sra. Imber, que estava de mau humor porque seu bolo não tinha crescido.

— Não venha me atrapalhar! Saia do meu caminho! — Imber gostaria de estar em Undershaw para saber o que pensariam quando vissem a Srta. Venetia entrar como se tivesse visto um fantasma.

Mas apenas três pessoas viram-na chegar; nem o ajudante da estrebaria nem sua jovem camareira notaram coisa alguma, além da roupa encharcada e do chapéu destruído, com a pena pendurada. Venetia subiu para o quarto pela escada dos fundos. Ao abrir a porta deparou-se com a criada, a babá, e seus vestidos e capas espalhados em cima da cama, prontos para serem colocados nas malas; os lençóis onde suas peles haviam sido guardadas durante todo o verão estavam empilhados no chão, e as maçãs ácidas para evitar traças recendiam no ar.

A babá começou a repreendê-la, e Venetia parou na porta com um olhar vago, vendo toda aquela confusão. Então a babá mandou Jenny buscar uma bacia com água quente em vez de ficar parada ali como uma idiota, sem notar que a Srta. Venetia estava ensopada dos pés à cabeça, com possibilidade de ficar doente. Levou Venetia para junto da lareira, repreendendo-a como se ela fosse a menininha de outrora que tinha medo que lhe acontecesse alguma catástrofe. Aquela menininha achava que nada lhe aconteceria enquanto a babá estivesse ali, já Venetia sabia que a velha senhora não podia ajudá-la, mas lhe dava algum conforto. A babá tirou suas roupas, vestiu-a em uma camisola, fez com que se sentasse junto ao fogo, e foi buscar um licor para ela tomar; depois esfregou seus pés frios, ajeitou o quarto, separou um vestido, falando sem esperar as respostas e olhando de esguelha para Venetia com seus olhos cansados.

— A Srta. Venetia deve descansar um pouco até vestir outra roupa de novo! Nada de dormir tarde, com tanta coisa ainda por fazer. O Sr. Hendred quer sair cedo amanhã. Não precisa se preocupar com Undershaw, daqui a pouco não terá tempo de pensar em nós. Sua tia é tão boa, a senhorita vai ver caras novas. Só Deus sabe quantos prazeres a aguardam. Será estranho, de início, e certamente a senhorita sentirá saudades de todos que conhece, mas confie na babá, não fique desanimada, pois logo se sentirá melhor, não tenha medo de nada!

Venetia, compreensiva, tentou sorrir para ela e apertou sua mão com gratidão.

— Ora, ora, minha boneca! Ora, ora, minha pombinha! — disse a babá, ajeitando seu cabelo. — Não chore, minha linda, não chore!

Mas foi a babá quem chorou, não Venetia. Vendo que ela estava calma, saiu do quarto para deixá-la descansar e dormir um pouco.

Quando voltou para ajudá-la a se vestir para o jantar (nao deixou Jenny cuidar de Venetia naquela noite), achou que ela devia ter tirado um cochilo, pois seu rosto estava rosado de novo e ela parecia mais dona de si, capaz de decidir o que devia levar para Londres e o que devia separar para ficar guardado com cânfora em Undershaw. Fizera uma lista de pessoas que precisava ver antes de partir e de providências que devia tomar. E a babá pensou consigo mesma: "*Qualquer coisa que tire sua cabeça daqui, quanto menos for dito mais rápido será corrigido.*"

Tinha acabado de apertar o vestido dela quando ouviram uma batida na porta e a voz de Aubrey, pedindo para entrar. Venetia abriu a porta e a babá sentiu-lhe o corpo rígido quando colocou uma echarpe de gaze sobre seus ombros. Assim que o irmão entrou, foi logo dizendo:

— Não venha perturbar a Srta. Venetia, mestre Aubrey. Ela está cansada e já tem coisa demais para pensar.

— Quero falar com você antes que desça — disse ele, sem tomar conhecimento da babá.

O coração de Venetia bateu forte, sabia pela expressão dele que a conversa seria difícil.

— Pois não, meu querido, pode falar! A caçada foi boa? Pegou muita chuva? Eu peguei. Obrigada, babá! Está ótimo, ninguém penteia meu cabelo como você! Oh, Aubrey, minha cabeça está girando. Estou me sentindo distante, mal posso acreditar que seja verdade, estou pronta para ir a Londres finalmente!

Sentou-se na penteadeira para não ter de olhar para ele, e começou a escolher na caixa de joias o que iria usar. Quando a babá fechou a porta, Aubrey disse:

— Você quer mesmo ir?

— Sim, como pode me perguntar isso? É exatamente o que me convém, e a você também.

— Não me convém ficar com a tia Hendred, se é a isso que está se referindo.

— Não, nada disso, mas... Você já viu o tio?

— Já vi, sim. E lhe disse que não vou, a não ser que você precise particularmente de mim.

— Aubrey, você foi indelicado com ele?

— Não, não! — respondeu Aubrey impaciente. — Disse o que era apropriado, é claro! Falei que, como Appersett tinha estado fora, eu agora precisava estudar muito. Ele compreendeu. Aliás, não se importou. Minha tia preferiria que eu não fosse, sei disso. Mas não faz mal! Ele falou que você lhe disse que planeja ter uma casa que fosse sua... e me fez prometer que eu não a encorajasse, pois não daria certo.

— Meu querido, espero que não tenha dito nada a ele. Não faz sentido. É por isso que estou contente por ter essa oportunidade. Tinha decidido que não poderia continuar em Undershaw com a Sra. Scorrier, e como posso encontrar uma casa que nos convenha a não ser estando na cidade? Não gostou da ideia? Não vou forçá-lo a se afastar do Sr. Appersett, mas quando você for para Cambridge terá férias e...

— Não é isso! — ele a interrompeu. — Deve haver muitos professores em Londres, ou eu poderia estudar sozinho. O que não posso entender... Venetia, Jasper já sabe disso?

— Sim, fui lá contar a ele... Achei que provavelmente você não se mudaria para Cavendish Square, e queria ter certeza de que...

— O que ele disse?

— Precisa perguntar? Disse no mesmo instante que teria prazer em recebê-lo por quanto tempo você quisesse. Falou para você levar seus cavalos e cachorros, e lembrei que nesse caso deve levar Fingle também. Explique a ele que, em Priory, Nidd é o chefe dos cavalariços. Você sabe disso, não é?

— Oh, meu Deus! — ele a interrompeu, irritado. — Eu cuido de tudo isso! Jasper quer que você vá? Eu pensei... Venetia, você não vai se casar com ele?

— É claro que não! Está se referindo a uma conversa tola que tivemos um dia, não é? Esqueça isso, creio que não vou me casar com ninguém. Pensei a certa altura que poderia me casar com Edward, depois achei que talvez Damerel fosse melhor, e agora... bem, agora só penso em ir a Londres, sou um caso perdido!

— Achei que você estivesse apaixonada... que os dois estivessem.

— Só flertamos, seu bobo!

Aubrey olhou para ela por um instante.

— Mas ainda acho. Não noto muitas coisas, mas sei quando você está fingindo.

— Mas Aubrey, na verdade...

— Não diga nada! — falou ele, furioso. — Se não quer me dizer, tudo bem, mas não me venha com essa história. Não quero me intrometer, detesto quem se intromete!

— Não fique zangado comigo! Por favor, não! — ela conseguiu dizer.

Aubrey foi mancando até a porta, onde fez uma pausa e olhou para trás.

— Não estou zangado. Não com você... pelo menos, acho que não. Suponho que saiba o que está fazendo. Mas esperava que vocês fossem ficar juntos. Eu gosto de Jasper. Pois bem! — Abriu a porta e saiu, tirando-a da cabeça.

Capítulo 16

Três dias mais tarde Venetia acordou, depois de uma noite turbulenta, ao som de uma voz estridente e monótona oferecendo objetos para a cozinha aos moradores de Cavendish Square. A Sra. Hendred instalara a sobrinha no melhor quarto de hóspedes, que dava para a praça, dizendo que ela acharia o quarto muito silencioso, mais do que os que davam para a rua. Era certamente mais silencioso do que o quarto em que ela dormira em Newark na noite anterior, mas, para quem estava habituada ao silêncio do campo, mais parecia um pandemônio que o local calmo que os corretores de imóveis anunciavam. Dava a impressão de que ninguém dormia em Londres, e quando ela começava a dormir, num intervalo do fluxo incessante do tráfego, acordava assustada com a voz do vigia informando as horas e o clima. Os ouvidos dos londrinos pareciam ser insensíveis, e talvez os dela também se acostumassem àquela algazarra sem fim. Como era bem-educada, disse à tia que tivera uma ótima noite e que se sentia perfeitamente descansada da viagem.

Mas seus olhos pesados a traíam. Na verdade, havia dormido muito mal nos três últimos dias, e como não estava habituada a viajar, o percurso de quase 300 quilômetros deixou-a exausta. Quando finalmente foi para a cama, mal podia acreditar que não iria mais sentir os solavancos da estrada.

Sua partida para Londres, com a qual ela tanto sonhara no passado, ficaria na lembrança como um verdadeiro pesadelo. No início aturdiu-se, com as várias providências a serem tomadas às pressas: encontrar-se com Powick, enviar contas, chaves e memorandos, e escrever uma carta para Lady Denny. O pior de tudo foram as despedidas, pois a babá, a Sra. Gurnard e Ribble choraram e tiveram de ser confortados. No momento de despedir-se de Aubrey, sabendo que seu tio a esperava com o relógio na mão, ficou tão emocionada que não conseguiu falar; abraçou-o com força sem ver seu rosto, tantas eram as lágrimas que lhe enchiam os olhos.

Não houve tempo para pensar até saírem de York, onde passaram uma hora com o Sr. Mytchett. Quando ela assinou o último documento que lhe apresentaram e respondeu às últimas perguntas feitas com todo o cuidado, foi demais. O Sr. Hendred, resignando-se a uma inevitável recorrência do seu tique nervoso, enrolou um xale na cabeça, recostou-se no banco da carruagem e fechou os olhos. Então sua sobrinha pôde finalmente refletir um pouco. Não se sentia feliz, e tinha tanto em que pensar que mal olhou a paisagem desconhecida dos campos e tampouco procurou pontos de referência notáveis. Deu uma olhada rápida nos cocheiros e pouco se interessou pelas cidades históricas por onde passavam. A primeira parte da viagem era curta, restando ainda mais de 150 quilômetros a serem cobertos. Apesar de terem parado uma noite na estrada, por sugestão de seu tio, quando a carruagem finalmente entrou em Cavendish Square, Venetia estava tão cansada que respondeu às solicitudes da tia automaticamente e forçou-se a comer um pouco da elegante ceia que lhe ofereceram. A Sra. Hendred não podia ter sido mais calorosa ao receber a sobrinha que não via havia sete anos. Sua atenção era toda voltada para ela — levou-a para seu quarto e lá permaneceu enquanto a camareira cuidava da sobrinha, só deixando-a depois de levá-la para a cama, beijá-la e murmurar em seus ouvidos promessas carinhosas.

A Sra. Hendred era uma mulher muito bonita, de bom gênio e pouco bom-senso. Seu principal objetivo na vida era estar em dia com a moda e arranjar casamentos vantajosos para as cinco filhas depois de terem sido apresentadas à sociedade, uma após a outra. Conseguira um ótimo partido para Louisa naquele ano e esperava ter a mesma sorte com Theresa na primavera seguinte, caso o tratamento que estava fazendo no dentista tivesse sucesso e não fosse preciso extrair os três dentes da frente para colocar dentes postiços. E talvez antes da sua introdução na sociedade pudesse encontrar um marido para a linda sobrinha. Theresa era bem-apessoada e conseguiria um marido bonito, mas a Sra. Hendred não se iludia; apesar de Venetia já contar 25 anos, era tão bela que as pessoas viravam a cabeça quando ela passava na rua, e tinha mais charme que todas as meninas Hendred juntas. Havia certas dificuldades para casá-la com um homem adequado, a Sra. Hendred estava bem a par disso, mas com seu otimismo esperava que a beleza, o charme e a considerável independência financeira de Venetia ajudariam-na a encontrar uma aliança respeitável. Tinha pena de Venetia não querer se casar com Edward Yardley, pois ele seria o noivo ideal — além de ser um rapaz afetuoso, era apreciado pelo pai dela. Sir Francis, anos atrás, recusara por escrito a oferta da irmã de apresentar Venetia à sociedade dizendo que o casamento da filha já estava decidido. Mas quando a Sra. Hendred informou isso a Venetia, ficou chocada ao saber que a sobrinha não pensava em se casar e fora à cidade com a intenção de alugar uma casa para morar com Aubrey, em uma parte tranquila da cidade, talvez no subúrbio. A senhora não poderia ficar mais horrorizada se Venetia tivesse declarado que queria entrar para um convento, e pediu-lhe encarecidamente que tirasse aquela ideia da cabeça.

— Seu tio não vai aceitar! — declarou.

Venetia, que a achava quase sempre cômica, não pôde deixar de rir, mas falou em tom carinhoso:

— Querida madame, eu não a afligiria por nada deste mundo, mas já estou com mais de 21 anos e meu tio não tem poder algum sobre mim.

O máximo que a tia conseguiu foi uma meia promessa de Venetia de não pensar em alugar uma casa e contratar uma acompanhante até estar aclimatada à vida e aos costumes da cidade. Seria pouco gentil fazer planos de sair da casa da tia logo depois de ter chegado; tão pouco gentil quanto mostrar que não tinha interesse nos deliciosos planos feitos para diverti-la. A Sra. Hendred, que detestava a vida do campo, estava tão determinada a compensar Venetia pelos anos perdidos em Yorkshire, e tão ansiosa para fazer tudo que estivesse ao seu alcance para lhe dar prazer, que por gratidão e educação Venetia não podia dizer que só queria ficar em paz e sozinha. Sentia que o mínimo que devia fazer era sorrir e fingir que estava feliz.

Em breve descobriu que, para a Sra. Hendred, tranquilidade e prazer eram menos importantes do que seu credo em moda. Como a tia tinha uma grande prole, Venetia supôs que fosse uma mãe dedicada, mas surpreendeu-se ao ver que aquela mulher tão afetuosa entregava as filhas aos cuidados das governantas e das babás. Quando a conheceu melhor, notou que embora a tia tivesse bom coração, era, a seu próprio modo, tão egoísta quanto seu irmão excêntrico. Apesar de afetuosa com os filhos e com as inúmeras amigas, seus sentimentos mais profundos eram voltados para si mesma. Ela era indolente por natureza, e depois de passar meia hora com os filhos cansava-se de conversar com eles. Até mesmo Theresa, às vésperas de debutar, só podia aparecer na sala com a irmã depois do jantar, quando as visitas tinham se retirado, pois a Sra. Hendred era contra jovens que ainda não ainda não haviam sido apresentadas à sociedade se imiscuírem com os convidados. Quanto aos três filhos, o mais velho estava em Oxford, o segundo em Eton e o mais novo no colégio primário.

O Sr. Hendred raramente permanecia em Cavendish Square, passava grande parte do tempo viajando pelo país, a negócios privados ou públicos. Venetia achava que ele não participava muito da educação dos filhos nem da administração da casa, mas era muito respeitado por todos, suas poucas ordens eram obedecidas imediatamente e sem questionamento e suas declarações eram consideradas certas em caso de disputa. Depois de instalar Venetia em casa e dizer que ela devia lhe avisar quando precisasse de dinheiro, entregou-a à esposa, expressando a toda hora que esperava que ela estivesse se divertindo.

Até certo ponto ela estava se divertindo mesmo. Teria sido impossível não se divertir na sua primeira visita a Londres, onde tudo era novo e maravilhoso. A tia gostaria de tê-la levado à Ópera e ao Almack's, e declarou umas dez vezes que era uma pena ela não ter estado lá na temporada de óperas Criada no campo, Venetia ficou surpresa ao saber quantos programas podiam ser feitos nos dias já sobrecarregados de compromissos. Londres ficava vazia naquela época do ano, mas muitos membros da *alta sociedade* — que detestavam a vida do campo, como a Sra. Hendred — permaneciam na metrópole no início de outubro e constituíam uma verdadeira multidão, na opinião de Venetia. E um número respeitável de convites com letras douradas era entregue em Cavendish Square. Até mesmo a peça mais medíocre era apreciada por alguém que nunca estivera em um teatro, e durante os passeios no Hyde Park, a Sra. Hendred sempre lhe mostrava figuras importantes. Caminhar pela Bond Street, a rua mais elegante da cidade, era interessante e divertido, pois, além de encontrar gente vestida com as últimas novidades, via também as lojas mais finas do mundo. Apesar do espírito elevado de Venetia, ela não desprezava a moda. Tinha um bom gosto natural, e a Sra. Hendred ficou aliviada ao ver que os vestidos que trouxera de Yorkshire não eram feios e tinham sido até elogiados por sua costureira. Mas Venetia estava sempre pronta a aumentar seu guarda-roupa; na verdade, tinha grande prazer em vestir-se conforme ditava a moda. Divertia-se muito na companhia da Sra. Hendred, pois, como convivera sempre com gente egoísta, não se sentia alienada pela determinação da tia de não permitir interferências no seu próprio conforto. Continuava a achá-la engraçada, e lhe tinha muita afeição. Entretanto, por trás daquela vida de entretenimento sentia-se muito infeliz e às vezes sofria de crises de angústia. Não conseguia tirar Damerel da cabeça; pensava no que lhe diria sobre a Catedral de St. Paul, ou como ele riria se soubesse que a Sra. Hendred achava que comendo um prato de biscoitos nas refeições estaria fazendo dieta, mesmo tendo se regalado com pratos deliciosos, como torta de trufas e de lagosta. Apesar de manter o sorriso matreiro nos lábios, ao lembrar que nunca mais lhe contaria uma piada e talvez nunca mais o visse era tomada de tamanho desespero que compreendia por que gente como o pobre Sir Samuel Romilly cometia suicídio, e invejava-o por ter escapado da desesperança. Vivia sonhando com as cartas pouco frequentes de Aubrey, embora não lhe trouxessem grande conforto. Ele era um mau correspondente, e as notícias que mandava quase sempre referiam-se a Undershaw. Só mencionava Damerel para dizer que tinha saído para caçar com ele ou que ganhara três vezes consecutivas dele no xadrez.

Venetia era, por natureza, uma pessoa fechada, não chorava muito nem tinha crises de abstração letárgica. Somente seu olhar perdido no espaço a traía, deixando a tia preocupada.

Em termos gerais dava-se muito bem com a Sra. Hendred, que por sua vez estava contente com ela. Era uma companhia atenta, vestia-se com muito gosto, tinha maneiras graciosas e não se sentia encabulada no meio de estranhos, como seria de se esperar. Agia com grande desembaraço e conversava tão facilmente com um homem inteligente quanto com um imbecil.

A Sra. Hendred só via uma falha em seu comportamento: sua incurável independência. Nada a persuadia de que não era de bom-tom pensar em ter sua própria vida sem dar satisfações aos mais velhos e que era absolutamente impróprio andar sozinha em Londres. Em todas as outras circunstâncias Venetia estava pronta a agradá-la e a levar em conta seus julgamentos, mas não abria mão de sua liberdade. Fazia compras sozinha, andava sozinha nos parques, e assim que descobriu que sua tia visitava monumentos históricos com extrema relutância e que só se interessava por pinturas de artistas famosos, criou o hábito de sair à tarde, enquanto a tia usufruía de um revigorante cochilo, e visitar lugares como a Abadia de Westminster, a Torre de Londres ou o Museu Britânico.

— O que, pondo de lado qualquer outra consideração — disse a Sra. Hendred num tom dramático —, é o bastante para que a considerem uma intelectual! E *nada* pode ser mais fatal que isso!

Essa conversa ocorreu durante um lanche, e Venetia, que observava muito surpresa as extraordinárias caretas que a tia fazia toda vez que tomava um gole de sua bebida, exclamou:

— Minha querida madame, está certa de que não há nada de errado com o xerez que está tomando?

Ao falar isso olhou para o mordomo, um indivíduo de rosto inexpressivo, mas que ao ouvir essas palavras teve um pequeno tremor de emoção. A Sra. Hendred explicou imediatamente, com um suspiro:

— Não é xerez, minha querida, é vinagre!

— *Vinagre?* — repetiu Venetia, incrédula.

— Sim — respondeu a tia com ar desanimado. — Bradpole teve de soltar *cinco centímetros* nas costuras do meu vestido de cetim cor de alfazema, aquele com corpete, cauda com borda dupla e renda no pescoço. Preciso emagrecer, e não há nada melhor do que vinagre para isso. Vinagre e biscoito duro. Byron vivia de dieta, pois tinha grande tendência a engordar e só assim conseguia manter o peso.

— Não sei como não se matou. Tia, ele *não pode* ter sobrevivido a essa dieta!

— É o que você acha, mas foi Rogers que me contou. A primeira vez que ele jantou com Rogers não comeu nenhum dos pratos que estavam à sua frente, só biscoitos duros. Ou será que eram batatas? Não tenho muita certeza, mas sei que ele usou vinagre.

— Mas não para beber! — protestou Venetia.

— Talvez não tenha *comido*, mas *deve* ter bebido — ponderou a Sra. Hendred.

— Talvez tenha usado vinagre por cima da comida. Ficaria muito doente se tivesse bebido um copo cheio!

— Você acha que é isso que devo fazer? — perguntou a Sra. Hendred, olhando com pena para o creme de amêndoas em seu prato.

— É claro que não! — disse Venetia, rindo. — Por favor, deixe Worting tirar isso, madame.

— Creio que estragaria o creme. Talvez dê no mesmo se eu comer um biscoito. Worting, me passe o creme. Depois pode ir. Não vou precisar de mais nada, a não ser dos biscoitos que estão em cima da mesa. Minha querida, você deve provar um, são deliciosos, você não comeu quase nada.

Para ser gentil, Venetia pegou um biscoito e mordiscou-o enquanto a tia voltava a tentar convencê-la de que passeios solitários nunca deviam ser feitos por moças de *elite*. Venetia deixou-a falar, pois não podia dizer que andava pela cidade para tentar ocupar a cabeça, nem podia dizer que não estava sozinha — tinha sempre um fantasma ao seu lado, invisível e mudo, mas tão real que às vezes ela sentia que, se estendesse a mão, o encontraria.

— ...e é especialmente importante, minha querida, que você se comporte com o *máximo* de decoro! — disse a Sra. Hendred.

— Por quê? — perguntou Venetia.

— *Toda* mulher solteira deve comportar-se assim, e na sua situação, Venetia, você não pode se descuidar! Minha querida, se você conhecesse o mundo como eu conheço, saberia como as pessoas são maldosas, especialmente quando uma moça é muito bonita e chama tanta atenção quanto você.

— Bem, eu não acho que possam falar coisas de mim só porque saio sozinha. Pelo menos, coisas que me incomodem.

— Oh, Venetia, por favor, não fale assim! Pense como seria horrível se falassem que você é *promíscua!* Pode estar certa de que estarão alertas ao menor sinal e prontos para *atacá-la*! Eu não diria nada contra você, minha querida menina, mas diria contra outra moça na sua situação!

— Mas que situação é essa que faz com que as pessoas me ataquem?

— Oh, minha querida, eu gostaria que você não... Você me desconcerta! Morar com Aubrey sem uma acompanhante, e... Você deve saber que isso não será bem visto.

— Não sei, só sei que não adianta discutirmos sobre isso, madame! Talvez muita gente concorde com a senhora, mas como alguém em Londres poderá saber qual era a minha situação? Tenho certeza de que a senhora não espalharia isso!

— É claro que não! Nunca fiz isso! Mas... Essas coisas são descobertas, não sei como, mas *são!*

Como Venetia achava impossível acreditar que o que acontecia em Undershaw podia ser descoberto em Londres, não se preocupou com a advertência da tia. Felizmente não era difícil distraí-la, e em vez de discutir com ela, Venetia aproveitou-se da primeira oportunidade para mudar de assunto, dizendo que tinha ouvido falar na Biblioteca Hookham, naquela manhã, que os médicos da rainha não esperavam que ela durasse mais que uma semana. Ao ouvir isso, o pesadelo recorrente da Sra. Hendred — de que Sua Majestade (que todos sabiam ser resistente como uma rocha) sobreviveria ao inverno e arruinaria as chances de Theresa se morresse no meio da estação seguinte — dissipou-se. Ficou imaginando quanto tempo a corte (e naturalmente a *elite*) se manteria de luto, e esqueceu que não conseguira arrancar nenhuma promessa da sobrinha.

A rainha morreu em Kew, na madrugada de 17 de novembro. O Sr. Hendred deu a notícia à esposa, e ela, que estava deprimida porque a costureira não entregara em Cavendish Square o vestido de passeio conforme o prometido, animou-se.

O único porém da notícia foi o fato da rainha ter morrido no dia 17 e não no dia 18, pois 17 era o dia marcado para o baile em homenagem a Venetia. Poucas coisas podiam ter sido mais desnorteantes, uma vez que todos os preparativos haviam sido feitos pela Sra. Hendred: organizar o menu da ceia com a cozinheira francesa, falar com Worting sobre o champanhe, decidir o que vestir, e mostrar a Venetia como preparar os convites. Depois de pensar o que deveria fazer com os cremes, os acepipes e as aves recheadas, teve a brilhante ideia de dar um jantar para alguns amigos que tinham sido convidados para o baile; um jantar informal, é claro, uma noite calma, *sem* música, mas com mesas para jogarem *whist*.

— Não mais que doze pessoas, senão pareceria uma *festa* — disse a Venetia. — Isso basta! A propósito, minha querida, lembrei que você não tem luvas pretas, precisamos sair imediatamente para comprá-las. E fitas pretas também. Acho que deve usar uma roupa séria, nada de decotes. Vou convidar gente *jovem*. Só alguns dos meus melhores amigos! O que acha de Sir Matthew Hallow? Creio que ele gostaria de jantar conosco, e você gosta dele, não é, minha querida?

— Gosto muito — respondeu Venetia, distraída.

— É uma excelente pessoa; eu sabia que você teria prazer na companhia dele e ele na sua. Ele a admira muito, já notei isso.

— Desde que não fique me fazendo elogios a noite toda, o que acho que não tem a menor intenção de fazer, pode me admirar quanto quiser — disse Venetia.

A Sra. Hendred suspirou, porém não disse mais nada. Sir Matthew Hallow, embora não fosse o homem ideal para a jovem, tinha muitas qualidades, e ela alegrou-se ao ver que ele e Venetia se davam bem. Talvez fosse um pouco velho para a sobrinha, e infelizmente era viúvo, mas parecia apreciá-la bastante. Embora fosse voz corrente que enterrara o coração no túmulo da esposa, não havia dúvida de que se impressionara com a beleza de Venetia e que gostava de sua companhia.

Mas como Sir Matthew Hallow não era o único marido que a Sra. Hendred aspirava para a sobrinha, não se impressionou com sua falta de entusiasmo. Decidiu convidar também o Sr. Armyn para o jantar; ele sabia tudo sobre a cultura romana e talvez fosse do agrado de uma moça que passava três horas no Museu Britânico e pegava na biblioteca pública livros sobre a Idade Média.

Venetia parecia gostar do Sr. Armyn, pois ele era um homem bem informado. Gostava também de dois outros pretendentes solteiros e concordava que um tinha um bom endereço e o outro era extremamente cavalheiro. A Sra. Hendred tinha grande tendência a verter lágrimas, e provavelmente teria chorado se soubesse que Venetia agora dedicava suas tardes a procurar uma casa.

Para ela era uma tarefa exaustiva e sem graça, mas já estava vivendo há um mês com a tia, e além de achar que o período era tempo demais para uma visita, sentia-se cada vez mais ansiosa para ter seu próprio lar. Talvez não se sentisse tão infeliz se conseguisse manter-se ocupada o tempo todo, como pretendia; talvez esquecesse seu grande amor ou se habituasse à desolação, como Aubrey se habituara a mancar.

Ao voltar uma tarde de uma de suas expedições, foi informada pelo lacaio que lhe abriu a porta que um cavalheiro viera visitá-la e estava conversando com a Sra. Hendred na sala de visitas. Venetia ficou imóvel, sentindo o coração bater forte.

— O Sr. Yardley, senhorita — informou-lhe o lacaio.

Capítulo 17

EDWARD FOI A LONDRES com dois objetivos. Um deles era consultar um médico recomendado por Huntspill. Não que achasse que havia razão para alarme, mas não podia negar que não se livrara da tosse, o que deixava sua mãe nervosa. Diante do receio dela de que o filho tivesse algo mais sério, Huntspill achou melhor que ele fosse ver um médico em York, e Edward preferiu consultar um médico em Londres.

— Imagino, minha querida Venetia, que não precise dizer *por que* preferi vir a Londres, ou qual era meu *outro* objetivo ao visitar a metrópole — disse ele num tom malicioso.

— Lamento que você ainda não esteja recuperado. A Sra. Yardley também está na cidade?

Não, Edward viera sozinho. Sua mãe queria muito acompanhá-lo, mas ele achou que a viagem seria fatigante e a senhora permaneceu em Netherford. Ele estava hospedado no Reddish's, que lhe fora recomendado como um bom hotel, mas se surpreendeu ao ver que era muito maior do que haviam lhe dito. Talvez a conta fosse salgada.

— Mas não vou me arruinar por isso, quando a gente viaja tem direito a uma pequena extravagância.

Quando a Sra. Hendred saiu da sala, dando uma desculpa qualquer, ele disse a Venetia que ficara feliz de vê-la rodeada de tanto conforto. Não tinha dúvida de que sua tia era uma mulher respeitável, mas só se sentiu tranquilo depois que a conheceu. Percebia que ela estava vivendo num mundo de alta elegância, sem dúvida num tumulto de diversões.

— Sua tia tem um grande círculo de conhecidos. Deve receber muito. Você vai conhecer muitas pessoas novas!

Não foi difícil perceber qual era o objetivo dele ao vir a Londres. O jovem não se sentiu em perigo com Damerel, mas os pretendentes desconhecidos talvez deslumbrassem os olhos da inocente moça do campo.

Venetia, interrompendo suas tentativas de descobrir que pessoas ela já tinha conhecido, perguntou se ele havia estado com Aubrey. Edward ficou sério e disse:

— Estive com Aubrey, sim. Sei que você gostaria de ter notícias dele, então fui a Priory; um tanto a contragosto, devo dizer, pois Damerel não é um homem cuja companhia eu aprecie. Foi muito estranho, Venetia, seu tio não ter convidado seu irmão para vir para Londres com você. Fiquei indignado.

— Mas ele convidou, foi Aubrey que não quis vir. Ele está bem? Por favor, me diga... Como vão as coisas em Priory! Aubrey é um péssimo correspondente.

— Ele vai muito bem. Não preciso dizer que estava com o nariz enfiado em um livro e a escrivaninha, entulhada de papeis. Tentei brincar com ele sobre suas *barricadas,* como costumo chamar. Comentei que quem gosta tanto de livros quanto ele não devia deixá-los esparramados pelo chão. Ele *nunca* guarda os livros que já leu?

— Não, nunca. Você disse a ele que vinha a Londres?

— Certamente, por isso é que fui visitá-lo! Perguntei se ele queria lhe mandar algum recado, ou carta, mas ele estava num dia de mau humor; você sabe como Aubrey fica quando alguém tenta lhe dar um conselho. Não gostou quando lhe lembrei que os livros que estavam no chão não eram dele.

— Aubrey não reconhece sua autoridade, Edward. Na verdade, *você* é a única pessoa que age assim e eu gostaria que lembrasse que não tem ingerência sobre ele.

— Mas não é uma questão de *ingerência*! Supõe-se que um rapaz da idade dele deva aceitar uma crítica amistosa.

— Quem conhece Aubrey sabe que ele não aceita. A verdade é que você e ele não se dão muito bem.

— Sinto contradizê-la, minha querida Venetia! — falou ele sorrindo. — A verdade é que mestre Aubrey é ciumento e ainda não aprendeu a superar isso. Com o tempo aprende, particularmente se não dermos ouvidos ao seu mau humor.

— Você está enganado, Edward — disse ela, olhando fixo para ele. — Aubrey não é ciumento. Ele sabe que não há razão para ser, e não creio que seria se houvesse. Ele não se interessa muito por *gente*. Já lhe disse isso antes, mas você não acredita no que eu lhe digo. Não desejo magoá-lo, pois somos muito bons amigos e eu... lhe devo muitas gentilezas, mas, por favor, acredite pelo menos em uma coisa! Eu não...

— Se você fosse exaltada como Aubrey, eu a deixaria dizer coisas das quais se arrependeria depois! Sem dúvida acabaríamos brigando e talvez disséssemos coisas desagradáveis *um ao outro*. Porém creio que tenho mais bom-senso do que você imagina e, além disso, minha querida, conheço-a um pouco melhor do que você própria se conhece! Imagino que vá me dizer que sou impertinente, mas não importa. Você é impetuosa, jovial, está tendo o primeiro gostinho da chamada *sociedade*, e tenho certeza de que conheceu um grande número de admiradores. É mais que natural que esteja se sentindo um tanto atordoada, e não tenho intenção alguma de ir contra seus prazeres do momento. Mas não pense que quando nos casarmos não terá prazeres semelhantes. Não gosto de viver na cidade, mas creio que há vantagem em participar do mundo de quando em vez; é muito divertido estudar as maneiras e costumes de pessoas com estilos de vida tão diferentes dos nossos!

— Edward, se eu algum dia levei-o a supor que me casaria com você, peço desculpas, mas digo agora que essa hipótese não existe — declarou Venetia com seriedade.

Mas ela percebeu que suas palavras não o impressionaram. Ele continuava sorrindo, de um modo absolutamente irritante, e falou num tom jocoso:

— Creio que estou ficando um pouco *surdo!* Mas você não me contou, Venetia, se está gostando de Londres e o que tem visto por aqui. Posso imaginar sua surpresa quando descobriu o tamanho da cidade, os vários aspectos de vida que oferece aos olhares curiosos, os parques e monumentos, as belas mansões dos emergentes, as choças dos destituídos, os pobres em andrajos, e os nobres com roupas roxas de seda!

— Eu nunca vi um nobre com roupas roxas de seda. Creio que só usam esse tipo de vestimenta em ocasiões públicas.

Edward riu com vontade, e disse que ela levava tudo ao pé da letra. Prometeu mostrar-lhe alguns lugares interessantes que ela talvez ainda não tivesse descoberto. Ele estivera em Londres duas vezes, mas na primeira vez ficou tão maravilhado que só conseguiu ver o que estava à sua volta (como ela sabia, tinha a idade de Aubrey naquela época). Na segunda viagem comprou um excelente guia turístico, com informações dos pontos mais significativos a serem visitados e pôde apreciar melhor os locais que conhecera antes. Tinha trazido o livro de novo e o lido de ponta a ponta na viagem, para refrescar a memória.

Venetia ficou pasma com ele. Nunca o entendera bem, mas na presente circunstância não conseguia imaginar como ele podia manter-se tão calmo e confiante. Não acreditava que tivesse uma grande paixão por ela, imaginava que depois de decidir que ela lhe convinha como esposa, acostumara-se com a ideia e não conseguia pensar de outra forma; ou talvez o bom conceito que tinha de si próprio não lhe permitisse crer que ela pudesse recusar seu pedido de casamento. Pelo visto, não tomara conhecimento da declaração direta que ela dera, concluiu que estava mal-humorada e assumiu portanto uma atitude de tolerância, como um pai diante da filha mimada. Não pôde deixar de censurá-la por ter ido embora de Undershaw sem informá-lo da sua intenção; quem lhe contou foi sua mãe que, por sua vez, soube por Lady Denny, e ele ficou muito surpreso. Mas Edward perdoava-a e não pretendia repreendê-la, pois ela devia estar muito perturbada para agir assim. Aproveitou para protestar contra o casamento de Conway e demonstrou seus sentimentos sobre ele mais abertamente do que era seu costume quando falava com Venetia. Admitiu que costumava fazer um juízo melhor de seu irmão, e ao discutir o assunto expressou-se de forma tão sensível que Venetia mostrou-se benevolente com ele novamente. Edward achara oportuno levar a mãe para conversar com Lady Lanyon, e disse que a conversa não durou mais que 20 minutos, sendo que metade daquele tempo teria sido suficiente para lhe dar uma boa noção do caráter da Sra. Scorrier. Uma mulher intolerável! Charlotte não tinha charme algum e lhe deu pena pensar que uma menina tão tola tomara o lugar de Venetia em Undershaw. Ele imaginou que a situação dela tivesse sido muito desconfortável, e quando a Sra. Scorrier começou a falar que Aubrey decidira mudar-se para Priory e que *ela* tentara persuadi-lo a ficar em Undershaw, seus olhos decerto encheram-se de lágrimas. Uma mulher de espírito pobre! Não via nenhuma qualidade nela que admirasse. Conway teria feito melhor mantendo seu compromisso com Clara Denny.

— Pobre Clara! Se ao menos pudesse ver em que fria teria se metido!

Edward disse em tom grave:

— Creio que em parte ela percebe que estava enganada com relação a Conway, mas ainda é muito cedo para consolar-se com a ideia de que ele não a merecia. Tenho muita pena dela, a consciência de seus próprios erros pesa no seu espírito, mas ela se comporta com grande dignidade e coragem. Nós conversamos um dia, e creio que a deixei um pouco mais animada. Esse assunto é proibido em Ebbersley, portanto ela não pode fazer reflexões racionais sobre o caso com Sir John, como deveria.

— Que bom que você a apoiou — disse Venetia, com os lábios tremendo involuntariamente. — Agora me fale sobre Undershaw! Estão todos bem? Não me refiro à Sra. Scorrier e Charlotte, mas aos nossos empregados.

— Bastante bem, mas ninguém esperaria que seus empregados tivessem boa vontade com Lady Lanyon, já que a chegada *dela* provocou a *sua* saída. Pelo que Powick me disse uma semana atrás, elas percebem isso e se ressentem da situação. Pode ter certeza de que não comentei nada com Powick, mas quando voltei para casa refleti melhor e concluí que embora não tivesse intenção *eu* fui culpado por essa situação canhestra.

— Você? — exclamou Venetia. — Meu querido Edward, o que está dizendo? O único culpado foi Conway! Você não teve nada a ver com isso!

— Não tive nada a ver com o casamento de Conway nem poderia ter impedido que ele se casasse, não foi a isso que me referi. Sua conduta me mostrou que os escrúpulos que não me deixaram forçar você a aceitar o *nosso* casamento depois da morte de seu pai resultaram em uma situação infeliz, que não teria ocorrido se você já estivesse estabelecida em Netherford. O arranjo atual é lamentável, sob todos os aspectos. Não falo dos mexericos que devem ocorrer, pois embora fosse natural que Aubrey viesse com você para Londres, foi atípico decidir morar a poucos quilômetros de Undershaw. Como está perto, vê Powick com frequência, e os empregados não prestam lealdade à esposa de Conway. Não acho isso certo, suspeito que apelam para Aubrey em qualquer dificuldade.

— Que tipo de conselho ele lhes dá? Nunca se sabe, tratando-se de Aubrey. Ele *pode* dar ótimos conselhos, se estiver em um dia bom.

— Mas não devia dar *nenhum*. E por mais agradecido que se sinta a lorde Damerel, não devia estar morando na casa dele. Não nego o bom coração de milorde, mas sua influência é indesejável, particularmente sobre Aubrey. Ele é um homem sem moral, e, em razão de suas ideias não é companhia que se preze para um rapaz da idade dele.

Venetia lutou para controlar sua indignação, mas conseguiu dizer com uma compostura tolerável:

— Você está enganado se pensa que Aubrey corre o perigo de ser corrompido por Damerel, que nunca sonharia em fazer isso, como você também não, mesmo que fosse possível, o que duvido! Aubrey não é facilmente influenciável.

Edward deu um sorriso de superioridade.

— Quanto a esse assunto, meu julgamento é melhor que o seu, Venetia. Não vamos discutir. Na verdade, eu não gostaria de entrar em qualquer discussão com você sobre uma questão que ultrapassa a compreensão feminina.

— Então foi imprudência sua mencionar isso!

Ele não respondeu, fez uma reverência irônica e começou imediatamente a falar sobre outra coisa. Venetia sentiu-se aliviada quando sua tia voltou à sala, e aproveitou a oportunidade para despedir-se de Edward, dizendo que tinha de terminar de escrever uma carta antes do jantar.

Não sabia quanto tempo ele pretendia ficar em Londres, mas pela resposta evasiva que deu quando ela lhe perguntou, concluiu que sua estada tinha duração indefinida. Como conseguiria aguentar sua companhia com paciência ou como convencê-lo de que ele estava no caminho errado eram problemas que a Sra. Hendred não podia solucionar com seus esforços bem intencionados de apoiar o pretendente.

Venetia logo descobriu que o tempo que Edward passou sozinho com sua tia causou-lhe excelente impressão. Na opinião da senhora, ele era talhado para ser um bom marido — um homem gentil, confiável, e relativamente bem-posto na vida. Ele conseguira persuadi-la que não foi por falta de ardor que não se comprometera com Venetia ainda, mas por seus princípios. A Sra. Hendred, que também era de natureza persistente, compreendeu perfeitamente sua paciência e lhe deu crédito. Edward tornou-se rapidamente a figura da dedicação altruísta, característica muito nobre e comovente, e ela não poupou esforços para que essa dedicação tivesse um final feliz. Apoiou seus planos de passear com Venetia, incluiu-o nos seus próprios planos, e convidou-o tantas vezes para aparecer em Cavendish Square que Venetia foi forçada a protestar. Declarou que não tinha desistido do plano de se estabelecer por conta própria e que visitara uma casa em Hans Town que achou que poderia ser transformada num lar confortável para ela e Aubrey.

Sua ideia era fazer essa declaração, que sabia que seria impopular, só quando tivesse assinado o contrato de aluguel e contratado uma acompanhante; mas ao descobrir que a tia aceitara um convite de Edward para jantar no Clarendon Hotel e assistir a uma peça de teatro, ficou tão indignada (ela própria recusou o convite) que não pôde mais esconder seu aborrecimento.

A Sra. Hendred ouviu Venetia com grande incredulidade. Não se podia saber se estava horrorizada pelo fato de a sobrinha estar determinada a tornar-se uma solteirona, o que muito a chocou, ou pelo lugar que escolhera para morar. O tom com que repetiu diversas vezes as palavras *Hans Town* dava a impressão de que se referia a um cortiço, e além dessas repetições disse também que o tio de Venetia jamais aprovaria um plano tão indecoroso. Mas quando viu que Venetia já havia se decidido, apesar de ouvi-la com toda a educação, mudou subitamente de tom.

— Minha querida menina, você não deve fazer isso! Não imagina como iria se arrepender pelo resto da vida; você ainda é jovem, mas pense como seria quando ficasse mais velha... toda a solidão... toda a vergonha... — Parou ao ver um tremor no rosto de Venetia, e inclinou-se na cadeira para segurar sua mão. — Minha querida, case-se com o Sr. Yardley! — acrescentou depressa. — Estou segura de que ele lhe trará felicidade, pois é um homem bom e aceitável sob todos os aspectos.

A mão fina de Venetia ficou rígida, e ela falou com voz contrita:

— Por favor, não diga mais nada, madame! Eu não amo Edward e espero que isso ponha um ponto final no assunto.

— Mas, minha querida, você está errada! Não é necessário amá-lo, os casamentos mais felizes *frequentemente* começam com um grau moderado de afeição! Na verdade, conheço vários casais que se casaram quase sem se conhecer, deixaram a escolha a cargo dos pais.

— Mas eu não sou mais uma menina, madame, e não tenho pais.

— Não, mas... Oh, Venetia, você não imagina o erro que estará cometendo! — exclamou a Sra. Hendred desesperada. — Seria melhor casar-se com um homem de quem não goste do que tornar-se uma solteirona. E como vai encontrar um noivo respeitável morando em Hans Town, com um estilo de vida tão *peculiar?* Afinal, mesmo com um marido desagradável, o que lhe traria talvez graves problemas, você seria uma mulher digna e teria o conforto dos seus filhos, que é a coisa *mais* importante para a mulher. Além do mais, o Sr. Yardley *não* é desagradável! É uma pessoa amável, valoriza-a muito e faria tudo ao seu alcance para fazê-la feliz! É bem verdade que não é um homem muito *animado,* mas que marido é? Se você tivesse gostado de Sir Matthew, Armyn ou até mesmo Foxcott, embora eu duvide que *ele*... Mas não posso deixar de sentir, minha querida menina, que o Sr. Yardley é o homem para você! Ele a compreende muito bem e conhece suas circunstâncias, portanto não haveria dificuldade ou estranheza .. e você estaria morando perto do seu irmão e de seus amigos, é claro, no estilo de vida ao qual está acostumada, só que não em Undershaw, mas na região que *conhece*. E tornaria a ser você mesma se voltasse para *casa*!

— Não quero voltar para casa. — Essas palavras saíram da boca de Venetia e, embora faladas com calma, vieram carregadas de angústia. — Desculpe, por favor, me desculpe! Há circunstâncias... não posso explicar, mas lhe peço, madame, que não diga mais nada! Creia apenas que sei quais devem ser as desvantagens do caminho que estou determinada a seguir! Não sou tão ingênua assim! — Sua voz falhou, ela virou-se e dirigiu-se depressa para a porta.

Parou ao ouvir um soluço convulsivo, olhou para trás e surpreendeu-se ao ver que sua tia estava em lágrimas.

A Sra. Hendred não gostava que ninguém que conhecesse se sentisse infeliz. Até mesmo uma empregada chorando com dor de dente deixava-a deprimida, pois desgraça não tinha lugar na sua confortável existência; e quando a desgraça se impunha, sentia diminuir o calor no qual se protegia, e chegava a duvidar de um mundo onde todos fossem felizes, prósperos e alegres. O que viu no rosto de Venetia deixou-a perturbada, e como se afeiçoara muito à sobrinha, sentiu o coração apertado. Suas lindas feições estavam alteradas, lágrimas rolavam-lhe dos olhos e ela falou, como que gemendo:

— Oh, minha querida menina, não faça essa cara! Não aguento ver você tão infeliz. Oh, Venetia, você não deve levar isso tão a sério, não deve. Estou me sentindo terrivelmente deprimida, tenho muita pena de você. Mas não daria certo, *garanto* que não daria certo.

Venetia aproximou-se dela, mas ao ouvir essas palavras parou.

— O que não daria certo? — perguntou, com os olhos fixos no rosto da Sra. Hendred, deixando-a muito nervosa.

— Aquele homem! Não me pergunte! Não pretendia... Mas quando eu a vi tão aflita não pude... Oh, minha querida Venetia, tenho muita pena de você, não pense que não. Sei *exatamente* quais são seus sentimentos. Oh, querida, isso me fez lembrar de amores do passado, mas garanto que não pensei no meu durante *anos*, o que *mostra* que você esquecerá logo o seu e poderá ser *perfeitamente* feliz de novo!

Muito pálida, Venetia disse:

— Não imagino como a senhora possa saber disso... talvez eu tenha entendido mal o que disse. Está falando de Damerel, não é, madame?

As lágrimas da Sra. Hendred escorriam.

— Eu não devia ter dito nada, seu tio me proibiu. Ah, meu Deus, creio que vou ter uma de minhas crises.

— Se meu tio proibiu a senhora de falar, é claro que não vou forçá-la a dizer mais nada, vou perguntar diretamente a ele. Que bom que soube disso agora, antes que ele viajasse para Berkshire. Não deve ter saído de casa ainda. Com licença, tia! Preciso encontrá-lo antes que seja tarde demais!

— Venetia, *não*! — disse a tia quase aos gritos. — Eu lhe *imploro*. Não adiantaria nada, e ele fica muito desagradável quando se exaspera! Venetia, foi Lady Denny quem me contou, mas prometa que não vai falar nada com seu tio!

— Se a senhora for franca comigo, não vejo razão para falar com meu tio. Não chore! Lady Denny! Entendi. Ela escreveu para a senhora?

— Sim, mas eu não a conheço, pois me casei antes dela. Sua carta mostra que ela é uma mulher de ótimos sentimentos. Fiquei tão perturbada que mal consegui comer o dia todo só de pensar nisso. Como você sabe, minha querida, *lorde Damerel*...! Não, você não poderia saber, pobre criança, mas não estou surpresa de ter se apaixonado por ele. Dizem que é um homem *irresistivelmente* atraente, mas não o conheço, é claro! Ele às vezes é visto nas festas, no parque, na ópera e... Bem, minha querida, *muitas* mulheres... Pensar em *casar-se* com ele! Seu tio disse que seria absolutamente improvável, isto é, que essa ideia nunca passaria pela sua cabeça. Eu não sabia o que fazer, pois seu tio achou que seria inútil convidá-la para vir a Londres, e como você é maior de idade as coisas ficam difíceis. Além disso, ele estava convencido de que você tinha muito bons princípios e não aceitaria uma *carte blanche,* como dizem.

— Ele não me ofereceu nada! — falou Venetia, empertigada no meio da sala.

— Não, minha querida, eu sei, mas por mais que não queira dizer isso, casar-se com ele seria ainda *pior!* Não quero dizer precisamente...

— Não se preocupe, madame! Lady Denny estava enganada. Os sentimentos de lorde Damerel não eram tão profundos como ela supôs. Não houve nada entre nós, só um pequeno flerte. Ele não me fez nenhum tipo de oferta.

— Oh, minha pobre criança! — disse a Sra. Hendred chorando. — Não é de admirar que esteja tão infeliz! Não há *nada* pior que um amor não correspondido, mas desse mal você não sofre, não importa o que seu tio diga; os homens não entendem nada, por mais espertos que sejam, e até mesmo ele admitiu que tinha se enganado com lorde Damerel, portanto talvez se engane com *você*!

— Tinha se enganado com lorde Damerel? — Venetia a interrompeu. — Então... Está me dizendo que meu tio *viu* Damerel quando foi a Undershaw?

— Bem, meu amor, ele... achou que era seu dever, pois você não tem um pai para protegê-la. Pensou nisso com *muito* cuidado, a princípio sem saber como poderia... Mas que a carta que você escreveu sobre o casamento de Conway foi a coisa mais providencial que aconteceu, nunca fiquei tão chocada na vida; seu tio teve uma excelente desculpa para afastá-la de Undershaw, e percebeu isso num instante, pois ele é muito inteligente, como todos sabem.

— Meu Deus! — disse Venetia. — Mas se ele viu Damerel... Sim, deve ter sido antes de chegar em Undershaw, antes de *eu* falar com ele. Tia, o que se passou entre eles? Por favor, me diga! Se não disser perguntarei ao meu tio, e, se ele também não disser, perguntarei ao próprio Damerel!

— Venetia, não fale assim! Seu tio ficou muito bem impressionado, posso lhe garantir! Não pense que eles brigaram ou que ocorreram coisas desagradáveis. Aliás, seu tio disse que gostou muito de lorde Damerel, e em geral não se impressiona assim com os outros. Disse também que era uma pena que esse casamento fosse inviável, pois tinha de reconhecer que ele talvez estivesse... Mas é inviável, minha querida, e o *próprio* lorde Damerel admitiu isso. Seu tio falou que nada poderia lhe dar mais crédito do que a forma franca com que expressou suas ideias, chegando a dizer que agira muito mal não se afastando de Yorkshire, o que é a mais perfeita verdade, embora seu tio não o tivesse acusado disso. Disse também que sabia que teria sido uma *infâmia* aproveitar-se de você, uma moça que não conhecia nada do mundo, nunca se aventurara além de Yorkshire nem conhecera outros homens, afora o Sr. Yardley! Portanto acabaria se apaixonando por ele, sem *poder* entender o que significaria ser casada com um homem com a reputação dele. Você não compreende, querida menina, mas na verdade seria sua *ruína*. — Fez uma pausa para respirar, e ficou aliviada ao ver que Venetia não estava mais tão pálida e que seus olhos brilhavam. Deu um suspiro e continuou: — Eu *sabia* que não se sentiria tão mal se soubesse que não foi rejeitada! Estou contente por ter lhe contado tudo isso! Não está mais tão infeliz, não é, minha querida?

— Infeliz? — repetiu Venetia. — Oh, não! Não estou *infeliz*. Se eu soubesse...! Mas eu sabia. *Sabia!*

A Sra. Hendred não compreendeu o que a sobrinha queria dizer com isso, nem se interessou em entender. O que importava era que aquele olhar desesperado desaparecera. A senhora secou os próprios olhos, fez uma consideração final e deu um sorriso para Venetia, que tornara-se de repente radiante.

— De *uma* coisa você pode se vangloriar, é claro, embora não vá dizer nada pois não seria apropriado. Cativar um homem como lorde Damerel a ponto de ele *desejar* se declarar a você é um verdadeiro triunfo! Nunca vi uma coisa assim, e não tenho escrúpulo de admitir, minha querida, que se isso acontecesse com uma das minhas filhas eu ficaria vaidosa como um pavão, o que não quer dizer que alguma delas pudesse chegar a esse ponto, embora Marianne talvez venha a ser uma moça bonita, apenas não *sonharia* em deixá-lo interferir na vida delas!

Venetia, que não estava prestando atenção, exclamou:

— Aquele idiota! Que *idiotice*! Como ele pôde achar que eu me preocuparia com uma bobagem dessas? Estou com raiva dos dois. Como ousaram me fazer tão infeliz? Comportaram-se como se eu tivesse 17 anos e fosse uma menina boba e inocente! Minha querida tia... minha *querida* tia, *obrigada!*

A Sra. Hendred, emergindo de um abraço impulsivo, levantou instintivamente a mão para ajeitar a touca e voltou a ficar inquieta, pois nem mesmo o maior dos otimismos poderia atribuir a alegria da voz de Venetia ao mero orgulho da conquista.

— Sim, minha criança, mas você não está pensando... quer dizer, nada poderá ser *alterado*. Um casamento assim arruinaria sua vida!

Venetia olhou para ela, animada.

— É mesmo? Bem, madame, Damerel veio para o norte fugido de suas tias, que queriam casá-lo com uma dama de berço e fortuna respeitáveis a fim de regenerá-lo aos olhos do mundo. Não vejo como conseguiriam isso, já que um casamento com Damerel significaria a ruína social, e não posso acreditar que esse plano fosse tramado sem o conhecimento e a aprovação dos pais da Srta. Ubley.

— *O quê*? — gritou a Sra. Hendred. — Amelia Ubley? Não é possível.

— É possível, sim. Então, madame, pode me explicar por que a vida dela não seria arruinada e a minha sim?

O breve período de alívio da Sra. Hendred terminou. Ela olhou para a sobrinha com uma expressão de pena absoluta, mexeu no seu xale, começou várias frases sem terminar nenhuma e finalmente respondeu:

— Os casos não são os mesmos. Oh, meu Deus, eu gostaria... Venetia, você não entende desses assuntos! A situação da Srta. Ubley... as circunstâncias... São bem *diferentes.*

— Em que sentido?

— Ah, em vários sentidos. Minha linda, para começar, ela tem mais de trinta anos, um corpo deplorável, nariz curto, joga o corpo para a frente quando anda, e... já passou da idade há muito tempo! Ninguém poderia culpar Latchford de aceitar *qualquer* oferta por ela, particularmente se as tias de Damerel pretendessem fazer dele seu herdeiro, o que, pensando bem, não me surpreenderia. E embora não queira dizer que a Srta. Ubley não é respeitável, naturalmente não é nenhuma inocente, na sua idade, e como sempre morou na cidade *deve* ser escolada, como dizem. No seu caso, minha querida, todos sabem quais foram suas circunstâncias e sabem também que você não pode ter tido qualquer experiência. E... — acrescentou, com uma súbita inspiração —, se Damerel se casasse com você, todos considerariam a pior coisa do mundo, altamente chocante. Eu lhe digo, minha querida, que é especialmente repugnante o casamento de um dissoluto com uma linda jovem muito mais moça e perfeitamente inocente como você, minha querida, por mais que não concorde comigo.

No início desse discurso um sorriso confiante fazia brilhar os olhos de Venetia, mas quando a Sra. Hendred chegou a essa triunfante conclusão, o sorriso desapareceu. Observando-a todo o tempo, a Sra. Hendred gostou de ver que ela se tornara pensativa, com a sobrancelha ligeiramente franzida.

Decidiu então usar aquela oportunidade:

— *Você,* querida menina, não tem ideia de como essas coisas são consideradas. Na verdade, não poderia ter, pois é quase uma *freira.* Mas pode ter certeza de que *ele* sabe muito bem!

Venetia olhou para ela e se lembrou da cena que fora interrompida na biblioteca de Undershaw, e da aflição que sentiu depois diante da relutância de Damerel. "*Você não imagina como eu estaria me aproveitando da sua inocência!*", ele tinha dito.

— Sim, estou começando a entender.

— Tenho certeza de que vai entender, pois você tem muito bom-senso, minha querida! — declarou a Sra. Hendred calorosamente. — Eu sei como tudo está lhe parecendo *agora*, mas acredite em mim quando digo que essas coisas não duram. Oh, meu Deus! Achei que morreria de desespero quando minha mãe e Francis me fizeram desistir do pobre Sebastian. Chorei durante três dias sem cessar, mas acabei me casando com seu tio, e hoje sei que nada poderia ter sido melhor!

— A senhora nunca se arrependeu, madame? — perguntou Venetia, olhando-a com curiosidade.

— Nunca! — declarou a tia enfaticamente. — Seria um péssimo casamento, ele não tinha dinheiro algum... Pense só como teria sido desagradável! E isso me fez lembrar de outra coisa, minha querida. Todos dizem que lorde Damerel jogou sua fortuna fora com hábitos extravagantes, o que o torna *bastante* inaceitável! Naturalmente, se ele fosse rico o caso seria diferente, pois uma bela fortuna... Mas ele acabou com todo o dinheiro que tinha, então não há nada a recomendá-lo, e ele sabe disso, pois confessou ao seu tio. Você estaria jogando a vida fora, e ele e seu tio são de opinião que você poderá fazer um belo casamento. E ninguém, minha querida, teria mais prazer nisso que eu!

— E ninguém teria menos prazer que eu, madame.

— É muito digno da sua parte dizer isso — falou a Sra. Hendred em tom de aprovação. — Nada mais inapropriado que uma moça mercenária ou interesseira. Quanto a mim, teria o maior prazer em vê-la casada com um homem respeitável, de certa relevância e rico o suficiente para poder lhe dar os luxos sem os quais a vida seria insuportável, posso lhe garantir!

Venetia, voltando da janela, disse:

— Será difícil. Estou vendo isso agora.

— Não, não, minha querida criança! Será a coisa mais fácil do mundo! Eu só quis dizer...

— Para eu jogar fora a minha felicidade por escrúpulos! — falou Venetia, impassível. — Um comportamento absurdo, uma *loucura* total! Mas foi o que ele fez, e se decidiu ser nobre a esse ponto... Sim, creio que será muito difícil!

Sem se preocupar com a tia, saiu rapidamente da sala, deixando a pobre dama pensativa e intrigada.

Capítulo 18

AVENTURANDO-SE MAIS TARDE a renovar seus protestos contra o aluguel da casa em Hans Town, a princípio a Sra. Hendred achou que Venetia desistira do propósito, mas ao pensar melhor, ficou na dúvida. Não podia acreditar que suas revelações fossem responsáveis por aquela mudança súbita nela; e quanto mais considerava o assunto menos confiava na prontidão com que a sobrinha abandonara um plano com o qual se comprometera. Parecia até ter esquecido a casa em Hans Town, e quando lhe perguntou, ela respondeu com ar distraído:

— Ah, *isso*! Não, madame, não se preocupe! A senhora está certa, eu não iria gostar de morar lá.

A Sra. Hendred, em vez de regozijar-se com essa resposta, ficou alarmada. Venetia parecia distante, como se estivesse tramando um novo plano. A tia tentou descobrir o que estava havendo, mas Venetia simplesmente sorriu e sacudiu a cabeça, o que fez parecer que o novo plano era tão indecoroso quanto o primeiro. A Sra. Hendred gostaria que seu austero esposo não tivesse ido a Berkshire, e numa noite de insônia, coisa rara para ela, chegou a pensar em lhe enviar uma carta. Mas de manhã a ideia desesperada lhe pareceu tola e imprudente. Afinal, o que Venetia poderia estar tramando que exigisse sua presença imediata? Pedir que voltasse o aborreceria tanto quanto saber que sua esposa contara a Venetia justamente o que a jovem jamais deveria saber. Seu marido estava em Berkshire participando da reunião da Corte local, e como era meticuloso no cumprimento de seu dever, fazia questão de permanecer lá a semana inteira. Mas daquela vez dissera à Sra. Hendred que talvez estivesse de volta em quatro ou cinco dias, pois se comprometera a participar da reunião do partido. Nada poderia acontecer num tempo tão curto, aliás, não havia possibilidade de acontecer cataclismo algum, ela pensou. Venetia podia estar disposta a se perder por amor, mas não a dizer isso para Damerel. E mesmo que dissesse — não que a Sra. Hendred achasse que ela se comportaria de modo tão impróprio, por menos convencional que fosse —, Damerel sabia que para uma moça de boa estirpe o mundo estaria perdido. Ele dera ao Sr. Hendred sua palavra de honra de que não a pediria em casamento. Portanto, a Sra. Hendred não perderia sua paz de espírito; seus presságios noturnos teriam sido causados pela torta de pato e peru que comera em excesso no jantar. Ou talvez pelos cogumelos fritos; cogumelos não faziam bem ao seu organismo delicado, precisava mandar um recado ao *chef* para que ele suprimisse cogumelos das suas saborosas receitas.

Enquanto a Sra. Hendred pensava em gastronomia, Venetia empenhava-se em criar e descartar planos para atingir a ruína social. Quase tão rápido quanto a tia, concluiu que dizer a Damerel que não se importava com o mundo nem com a opinião que faziam dela não adiantaria nada. Desde o início ele a chamara de sua "menina inocente", e algo lhe dizia que ele não a consideraria madura só por ter passado um mês em Londres. A seu ver, apesar de toda a vasta experiência dele com mulheres, era tão bobo quanto Edward Yardley ou seu tio inteligente. Como seu conhecimento do mundo era de segunda mão, Damerel acreditava que ela não conhecia bem seu próprio coração, e aparentemente se convencera de que depois de algum tempo convivendo em círculos elegantes se sentiria aliviada por ter escapado das *garras do diabo* — como ele dizia — e se comprometeria com um cavalheiro jovem e virtuoso, de boa estirpe, fortuna e importância. Aquela era uma dificuldade, mas pior ainda — ou pelo menos mais difícil de superar — era o aspecto exposto pela tia. Damerel, um homem mundano, sabia qual seria a opinião de todos se eles se casassem, e não só sabia como compartilhava a opinião dela. Já havia lhe dito que, com sua depravação, quase se metera com mulheres jovens e inocentes e que nunca pensara em casamento, mas ela sentia que dessa vez poderia considerar a hipótese. Como Damerel a pusera fora de alcance, demonstrar que estava disponível para ele era um problema que não sabia como resolver. Lembrou que foi o plano de ter sua própria casa com Aubrey que quase derrubou a resolução dele. *Qualquer coisa é melhor que isso!*, exclamara ele. Durante algum tempo ela pensou em alugar imediatamente a casa em Hans Town e escrever para Aubrey comunicando sua decisão. Mas aquele plano foi posto de lado juntamente com os outros, pois não sabia ao certo se ele poderia anular o contrato de aluguel. Damerel tinha mais influência sobre Aubrey do que ela admitiu para Edward; além do mais, como discutira o futuro dela com seu tio, talvez pedisse que o Sr. Hendred o anulasse por ele. Ao longo do tempo talvez se convencesse de que ela preferia tornar-se uma solteirona a aceitar um casamento brilhante que ele dizia que a aguardava. Venetia nem desejava mofar esperando ser esquecida pela opinião pública, nem alimentava ilusões sobre seu amor; ele não se tornaria um celibatário chorando a noiva perdida, seria mais provável que procurasse esquecê-la exibindo-se com mulheres por toda a Europa. No momento estava preso a Yorkshire em razão da presença de Aubrey em sua casa; mas se o irmão saísse de Priory, ela o perderia para sempre.

Suas lágrimas e planos deixavam pouco espaço para pequenas considerações. Respondia mecanicamente às sugestões de sua tia com relação aos passeios do dia, acompanhava-a fielmente às compras e aos concertos, mas seus pensamentos estavam longe quando os lábios pronunciavam palavras de gentileza. A Sra. Hendred acreditando que a sobrinha estava mais complacente, aventou mais uma vez a possibilidade de as duas saírem com Edward, e ficou surpresa quando Venetia não fez nenhuma objeção. Achava que ela não prestava muita atenção ao que lhe diziam, mas estava determinada a fazê-la manter o compromisso assumido. Edward as convidara para jantar no Clarendon Hotel, e, na opinião da Sra. Hendred, aquele convite generoso o recomendava para Venetia. Jantariam no melhor e mais caro restaurante da cidade — como o cozinheiro era francês, uma refeição simples não saía por menos que cinco libras. O convite foi extensivo ao Sr. Hendred, mas ele declinou, sem sentir muito, pois sua gastrite não lhe permitia comer pratos franceses e porque tomara horror a Edward. Dizia que um homem já prosaico antes de completar trinta anos seria intolerável quando chegasse aos quarenta, e que Venetia estaria muito melhor sozinha do que com ele. Portanto, seriam apenas os três, pois Edward não tinha conhecidos em Londres e a Sra. Hendred resolveu não convidar ninguém de seu grande círculo de amizades para substituir o marido. Até mesmo cavalheiros mais velhos tentariam de tudo para cativar Venetia, e ela não queria que Edward tivesse de enfrentar rivais na ocasião.

A noite começou bem. Assim que o *maître* percebeu que aquela conhecida epicurista e líder da alta sociedade, a Sra. Philip Hendred, e a mulher encantadora e vestida com a maior elegância estavam ali a convite de um cavalheiro do interior, fez uma reverência e levou-os para uma mesa reservada aos hóspedes mais respeitáveis. Mais tarde apresentou uma conta substancial ao Sr. Yardley. Edward e a Sra. Hendred escolheram o prato mais suculento, que ela podia comer sem culpa, pois tinha encontrado o Sr. Rogers naquela tarde e ele lhe falara sobre a dieta de lorde Byron; ele não tomava vinagre, mas água gasosa, e seria fácil seguir um regime em que o vinho não precisava ser tomado com parcimônia. O jantar foi um sucesso, e se Venetia conversou pouco, pelo menos respondeu com seu lindo sorriso a todas as perguntas que lhe fizeram. O Sr. Yardley parecia satisfeito, e falou tanto sobre todos os pontos históricos interessantes que havia visitado que nem a Sra. Hendred teve oportunidade de dizer mais que "É mesmo?" ou "Que interessante!".

O cocheiro da Sra. Hendred levou-os ao teatro. Edward comprara uma frisa, e a Sra. Hendred ficou feliz ao perceber que Venetia aceitava todas as suas solicitudes com complacência, embora com ar um tanto ausente. Na verdade, a jovem estava considerando um plano novo e extremamente ousado, e ao longo do primeiro ato da peça ficou imaginando se teria coragem de apresentar-se às tias mais velhas de Damerel, contar-lhes toda a sua história e pedir-lhes seu apoio. Era um plano desesperado, e, quando a cortina caiu, o esquema imaginado sofrera muitas objeções. Venetia saiu do devaneio e ouviu Edward perguntar se ela estava gostando da peça. Respondeu com muita gentileza, depois olhou em volta do teatro enquanto ele dava sua própria opinião.

Sua atenção foi imediatamente voltada para uma frisa em frente a deles. Não havia ninguém ali antes de a cortina subir, mas agora estava ocupada por uma dama e um cavalheiro tão elegantes que todos os olhos voltavam-se para eles. Nenhum dos dois estava na flor da idade. O cavalheiro era muito semelhante ao príncipe regente — os mesmos olhos azuis protuberantes e pele rosada; usava um paletó com corte exagerado, um belo colete e calças ajustadas no estômago de grandes proporções. Olhou para Venetia através do monóculo, ela desviou os olhos e virou-se para a companhia dele.

Se o cavalheiro era esplendoroso, a dama era ainda mais linda. O cabelo cacheado tinha um toque de cobre que indicava a mão experiente de um *coiffeur*, o rosado delicado das bochechas devia vir de um caro pote de ruge, e o corpo — coberto por um vestido de seda com decote generoso, tão diáfano e suave que se prendia como uma teia de aranha às suas formas — igualava-se em beleza aos olhos grandes e brilhantes, ao nariz reto clássico e ao queixo bem delineado. Nas orelhas, pingentes de brilhante refletiam-se sobre os seios brancos e os braços. No espaldar da cadeira via-se uma pele de arminho jogada negligentemente. A dama debruçou-se na borda da frisa para admirar Venetia, como fizera seu companheiro. Havia um sorriso em seus lábios pintados, e ela abanava-se lentamente com um leque ornado de pedras de brilhante. Quando Venetia olhou para ela, levantou a outra mão num gesto de cumprimento.

A Sra. Hendred, sonolenta depois da suntuosa refeição, tinha cochilado durante o primeiro ato da peça e agora ouvia as opiniões comedidas de Edward, desejando que o segundo ato começasse logo para ela poder cochilar um pouco mais. A voz monótona de Edward não a ajudava a manter-se acordada, mas ela foi salva pela pergunta de Venetia.

— Tia, quem é aquela dama na outra frisa?

O tom de sua voz era tão firme que sacudiu a Sra. Hendred e acordou-a. A senhora empertigou o corpo, pôs os ombros carnudos para trás e disse:

— Que dama, minha querida? — respondeu, mostrando grande interesse.

— Bem ali em frente, madame! Não posso apontar, pois ela está me observando há uns dez minutos, e eu... Tia Hendred, quem é ela?

— Minha querida, não faço a menor ideia, não vi ninguém nas frisas que eu conheça. De quem está falando? — Parou de repente e disse, com ar atordoado: — Meu Deus!

As mãos de Venetia apertaram o leque dobrado, e ela falou:

— A senhora a conhece, não é, madame?

— Não, não! — declarou a Sra. Hendred. — Mas conheço o tipo de mulher que usa vestidos como o dela! Que decote indecente... Minha menina, faça como se não os tivesse visto. Que impertinência, ficarem observando você. Agora a cortina vai subir, não podemos falar mais. Estou louca para saber o que vai ocorrer nesse segundo ato. O primeiro foi excelente, não é? Faz tempo que não aprecio tanto uma peça. Ah, ali está aquele homem cômico e seu *valé*. Não devemos falar, senão perderemos os diálogos engraçados.

— Mas só me diga, madame...

— Sshh! — disse a Sra. Hendred.

Quando esse comando foi endossado pelo casal que estava na frisa do lado, de forma ainda mais ameaçadora, Venetia calou-se. A Sra. Hendred abanava-se agitadamente, e em vez de rir do que se passava no palco como o resto da plateia, puxou a manga de Edward e cochichou alguma coisa em seu ouvido. Venetia, que também não ria, empertigou-se na cadeira com uma expressão de incredulidade e perplexidade, sem conseguir ouvir o que eles disseram. No instante seguinte Edward falou-lhe baixinho:

— Venetia, sua tia está se sentindo mal! Você se importaria se saíssemos daqui? Está muito abafado, e acredito que um pouco de ar fresco lhe fará bem.

Venetia levantou-se depressa, e enquanto Edward levava a senhora para fora, jogou a capa nos ombros, pegou a capa da tia e saiu da frisa. No corredor, dois atendentes acudiam a Sra. Hendred, abanando-a, passando água na sua testa e lhe dando sais aromáticos para cheirar. Seu rosto parecia bem corado para quem estava quase desmaiando, mas Edward falou com ar muito grave que achava melhor voltarem para casa assim que ela se recuperasse. Venetia concordou e lhe disse para chamar um coche de aluguel, pois o da Sra. Hendred só chegaria dentro de uma hora. Edward encaminhou-se imediatamente para a portaria do teatro, e a Sra. Hendred desceu as escadas apoiada nos dois atendentes, dizendo que sua indisposição decerto fora causada pela galinha-d'angola à Royale que comera. Ou talvez fosse o *croque embouché aux pistaches*, mas não comentaria com o Sr. Yardley por nada nesse mundo.

Venetia respondeu a essas conjecturas com a maior calma, sem tentar — nem naquele momento nem quando se sentaram no veículo malcheiroso que Edward arranjou — repetir a pergunta que deixara sua tia tão alarmada. Chegando em Cavendish Square, quando a Sra. Hendred declarou que iria para a cama, a jovem disse, num tom despreocupado:

— Como bem lhe aprouver, madame, mas tenho de lhe dizer que não me deixo enganar tão facilmente. Vou para o quarto com a senhora.

— Não, não, querida menina, creio que vou ter uma de minhas crises! Não posso imaginar o que você queira... Worting, chame a Srta. Bradpole para me ajudar, não está vendo que não estou bem?

Antes que Worting dissesse que ela dispensara a camareira até as 23 horas, Edward, que as acompanhara até em casa, interveio e disse:

— Pensando bem, madame, o melhor a fazer é informar à sua sobrinha as circunstâncias que nos fizeram sair tão abruptamente do teatro antes do final do segundo ato.

— Pode estar certo de que será melhor mesmo — disse Venetia. — Por favor, leve minha tia para a sala enquanto eu lhe preparo um tônico revigorante. Com isso vai se sentir muito melhor, querida madame!

Subiu as escadas depressa, enquanto falava, sem tomar conhecimento das palavras de protesto que diziam.

Ao entrar na sala encontrou-a afundada em uma poltrona, resignada a enfrentar o pior. Edward, com ar solene, estava em frente à lareira, e Worting, depois de acender as velas e atiçar o fogo, preparava-se para sair.

A Sra. Hendred olhou com repugnância para o tônico na mão da sobrinha, mas aceitou e agradeceu-lhe. Venetia olhou por cima do ombro para ter certeza de que Worting fechara a porta ao sair, e perguntou sem mais preâmbulos:

— Quem era aquela dama, madame?

A Sra. Hendred estremeceu, mas Edward, que aparentemente dominava a situação, respondeu deliberadamente:

— Aquela dama é Lady Steeple, minha querida Venetia. Estava acompanhada do marido, segundo sua tia me informou, Sir Lambert Steeple. Mas tenho a impressão de que esses nomes não lhe dizem nada.

— É verdade, Edward! — interrompeu Venetia. — Esses nomes não me dizem nada, e agradeceria se deixasse minha tia responder por si própria! Madame, quando eu a vi pela primeira vez tive uma sensação estranha... Sabia que era impossível, achei que fosse apenas uma dessas semelhanças que não se deve levar em conta. Porém ela me olhou com insistência, avisou o marido da minha presença e levantou a mão numa espécie de aceno que... me pareceu um sinal de reconhecimento! É claro que não pode ser, mas a ideia mais fantástica que passou pela minha cabeça é que ela fosse... minha mãe!

A Sra. Hendred deu um suspiro e tomou um gole do tônico revigorante.

— Oh, minha querida menina!

— Sua perspicácia, Venetia, facilitou meu desagradável dever de revelar que ela *é*, de fato, sua mãe — explicou Edward.

— Mas a minha mãe morreu! — exclamou Venetia. — Morreu há muitos anos!

— Seria melhor se tivesse morrido! — disse a Sra. Hendred, ainda segurando o copo. — Disse isso naquela época, e sempre direi. Eu *sabia* que ela não deixaria de nos causar problemas! E justo *agora*, quando achávamos que estava morando em Paris... Não posso deixar de pensar que voltou para cá com a intenção de arruinar a sua vida, minha pobre menina, pois é só o que ela sabe fazer, além de ser uma mãe *desnaturada*!

— Mas como é possível? — perguntou Venetia, perplexa. — Minha mãe... é *Lady Steeple*? Então...

— Não é de admirar que ache difícil entender — disse Edward em tom conciliatório. — Mas depois de um instante de reflexão talvez chegue a uma conclusão. Sugiro que se sente, Venetia, enquanto vou lhe buscar um copo d'água. Você está muito nervosa, e não podia deixar de estar. Embora tenha o direito de saber a verdade, sempre esperei que isso só ocorresse quando você já estivesse estabelecida na vida.

— É claro que foi um choque! Mas não quero tomar água, obrigada. Só quero saber toda a verdade, Edward, e *não* as partes que achar conveniente me contar. Para mim meus pais eram divorciados! Meu Deus, foi a mesma coisa que... Minha mãe fugiu com aquele homem?

— Creio, Venetia, que você não precisa saber mais que os fatos básicos — disse Edward num tom admoestador. — Na verdade, estou seguro de que quando se recuperar um pouco do susto não vai querer saber de mais nada. O assunto não é edificante, nem posso me arvorar a explicar a você. Lembre que na época dessa infeliz ocorrência eu era um estudante de colégio.

— Oh, Edward, você *precisa* ser tão misterioso? — disse ela indignada. — Tia, ela *fugiu*?

A Sra. Hendred, uma vez que a verdade fora contada, começou a voltar a si. Sentou-se, ajeitou a touca elegante e respondeu com tolerável calma:

— Não, minha querida! Não, não *foi isso* exatamente. De certa forma, teria sido melhor se fosse a primeira vez, o que torna a coisa pior; as pessoas comentavam isso havia *anos*, mas ela era tão discreta que eu nunca teria imaginado... Não, isto é, até o caso que teve com... Bem, não importa mais! O general ainda estava vivo na época, pobre homem, e persuadiu Francis a perdoá-la porque era *louco* por ela. Nunca vi uma coisa assim, creio que ela não tinha afeição alguma por ele nem por qualquer outra pessoa! Uma mulher impiedosa...

— Espere um instante, *que* general era esse?

— Meu Deus, Venetia, o pai dela, é claro, seu avô, você não se lembra dele! General Chiltoe, um homem amável e encantador! Todos gostavam dele, inclusive eu. Sua mãe era filha única e tinha tudo o que desejava, pois a mãe dela morreu quando ela era ainda bem pequena. Sua mãe foi uma menina tão mimada e cheia de vontades que todos poderiam prever o que iria acontecer. Posso lhe garantir que minha pobre mãe, sua avó, minha querida, implorou ao filho que não se casasse com ela, mas de nada adiantou. Francis perdeu a cabeça, e não aceitou nenhuma das várias candidatas que minha mãe lhe apresentou. As afeições de seu pai nunca foram arrebatadas, e você sabe, minha querida, que ele não era um homem caloroso. Mas assim que pôs os olhos em Aurelia foi tomado de violenta paixão e não deu ouvidos a nada do que lhe disseram! — Suspirou e sacudiu a cabeça. — Eu não a apreciava, nunca apreciei! Ela era uma mulher muito bonita, todos achavam-na *maravilhosa*, mas tinha alguma coisa que me desagradava. E eu não era a única a pensar assim, posso lhe garantir! Muitas das minhas amigas achavam que a valorização excessiva em torno dela não fazia sentido, mas é claro que nenhum dos cavalheiros via um único defeito nela! Aurelia tinha todos a seus pés de uma forma absurda, e não era dona de nenhuma fortuna. Devo admitir que foi uma grande vitória para seu pai conseguir conquistá-la, embora só Deus saiba que teria sido muito melhor se tivesse se casado com Georgiana Denny, a irmã de Sir John, minha querida, que mais tarde casou-se com o filho mais velho de Appledore. Seu pai não era exatamente *avaro,* mas sim *cuidadoso* com dinheiro, e desde o início os dois tiveram problemas, pois ela não tinha noção de economia e era viciada em jogo! Você precisava ter visto seus vestidos! E as joias que convencia Francis a lhe comprar... Minha querida, e aqueles brilhantes que estava usando hoje à noite! Nunca vi coisa tão *vulgar*... E o vestido, só com uma anágua rala por baixo! Não sei como ela consegue manter seu corpo em forma! Mas parecia exatamente... — Ficou confusa quando Edward pigarreou, e acrescentou: — Tenho certeza de que não sei *o que* ela parecia, mas não era nada apropriado.

— Parecia uma ave-do-paraíso — disse Venetia. — Foi o que achei, mas...

— Venetia — Edward interrompeu, em tom de reprovação —, não deixe sua língua fazer com que você diga coisas inconvenientes.

— E o que aconteceu, madame, meu pai divorciou-se dela? — perguntou Venetia, ignorando a interrupção.

— Sobre isso ninguém jamais me impedirá de falar! — declarou a Sra. Hendred com um tremor. — Francis não devia ter se reconciliado com ela a pedido do general, depois do caso com Yattenden! Mas Aurelia conseguia fazer os homens de gato-sapato! Teria sido melhor para todos se Francis tivesse se mantido inflexível, mas ele se deixou convencer e adular, e então Aubrey nasceu. Aquele horrível Sir Lambert Steeple começou a seduzi-la, e todos sabiam como a coisa iria acabar. O pai dele acabara de morrer e lhe deixara uma *imensa* fortuna; ele era um homem muito bonito, mas um devasso, além de ser... Não importa, mas usava a insígnia do príncipe, e nunca se viu um grupo tão *impróprio* quanto o pessoal do príncipe. Não me peça, querida sobrinha, para lhe contar que seu pai foi forçado a divorciar-se dela, pois ainda me sinto mal só de pensar no escândalo e na forma como até mesmo os amigos mais íntimos... Meus sais aromáticos! Ah, estão aqui!

Venetia, que ouvia tudo com grande espanto, disse lentamente:

— Então foi por isso que meu pai se fechou em Undershaw e não queria que mencionassem o nome dela! Que coisa mais tola! Mas era bem típico dele.

— Quieta, Venetia — falou Edward sério. — Lembre-se de quem está falando.

— Não vou me calar! — replicou ela. — Você sabe perfeitamente bem que nunca lhe tive afeição, e se acha que este é um momento adequado para fingir que gostava dele, deve estar sonhando! Houve alguém tão egoísta como meu pai? Por favor, qual foi a afeição que ele demonstrou por mim quando, em vez de me criar como as outras meninas para que eu fizesse amizades, me enterrou viva em Undershaw? Talvez porque eu pudesse ter o mesmo caráter de minha mãe, já que me parecia tanto com ela fisicamente!

— *Exatamente*, minha querida! — concordou a Sra. Hendred, tampando o vidro de sais aromáticos. — É por isso que sempre digo que deve ter o maior cuidado para que não falem que você *é* como ela! Eu não culpei seu pobre pai, mas seu tio tentou de todo jeito convencê-lo de que estava cometendo um grave erro, porém ele tinha opiniões firmes e não tomou conhecimento de mexericos. Francis sempre foi um obstinado, e sempre se teve em alta conta. Mas não aguentou tamanha humilhação. Que horror estar falando de sua mãe nesses termos, mas sinto que você precisa saber a verdade. Aurelia não se escondeu do mundo, como se pensou que faria, *pavoneava-se* pela cidade, deixando Francis numa situação degradante! Foi uma surpresa Sir Lambert ter se casado com ela, pois não era segredo algum que ela era sua amante e lhe custava uma fortuna! Assim que eles se casaram, ela passou a ter um comportamento escandaloso. Fazia tudo o que podia para nos envergonhar e para que todos a olhassem. Toda tarde ia ao parque guiando uma dessas charretes altas, puxada por quatro cavalos baios com arreios azuis e prateados, que diziam que Sir Lambert comprara de Astley.

— Meu Deus! — exclamou Venetia, contendo o riso. — Como... como ela era ousada! Estou vendo que não servia mesmo para o meu pai. Pobre homem! Não sabia que um dia seria corneado!

— Minha querida, por favor, não use esse tipo de linguagem! Mas está percebendo como foi constrangedor? Ainda mais quando chegou a hora de você debutar e seu tio insistiu para eu convencer seu pai a deixá-la ficar em Londres conosco. Ninguém pode dizer que não me ofereci para apresentá-la à sociedade, mas quando seu pai rejeitou minha oferta... Imagine a confusão em que me meteria, pois os Steeple estavam na época morando em Brook Street; como Aurelia foi sempre tão extravagante, só Deus sabe o que poderia pensar em fazer! Ela teve a audácia de acenar para você hoje à noite! Graças a Deus não havia nenhum conhecido meu no teatro que pudesse vê-la. O que será que os trouxe de volta à Inglaterra?

— Eles não moram aqui, madame?

— Não, não, faz anos que moram fora, mas creio que Sir Lambert vem aqui de vez em quando, pois tem uma grande propriedade em Staffordshire. A meu ver, Aurelia achava que como ele tinha ligação com o príncipe regente, e com *aquele* grupo dele, a alta sociedade a receberia de novo, mas é claro que tal não ocorreu. Então Sir Lambert vendeu a casa de Londres há uns sete ou oito anos e foi para Lisboa, ou algum outro lugar semelhante. Ultimamente, desde que se instaurou a Paz, estão morando em Paris. Por que tinham de vir a Londres justo agora que seu tio está longe de casa? Não sei o que devo fazer!

— Minha querida madame, não faça nada! — disse Venetia. — Nem mesmo meu tio tem poder para expulsá-los do país. — Levantou-se e começou a andar pela sala. — Minha cabeça parece um redemoinho! — falou, apertando as têmporas. — Como é *possível* eu nunca ter ouvido um único boato sobre isso? Decerto todos sabiam, não é? Todos lá de casa... a Srta. Poddemore, a babá... os moradores da aldeia.

— Seu pai proibiu-os de falar sobre isso, minha querida. Além do mais, em Undershaw talvez não soubessem da história toda, pois foi muito abafada, seu tio cuidou disso. A Srta. Poddemore, uma grande mulher!, nunca abriria a boca para falar do assunto a ninguém, estou certa disso.

— Não. Nem a babá, nem... Mas os empregados... Todos tinham medo do meu pai, não ousariam fazer qualquer comentário. Porém mais tarde, quando eu cresci...

— Não se esqueça de que até a morte de Sir Francis você só se relacionava com os Denny, com a minha mãe e comigo — disse Edward. — Além de tudo, já havia passado muito tempo. Não digo que o escândalo tenha sido *esquecido*, mas era velho demais para causar sensação em Yorkshire. Seria difícil que você ouvisse boatos a esse respeito.

— Nunca ouvi nada. Meu Deus, por que meu pai não me contou? De todas as coisas infames... Conway sabe disso?

— Sim, mas Conway é homem, minha querida menina! É claro que tinha de saber quando foi mandado para Eton, mas seu pai proibiu-o de tocar no assunto.

— Misterioso! Tudo perfeitamente misterioso! — disse Venetia olhando para Edward. — Então é por *isso* que a Sra. Yardley não gosta de mim! — exclamou.

Edward levantou a mão.

— Eu garanto, minha querida Venetia, que você está enganada! Minha mãe me disse várias vezes que gosta muito de você. O fato de durante algum tempo não querer ter qualquer relacionamento com você é *compreensível,* você há de convir; seus princípios são rígidos, e qualquer coisa que cheire a escândalo a repugna... como, na verdade, deve ocorrer com todas as pessoas decentes.

— Decentes como você? — perguntou Venetia.

Edward respondeu com ar pomposo:

— Não nego que isso me causa aversão. Na verdade, lutei para superar o que considerava ser um preconceito inadmissível. Então me convenci de que não havia nada no seu caráter ou na sua índole que a tornasse indigna de suceder à minha querida mãe em Netherfold. Você é às vezes um pouco leviana demais, como tive ocasião de notar, mas não tenho dúvida quanto à sua *virtude.*

— Edward, esse elogio me desagrada — disse Venetia baixinho, afundando-se em uma cadeira e cobrindo os olhos com a mão.

— Você está nervosa — disse ele com delicadeza. — Não é de admirar. Foi penoso ouvir notícias que devem lhe causar grande aflição, mas não se deixe abater demais por isso.

— Vou tentar ao máximo não entrar em desespero — Venetia prometeu com voz trêmula. — Talvez seja melhor você ir embora agora, Edward. Não creio que eu consiga falar mais sobre o assunto sem me tornar histérica.

— Sim, é muito natural que queira ficar sozinha para refletir sobre tudo que foi dito aqui. Vou deixá-la em boas mãos — acrescentou, fazendo uma ligeira reverência para a Sra. Hendred. — Quero dizer apenas uma coisa que me ocorreu agora. Talvez... Lady Steeple deseje encontrar-se com você, e é claro que você não aceitará; caso lhe envie uma mensagem, não responda antes de falar comigo. Será constrangedor, mas cuidarei de tudo com o máximo cuidado. Esteja certa de que até amanhã poderei lhe dizer que termos você deve usar na sua resposta. Por favor, madame, não é preciso chamar o mordomo para me levar à porta. Posso encontrar o caminho.

Apertou as mãos da anfitriã, deu um tapinha nas costas de Venetia e saiu. Ligeiramente ofendida, a Sra. Hendred falou:

— Se alguém tivesse de lhe dizer como responder a Aurelia, seria... Mas tenho certeza de que a intenção dele foi boa! Pobre menina, você está perturbada! Eu gostaria...

— Eu estou *em cócegas* — disse Venetia, deixando a mão cair e dando uma risada, para surpresa da sua tia. — Oh, minha querida madame, *não* fique tão chocada, por favor! Não vê como é absurdo... Não, estou percebendo que não vê. Mas se ele tivesse ficado aqui mais um instante eu começaria a gritar. Notícias *penosas*? Nunca me senti tão contente na vida!

— *Venetia!* — exclamou a Sra. Hendred em tom de reprovação. — Minha querida sobrinha, você *está* histérica.

— Garanto que não, querida madame, mas quando penso em todo esse disparate que foi falado sobre *minha* reputação e sobre *meus* projetos, não sei como não estou estirada no chão batendo os calcanhares! Damerel decerto sabia a verdade. *Decerto* sabia. Aliás, deve conhecer a minha mãe, pois ela me pareceu exatamente o tipo de mulher com quem ele se *relacionaria*. Agora lembro que Damerel me disse uma coisa que prova que ele a conhece! Mas como falou em tom de brincadeira, não lhe dei muita atenção. Mas se sabia sobre a minha mãe, por que acha que arruinaria minha vida se me casasse com ele? É uma ideia *idiota*!

A Sra. Hendred, recobrando-se do choque, disse:

— Venetia, eu lhe *imploro*! É justamente por isso que você *não* deve se casar com ele. Minha menina, pense só no que diriam! *Tal mãe, tal filha*. Quantas vezes lhe disse que seu passado torna *imperativo* que você se comporte com o maior decoro? Só Deus sabe como é difícil, mas seu tio tem certeza de que você vai ter bons pretendentes. Ele e Damerel a consideram uma moça excepcional, bem diferente de sua mãe, apesar da semelhança física com ela, e dizem que nenhum homem de bom-senso hesitaria... Porém, quanto mais eu penso no Sr. Foxcott, mais dúvida tenho sobre ele, pois...

— Não vamos pensar no Sr. Foxcott agora! — disse Venetia. — Não vamos pensar em nenhum pretendente que a senhora encontrou para mim, querida madame! Puxei mais à minha mãe do que a senhora imagina, e o único marido que eu aceitaria é um dissoluto!

Capítulo 19

QUANDO A SRA. HENDRED estava em Londres, invariavelmente tomava o café da manhã no quarto, mas Venetia, como muitas outras damas mais ativas que a Sra. Hendred, acordava cedo e em seguida saía para fazer compras ou passear pelo parque. O café da manhã era servido quando ela voltava, em uma sala nos fundos da casa; Venetia era tão estimada pelos empregados que o próprio Worting fazia questão de servi-la, e não passava essa responsabilidade ao segundo mordomo. Worting, como a Srta. Bradpole, percebera logo que a sobrinha da Sra. Hendred, de Yorkshire, não era uma menina de interior desambientada nem uma parasita sem modos. Tinha muita *classe* e via-se logo que estava habituada a administrar uma casa elegante. Era também muito agradável, e Worting a servia com prazer porque a atitude dela não era nem muito familiar nem muito distante. Conseguia reprovar uma empregada atrevida só com um olhar, mas conversava muito com Worting na sala do café da manhã. Falavam de assuntos interessantes, como a vida no campo e as mudanças ocorridas desde que ele começara sua bela carreira. Worting tornou-se o principal guia de Venetia em Londres, uma vez que ela não se envergonhava de lhe pedir conselhos. Indicava os lugares a serem visitados, explicava como chegar lá e como devia se dirigir aos cocheiros dos coches de aluguel.

Na manhã seguinte à infeliz noitada com Edward Yardley, Venetia não saiu antes de tomar o café da manhã nem pediu informações sobre nenhum monumento histórico. Perguntou a Worting quais eram os hotéis mais elegantes da cidade e constatou que o criado sabia tudo a esse respeito. Ele ficou feliz por dar informações detalhadas, e apresentou uma longa lista que ia desde albergues finos, como o Osborne's Hotel, em Adam Street (acomodações elegantes para famílias e cavalheiros solteiros), até estabelecimentos como o Grand, em Covent Garden (superior), Grillon's, Royal, Clarendon, Bath, e Pulteney, todos com cozinha exclusiva para clientes nobres e ricos. Ele próprio preferia o Bath, ao sul de Piccadilly, junto à Arlington Street, um hotel grande, tradicional, frequentado por pessoas de fino gosto, mas se a senhorita tivesse em mente um lugar da alta moda, recomendaria o Pulteney Hotel.

Quando Venetia soube que durante as prematuras Celebrações da Paz ocorridas em Londres, em 1814, o Pulteney recebera personalidades como o czar da Rússia (para não mencionar sua notável irmã, a grande duquesa de Oldenburg), decidiu que aquele seria o primeiro lugar da sua lista, onde provavelmente encontraria Sir Lambert e Lady Steeple. Pediu a Worting que avisasse à Sra. Hendred que ela fora fazer uma compra urgente e saiu, vestida com uma túnica de veludo azul debruada de chinchila, e um belo chapéu de veludo com três penas de avestruz e aba alta forrada de seda. Usava um regalo também de chinchila, e estava tão linda que, quando chegou junto ao ponto dos coches de aluguel, em Oxford Street, a competição para servi-la foi grande e ruidosa.

Ao chegar no Pulteney, localizado ao norte de Piccadilly, com vista para o Green Park, descobriu que seu instinto não falhara — Sir Lambert e Lady Steeple ocupavam a mesma suíte reservada quatro anos antes para Sua Majestade Imperial.

Venetia enviou-lhes seu cartão e logo depois foi levada a um salão decorado no primeiro andar, onde Sir Lambert, vestido com um belo robe abotoado com alamares, acabara de dar a última garfada de um café da manhã variado.

Venetia sentiu-se agradecida pela delicadeza com que foi recebida. Uma delicadeza até um pouco excessiva, pois, depois de examiná-la com ar de connoisseur, ele se deu o direito de lhe dar um beijo. Venetia aceitou o beijo, muito séria, deixou os braços dele em volta de sua cintura e lhe deu um sorriso extremamente doce.

Sir Lambert ficou encantado. Apertou um pouco mais a cintura de Venetia e disse:

— Quem imaginaria que uma manhã cinzenta como a de hoje nos traria tão linda surpresa? O sol até começou a brilhar! Então você é minha filha! Deixe-me olhá-la. — Afastou-a um pouco e examinou-a com tal admiração que ela se sentiu encabulada. — Palavra de honra, nunca pensei que teria uma filha tão linda assim! Ah, você corou e depois ficou pálida, minha querida! Mas sua palidez é bonita! Se seu padrasto não puder lhe fazer um elogio, quem poderá? Então veio nos ver, não é? Não me admira. Disse na noite passada para Aurelia que você parecia ser muito meiga, e é mesmo. Quando ela a avistou com Maria Hendred, percebeu logo quem você era. "Aposto como Maria não deixará que ela se aproxime de mim!", disse ela.

— A minha mãe... desejava me ver? — perguntou Venetia.

— Quem não desejaria ver você, minha querida? Sim, sim, acho que ficará contentíssima por recebê-la aqui. Ela não comenta, mas creio que não gosta nada do fato de seu irmão nunca ter vindo visitá-la. Um rapaz fino, mas muito cheio de si.

— Conway? — exclamou ela. — Onde foi isso, senhor? Em Paris?

— Não, não, em Lisboa! Aquele sujeitinho vaidoso fez apenas uma reverência, tão pretensioso quanto o pai! E acabou fazendo um casamento desastroso, não é? Meu Deus, como foi cair nessa cilada? Quando ouvi falar da viúva, disse logo: "É uma queda de altas pretensões!" O que a trouxe a Londres, minha linda filhinha?

Venetia explicou que estava visitando a tia, e quando ele soube que era sua primeira visita à cidade ofereceu-se para levá-la a conhecer todas as grandes celebridades.

Depois de 20 minutos, entrou na sala uma empregada francesa, muito bem-vestida, anunciando que milady estava pronta para receber *mademoiselle*. Venetia foi levada a uma antessala que dava em um quarto grande e suntuoso. Sentiu no ar um aroma sutil, que fez com que parasse na porta e exclamasse:

— Seu perfume! Eu me lembro! Eu me lembro muito bem!

Essas palavras foram seguidas de uma boa risada.

— Lembra mesmo? Eu sempre usei esse perfume... *sempre*! Você ficava sentada me observando enquanto eu me vestia para ir às festas, não é? Uma criaturazinha singular você era, sempre pensei que viria a ser uma bela mulher!

Saindo da sua súbita nostalgia, Venetia gaguejou e fez uma pequena mesura.

— *Desculpe*, madame! Como... como vai a senhora?

Lady Steeple riu de novo e levantou-se da cadeira de frente para a penteadeira coberta de vidros, garrafas e caixas de bijuterias, e aproximou-se da filha com as mãos estendidas.

— Não é um *absurdo*? — falou, oferecendo o rosto empoado para ela beijar. — Acho impossível ter uma filha adulta!

Obedecendo a um cutucão de seu anjo da guarda, Venetia falou:

— Todos acham, madame, inclusive eu!

— Querida! O que Francis, Maria e todos os outros lhe contaram sobre mim?

— Nada, madame, a babá só disse que eu nunca seria tão bonita quanto a senhora. Até ontem eu pensava que a senhora tivesse morrido quando nos deixou.

— É mesmo? Foi Francis que disse isso? Tenho certeza de que foi, pois é bem do seu estilo. Pobre homem, eu fui uma provação para ele! Você gostava de seu pai?

— Não, não gostava — respondeu Venetia calmamente.

Então milady riu pela terceira vez. Falou para Venetia sentar-se e voltou para a cadeira em frente à penteadeira, olhando a filha com ar crítico. Venetia notou que o vestido de gaze e rendas que ela usava era na realidade uma camisola. Não era o tipo de roupa que uma filha esperaria que a mãe usasse — tão indecente quanto bonita. Ficou imaginando se Damerel gostaria de ver sua noiva com uma roupa transparente assim, e concluiu que gostaria muito.

— Agora me fale sobre você! — disse Lady Steeple, pegando o espelho de mão para examinar seu perfil. — Você se parece muito comigo, mas seu nariz não é tão reto quanto o meu, e o rosto não é perfeitamente oval. E é *um pouquinho* alta demais, minha querida. Ainda assim é uma bela moça! Conway é bonito também, mas tão reservado e besta que me faz lembrar seu pai. Não gostei dele. *Que* confusão ele criou em Paris! Você gostaria se eu tivesse estragado os planos da viúva? Poderia ter feito isso, pois ela se sente tão superior que faz questão de fingir que eu não existo. Pensei em visitá-la para conhecer minha futura nora! Teria sido *muito* divertido! Mas não lembro mais por que não cheguei a vê-la. Talvez estivesse ocupada ou talvez o Lamb... Ah, lembrei agora. Estava tão quente em Paris que fomos para o *château*, meu Trianon, que Lamb me deu de presente de aniversário. Foi uma surpresa, é a coisa mais linda do mundo! Se Conway gosta de mulher pateta e insípida, está bem servido. Por que *você* não está casada, Venetia? Qual é a sua idade? É um absurdo, mas não consigo me lembrar de data alguma.

— Tenho mais de 25 anos, madame! — respondeu Venetia, com um olhar malicioso.

— Vinte e cinco anos! — Lady Steeple parecia não aceitar a ideia, chegou a levantar a mão como se estivesse afastando uma coisa feia. — Vinte e cinco anos! — repetiu, olhando instintivamente para o espelho com os olhos apertados. — Impossível! Eu era uma *criança* quando você nasceu, é claro! Mas o que andou fazendo que não se casou até hoje?

— Nada, madame — disse Venetia, sorrindo. — Até vir para Londres, um mês atrás, nunca tinha visto uma cidade maior que York, e o mais longe que estive de Undershaw foi Harrogate!

— Meu Deus, está falando sério? — gritou Lady Steeple, olhando para ela. — Nunca ouvi uma declaração tão espantosa em toda a minha vida! Conte-me mais sobre você.

Venetia contou, e quando falou que Sir Francis se tornara um recluso, ela riu. Mas depois de ouvir tudo mostrou-se horrorizada, e exclamou:

— Pobrezinha! Você me detesta por tudo isso?

— Não, é claro que não! — respondeu Venetia com tranquilidade.

— Eu nunca *quis* ter filhos! — explicou milady. — Eles alteram as formas da mulher, e, durante a gravidez, o corpo fica absolu tamente *horrível;* os *bebês* são horríveis também, vermelhos e enrugados, embora você e Conway fossem muito bonitinhos. Mas o último... qual foi o nome que Francis insistiu em lhe dar? Ah, sim, Aubrey, em homenagem a um dos seus ancestrais idiotas. Aubrey parecia um macaquinho doente... *horrível*! Francis achava que era meu *dever* amamentá-lo, como se eu fosse uma mulher do campo. Não posso imaginar de onde tirou essa ideia tão vulgar, pois *sei* que sua mãe *sempre* contratava uma ama de leite. Sentia-me muito mal quando olhava para aquele bebê mirrado e tão irrequieto que me deixava nervosa. Nunca pensei que ele fosse sobreviver, mas sobreviveu, não é?

Venetia apertou as mãos dentro do regalo até as unhas enfiarem-se nas palmas, mas respondeu friamente:

— Sobreviveu, sim! Talvez ele fosse tão irrequieto por causa do problema no quadril. Ele tinha uma articulação defeituosa. Está melhor agora, mas sofreu muito quando era menor, e vai mancar pelo resto da vida.

— Pobre menino! — disse milady, compadecida. — Ele veio para Londres com você?

— Não, ficou em Yorkshire. Creio que não se interessa muito por Londres. Na verdade, só se interessa por seus livros. Ele é um erudito, um *brilhante* erudito!

— Meu Deus, que tédio! — exclamou Lady Steeple com sinceridade. — Só de pensar em viver numa casa com um recluso e um erudito, fico deprimida. Pobrezinha! Você foi a Bela Adormecida! Que coisa comovente! Só não houve um príncipe encantado para acordá-la com um beijo! Que pena!

— Houve um — disse Venetia, corando. — Só que ele enfiou na cabeça que não é um verdadeiro príncipe, mas um usurpador vestido de príncipe.

Lady Steeple gostou da ideia.

— Mas isso estraga a história! E por que ele se sente um usurpador? Não é provável que seja!

— Não, mas a senhora sabe como é o príncipe dos contos de fadas, madame! Jovem, bonitão e virtuoso! Bem, meu usurpador não é muito jovem, nem bonitão e não é nada virtuoso; aliás, bem ao contrário. Por outro lado, é um homem interessante.

— Você está claramente apaixonada por um devasso! Que coisa intrigante! Fale-me sobre ele.

— Talvez a senhora o conheça, madame.

— Eu? Quem é ele?

— Damerel — respondeu Venetia.

Lady Steeple deu um pulo.

— *O quê?* Que bobagem! Você está mentindo! Deve estar! Eu me lembrei agora, os Damerel tinham uma propriedade em Yorkshire, não é? Mas quase não apareciam lá. Então você o *conheceu*, e é claro que ele tentou seduzi-la, e você se apaixonou por aquele demônio! Bem, minha querida, posso dizer que ele partiu vários corações além do seu; então seque suas lágrimas e vá você partir os corações masculinos. É muito mais divertido, posso lhe garantir!

— Eu não poderia pensar em nada mais divertido do que me casar com Damerel — disse Venetia.

— *Casar-se* com ele! Meu Deus, não seja boba! Damerel nunca quis se casar com ninguém em toda a sua escandalosa carreira!

— Oh, quis sim, madame. Quis se casar com Lady Sophia Vobster, só que *felizmente* ela se apaixonou por outro, e agora ele quer se casar comigo.

— Quanta ilusão! Ele está tapeando você.

— Damerel tentou me tapear, disse que tinha só flertado comigo; se minha tia não tivesse contado a verdade, ele me tapearia até o fim. Foi... foi por isso que vim vê-la, madame. *A senhora* pode me ajudar... se quiser!

— Ajudar? — perguntou Lady Steeple rindo, mas dessa vez não com tanta espontaneidade. — Você não entende? Eu acabaria arruinando sua vida.

— Eu sei — falou Venetia com sinceridade. — Agradeço muito a sua franqueza, assim vou me sentir mais à vontade para lhe explicar tudo. Damerel acredita que se me pedisse em casamento estaria me causando um grande mal. Ele e meu tio Hendred decidiram que eu precisava de um noivo brilhante, pois, se me casasse com ele, cairia em desgraça na alta sociedade, e me tornaria uma tratante, como ele. Eu não me importaria com isso, só preciso convencê-lo de que não posso arranjar um noivo brilhante porque estou à beira da ruína social. Queimei os miolos tentando descobrir uma solução, mas não encontrava nenhuma... pelo menos nenhuma que atendesse ao meu objetivo! Estava desesperada e muito *infeliz*! Na noite passada, quando minha tia me contou tudo, pensou que eu ficaria horrorizada, mas fiquei contente, pois vi de súbito que só a senhora poderia me ajudar!

— Na sua ruína social. Pelo amor de Deus! — gritou milady. — E tudo isso para se casar com o devasso Damerel, não posso acreditar. Não, *não* posso acreditar!

Mas quando milady ouviu a história daquele idílio de outono, acreditou. Olhou com ar estranho para a filha e começou a arrumar os potes da penteadeira.

— Você e Damerel! — disse, depois de longo silêncio. — Acha que ele lhe será fiel?

— Não sei — respondeu Venetia. — Creio que me amará. Nós somos muito bons amigos.

Lady Steeple olhou para Venetia.

— Você é uma menina estranha — disse abruptamente. — Não sabe o que significa ser marginalizada pela sociedade.

Venetia sorriu.

— Sei, sim. Graças à senhora e ao meu pai, madame, fui marginalizada a vida toda.

— Você deve me culpar por isso, mas como eu poderia adivinhar...

— Não, eu não a culpo, mas me permita dizer que não me deu muita razão para lhe ser grata — falou Venetia duramente.

Lady Steeple encolheu-se e disse num tom ácido:

— Eu nunca quis ter filhos, já lhe disse.

— Mas decerto não queria que fôssemos infelizes.

— É claro que não. Mas quanto a...

— Estou muito infeliz no momento — declarou Venetia, olhando fixo para aquele rosto lindo e petulante. — Se a senhora fizer uma coisinha por mim, uma coisa *mínima*, talvez me sinta feliz de novo e grata do fundo do meu coração!

— O problema é seu! — exclamou Lady Steeple. — Eu devia saber que você tentaria acabar com a minha paz, deixando-me com os nervos à flor da pele... O que imagina que posso fazer para ajudá-la?

Sir Lambert, aventurando-se a entrar no quarto meia hora depois, encontrou Venetia preparando-se para sair e sua esposa num humor dúbio, entre alegre e irada. Não se surpreendeu, pois tudo indicava que o encontro com a linda filha a deixaria um pouco perturbada. Felizmente fez algumas observações que a levaram a melhorar seu estado de espírito.

— É você, Lamb? — ela chamou. — Entre e me diga se gostou da minha filha! Imagino que tenha flertado com ela, é uma moça muito bonita! Não acha?

Ele conhecia aquela voz, de alegria forçada e timbre mais alto que de costume.

— É bonita, sim. E vocês são parecidíssimas, é difícil saber quem é quem. Mas Aurelia sai ganhando. Você não é idêntica à sua mãe, minha querida; espero que não se aborreça se eu disser que ela tem traços perfeitos. Sim, foi o que Lawrence disse quando pintou o retrato de Aurelia. Traços perfeitos!

Lady Steeple, que estava sentada numa pequena escrivaninha, foi para junto de Venetia e fez com que ela se olhasse num espelho de corpo inteiro. De início, Venetia viu dois rostos refletidos, depois percebeu a figura corpulenta de Sir Lambert e ouviu sua mãe gritar:

— Ela tem 25 anos, Lamb! *Vinte e cinco anos!*

— Ora, minha linda, ora, ora! — falou ele, acariciando-a. — Ela ainda precisa de algum tempo para se tornar uma beleza como a mãe.

Lady Steeple deu uma risada histérica e afastou-se.

— O que está dizendo é absurdo. Leve-a para fora daqui! Preciso me vestir! Eu *abomino* visitas matutinas. Estou *horrível.*

— Posso afirmar que a senhora não está horrível — disse Venetia, enfiando uma carta selada na sua bolsinha. — Quando eu era menina, achava que a senhora parecia uma fada, e parece mesmo. Nunca me senti tão desajeitada em toda a minha vida! *Gostaria* de saber andar como se estivesse flutuando.

— Sua bajuladora! Pronto, me dê um beijo e saia em busca do seu destino. Espero que o encontre! É claro que não vai encontrar, mas não me culpe por isso!

— Ela vai sair em busca de seu destino? — perguntou Sir Lambert. — Então vocês duas têm um segredo? A camareira está aqui, minha linda, esperando para aprontá-la para receber as vendedoras da Robert's.

— Oh, meus culotes novos! — exclamou Lady Steeple, animando-se. — Mande Luise entrar imediatamente, Lamb! Minha querida menina, preciso me despedir agora... preciso mesmo! Os franceses não sabem fazer culotes, os meus são feitos na Robert's desde que eu era mocinha. Foi por isso que vim com Lamb! *Detesto* Londres, especialmente em novembro.

Mais uma vez Venetia ganhou um beijo perfumado no rosto, e disse:

— Adeus, madame... e *obrigada*! A senhora foi muito, muito boa para mim!

Fez uma mesura quando Lady Steeple a olhou de lado e saiu do quarto acompanhada por Sir Lambert.

— Você é uma boa menina! Foi ótimo ter dito aquilo a ela! Anda deprimida, porque já não é tão jovem. Não se importou de eu dizer que você não era tão linda quanto ela?

Venetia garantiu-lhe que não. Sir Lambert disse que a levaria lá embaixo para encontrar-se com sua acompanhante, e quando ela falou que havia ido sozinha ele resolveu levá-la até Cavendish Square. Ela falou que estava habituada a andar sozinha e que queria fazer umas compras na Bond Street, mas foi em vão.

— Não, isso não está certo! Fico só pensando no que Maria Hendred diria! Uma bela moça andando sozinha por aí, e todos os bonitões da Bond Street lançando-lhe olhares! Quero ter o prazer de escoltá-la, não pense que sua mãe não gostaria que eu saísse com você. Garanto que não se importaria — disse Sir Lambert. — Mesmo porque não vou lhe dizer nada.

Depois que o *valé* de Sir Lambert ajudou-o a vestir o sobretudo e passou-lhe o chapéu, as luvas e a bengala, Venetia saiu em sua companhia, contente de mostrar às amigas da sua tia que eventualmente encontrasse que estava em ótimos termos com seu padrasto mal-afamado. Sir Lambert era uma figura impressionante, mas como sua corpulência não o deixava movimentar-se com agilidade, eles caminharam devagar. Ao virarem na Bond Street já eram bons amigos, e ele, além de comportar-se de forma galante com a linda companhia, contou várias histórias de sua juventude que a fizeram rir muito, encorajando-o a contar várias outras mais picantes. Acompanhou-a até uma loja de tecidos e ajudou-a a escolher uma musselina para um vestido. Quando saíram quis carregar o embrulho, mas ela enfiou-o na bolsa, dizendo que nunca vira um senhor da alta sociedade carregando um embrulho amarrado com barbante.

Havia muitas carruagens na rua e muitas pessoas elegantes caminhando, mas só quando chegaram à Grosvener Street é que Venetia teve o prazer de ver uma amiga de sua tia, que conhecera em Cavendish Square, e lhe fez uma mesura. Sir Lambert, sempre muito gentil, levantou o barrete de pele de castor e fez uma reverência também. O colete Cumberland que usava rangeu em tom de protesto, mas ela ficou surpresa de ver como um homem tão corpulento conseguia fazer uma reverência com tanta graça.

Quando olhavam a vitrine de uma loja, Sir Lambert teve uma ideia.

— Minha querida, se você não se opuser, vamos dar uma olhada lá dentro. Minha pobre Aurelia tem crises de depressão, e sem dúvida ficou um pouco perturbada ao ver você. Gostaria que me ajudasse a escolher uma coisinha que a alegrasse!

Venetia achou graça de ver que a "coisinha" era um brinco de pingentes de brilhantes, joia preferida de Aurelia, segundo Sir Lambert. Não pareceu a Venetia que ele precisasse de ajuda, mas logo percebeu que precisava de aprovação; então parou de admirar os pingentes que não haviam chamado a atenção dele e elogiou os três que eram obviamente seus preferidos. Depois de escolher os brincos, pediu para ver uns broches, e deixou Venetia escolher à vontade. Ela optou por um muito gracioso, de águas-marinhas, e não pelo de safiras e brilhantes que ele mostrou. Sir Lambert tentou ao máximo convencê-la de que águas-marinhas não eram pedras valorizadas, mas Venetia riu e insistiu que eram muito charmosas.

— Se é essa sua opinião, vou comprar, você tem um gosto excelente e sabe o que é bom, minha querida!

Ao saírem da loja viram Edward Yardley, com as mãos para trás, examinando um conjunto de anéis em uma das vitrines. Ele virou a cabeça bem no momento em que Sir Lambert deu o braço a Venetia, e gritou seu nome tão alto que um passante olhou-o por cima do ombro.

— *Venetia?*

— Bom dia, Edward! — disse ela, com muita calma. — Que bom ver você, mas não precisa informar meu nome para a rua inteira! Senhor, gostaria de lhe apresentar o Sr. Yardley, um velho amigo meu de Yorkshire. Edward, creio que você não conhece meu padrasto... Sir Lambert Steeple!

— Como vai? — disse Sir Lambert, estendendo a mão para Edward. — Você gostaria que eu estivesse longe daqui, não é? Não o culpo, mas não vou abrir mão dessa beleza. Pode olhar para ela o quanto quiser, mas sua mãozinha vai continuar no meu braço.

Enquanto falava, Sir Lambert bateu no ombro dele com ar paternal e olhou para Venetia de forma tão pouco paternal que deixou Edward irritadíssimo, mas este disse num tom menos grave e deliberado que de costume:

— Estou indo a Cavendish Square, senhor, e vou acompanhar a Srta. Lanyon.

Sir Lambert achou graça. Seus proeminentes olhos azuis examinaram Edward de alto a baixo, notando todos os detalhes que o definiam como o nobre rural de considerável fortuna, mas sem nenhum requinte urbano. Era esse então o inevitável *pretendente* e, a julgar pela familiaridade com que Venetia o cumprimentou, ela o apreciava. Ao seu ver, ela podia arranjar alguém melhor, mas o rapaz não era feio, e sem dúvida ela cuidava de sua própria vida. Olhou para Venetia com um brilho nos olhos.

— Vamos convidá-lo para vir conosco, querida, ou vamos nos despedir dele aqui? O que acha?

Isso foi demais para Edward. Seu rosto avermelhou-se, pois ele não só ficara irado ao ver Venetia de braço dado com Sir Lambert como sua autoestima foi afetada pelo exame ligeiramente desdenhoso daquele patife. Sir Lambert devia ter o dobro da idade de Edward, mas o jovem ressentiu-se de seu jeito confiante e ainda mais por ter sido olhado como um jovem ciumento. Olhou com um ar mais feroz que nunca, mas disse com toda educação:

— A Srta. Lanyon agradece, senhor, mas não será preciso escoltá-la até em casa!

Sir Lambert deu um risinho.

— Sim, entendi. Você gostaria de me enfrentar de madrugada! Quanta finura! Gosto de ver um jovem pronto para a briga. Meu Deus, eu era um brigão nos meus tempos, mas isso foi antes de você nascer, meu rapaz! Você não pode me desafiar, como sabe. Mas eu não devia estar fazendo tanta zombaria assim. Pode vir conosco até o alto da rua e depois, se minha linda filhinha quiser, você leva-a para casa.

Edward quase engasgou. Antes que pudesse dar uma palavra, Venetia interveio e disse num tom frio:

— Outro Oswald Denny! Meu querido Edward, não faça um papelão como ele fez, por favor.

— E quem é Oswald Denny? — perguntou Sir Lambert, intrigado. — Você pode ter esse ar reservado, mas não me engana. Sim, sim, dá para ver o brilho dos seus olhos. Aposto que todos os rapazes de Yorkshire brigam por você.

Ela riu e desviou a conversa para outros rumos. Edward, determinado a não deixá-la com Sir Lambert, e sem poder afastá-la à força, manteve-se ao seu lado e passou a responder em monossílabos às perguntas que lhe eram feitas.

No alto da rua Venetia parou e, tirando a mão do braço de Sir Lambert, virou-se para ele e disse sorrindo:

— Obrigada, senhor. Foi muita gentileza sua vir até aqui comigo, mas seria um absurdo pedir-lhe para ir mais adiante. Fico agradecida por ter me ajudado a escolher a musselina indiana, vai ficar muito melhor do que o outro tecido.

Estendeu-lhe a mão e ele apertou-a com força, tirando da cabeça o barrete de pele com um ar que qualquer dândi invejaria. Venetia sentiu-o apertar na sua mão a caixa de joia menor e ficou confusa.

— Mas, senhor...

Ele insistiu.

— Não é nada de mais! Uma coisa sem muito valor, mas foi o que você escolheu! Permita-me lhe dar um presente... uma bobagem.

— Oh, *não*! — exclamou ela. — O senhor não deve fazer isso! *Por favor...*

— Guarde isso, minha querida! Estará me dando um grande prazer. Eu nunca tive uma filha, mas se tivesse gostaria que fosse como você, com seu rosto meigo e suas maneiras finas!

Venetia ficou muito comovida e indiferente aos passantes e a Edward, enraivecido, ficou na ponta dos pés para beijar o rosto de Sir Lambert, com uma das mãos pousada no seu ombro.

— E *eu* gostaria muito que os senhor *tivesse sido* meu pai. Eu o teria amado muito mais do que amei meu próprio pai, pois o senhor é muito mais bondoso que ele. Obrigada! Vou guardar essa joia e me lembrar do senhor sempre que usá-la, prometo!

Sir Lambert passou o braço em volta de Venetia e abraçou-a com força.

— Essa é a minha menina! — disse. Depois tocou nas costelas de Edward com a ponta da bengala e falou num tom menos paternal: — Pode levá-la agora, meu jovem, mas se eu fosse dez anos mais moço não permitiria isso.

Depois de fazer mais uma de suas estudadas reverências, recolocou o barrete de pele na cabeça e desceu a rua, mantendo um olhar alerta para qualquer mulher atraente que passasse por perto.

— Sir Lambert pode estar meio envelhecido, mas é uma ótima criatura! — disse Venetia, esquecendo que o ânimo de Edward não estava em harmonia com o seu.

— Só posso supor que você tenha perdido o juízo — comentou ele.

Venetia observava Sir Lambert descer a rua com um sorriso de apreciação, mas ao ouvir isso falou num tom bem áspero:

— Eu também supus o mesmo de você. Como pôde se comportar com tanta grosseria? Nunca me senti tão envergonhada!

— *Você* nunca se sentiu mais envergonhada? Não sei como pode falar dessa maneira, Venetia.

— Não pretendo falar de maneira alguma — ela o interrompeu, saindo da calçada, que estava sendo varrida com todo o cuidado por um garoto. — Pare de fazer essa cara feia e dê uma moeda para esse menino!

Edward alcançou-a do outro lado da Oxford Street.

— Por que estava passeando com aquele velho boêmio? — perguntou com rudeza.

— Por favor, lembre-se que está falando do meu padrasto! — respondeu ela friamente. — Fui visitar minha mãe e ele fez a gentileza de me acompanhar até aqui.

— *Visitar sua mãe?* — repetiu Edward, como se não pudesse acreditar no que tinha ouvido.

— Isso mesmo. Alguma objeção?

Ele respondeu com voz controlada:

— Todas as objeções e você sabe bem quais são! Não quero falar sobre isso em público. Por favor, fiquemos em silêncio!

Venetia não replicou e continuou a andar, parecendo aflita. Ele manteve-se ao seu lado, com a sobrancelha franzida e os lábios apertados. Ela só falou quando chegaram na porta da casa do seu tio. Olhou-o, pensativa, e disse:

— Pode entrar comigo, se desejar, mas não faça essa cara para o mordomo, por favor! Já demonstrou seu desprazer para muita gente hoje.

Naquele momento abriram a porta e ela entrou. Ao ver o segundo mordomo, perguntou se a tia estava em casa. Quando soube que a Sra. Hendred não passara bem a noite e ainda se encontrava no quarto, levou Edward para a sala e disse, tirando as luvas:

— Agora diga o que quiser, mas tente lembrar, Edward, que quem cuida da minha vida sou eu! Você parece acreditar que tem autoridade sobre mim, mas não tem, como já lhe disse diversas vezes!

Edward ficou olhando-a com ar abatido e respondeu:

— Eu me enganei a respeito de seu caráter. Quis acreditar que a leviandade da qual muitas vezes me queixei originava-se de uma vivacidade natural e não de uma falta de caráter. Mas agora estou de olhos abertos!

— Fico extremamente feliz por ouvir isso, pois já é tempo de abri-los. Mas não me acuse de ter iludido você. Foi você quem se iludiu, nunca acreditou que fossem verdadeiras as coisas que eu dizia. O fato, Edward, é que somos pessoas diametralmente opostas. Tenho grande respeito por você...

— Gostaria de poder dizer o mesmo de você!

— Que grosseria! Vamos apertar as mãos e nos desejar felicidades.

Ele não se moveu para pegar a mão estendida de Venetia, mas disse:

— Minha mãe é que estava certa!

O pronto senso de ridículo de Venetia superou seu aborrecimento e seus olhos alegraram-se.

— Para falar com franqueza, estava mesmo — disse cordialmente.

— Ela me pediu que eu não deixasse meu julgamento ser influenciado por meus sentimentos. Eu devia ter seguido seu conselho. Teria sido poupado da humilhação de descobrir que a mulher com quem pretendia me casar não tem coração nem delicadeza!

— Eu também gostaria que você tivesse seguido o conselho dela. Mas tudo vai bem quando termina bem, como você sabe! No futuro faça o que sua mãe disser, espero que ela encontre uma boa esposa para você. Tenho certeza de que encontrará!

— Eu devia saber quem você era quando não teve escrúpulos de ir a Priory diariamente, apesar dos meus protestos. Você parece apreciar os libertinos!

O sorriso desapareceu do rosto de Venetia.

— É verdade, Edward, aprecio sim. Agora acho melhor você ir embora. Já disse tudo que queria dizer e eu preciso subir para ver como vai minha tia.

— Vou voltar para casa amanhã de manhã na primeira diligência! — anunciou Edward, e com essa frase de despedida saiu da sala.

Mal ele desapareceu, a porta abriu de novo e a Sra. Hendred entrou com ar muito assustado.

— Minha querida, o que aconteceu para o Sr. Yardley sair tão esbaforido daqui? Eu estava descendo a escada e o vi sair apressado da sala, com uma cara tão feia que fiquei alarmada! Perguntei qual era o problema, como você pode supor, mas ele nem parou... Disse apenas que você me contaria e foi embora deixando-me sem ar. Oh, Venetia, *não* me diga que vocês brigaram.

— Então não vou dizer, querida tia, mas é a verdade! — disse Venetia rindo. — Oh, meu Deus, que papelão Edward fez! Mas posso perdoá-lo. Creio que a senhora vai ficar tão chocada quanto ele, madame. Fui visitar minha mãe, e Edward me encontrou na Bond Street de braço dado com Sir Lambert!

Foi obrigada a repetir aquela confissão para a Sra. Hendred poder entender, depois ajudou-a a sentar-se em sua cadeira favorita. Esse segundo desastre, em seguida ao choque do encontro da noite anterior, foi demais para os nervos em frangalhos da Sra. Hendred. Ela caiu em lágrimas, e, entre soluços de tristeza, deu início a um monólogo sem sentido, ao mesmo tempo uma lamentação e uma crítica exagerada. Venetia não tentou defender-se das várias acusações que lhe foram feitas, e só acalmou e acariciou a tia aflita. Exausta de tanta emoção, a Sra. Hendred finalmente recostou-se na cadeira com os olhos cerrados, gemendo baixinho, e repelindo a sobrinha ingrata. Venetia olhou-a em dúvida, decidida a não fazer outras declarações, e foi buscar a Srta. Bradpole. Entregando a Sra. Hendred aos cuidados da empregada competente, saiu de novo de casa e foi para o ponto dos coches de aluguel.

— Vamos para Lombard Street, por favor! — disse ao cocheiro. — Para o Correio Geral.

No final da tarde voltou a Cavendish Square e soube pela Srta. Bradpole que sua tia tinha ido para a cama, mas não quis de jeito algum que chamassem o médico. Foi convencida a tomar um lanche leve — uma xícara de caldo de carne, um pedaço de galinha e um creme de amêndoa — e naquele momento parecia mais calma e sonolenta. Venetia, para manter as aparências, deu uma explicação qualquer à Srta. Bradpole sobre a causa da indisposição da tia e subiu para o quarto.

Só muito mais tarde aventurou-se a bater de mansinho na porta da Sra. Hendred. Uma voz fraca mandou-a entrar. Encontrou a tia reclinada sobre uma montanha de travesseiros, com uma linda touca amarrada debaixo do queixo, um lenço em uma das mãos, os sais aromáticos na outra, e, na mesa de cabeceira, uma batelada de sedativos e tônicos restauradores. Ao ouvir a voz de Venetia, virou os olhos para a porta e deu um suspiro de cortar o coração. Ao perceber que Venetia estava usando uma roupa de viagem debaixo da capa grossa, sua conduta mudou abruptamente. Sentou-se na cama e perguntou com voz forte:

— Por que está vestida assim? Para onde vai?

Venetia chegou perto da cama e inclinou-se para beijar a tia.

— Querida tia, vou voltar para casa!

— Não, não! — gritou a Sra. Hendred, puxando sua manga. — Ah, minha querida, vou ficar totalmente perturbada. Não leve a sério as coisas que falei. Só Deus sabe o que se deve fazer, mas seu tio encontrará uma solução, pode contar com isso! Venetia, se eu disse alguma coisa...

— É claro que não disse nada, madame! — falou Venetia, sorrindo para ela e acariciando seu ombro. — Mas a senhora não poderá restabelecer minha reputação, e gostaria que não tentasse. A senhora foi muito boa para mim e estou triste por ter lhe causado tanto aborrecimento. Só estou lutando pela minha vida, e talvez seja tarde demais! Por favor, tente me perdoar, minha querida tia e... tente compreender.

— Venetia, *considere* o que vai fazer — implorou a Sra. Hendred. — Meu Deus, você não pode se atirar nos braços daquele homem! O que ele *pensaria*?

— Já considerei. Parece um absurdo, não é? Espero não perder a coragem. Não vou perder, pois não há nada que eu não possa lhe dizer ou que ele não possa compreender. Não fique desesperada assim! Não queria perturbá-la de novo, mas não podia ir embora sem me despedir e agradecer por tudo que fez por mim. Falei a Bradpole e a Worting que Edward me informou que Aubrey não está bem, e que ele vai me acompanhar até York na diligência do correio, portanto não precisa se preocupar com o que os empregados vão pensar. Já arrumei meu baú e pedi para Betty passar a cinta e mandá-la para mim pela transportadora, depois que eu mandar meu endereço. Não posso levar mais que uma mala-armário na diligência do Correio.

— Ouça, Venetia, espere até consultarmos seu tio! — exclamou a Sra. Hendred. — Ele vai chegar amanhã de manhã, ou talvez chegue ainda esta noite!

— Por nada neste mundo! — disse Venetia, com um riso nervoso. — Sou muito agradecida ao meu tio, mas a possibilidade de ele encontrar um novo meio de me salvar do meu querido libertino me dá medo!

— Espere, minha querida menina! Tive uma ótima ideia. Se você acha que suas afeições não mudaram depois de ter visto um pouco mais do mundo... Ouça agora! Não vou falar mais nada contra esse terrível casamento! Mas *o próprio* lorde Damerel lhe dirá que é muito cedo para você se comprometer! Seu tio encontrará uma forma de superar o que ocorreu hoje. Vou adiar a apresentação de Theresa à sociedade para a primavera e vou apresentar você agora.

— Pobre Theresa! — falou Venetia rindo. — Ela está contando os dias para isso!

— Ela pode esperar mais um ano — disse a Sra. Hendred decidida. — Aliás, acho que deve esperar mesmo, pois notei uma mancha no seu rosto no outro dia, e você sabe, minha querida, que as meninas dessa idade se enchem de manchas quando desejam estar na melhor forma. Seria *inútil* debutar no ano que vem! O que me diz disso?

— De jeito nenhum — disse Venetia, encostando seu rosto no da tia, antes de soltar a mão agarrada à sua manga e encaminhar-se para a porta. — Muito antes da estação terminar, ou antes mesmo de começar, Damerel estará sabe Deus onde, jogando pétalas de rosas no caminho de alguma mulher abandonada. Pelo menos uma coisa estou determinada a fazer! Se ele *precisar* manter esses hábitos, jogará pétalas de rosa no meu caminho, não no daquelas mulheres ridículas!

Jogou um beijo para a tia e desapareceu.

Capítulo 20

VENETIA SÓ CHEGOU em Yorkshire na tarde do dia seguinte, uma vez que a diligência do correio atrasou muito, devido à neblina em Londres e nas imediações. A jovem estava bem mais animada que na viagem anterior, mas também bem mais cansada. Desceu na estação amarrotada e despenteada, e em vez de alugar imediatamente um coche para levá-la a Priory, como era sua intenção, reservou um quarto na estalagem, onde pediu água quente e um pouco de chá. Por mais ansiosa que estivesse para chegar ao fim da viagem, não queria entrar em Priory com a roupa amassada, o cabelo malcuidado e o rosto sem lavar. A camareira levou-a a um quarto vazio, e uma olhada no espelho foi o suficiente para Venetia constatar que nenhuma dama, por mais bonita que fosse, podia viajar mais de 300 quilômetros em uma diligência para seis passageiros sem chegar ao seu destino em más condições.

Ela teve sorte de encontrar lugar na diligência tão em cima da hora, mas não no banco do canto, e logo descobriu que entre uma carruagem particular e a diligência do Correio a diferença era imensa. Ao contrário de seus companheiros de viagem, que roncaram terrivelmente a noite inteira, ela não conseguiu dormir; fizeram uma parada de vinte minutos para os passageiros tomarem café da manhã, mas ela só conseguiu tomar dois goles do café escaldante, já que teve de esperar quinze minutos até o garçom sobrecarregado colocar a cafeteira na mesa.

Depois de se lavar e tomar uma xícara de chá, Venetia sentiu-se outra, e achou que a dor de cabeça melhoraria se ela se deitasse por meia hora na larga cama de dossel. Foi o seu erro, pois mal puxou as cobertas, caiu no sono.

Acordou no escuro, ouvindo o relógio Minster bater três quartos de hora. Levantou-se aflita e puxou o cordão ao lado da cama. Quando a camareira entrou com uma vela, ficou aliviada em saber que não era tão tarde quanto pensava. Faltavam dez minutos para as 19 horas. A camareira, uma boa alma, disse que tinha ido ao quarto às 16 horas, mas teve pena de acordá-la, e sugeriu que ela se aprontasse para o jantar que estava sendo servido na saleta. Mas Venetia, apesar de estar com fome, separou o vestido limpo que havia tirado da mala-armário e lhe pediu para descer e chamar uma carruagem, ou qualquer outro veículo disponível, para levá-la imediatamente a Elliston Priory.

Tinha pensado em descansar só meia hora naquela cama traidora e ir depois ao escritório do Sr. Mytchett pegar algum dinheiro, pois gastara quase tudo que tinha com a passagem da diligência, o café da manhã que não lhe deram tempo de tomar e a gorjeta do guarda; a quantia restante só dava para pagar a estalagem. Como perdeu a hora e alugou a carruagem sem passar no escritório, alguém em Priory — Aubrey, Damerel ou Imber — teria de se encarregar do pagamento.

Imber, ao abrir a porta para a visitante inesperada, depois das 20h30, arregalou os olhos e ficou sem saber o que fazer quando Venetia lhe pediu para pagar o cocheiro. Impaciente com a demora, Venetia disse:

— Pode deixar! Milorde me dará o dinheiro! Onde ele está? Na biblioteca?

Ainda olhando-a de queixo caído, Imber sacudiu a cabeça. Venetia sentiu o coração apertado e perguntou:

— *Ele foi embora?* Imber, ele não está mais em Yorkshire? Não fique aí me olhando desse jeito. Será que pareço um fantasma? Onde está lorde Damerel?

Imber engoliu em seco e respondeu:

— Está na sala de jantar, senhorita, mas... bebeu muita cerveja, Srta. Venetia! É melhor não entrar lá...

Confusa com a perplexidade de Imber, Venetia não notou seu tom aflito e atravessou o corredor às pressas para chegar à sala de jantar. Abriu a porta e hesitou um instante, pois de repente foi tomada de timidez, embora estivesse ansiosa para rever seu amor.

Durante toda a viagem imaginara aquele encontro — o que Damerel diria, como estaria, o que ela própria lhe diria. Não lhe ocorreu que ele não pudesse falar nem olhar para ela, ou que o encontro fosse tão absolutamente diferente do imaginado.

Damerel estava sozinho, escarrapachado na cadeira de braço da cabeceira, com um braço sobre a mesa e os dedos agarrados numa taça. Próxima ao braço, uma jarra de vinho pela metade, destampada. Ele sempre fora descuidado com sua aparência, mas Venetia nunca o vira tão desmazelado assim. Tinha afrouxado o laço do pescoço, o colete estava aberto, e o cabelo, desgrenhado. Mantinha-se imóvel, os ombros recostados no espaldar da cadeira, as pernas esticadas e o olhar perdido no espaço. As linhas duras do rosto pareciam acentuadas e um sorriso de escárnio pairava nos seus lábios. Quando Venetia foi iluminada pela vela, ele finalmente virou a cabeça e viu quem tinha entrado. Ela não se moveu, deu um sorriso ao mesmo tempo tímido e meigo e olhou-o com ar intrigado. Damerel, sem compreender aquela presença, levou a mão aos olhos para apagá-la da sua visão e disse, com uma voz grossa:

— Oh, meu Deus! *Não!*

Aquela reação absolutamente inesperada à sua chegada poderia ter desencorajado Venetia, mas como àquela altura já dera para perceber que milorde estava bem, achou a cena até divertida.

— Oh, Damerel, você *tinha que* estar bêbado justo agora? Que *horror*, meu querido amigo!

A mão dele caiu de lado, e ele olhou-a, incrédulo; depois levantou-se e derrubou a taça de vinho.

— Venetia! — murmurou. — *Venetia!*

Com passos rápidos e incertos, deu a volta na mesa, ela aproximou-se, e os dois abraçaram-se finalmente.

Damerel enlaçou-a ferozmente e beijou-a com ardor, dizendo:

— Meu amor... meu coração... Oh, meu querido encanto! É mesmo você!

Venetia tinha o braço em volta do seu pescoço, e quando ele levantou a cabeça para olhá-la melhor, a jovem ajeitou a mecha de cabelo que caía sobre a sobrancelha dele. Os poucos escrúpulos e dúvidas que poderia ainda ter desapareceram. Sorriu-lhe com meiguice e disse, em tom carinhoso:

— *Seu bobo!*

Damerel deu uma gargalhada, que mais pareceu um gemido, beijou-a de novo e apertou-a tanto que a deixou sem ar. Depois afrouxou os braços e exclamou, com voz trêmula:

— Devo estar cheirando a conhaque!

— Está, sim — falou ela com franqueza. — Não importa! Vou acabar me acostumando com isso.

Finalmente soltou-a e passou a mão nos olhos.

— Que inferno, estou encharcado de bebida. Não consigo... — Baixou as mãos e lhe perguntou, num tom quase zangado: — O que a trouxe aqui? Por que você veio?

— A diligência do correio me trouxe até York, meu amor, e vou contar por que estou aqui. Oh, meu querido amigo, tenho *tanta coisa* para contar! Mas primeiro temos de pagar ao cocheiro. Creio que Imber não tem dinheiro, pode lhe dar sua carteira?

— Você alugou um coche?

— Aluguei um em York. Mas estava com pouco dinheiro... Na verdade, não me restou nada, por isso preciso pedir sua ajuda! Damerel, por favor, me dê sua carteira!

Ele enfiou a mão no bolso, mas aparentemente não tinha carteira alguma, pois a mão voltou vazia. Venetia virou-se e saiu para procurar Aubrey e encontrou Imber na porta, que a olhou com um misto de desaprovação, curiosidade e espanto.

— Marston está pagando ao cocheiro, senhorita. Desculpe me intrometer, devemos mandá-lo de volta a York? A Srta. Venetia pretende *ficar* aqui?

— Pretendo, sim — respondeu ela. — Diga a Marston para dispensá-lo, por favor.

A essas palavras, o cérebro anuviado de Damerel reagiu.

— Não! — disse ele abruptamente.

— Sim, milorde — concordou Imber, aliviado. — Devo dizer para ele esperar um pouco, ou...?

— Não preste atenção ao que milorde disse! — falou Venetia. — Dá para notar que ele *não* está muito consciente! Mande o coche embora, e, se não quiser me ver desmaiar, traga alguma coisa para me alimentar, por favor! Desde ontem só comi uma fatia de pão com manteiga, estou *faminta*! Peça desculpas à Sra. Imber por lhe dar trabalho, uma carne fria mesmo serve!

Imber olhou para seu mestre com ar indagador, mas, como Damerel tentava recuperar suas faculdades mentais e não lhe deu atenção, saiu com relutância para cumprir as ordens de Venetia.

— Venetia! — exclamou Damerel, levando as mãos à cabeça e falando com clareza: — Você não pode ficar aqui. Não vou deixá-la fazer isso. Está fora de questão. Não sou tão desmiolado assim.

— Bobagem, meu querido amigo. Aubrey me servirá de companhia. A propósito, onde ele está?

Damerel sacudiu a cabeça.

— Não está aqui. Foi para... esqueci o nome do sujeito... um reverendo!

— Ah, o Sr. Appersett voltou? — perguntou ela. — Eu *sabia* que não podia esperar muito mais. Aubrey foi embora? Então não há o que fazer. E, para ser sincera, não me importo a mínima!

Damerel franziu a sobrancelha.

— Ele não foi embora. Só saiu para jantar na casa paroquial. Isso mesmo. O reverendo voltou ontem... ou anteontem. Não me lembro. Mas isso não muda a situação. Você não pode ficar aqui.

Venetia olhou-o com ar experiente.

— Sim, eu sei como é. É o que acontece com todos os homens, lembro que sempre que Conway enfiava uma ideia na cabeça, em geral uma ideia *idiota*, agarrava-se a ela com unhas e dentes!

Damerel repetiu, incrédulo:

— Idiota! — Deu uma risada e continuou: — Pensei que nunca mais a ouviria dizer isso.

— Eu digo isso com frequência? — perguntou ela, e ele fez que sim. — Ah, meu Deus, que coisa maçante! Preciso tomar cuidado.

— Não é maçante. Mas... você não pode ficar aqui — insistiu Damerel.

— Estou avisando, meu amor, que se você me expulsar da sua casa construirei uma cabana de salgueiro junto do portão... e muito provavelmente morrerei de inflamação dos pulmões, pois novembro *não* é um mês para se viver em cabanas de salgueiro. Boa noite, Marston! Já pagou ao cocheiro por mim? Fico-lhe muito agradecida.

— Boa noite, madame — disse o *valé* com um dos seus raros sorrisos. — Permita-me dizer que estou muito feliz de vê-la de novo por aqui!

— Obrigada, e eu estou muito feliz de estar aqui! — respondeu ela calorosamente. — Mas o que vamos fazer? Milorde diz que vai me expulsar de sua casa, não ficou feliz em me ver!

— Mas antes — disse Marston, lançando um olhar experiente para Damerel —, a madame não quer ir ao quarto do Sr. Aubrey tirar o chapéu e a capa? A lareira está acesa, e eu pedi à empregada para levar uma bacia de água quente, caso a senhora deseje lavar as mãos. E levar também sua mala-armário, madame.

Ela fez que sim e foi para a porta.

— *Não* — disse Damerel obstinadamente. — Ouça o que vou dizer!

— Sim, milorde, daqui a pouco! — disse Marston, levando Venetia para fora da sala e fechando a porta. — O quarto vazio ao lado do quarto do Sr. Aubrey será preparado para a senhora. Devo explicar que o Sr. Aubrey foi jantar na casa paroquial, mas vai voltar. — E acrescentou, num tom consolador: — Milorde ficará sóbrio daqui a pouco, madame.

— Marston, ele tem se embebedado muito ultimamente? — perguntou Venetia.

— Oh, madame! Tem bebido bastante, mas só depois que o Sr. Aubrey vai para o quarto. — Hesitou, depois acrescentou com ar inexpressivo: — É sempre um problema para milorde na hora de fazer uma escritura, se me permite dizer, madame.

Ela olhou para aquele rosto impassível.

— Ele está com problemas, Marston?

— Sim, madame. Com o maior problema que já vi.

Ela fez que sim e disse com um sorriso:

— Precisamos ver o que podemos fazer para resolver isso.

— Sim, madame, eu ficaria extremamente feliz — disse Marston, com uma pequena reverência. — Posso sugerir que sirvam a ceia daqui a meia hora?

Venetia tinha tanta fome que fez força para não protestar e aquiesceu gentilmente, pois era evidente que ele desejava livrar-se dela. Já no quarto de Aubrey, ela agradeceu por ter de esperar pela hora da ceia assim que viu seu reflexo no espelho. Com a luz pouco nítida vinda da única vela que a camareira lhe levara na estalagem, Venetia se vestira quase às cegas e penteara-se apressadamente antes de colocar o chapéu. Mas Marston providenciara dois candelabros na penteadeira e, com a luz mais forte, ela percebeu com horror que estava tão descabelada quanto seu anfitrião. Esquecendo a ceia, tirou o chapéu, jogou a capa na cama e empenhou-se em tornar-se mais apresentável. Quando terminou de se arrumar, passara-se mais de meia hora. Jogou um lindo xale fino sobre os ombros, como usavam na época, olhou o reflexo mais uma vez com ar crítico, soprou as velas e desceu para a sala de jantar.

Encontrou tudo muito mais arrumado; os vestígios da bebedeira haviam sido removidos, a mesa estava posta, a lareira acesa, e Damerel encontrava-se milagrosamente sóbrio. Estava segurando uma caneca quando Venetia entrou. Olhou-o um pouco em dúvida, mas a bebida, qualquer que fosse, mostrou ser altamente benéfica, pois ele falou com voz perfeitamente clara quando passou a caneca vazia para Marston:

— Agora estou melhor! Pão, queijo, e ficarei outro. — Virou-se, sorriu para Venetia e falou num tom ligeiro, mas com um brilho nos olhos que esquentou o coração dela: — Está morta de fome, minha pobre menina? Você será servida imediatamente. Venha sentar-se e deixe-me acalmar sua mente ansiosa! Não vou expulsá-la de minha casa, temos um plano melhor... Ou, para ser honesto, Marston tem. *Minha* cabeça não é capaz de tomar decisões. Você veio aqui discutir um assunto importante com Aubrey, não se esqueça disso!, e *eu* irei dormir no Red Lion. Assim as convenções sociais serão resguardadas! — Puxou a cadeira para ela se sentar e acrescentou, ainda em tom ligeiro: — Seu penteado é novo, e muito bonito!

Venetia percebeu que ele não cederia com facilidade, mas não se perturbou. Qualquer coisa que dissesse, seus olhos o traíam.

— Gostou? — perguntou. — Espero que sim, me disseram que é a última moda.

Damerel tinha mudado de cadeira e colocou o *lorgnon* em um olho.

— Sim, excelente, a *la Sappho*, imagino.

— Seu miserável! — disse ela com um risinho matreiro. — Você conhece *todos* os estilos de penteados femininos?

— A maioria — respondeu Damerel sem pestanejar. Sentou-se e deixou o *lorgnon* pendurado na ponta do longo cordão. — O que a trouxe aqui, Venetia?

— A diligência do correio, aliás, muito desconfortável!

— Deixe de evasivas, menina!

Ela sorriu e falou num tom suave:

— Seu estúpido!

Damerel ficou pálido, e depois de uma pausa falou com ar impiedoso:

— Gostaria que não tivesse vindo.

— Oh! Que declaração horrível, especialmente porque me pareceu que você gostou de me ver.

— Eu estava bêbado. Ainda estou um pouco, mas já melhorei bastante.

— Oh, meu Deus, você só pretende me beijar quando estiver bêbado?

— Não pretendo beijá-la em momento algum! — disse ele num tom áspero.

— Então é claro que não vou forçá-lo. Nada mais detestável que ser forçado a fazer uma coisa que não nos agrada. Tenho tido muita experiência no assunto ultimamente. Só há uma coisa pior: ser cercado de pessoas bem intencionadas, mas de cabeça vazia, que se metem em assuntos que não lhe dizem respeito.

— Venetia... — Damerel ia dizendo, quando Imber entrou para pôr a terrina de sopa na mesa.

— Que cheiro delicioso — exclamou Venetia, pegando a colher. — Imber, é de milho? Agora *sei* que estou em casa de novo. — Virou a cabeça e dirigiu-se a Damerel: — Minha tia tem um cozinheiro francês que faz os pratos mais gostosos do mundo, mas mesmo assim eu vivia com saudade da comida simples de Yorkshire.

— Gostou de Londres? — perguntou Damerel, enquanto Imber servia Venetia de um copo de limonada.

— Não, mas talvez esteja sendo injusta. Em condições diferentes, creio que teria gostado muito. — E acrescentou, quando Imber saiu da sala: — Eu estava infeliz e solitária demais para me divertir. Não tinha ninguém com quem rir.

Damerel disse, num tom reprimido:

— Estava se sentindo fora do seu ambiente, é claro. Seus tios foram gentis com você?

— Muito gentis. Só que... não importa! Creio que não saberia explicar bem.

— Explicar? Pensa que não sei? Pensa que não senti sua falta todos os dias, todos os minutos? — perguntou ele impetuosamente. — Imaginava você sentada bem onde está agora, como naquela primeira noite, com seu sorriso nos olhos... Não precisa me explicar! Eu sei! Mas acredite, *acredite*, meu querido encanto, vai passar.

— Sim, você disse isso quando nos despedimos. Minha tia disse também, e não tenho dúvida de que meu tio me diria, pois tenho certeza que disse a *você*. Mas o que nenhum de vocês me explicou é por que acham que... *é uma coisa a ser tão desejada!* Mas como não quero criar problema, não vou fazer perguntas. Oh, meu Deus, Imber está voltando! Creio que será melhor só dizer o que me trouxe aqui quando não formos mais interrompidos. Tenho outras coisas a dizer também. Oh, Damerel, eu conheci seu primo. Estava em uma festa e ouvi chamarem seu nome. Quase dei uma risada quando o vi, como ele é extravagante!

Damerel esforçou-se para sorrir.

— *Extravagante?* Meu Deus, em quê está pensando? Alfred se considera o máximo. Você precisa ver quando ele começa a se pavonear. A cidade estava muito vazia? Imagino que sim nessa época do ano, mas espero que você tenha feito alguns conhecimentos.

Venetia respondeu prontamente e continuou a conversar com naturalidade enquanto jantava. Damerel não falou muito, ficou observando-a com um sorriso estranho nos olhos, dando-lhe vontade de passar os braços à sua volta para ver se ele sorria.

Imber colocou maçãs e nozes na mesa e finalmente saiu da sala. Damerel então perguntou:

— Agora, Venetia, diga o que aconteceu para você assumir essa atitude louca!

— Vou dizer, mas primeiro, meu querido amigo, *eu* tenho uma pergunta a *lhe* fazer. Por que nunca me disse que minha mãe não estava morta?

Damerel estava quebrando uma noz entre os dedos, mas ergueu os olhos e respondeu:

— Então você descobriu, não é?

— Isso não é resposta — falou Venetia em tom severo.

Ele deu de ombros.

— Não cabia a mim dizer o que você evidentemente não deveria saber. Quem lhe contou? Sua tia? Fez muito bem! Foi bom ter contado, senão você poderia descobrir de uma forma mais chocante.

— Precisamente como descobri! Foi uma *surpresa* para mim... mas deduzi que fosse minha mãe antes mesmo que a tia Hendred me contasse. Ela estava no teatro anteontem.

— Pensei que estivesse morando em Paris.

— E está — disse Venetia, esticando a mão para pegar a noz descascada. — Obrigada! Foi a Londres para mandar fazer uma nova roupa de montaria. Disse que os alfaiates franceses não fazem culotes tão bem quanto os ingleses!

Damerel olhou-a com ar sério.

— Ela lhe *disse* isso? Você falou com sua mãe?

— Se falei com ela? É claro que sim! Fui visitá-la no Pulteney, ela foi muito gentil comigo... *e* Sir Lambert também, é uma boa pessoa. Caminhou comigo até o alto da Bond Street, e, como se não bastasse, comprou este lindo broche para mim! Não é comovente? Disse que gostaria que eu *fosse* sua filha e...

— Sem dúvida! — Damerel interrompeu, colérico.

— ...e eu também gostaria — continuou Venetia com serenidade —, pois não gostava muito do meu próprio pai.

— Está querendo dizer que sua tia permitiu que você fizesse o que qualquer idiota saberia que poderia provocar uma onda de mexericos? Oh, meu Deus!

— Você precisa conhecer minha tia! Estou convencida de que vocês dois se entenderiam muito bem, pois vejo que você tem os mesmos conceitos que ela! Eu vivia me perguntando, antes de saber sobre a minha mãe, por que minha tia sempre dizia que eu devia ser excessivamente correta e pudica devido às *circunstâncias*. E embora se empenhasse em me arranjar um marido respeitável, eu notava que ela achava que seria uma árdua tarefa. Isso me parecia estranho, pois não sou um *horror* e tenho uma boa herança. Só entendi, é claro, quando soube a verdade sobre minha mãe. Devo admitir, Damerel, que gostaria que você tivesse sido franco comigo... mas decerto achava que não podia. — Venetia ficou pensativa, depois falou: — Não podia mesmo! Foi um grande dilema para você!

— O que quer dizer com isso? — perguntou Damerel, num tom que faria tremer qualquer mulher.

Venetia olhou-o com ar inocente.

— Compreendo que seria quase impossível explicar que um Damerel *jamais* se casaria com a filha de Lady Steeple. Vejo agora que tentou uma ou duas vezes me dar uma pista, mas...

— Tentei...? Como ousa dizer isso? — falou ele, furioso. — Como *ousa*, Venetia? Se imagina que eu a deixei ir embora porque achava que você não servia para mim...

— Mas deve ter sido essa a razão! Você queria me fazer acreditar que não servia para *mim*, o que foi muito gentil de sua parte, meu querido amigo... mas perfeitamente absurdo agora que sei que não sou elegível.

Quando Damerel começou a se levantar, ela achou que seria agarrada e provavelmente sacudida. Mas ele afundou na cadeira de novo e, embora a olhasse com cara feia, ela percebeu que não era mais um olhar de raiva.

— Não pense assim, minha menina — falou ele secamente. — Não sei se foi sua tia, que me parece ser uma boboca consumada, que pôs na sua cabeça que o divórcio dos seus pais tornou-a inelegível, ou se foi você que criou essa ideia para me beneficiar, mas preste bem atenção, pois vou falar a verdade! Nenhum homem digno que a conheça e a ame levará em conta tal disparate! Pergunte ao seu tio, se pensar que estou mentindo! Ele dirá o mesmo. Meu Deus, você pensa que ninguém se divorciou antes dos seus pais? Quem ouvir esse disparate irá supor que sua mãe se ligou a um muçulmano, quando na verdade está casada com Steeple há quinze anos!

— Devo admitir que isso tira um grande peso das minhas costas — disse Venetia, agradecida. — E me leva a explicar por que voltei para cá. Eu *sabia* que você poderia me aconselhar! É claro que Aubrey é o primeiro que devo consultar, mas ele não tem idade suficiente para me *aconselhar*. Damerel, recebi uma proposta, e não tenho certeza se devo aceitar ou não. Não é o que desejo, mas creio que seria preferível do que viver sozinha desperdiçando minha vida, como você disse, e talvez com razão.

Damerel falou com voz dura:

— Se a proposta é de Yardley, não posso aconselhá-la! Eu diria que ele é último homem do mundo. Mas é você quem sabe o que lhe convém.

— Proposta de Edward? Meu Deus, não! Como pôde pensar que eu lhe pediria conselho sobre uma proposta dele?

— Não pensei... quer dizer, eu sei que ele foi a Londres atrás de você. Veio aqui falar com Aubrey, mas não o vi.

— Ele foi a Londres atrás de mim — concordou Venetia, com um suspiro. — Mas estava enganado quanto ao meu caráter, e creio que deve estar chegando em Netherfold a qualquer momento. Edward me deu o fora, Damerel, de uma forma ofensiva. Espero que proponha casamento a Clara Denny.

— Outra tentativa de me enganar?

— Não, não! Para ele a ideia do divórcio é grave; depois de lutar contra esse preconceito durante anos, rendeu-se a essa paixonite por mim, acreditando que eu era delicada, apesar das minhas leviandades...

— Venetia, nem mesmo Yardley *tinha o direito* de falar assim! — protestou ele, com o lábio trêmulo.

Venetia deu uma risada.

— Mas falou, posso lhe assegurar! Foi da opinião de que eu devia me afastar da minha mãe... e teve uma péssima impressão de Sir Lambert.

— É mesmo? — disse Damerel, olhando-a com grande apreciação. — Ele é um homem pretensioso, mas qual foi a sua impressão, minha linda?

— Não tenho nada contra Sir Lambert — declarou Venetia. — Aliás, considero-o um homem bom. A proposta que mencionei veio de minha *mãe*.

— *O quê?*

— Não é de admirar que esteja tão espantado, eu também fiquei espantada e muito comovida! Ouça bem, Damerel! Ela me convidou para ficar com eles em Paris o tempo que quisesse e com a aprovação *completa* de Sir Lambert! Confesso que fiquei tentada, sempre quis viajar, e minha mãe disse que me levaria à Itália na primavera. *Itália!* Creio que não vou resistir.

— Venetia, você está levando essa proposta muito a sério! — falou ele, sem cerimônia. — Para ela, convidá-la para morar no seu hotel em Paris ou raspar as sobrancelhas dá no mesmo.

Preparada para esse ceticismo, Venetia disse, aflita:

— Oh, Damerel, você acha que ela não foi sincera?

— Acho que ela nunca sonhou em convidá-la para ficar com ela em Paris, meu amor!

— Mas *convidou!* — garantiu-lhe Venetia. — Depois que falei do meu plano de ter minha própria casa com Aubrey. Ficou tão horrorizada quanto você, disse que seria melhor eu me enterrar em vida. Falou que eu não poderia morar com ela na Inglaterra, mas que no exterior as pessoas não são tão preconceituosas... Leia a carta dela!

Estupefato, Damerel pegou o papel que ela tirou da bolsinha e abriu-o. Olhou-a com ar desconfiado e baixou os olhos para ler a carta de Lady Steeple. Franziu a sobrancelha duas vezes antes de olhar de novo para Venetia. Continuava desconfiado, mas Venetia notou que ele estava abalado.

— Venetia, como você conseguiu persuadi-la a escrever isso?

— Você *sabe* o que a persuadiu a escrever!

— É exatamente o que *não* sei! Aurelia Steeple aflita porque você lhe disse... Oh, pelo amor de Deus, Venetia, não me peça para engolir *essa*! Não sei o que você andou fazendo, mas espero que saiba que em nenhuma circunstância você deve ir para *aquela* casa!

Venetia falou, em tom de desculpa:

— Imagino que não. Vejo que não seria aconselhável ir para lá se minha ambição fosse me tornar uma dessas mulheres de alta sociedade, que minha tia descreve como sendo mulheres *de primeira linha*, mas como não é...

— Pare de falar como uma tola! — falou Damerel, muito sério. — Você não sabe nada do mundo dos Steeple! Eu sei muito bem! Sei que não é apenas um boato... — Parou abruptamente e levantou a cabeça.

— Então? — perguntou ela

Damerel levantou o dedo como se ouvisse alguma coisa, e ela ouviu também. Uma carruagem aproximava-se.

— É Aubrey! Como vai explicar por que está aqui? Ele não vai se contentar com isso! — falou ele, devolvendo-lhe a carta de Lady Steeple.

Venetia gostaria que Aubrey estivesse a quilômetros de distância, mas respondeu com uma calma aparente:

— Meu querido amigo, eu não podia dar esse passo sem primeiro saber quais são os sentimentos dele!

— Se é só isso...

Ela sorriu:

— Os *sentimentos* dele, Damerel, não a *opinião* dele! Até onde eu saiba, ele preferiria estar com os Appersett do que comigo em Londres. — O sorriso dela vacilou. — Não creio que ele necessite de mim.

Damerel estava de pé agora, segurando-a pelos pulsos e quase obrigando-a a levantar-se da cadeira.

— Venetia, eu daria minha vida para poupá-la de sofrimento, de desilusão, de todas as coisas que você não imagina e não conhece! Minha vida! Não posso pensar em um sacrifício mais inútil — disse num tom amargo.

Ouviram um murmúrio de vozes no hall e passos aproximando-se.

— Aubrey! — disse Damerel, soltando os pulsos de Venetia.

Mas não era Aubrey. Abrindo a porta, Imber anunciou em uma voz cavernosa:

— O Sr. Hendred, milorde!

Capítulo 21

HENDRED ENTROU NA sala, pálido, cansado e enfurecido. Olhou para Venetia de relance e dirigiu-se a Damerel.

— Boa noite! Por favor, desculpe ter chegado tão tarde! Mas sem dúvida você esperava me ver!

— Devia estar contando com isso — replicou Damerel. — O senhor tem a habilidade de aparecer nas horas críticas, não é? Já jantou?

Hendred estremeceu e fechou os olhos.

— Não, ainda *não* jantei. Nem...

— Então deve estar faminto — disse Damerel secamente. — Sirva o Sr. Hendred, Imber.

Uma expressão de náusea aguda passou pelo rosto do tio, mas antes que pudesse recusar de forma gentil aquela hospitalidade, Venetia, apesar de irritada com aquela presença, sentiu pena dele e disse:

— Não, não! Meu tio nunca come depois de viajar o dia inteiro! Oh, meu querido senhor, por que *resolveu* me procurar em uma hora tão imprudente? Eu não o deixaria fazer uma coisa assim por nada desse mundo! Que *bobagem*! O senhor deve estar exausto.

— *Bobagem?* — repetiu o Sr. Hendred. — Cheguei em casa ontem à noite, Venetia, e soube que você tinha saído de Londres na diligência do correio, com a intenção expressa de vir para esta casa

— onde, na verdade, está! Ao que eu saiba, tomou essa desastrosa decisão depois de uma briga com sua tia. Confesso, Venetia, que pensei que você tivesse bom-senso suficiente para não levar em conta o que sua tia diz quando tem uma crise de nervos!

— Meu querido tio, não foi nada disso! — disse Venetia com remorso, levando-o para uma cadeira. — Por favor, sente-se; sei muito bem que está morrendo de cansaço e com aquela terrível cãibra! Nós não brigamos, posso lhe garantir! Minha pobre tia ficou perturbada por ter visto minha mãe no teatro e descobrir logo depois que eu tinha andado de braço dado com meu padrasto, do Pulteney Hotel até a Oxford Street. Considerou uma demonstração de ingratidão aos seus esforços de fazer de mim uma dama. Repreendeu-me severamente, como aliás eu já esperava! Mas não saí da cidade em razão de uma briga nem para fugir da sua raiva; ela não pode ter lhe dito isso, *senhor*! Minha tia sabia o que me fez voltar para York, não fiz nenhum segredo disso!

— Sua tia — disse o Sr. Hendred, em tom contido — é uma mulher muito sensível e sujeita a crises nervosas, como você bem sabe. Quando perde a cabeça, é difícil recompor-se o suficiente para fazer um relato coerente ou até mesmo racional dos acontecimentos que tanto a afligiram. Na verdade — concluiu com aspereza —, não se pode dar crédito ao que ela diz! Quanto a estar a par de suas razões, não sei o que você achou conveniente explicar, Venetia, mas tenho para mim que a ludibriou com um amontoado de histórias, como dizer que desejava que Damerel jogasse pétalas de rosas aos seus pés!

Damerel, que voltara para sua cadeira, olhava melancolicamente para o fogo, mas ao ouvir essas palavras levantou os olhos.

— Pétalas de rosas? *Pétalas de rosas?* — repetiu, virando-se para Venetia. — Minha querida menina, na *estação* em que estamos?

— Cale a boca — disse Venetia, corando.

— Exatamente! — falou o Sr. Hendred. — Talvez o propósito dela tenha sido convencer você, Venetia, a não manter esses hábitos. Não consegui descobrir a razão de você vir para cá, embora isso não venha ao caso, mas essa foi a história mais boba que já ouvi! O que disse à sua tia não importa. O que me importa é que você, minha querida sobrinha, uma moça, e não venha me dizer que é maior de idade, por favor!, que residia na minha casa, sob minha guarda, tenha tido a audácia de fugir, desacompanhada, com a intenção expressa de buscar abrigo neste teto! E ainda vem dizer que foi *bobagem* minha ter me esforçado para evitar *sua* ruína e meu desgosto?

— Não, não! — falou Venetia num tom apaziguador. — Mas o senhor se esqueceu de que meu irmão está morando sob este teto? Eu disse aos seus empregados que mandaram me chamar porque Aubrey estava doente, e *certamente*...

— Não me esqueci de Aubrey, nem estou aqui para lhe dar minha aprovação — ele interrompeu-a. — Estou aqui, como você deve saber, para não deixá-la cometer um ato de irremediável loucura! Não preciso pedir desculpas, Damerel, por falar tão diretamente assim, mas você já sabe qual é a minha opinião.

— Pode dizer o que desejar — falou Damerel, dando de ombros. — Afinal, estamos de perfeito acordo!

Venetia, ao ver o tio levar a ponta dos dedos à têmpora, levantou-se e saiu de mansinho da sala. Quando voltou, poucos minutos depois, seu tio disse que estava falando com Damerel sobre sua visita aos Steeple.

— Não hesito em assegurar-lhe, minha querida sobrinha, que o que milorde já lhe disse é a pura verdade. Não há qualquer estigma em *você*, e embora um intercâmbio *regular* entre você, Sir Lambert e Lady Steeple seja altamente indesejável, nada pode ser mais inadequado ou *impróprio* que uma filha cortar relações com a mãe! Quero lhe dizer que nunca concordei com sua tia sobre esse penoso assunto, nem com seu falecido pai. Na minha opinião, esse segredo que mantiveram foi um absurdo!

— Muito bem dito! — falou Venetia, olhando de um para o outro com um sorriso nos olhos. — De que mais vocês falaram? Já resolveram qual será o meu futuro? Ou devo lhes dizer o que *eu* resolvi?

O Sr. Hendred, vendo aquele sorriso refletido nos olhos de Damerel, disse rapidamente:

— Venetia, eu lhe peço para pensar antes de tomar uma decisão da qual irá se arrepender mais tarde! Você me considera insensível, mas pode acreditar que está enganada! Mas penso que é meu dever dizer, e espero que milorde me perdoe!, que você não poderia sonhar com um casamento mais desastroso que esse!

— Meu querido tio, como *pode* falar de forma tão exagerada? — protestou Venetia. — Pense um pouco! Damerel pode ser um *devasso*, mas pelo menos não vai querer ser meu *pai*!

— Querer ser seu pai? — repetiu o Sr. Hendred, estupefato. — O que quer dizer com isso?

Os ombros de Damerel começaram a tremer.

— Édipo — falou ele. — Pelo menos foi o que entendi, mas ela se confundiu um pouco. O que quer dizer é que *ela* não vai querer ser *minha* mãe.

— Dá no mesmo, Damerel! — disse Venetia, impaciente com tal pedantismo. — *Tão* inadequado quanto.

— Eu agradeceria, Venetia — disse Hendred em tom ácido —, se abandonasse um assunto que considero extremamente impróprio. Confesso que estou muito chocado de pensar que Aubrey, só pode ter sido ele, corrompeu seus ouvidos com uma história assim!

— Mas o senhor pode ver que Damerel não está nada chocado! Essa circunstância não o ajuda a compreender por que ele seria o marido mais *adequado* para mim?

— Não! — replicou Hendred com vigor. — Palavra de honra, não sei como fazê-la voltar ao prumo! Você parece estar vivendo em uma... em uma...

— Bolha de sabão — completou Damerel.

— Sim, é isso! Em uma bolha de sabão — repetiu Hendred. — Você se apaixonou pela primeira vez na vida, Venetia, e a seus olhos Damerel é uma espécie de herói de conto de fadas!

Venetia deu uma risada.

— Oh, não, ele não é um herói! Meu caro senhor, como pode supor que eu seja tão tola assim? Se essa imagem da bolha de sabão significa que uma terrível desilusão me espera, pode se tranquilizar.

— Você me obriga a ser rude, coisa que detesto ser! Damerel talvez tenha intenção de mudar de vida, mas os hábitos de longo tempo e a tendência do caráter de um homem não se alteram facilmente! Eu a estimo muito, Venetia, e sofreria e me culparia se a visse infeliz!

Venetia olhou para Damerel.

— Então, meu querido amigo?

— Então, meu querido encanto? — respondeu ele, com os olhos brilhando.

— Acha que vai me fazer infeliz?

— Não vou lhe prometer nada.

— Não, por favor, não! — falou ela num tom sério. — Quando prometemos não fazer uma coisa, acabamos fazendo exatamente isso! — Virou-se para o tio de novo. — O senhor quer me alertar de que ele talvez continue a ter amantes, a fazer orgias e... assim por diante?

— *Especialmente* o assim por diante — disse Damerel.

— Mas eu não me importaria, se fosse de vez em quando. Afinal, não seria razoável desejar que você mudasse *todos* os seus hábitos, e eu sempre poderia ir para a cama, não é?

— Você não gostaria de presidir os encontros? — perguntou ele, desapontado.

— Sim, querido, se você desejasse — respondeu ela com um sorriso. — Acha que vou me divertir?

Damerel estendeu a mão e apertou a dela com força.

— Você terá uma esplêndida orgia, meu querido encanto, e se divertirá muito!

Quando Hendred mostrou sinais alarmantes de ter chegado ao final de sua resistência, felizmente a porta abriu-se e Imber entrou com a bandeja de chá. Colocou-a diante de Venetia, que imediatamente serviu uma xícara ao tio, dizendo:

— Sei que o senhor não vai se aventurar a comer nada, mas chá lhe faz bem, não é?

Diante de tanta gentileza, não pôde recusar. O efeito foi altamente benéfico, pois quando terminou a segunda xícara declarou que aquele casamento era inevitável, e perguntou se Damerel tinha noção do andamento dos seus negócios, até que ponto estava endividado e de que forma pretendia sustentar sua esposa.

Tais perguntas foram feitas em tom de ironia, mas a resposta de Damerel foi direta:

— Sei perfeitamente como andam meus negócios, a quanto montam minhas dívidas e quais são meus bens disponíveis. Não poderei manter minha esposa com luxo, mas espero lhe dar uma vida confortável. Estive há um mês com meu contador, e ele está esperando minhas instruções para agir conforme combinamos.

Mesmo posto contra a parede, Hendred continuou com suas perguntas impertinentes:

— E um acordo?

— Naturalmente — respondeu Damerel, levantando as sobrancelhas com ar insolente.

A essa altura Venetia entrou na conversa:

— Talvez eu não saiba muito sobre orgias, mas do que está falando agora eu entendo! E é uma idiotice! *Bens disponíveis* são seus cavalos de corrida, o iate, os cavalos que mantém nos postos das estradas e não sei quantas coisas mais! Não há a menor necessidade de dispor desses bens, e quanto a fazer um acordo comigo, não há nenhuma razão para isso, pois tenho meu próprio dinheiro. Devo confessar que gostaria de pagar suas dívidas, mas, se você preferir viver em dívida, a escolha é sua! Quanto a fazer todos esses sacrifícios... Damerel, *você* poderia se arrepender, não eu!

— *Viver em dívida?* — exclamou Hendred, olhando-a com uma expressão de repulsa. — *Preferir* viver em dívida?

— Sim, nós discutiremos todos esses assuntos, senhor, no futuro, do nosso jeito idiota! — disse Damerel.

— Parem! — ordenou Hendred. — Vocês estão indo depressa demais! Não vai dar certo!

— Bem, pelo menos vai dar mais certo do que se Venetia for morar com os Steeple! — disse Damerel. — Sim, pode surpreender-se, mas essa foi a pistola apontada para a *minha* cabeça!

— Bobagem! — exclamou Hendred. — Aurelia não teria essa ideia. Imaginem Aurelia ofuscada por sua filha!

— Eu penso da mesma forma. Não sei como Venetia conseguiu isso, mas sua mãe convidou-a a morar com ela. Eu tive o privilégio de ler sua carta.

— Meu Deus! — falou Hendred.

— Então, não vamos gastar tempo e energia tentando em vão convencer minha menina inocente de que ela está cometendo um erro; o que temos a fazer é garantir que *não* seja proscrita da alta sociedade.

— Garanto que não me importaria se fosse proscrita! — replicou Venetia.

— Mas eu me importaria — disse Damerel, virando-se para falar com Hendred. — Com seu apoio, senhor, e o da minha tia

Stoborough, creio que conseguiremos isso. O senhor conhece minha tia?

— Eu conheço Lady Stoborough há vinte anos — respondeu o Sr. Hendred com um sorriso triunfante. — E a única forma de eu ou qualquer outro persuadi-la seria fazer precisamente o oposto do desejado.

— Isso mesmo! — disse Damerel. — Vejo que o senhor saberá exatamente como persuadi-la.

Fez-se silêncio. Hendred, que parecia ter se impressionado muito com essas palavras, ficou olhando para o espaço. Venetia viu que ele apertava os lábios, criando duas rugas profundas no rosto — devia estar se lembrando de uma história estranha demais para ser partilhada com os outros. Saindo do devaneio, olhou-os com ar de desaprovação e declarou sua incapacidade de alongar-se mais no assunto naquela noite. Depois perguntou à sobrinha se ela passaria a noite com ele em York, já sabendo que a resposta seria negativa.

Venetia, então, usou a oportunidade que estava esperando:

— Não, querido senhor, não vou viajar nem mais um metro hoje, e devo lhe confessar uma coisa. Não brigue comigo! Dei ordem a Imber para sua carruagem voltar para o Red Lion há algum tempo. Sei que o senhor gostaria de ir para lá, mas estamos com pouca gente aqui, quero dizer, Damerel está com poucos empregados no momento, e seria difícil arranjar alguém para levá-lo. O *valé* de Damerel, um homem excelente, já deve ter mandado arrumar um quarto para o senhor. Pedi-lhe para providenciar as pastilhas que o senhor usa para dor de cabeça, e ele falou que ia preparar a *tisana* para o senhor beber quando for para a cama.

Essa ideia foi tão atraente que Hendred sucumbiu, mas avisou a Damerel que sua complacência não devia ser considerada um consentimento a um casamento que ele desaprovava do fundo do coração. Não estava pronto para apoiá-lo de qualquer forma que fosse.

Aceitando tal declaração com tranquilidade, Damerel tocou o sino para chamar Marston. Naquele momento Aubrey entrou em casa pela porta lateral, vindo da estrebaria, e apareceu na sala. Muito surpreso, falou:

— Fiquei imaginando com quem você estaria falando, Jasper! Como vai, senhor? E você, minha querida, como vai? Que bom que voltou, estava sentindo sua falta.

Atravessou a sala mancando, e Venetia, comovida com essas palavras, abraçou-o calorosamente.

— Eu também senti sua falta, querido, nem imagina quanto!

— Bobona! — disse ele, com seu riso de lado. — Por que não avisou que ia chegar? A propósito, o que a trouxe aqui?

— *Eu* vou lhe dizer o que trouxe sua irmã aqui — respondeu Hendred. — Você já tem idade suficiente para dar uma opinião, e me disseram que seu raciocínio é considerado superior! Talvez Venetia o ouça melhor do que a mim. O caso é, meu jovem, que ela anunciou que pretende aceitar a proposta de casamento de lorde Damerel!

— Ah, que bom! — disse Aubrey, com uma expressão iluminada. — Eu queria que isso acontecesse, Jasper é o homem certo para você! Além do mais, eu gosto dele. Vou passar minhas férias com você, o que não seria possível se você se casasse com Edward, como bem sabe. A propósito, ele a incomodou muito em Londres?

— É só isso que tem a dizer, rapaz? — perguntou Hendred, encolerizado. — *Deseja* que sua única irmã se case com um homem com a reputação de lorde Damerel?

— Desejo sim, já lhe disse isso há muito tempo. Nunca dei muito ouvido aos mexericos sobre a reputação de Jasper e, se ela não se importa com isso, por que eu me importaria?

— Suponho — falou Hendred num tom amargo — que tais sentimentos devam ser esperados de um rapaz que não tem escrúpulo de contar anedotas imorais e indelicadas para a irmã!

Aubrey ficou pasmo.

— O que ela andou dizendo, senhor? Se andou contando anedotas picantes deve tê-las ouvido de Jasper, pois Edward não lhe contaria nada, e eu não *conheço* nenhuma!

— *Oedipus Rex*, seu tolo! — disse Damerel.

— *Oedipus Rex?* Não me recordo de ter falado com Venetia sobre o rei Édipo, mas talvez tenha; de qualquer forma, considerar as palavras de Sófocles *imorais* e *indelicadas* é a coisa mais idiota que já ouvi, nem mesmo Edward diria isso.

A essa altura, Marston, que esperava na porta havia alguns minutos, interrompeu a conversa:

— O senhor chamou, milorde?

— Sim — respondeu Damerel. — Por favor, leve o Sr. Hendred para o seu quarto. Se precisar de alguma coisa, peça a Marston, senhor. Ele tem jeito para tudo.

Hendred deu boa-noite a todos e encaminhou-se para a porta. Quando Marston se preparava para subir com o cavalheiro dispéptico, Damerel chamou com voz suave:

— Marston!

Marston parou.

— Milorde?

Damerel deu um risinho.

— Deseje-me felicidade.

O rosto impassível de Marston relaxou.

— Se me permite, milorde, desejo felicidades aos dois. Gostaria de dizer que há outras pessoas que também ficarão felizes com a notícia.

— Meu Deus, eu deveria ter lhes desejado felicidades, não é? — disse Aubrey, quando o *valé* fechou a porta. — É claro que desejo, mas vocês sabem disso mesmo que eu não diga. Bem, acho que também vou para a cama, estou com sono.

— Aubrey, não vá ainda! — pediu Venetia. — Tenho uma coisa para lhe contar, e gostaria de contar logo. Espero que não se importe, creio que não se importará. Descobri há dois dias que a mamãe não está morta, como pensávamos.

— Eu sei que não está — disse Aubrey. — É claro que não me importa, boba! Por que me importaria?

Venetia prendeu a respiração.

— Aubrey! Está querendo dizer... que o papai lhe contou?

— Não, foi Conway.

— Conway? Quando?

— Na última vez em que esteve em casa! Logo antes de ir para a Bélgica. Disse que eu devia saber, caso ele morresse.

— Que coisa mais absurda! — exclamou ela, indignada. — Por que ele não *me* contou? Se um rapazinho de 14 anos podia saber...

— Não sei. Decerto achou que o papai se zangaria se descobrisse que você sabia. De qualquer forma, Conway me pediu segredo.

— Você poderia ter me contado mais tarde... depois que o papai morreu! Por que não fez isso?

— Não me lembrei. Por que deveria me lembrar se não estava particularmente interessado? Eu me interessaria se tivesse conhecido a mamãe, mas não posso me interessar por algo que aconteceu quando eu tinha poucos meses de vida! — Deu um suspiro e falou: — Meu Deus, estou com muito sono! Boa noite, minha querida! Boa noite, Jasper.

Saiu da sala mancando, e quando Venetia olhou para Damerel, viu que ele lhe sorria com ar amoroso.

— Que isso lhe sirva de lição, Venetia! — Atravessou a sala e tomou-a em seus braços. Ela não resistiu, mas afastou-o um pouco, pondo as mãos no seu peito.

— Damerel, tenho uma coisa a lhe dizer!

O sorriso dele desvaneceu-se e ele olhou-a, intrigado.

— O que é, meu querido encanto?

— É que... minha tia disse que eu não podia me atirar aos seus pés! Eu achei que podia e me *atirei*, mas quando meu tio começou a falar sobre suas dívidas e acordos, de repente vi que ela tinha razão! Oh, meu querido, meu *amigo*!, não quero que se case comigo se preferir *não* se casar!

— Então você é muito menos egoísta que eu, meu coração, pois quero me casar com você quaisquer que sejam seus sentimentos! — respondeu ele prontamente. — Talvez venha a se arrepender, mas eu não! Não posso desfazer meus erros do passado, pois os deuses não extinguem o espaço, nem o tempo, nem fazem com que um homem como eu seja digno de ser seu marido.

Venetia apertou-o com força.

— Tolo, tolo! Você sabe que eu achava meu *digno* pretendente um tédio; e não lhe ocorreu, meu querido, que se você não tivesse fugido com aquela mulher gorda...

— Ela não era gorda! — protestou ele.

— Não na época, mas é agora! Se você não tivesse se comportado tão mal, provavelmente teria se casado com alguma moça elegível, e agora estaria estabelecido confortavelmente há *anos* com uma esposa e seis ou sete filhos!

— Filhos, não! Não *lhe* ocorreu, Srta. Lanyon, que apesar de duas vezes eu ter estado prestes a pedir sua mão, ainda não pedi? Já que não vamos ser interrompidos, a senhorita me dá a honra...

— Ótimo! Vocês não foram para a cama ainda — disse Aubrey, voltando de repente para a sala. — Tive uma ideia excelente!

— Essa é a segunda vez que você entra no momento em que vou pedir sua irmã em casamento — disse Damerel, irritado.

— Pensei que tivesse feito isso há horas. De qualquer forma, vou dizer uma coisa importante. Se vocês passarem a lua de mel na Grécia, quero ir junto.

Ainda nos braços de Damerel, Venetia engasgou e enfiou a cabeça no seu ombro.

— Grécia no meio do inverno? Nada disso — retrucou Damerel.

— Mas por que vão se casar tão depressa? Se escolhessem uma data na primavera...

— Já escolhemos a data. Será em janeiro, ou talvez em dezembro.

— Oh! — disse Aubrey, frustrado. — Então suponho que seja melhor Roma. É uma pena, porque prefiro a Grécia. Mas podemos ir lá mais tarde, e afinal de contas é a lua de mel de vocês, não a minha. Venetia também vai gostar de Roma.

— Precisamos lembrar de perguntar a ela um dia... Agora vá para a cama, rapaz repulsivo!

— Ah, você quer pedir Venetia em casamento, não é? Muito bem... não precisam se importar comigo. Boa noite!

Saiu mancando, e Damerel trancou a porta.

— Agora, meu amor, pela *quarta* vez...

Este livro foi composto na tipologia Minion Pro,
em corpo 11/15, e impresso em papel off-white
no Sistema Cameron da Divisão Gráfica
da Distribuidora Record.